Dit månen drar

FORFATTERENS BØKER PÅ NORSK

Romaner
Dit månen drar. Fair Forlag, 2017, revidert utgave Pleasure Press, 2025
Månens makt. Fair Forlag, 2019, revidert utgave Pleasure Press, 2025
En nær himmelen opplevelse. Fair Forlag, 2020 (som Tom Nevle)
Bølgen som brøt. Fair Forlag, 2021 (som Tom Nevle)
Mot elven. Fair Forlag, 2023 (som Tom Nevle)

Sakprosa
Genene – din indre guru. Grøndahl Dreyer, 1996
Gud – en vitenskapelig oppdatering. Flux, 2008
Den menneskelige dyrehage. Flux, 2012
Bevissthet – Forstå hjernen og få et bedre liv. Spartacus, 2014
Aldring – Hva du bør vite før du blir for gammel. Dreyer, 2017
Appen som er deg – En bok om følelser. Fair, 2020
Kunsten å redde verden med sex. Vega, 2023

Bjørn Grinde

Dit månen drar

Roman

Pleasure Press

@Bjørn Grinde
2025
Tittelen er tidligere utgitt av
Fair Forlag AS, 2017
Forfatteren har overtatt rettighetene for denne reviderte utgaven.

Omslagsfoto og design: Bjørn Grinde

Forlag: BoD · Books on Demand,
Postboks 354 Sentrum,
0101 Oslo,
bod@bod.no

Trykk:
Libri Plureos GmbH
Friedensallee 273
22763 Hamburg
Tyskland

ISBN: 978-82-938-7374-7

Personer

Bujustammen
Karo – eldre, ugift kvinne
Kaje – ung mann
Gido – søsteren til Karo, Kajes mor
Rude – mannen til Gido
Bo – lillesøster til Kaje
Mule – mann, samme alder som Kaje
Brade – ung, tilbakestående mann
Lille-Bo/Boro – minste søsteren til Kaje
Lele – eldre mann, mye sammen med Rude
Reko – ung kvinne
Doro – ung kvinne
Male – Mules yngre bror

Den fremmede stammen
Storeflekk – mann med stor innflytelse
Firfinger – eldre mann
Sirea – ung kvinne
Grønnøye – en av Firfingers kvinner
Bredrumpe – en av Storeflekks kvinner
Brushode – mann og nær partner til Storeflekk
Yamyam – Firfingers sønn
Elefantøre – sønn av Bredrumpe
Moff – villhund

Den gang

Mannen talte langsomt. Rynkene gjorde ansiktet levende og ga styrke til den varsomme stemmen. Av og til ristet han på hodet slik at det gråhvite håret danset. Barna satt tett inntil hverandre. Helt stille. I begynnelsen kom ordene i takt med den ene armen. Gradvis stilnet bevegelsene, men ordene mistet ikke kraften. De blandet seg med eimen av aske og brent kjøtt.

Bakken under den overhengende fjellhammeren var dekket av brunt støv som virvlet hver gang noen rørte på seg. Utenfor plasket et sint regn mot de svarte silhuettene av trær. Skogen sov. Den hørte ikke etter.

«Jeg vil dere skal huske. Det skjedde den gangen Kaje og Karo levde. Før de forsvant ... til fjellene.»

Han hadde spart denne historien. Blikket møtte de åpne øynene og glatte ansiktene. Alle lyttet. Det var godt.

«Karo var vakker. Spesielt vakker, for hun hadde noe i seg. Hun ga til alle, og blikket nådde langt. Tankene så langt ... helt fram til neste dag og dagene deretter. Dere skjønner, Alles Mor var i henne.»

Igjen ble det en pause, men de mange øynene fortsatte å peke mot mannen som visste så mye.

«Jeg vil dere skal lytte. Det er viktig, for vi må lære. Ikke bare av Karo, men av alt som skjedde. Det var forferdelig. Det må ikke skje igjen. Derfor. Derfor skal dere lytte.»

Fortellingen om Kaje og Karo, og om alt menneskene i stammen måtte gjennomgå, hadde levd i mange generasjoner. Den var godt likt. Selv om mange gråt. Stammens eldre mente at historien ga et slags svar på hva som betyr noe. Hva alle bør vite.

Stammen til Kaje og Karo holdt til ved Bujuelven. Derfra dro folket rundt i de skogkledde åsene for å finne mat og alt de ellers trengte. I den retningen sol og måne dukker opp, døde landskapet bak de store slettene. Lengst mot horisonten så de på klare dager lave, blågrå høydedrag, men foran disse lå det enorme områder med et åpent og stillestående landskap. Sett fra åsene syntes denne delen av verden tørr og støvete. Uten glede. Dessuten, i de tørreste periodene, når gresset ble blekt og stivt, var det som om livet på slettene svant hen.

I motsatt retning, dit månen og solen forsvinner, steg terrenget mot himmelen, mange steder så bratt at selv ikke gresset klarte å klore seg fast. Når noen en sjelden gang tok seg forbi disse forbergene, åpnet det seg et kjølig og karrig landskap. Her oppe var kjempelobeliaene de eneste plantene som hevet hodet over den steinete bakken. De sto der, en og en, som voktere av fjellene bortenfor.

Aller øverst lå store hvite flater. Opp av disse stakk det fremmedartede formasjoner frarøvet alt liv. Området tilhørte noe annet. Ingen visste helt hva, men de kalte det de så for Månefjellene, for det var der månen endte sin vandring. Alt der oppe tilhørte den. Selv ikke firfislene torde sette sine føtter der.

Månen skjenket dem det som var viktigst av alt. Bujuelven startet sin vandring i fjellene. Elven var livets kilde, og verdens midtpunkt. Bujudalen var deres hjem, her kjente de plantene og dyrene, visste hva som var farlig og hva som var til nytte og glede. Her var de en del av den naturen som rammet inn tilværelsen. Skogen som reiste seg i landskapet var ikke bare deres – den var *dem*. Alt dette fordi månen delte på vannet.

Menneskene på slettelandet hadde respekt for folket i åsene. For slettefolket syntes livet der oppe strevsomt. De frodige åssidene var tunge å bevege seg i, den tette vegetasjonen gjorde det lettere for leoparden å røve, men vanskeligere å gå på jakt, og elvene kunne bli så voldsomme at de dro med seg mennesker. Selv foretrakk de livet på savannene. Ved å klatre opp i de enslige trærne var det nesten alltid mulig å oppdage byttedyr, bakken var behagelig varm mot føttene, og som regel var det lange gresset mykt og kjælende. De så ingen grunn til å forlate sine leirsteder, det magiske vannet fant jo likevel veien ned til dem.

Fortsatt renner de livgivende elvene samme veien. Øst for Månefjellene var klimaet litt kjøligere og fuktigere den gangen – for 60 000 år siden. Mesteparten av regnet kom i to regntider som hver utgjorde rundt en måned av det vi kaller et år. Vegetasjonen har forandret ansikt, og noen dyr har forsvunnet, men menneskene?

Innerst inne var de som dagens mennesker. De var formet av en annen tid, men var like kloke. De hadde andre kunnskaper, men de samme følelsene.

Månefjellene er der fortsatt. Til og med navnet lever videre. Toppene er like utilgjengelige og ugjestmilde nå som den gangen. Der, rett under ekvator, i en høyde av over fem tusen meter, bryter de gjennom isbreene. Knudrete hoder med skjegg dannet av enorme istapper.

1.

Kaje ligger helt stille. Lyden brøt alle de gode tankene. De som hadde lekt i hodet hans. Skogen har så mange lyder, men denne var annerledes, den hørte ikke hjemme. Også bruset fra elven er plutselig fjernt, for det var noe spesielt – et merkelig, langstrakt sssssh.

Fortsatt bare renner og renner det, men elven har forandret seg. Vannet som kjæler med huden, virker kjølig. Uten å tenke trekker han beina mot magen, slik at kroppens tyngde hviler mot dem, samtidig som blikket følger elvebredden.

Lyden kom tilsynelatende fra sletten like nedenfor badekulpen, der elven gjør en sving rundt en liten åpning i skogen. Et sted verken trærne eller vannet vil ha, men som tilhører bitemaur, høyt gress og små busker. Nå er alt stille. Helt stille. Selv skogen holder pusten.

Der ..., det er noe der! Helt sikkert. De blågrønne bladene på buskene skjelver, og et eller annet setter gresset i bevegelse. Men hva? I et kort glimt aner han pels som stikker opp. En leopard? Den vage engstelsen blir mer slitsom.

Fra kulpen og opp til skogkanten er det bare noen få mannslengder. En slak skråning belagt med runde steiner. De øverste er dekket av myk, grønn mose – så grønn at skogen rundt virker trist. I regntiden eier elven alle steinene. Han lar kroppen bestemme. Armer og bein tilpasser seg underlaget, hender og føtter finner feste på de rette stedene. Det første stykket er steinene dekket av gammel leire; et tynt, hvitt belegg som kleber mot huden. Høyere oppe er det mosen som bestemmer. Én stein rører seg, det er alt, så er han borte. Han er hos det grønne.

Omgivelsene kommer tilbake etter hvert som pusten roer seg. Forsiktig smyger han seg bort til skogkanten. Ingen flere rare lyder. Ingenting som forstyrrer.

Nei, ingenting.

Det renner vann nedover huden, og luften virker kjølig selv om den står stille. I skogen bor det så mye rart, så mange forskjellige dyr. Alt hører til her. Likevel merker han at hjertet banker.

Stikkestokken ligger der han forlot den – for det var vel et dyr? Jo, det må ha vært et dyr, verken lyden eller det lille glimtet av pels var forenlig med menneske.

Fortsatt ingenting å se eller høre. Bare elven og sirissene som nynner hver sin monotone melodi. Det rare er at han ikke vet hva det var som satte bladene i bevegelse. Lyden, det lille glimtet av noe som hevet seg over gresset, alt sammen – det stemmer ikke. Det *var* ingen leopard. Dessuten, med dem er det stillheten, ikke lydene, som er farlig. Han vet det bor mange jordrotter på sletten, men dette dyret var mye større. Det var for stort til å være en rødryggape. Heller ikke passer det med gorillaer. Så hva var det? Et helt ukjent dyr?

Hva det enn var, så har beistet forduftet. Fra der han nå står, ville et dyr på den størrelsen vært synlig.

Også andre har fortalt om rare opplevelser de siste dagene. Noen fant rester av et antilopeslakt ikke langt fra leiren, et slakt som ingen i stammen sto bak. Og slaktet var ikke fullført! Selv lot de aldri kjøtt ligge igjen. En annen klaget på at et frukttre var tømt før frukten var moden. Kanskje var det aper som hadde forsynt seg, for apene spiser ofte umoden frukt, men da burde det ligget apeskitt under treet. Dessuten har han merket ord og ansiktsuttrykk dem imellom som ikke er slik de skal være. Slik de bør være.

Slike varsler er viktige. Alles Mor prøver alltid å si ifra om kommende farer. Plutselig skjønner han hvorfor den ukjente lyden dro fram så mye ubehag. *Noe nytt og truende har trengt inn i dalen.*

Best å dra tilbake til leirplassen. De andre må få høre. Ingen har sluppet ut slike tanker. Han begynner å gå, men ombestemmer seg etter noen få skritt. Karo har sagt at man skal møte det ukjente med nysgjerrighet, nå hviler det på ham. Det er opp til *ham* å finne ut hva det er som plager dalen deres. Det er viktig. De trenger å vite – og å stå samlet. Det er så mye. Ansvaret har havnet i hans munn.

Elven er det fineste av alt, og den liker å ha selskap. Kaje skulle gjerne ligget hele dagen i det svalende vannet. Da han først ble var den spesielle lyden, lå han og fløt med ansiktet vendt mot himmelen. Rundt kulpen er den åpningen i skogen som elven krever, ganske bred. To store papegøyer fløy fram og tilbake, noen ganger med små kvister i nebbet. Den ene hadde nesten helt rød kropp og et stort blått hode, den andre hadde fjær i mange, men dusere, farger.

Han misunte fuglene. Hvordan klarte de å holde seg svevende? Riktignok viftet de med vingene, omtrent som når han slo i vannet for å holde kroppen nær overflaten, men der oppe var det ingenting å slå armene mot. Han hadde prøvd, det var ingenting. Nedsenket i vann gikk det bedre, men selv ikke Karo, morens søster, kunne svare på hvordan fuglene klarte å fly. Han misunte fuglene. Ikke bare fordi de *kunne* fly, men fordi de visste svaret på mysteriet.

Nede i kulpen svevde alt, bladene som fløt forbi, en og annen pinne, de små fiskene han av og til skimtet og noen ganger klarte å fange. Selv tankene fikk leke fritt som papegøyer. Nei, som svaler; papegøyene virket alltid så oppslukte av gjøremål, bare svalene tok seg tid til å leke og utforske. Den ukjente lyden drepte tankene. Et eller annet dyr hadde laget den rare hvesingen og gjort at de gulnende stråene og de små buskene sa ifra. Som regel var et kort glimt eller noen typiske lyder nok til å avsløre hva det dreide seg om. Derfor *var* det merkelig. Han hadde hørt og sett, likevel ante han fortsatt ikke hva det var som lå på lur.

Ai, det er akkurat det ... *Dyret lå på lur!* Ved alle forfedre, det hadde snust mot ham. Dyret forsvant først idet han snudde seg. Ikke rart han reagerte som han gjorde, det hadde rettet seg mot ham.

Kunne det likevel ha vært en gorilla? De er ofte nysgjerrige, men aldri farlige i en slik situasjon. I så fall måtte det ha vært en hunn, men oppførselen passet ikke, og heller ikke lyden. Dessuten var det noe med fargen på det som stakk opp. Heller ikke fargen passet, den var rødbrun ... nesten som barken på noen av trærne. Eller kunne han ha sett feil? Når solen står lavt, blir man lett lurt.

Kaje kommer på fortellingen om den gangen en flokk sjimpanser angrep leiren. Plutselig skjønner han hva det kan ha vært og hvorfor engstelsen ikke legger seg. Fortellingen er fra tiden like etter at han selv ble født. Natten nærmet seg, og folk var sløve. Dyrene bare stormet inn i leiren med masse høye skrik. Der bet de alle som prøvde å gjøre motstand og røvet med seg to små barn. Så forsvant de i trærne. Ett av barna ble funnet halvspist dagen etter, mens det andre, en liten jente, var helt borte. Noen sa at den savnede piken en dag ville komme tilbake med en stor flokk sjimpanser for å hevne at stammen ikke passet bedre på henne.

Faren hadde nylig sett en flokk sjimpanser nederst i dalen deres, nesten nede ved slettelandet. Kanskje er det sjimpansepiken som er tilbake med sitt følge. De dyrene er i stand til å finne på mye ugagn. Normalt er de ikke farlige for voksne, men i ledetråd med et menneske er det umulig å vite hva de prøver seg på.

Han ser for seg sjimpansepiken. Selvsagt er hun en slags kvinne nå. Kanskje er hun til og med kvinnelig. I tankene er hun sint og dristig, men samtidig pen og klok. Moren har antakelig rett, hodet finner på for mye dumt, en slik kvinne må være stygg. Dessuten flekker hun sikkert tenner. Moren sier at han skal søke seg en kvinne. Han er jo voksen, han klarte å bevise at han er mann, men, nei, slikt ligger ikke for ham. Livet peker i andre retninger.

En grein knekker.

Brått vender oppmerksomheten tilbake mot skogen. Lyden kom fra motsatt elvebredd et stykke nedenfor skogkanten hvor han befinner seg. Der nede henger greinene til de store løvtrærne beskyttende ut over elven. De tette, mørkegrønne kronene hever seg høyt over vannet.

Igjen er han helt stille.

Det knekker ikke flere greiner. Heller ikke kommer det andre lyder som ikke hører hjemme. Ingenting. Det rasler ikke engang i løvet. Skogen gjør som ham, den holder pusten.

Åpningen ved elven er akkurat slik den skal være, en liten slette, uønsket av skogen, men et godt sted for gress og busker. Også gresset slumrer. Det eneste spesielle er at veldig mange maur er ute – flere enn det pleier å være. Kaje stusser. Når denne typen maur blir ivrige, er det gjerne fordi de har funnet noe ekstra godt. Gjerne et kadaver. Han hever hodet og sniffer. Jo, det er en eim av råttent kjøtt.

Så siger det inn et vindpust. Stråene duver forsiktig, men denne gangen synes de enige om hvordan de skal bevege seg. De føyer seg etter hverandre, alle går i samme retning. Plantene slapper av, ingen lar seg ufrivillig dytte hit eller dit slik de gjorde da han hørte lyden. Det spiller heller ingen rolle at noen fugler plutselig bestemmer seg for å overdøve sirissene med skarpe skrik. Lydene er riktige. Alt er slik elven og skogen vil ha det.

Sletten er tom. Ikke så mye som en jordrotte, men Kaje oppdager raskt det vage sporet av bøyd og brukket gress. Frykten har lagt seg, som et blad som lander på bakken, nysgjerrigheten er i ferd med å overta. Han rekker å stusse over hvorfor han ikke lenger er redd – så kommer svaret. Det ligger der, med all tydelighet, der den leirete jorden ikke har stivnet og sprukket opp. *Ved alle forfedre.* Var tankene hans likevel styrt av Alles Mor?! Atter en gang stivner kroppen, og igjen konsentrerer han seg om omgivelsene, men ..., nei, ingenting. Så krøker han seg ned for å studere detaljene.

Foten er mindre enn hans. Det kan være en ung mann, men det kan også være en voksen kvinne. Den høyre stortåen spriker utover på en unaturlig måte. Han presser forsiktig med fingeren i et av sporene – personen er lett, antakelig spinkel som ham selv. Et par steder finner han avtrykk etter hender. Ingen grunn til å støtte seg på hendene med mindre man ønsker å holde seg skjult av plantene. Eller man har lært av sjimpansene! *Også hos sjimpansene stikker stortåen ut til siden.*

Til slutt setter han seg på en stein. Han prøver å huske alt han har hørt om sjimpansepiken, men historiene som dukker opp, handler om mennesker som dreper hverandre. Folk som angriper med spydd og stein fordi de vil vondt. Menn som slår i hjel andre bare fordi de ønsker seg en eller annen kvinne. Han har aldri opplevd noe slikt selv, men fortellingene lever i munnen til de gamle. Og han har alltid lyttet, selv når ordene vekker smerte.

Brått reiser han seg. Han må hjem for å advare. *Sjimpansekvinnen er her for å ta hevn.* Det haster. Trær og busker spretter rundt ham. Når han vil fort fram, ser han for seg en antilope, for da flytter føttene seg like lett som på de raskeste dyrene.

2.

Badekulpen ligger et godt stykke nedenfor leiren. Rundt Bujutokollen, der de for tiden holder til, er elven for steinete, for smal og for vilter. Riktignok fins det kulper som er nærmere, men Kaje liker å ha elven for seg selv. Elven har egenskaper som menneskene mangler.

På veien tilbake oppdager han noe rart. Solen har begynt å gi himmelen og de spredte skyene farge. Bak ham ligger to fiolette striper, mens det i retning fjellene er mørke skyer. Svarte, truende skyer. Det uvanlige er at de to stripene krysser hverandre! Han kan ikke huske å ha sett noe lignende, i alle fall ikke utenom regntiden. Et kryss på himmelen, farget av solens siste lys, også det må være et varsel! Noe Alles Mor prøver å fortelle dem. Føttene får hvile mens øynene tenker. Den ene hånden holder om stikkestokken, den andre finner fram til skrittet og napper i håret der nede.

Kanskje ... Kan det være en sammenheng? Sjimpansekvinnen. Hun står for noe ondt. Varsler er viktige. Man må bare se langt nok.

Igjen løper han. Løper eller går avhengig av hva tråkket egner seg til. Noen steder har busker og kratt stjålet stien slik at han må dytte seg gjennom; andre steder går det bratt opp, for så å falle like bratt ned igjen. Føttene kjenner veien så godt at de kunne tatt seg fram uten hjelp av øynene.

Han passerer et dypt søkk. Nederst står det tett med busker, men delvis skjult av bladene lurer en liten bekk seg fram gjennom en smal renne den har fått av skogen. Kaje bøyer seg ned. Vannet her smaker spesielt godt, det er kjølig og har i seg noe av den smaken man får ved å slikke på steiner. Idet han er i ferd med å reise seg opp, faller øynene på en liten, mørkebrun sopp. Det er den sjeldne slumresoppen. Han er ikke blant dem som pleier å bruke slumresopp, men noen hevder den tilhører de soppene Alles Mor har plassert der for å hjelpe dem. Sopp som gir innsyn langt forbi menneskenes verden. Akkurat denne gjør deg riktignok også sløv.

De er så sjeldne, og det er bare én. Nei, det er en til. To sopphatter, men ingen flere. Smaken minner om den du får når du tygger huder, men med en skarp ettersmak som erter munnen. Det er viktig at han klarer å se langt nok. De andre må lytte.

Den åpne sletten som følger toppen av den avlange Bujutokollen, er noe av det fineste stammen rår over. De har fjernet de fleste buskene, men fortsatt deler de kollen med tre store trær. Folket liker åpenheten, og det beskjedne bruset fra vannet som renner forbi – uten å unne seg hvile. De liker at kollen hever seg fra terrenget, til dels med bratte skrenter, slik at det er vanskelig å ta seg fram utenfor stiene som skaper adgang fra hver ende. Stedet gir ikke bare trygghet, på hete dager flyter små vindpust forbi, og mellom trekronene på nedsiden av kollen ser de slettelandet. På klare dager ser de helt til de vage høydedragene på motsatt side av slettene. Åsene med den merkelige gråblå fargen, åser som er utenfor deres verden. For Kaje gir det en indre ro å hvile øynene mot noe som er så langt borte at det ikke er en del av livet. Noen ganger gjør riktignok synet av åsene ham anspent og rastløs.

Når kollen med leiren kommer til syne, har han plutselig god tid. Soppen har begynt å virke, og sjimpansemennesket ved elven er ikke lenger med ham. Likevel stopper han og lytter.

Lydene er som de skal være.

Han bestemmer seg for å ta en annen vei opp. Like før stien kaster seg inn i den siste bakken, forlater han stien til fordel for bratthenget på den siden som vender vekk fra elven. Ved å benytte en mosedekket steinrøys er det mulig å bevege seg nesten lydløst. Over steinrøysen står det en flokk store busker. Noen ganger klarer han å snike seg helt opp på den flate delen av kollen uten å bli oppdaget. Alle kjenner til hans spesielle lek, og de fleste synes det er fint at han tester hvor årvåken leiren er. Folk må passe på å passe på. Alt kan skje.

Nesten oppe hører han stemmer. Han kryper noen mannslengder til, før han legger seg ned bak buskene. Det er Mule.

«Jammen. Du så ikke hva Brade gjorde!»

«Mmm ...»

Et nokså uinteressert svar, trolig fra Kajes far, Rude, når så vidt fram. Mule fortsetter. Stemmen er kraftig og lett gjenkjennelig. Kaje smiler, manglende interesse stopper ikke Mule når han deler ut ord.

«Brade bare gikk bort til henne. Han bare tok tak. Bare dyttet henne ned. Han ville ... Hører du? Han må vekk!»

Faren svarer:

«Bo passer seg selv, hun kjenner Brade. Hun vet. Vi vet alle om Brade.»

Det knyter seg i Kaje når han hører dem snakke om lillesøsteren. Bo betyr så mye.

«Ja, selvsagt, ja», fortsetter Mule. «Det er ikke *det*. Hun *kan*. Og hun gjorde. Hun ... hun klarer. Hun bare grep ham i armen. Det er ...»

«Hva da? Hva mener du?»

Faren virker mer engasjert nå, men Mule nøler.

«Det er Karo ... Hun takler det ikke. Karo ...»

«*Karo?*»

«Ja! Karo! Det er henne. Alle hører hennes ord. Likevel sier hun ingenting. Hun ser ikke. Hun ... Hun burde sagt noe. Talt høyt! Sørge for å få Brade vekk. Hun er gammel og treg som en bøffel. Likevel griper alle etter hennes ord.»

Stemmen til Mule er tydelig opphisset, men Kaje merker at han anstrenger seg for å dempe den.

«Mule! *Hva mener du?*»

«Vi trenger en *mann*. Stemmen til en *mann*. *Jeg* kan.»

«Mule! Vi lytter til Karo. Hun står nær den store mor.»

«Hun har aldri rammet en antilope med kastestokk. Aldri!»

«Hva vet du? Du er bare ung. Ingen er gitt å bestemme over andre.»

Mule gir seg ikke.

«Folk hører ikke *meg*!»

«Alle lytter ... Først. Først til seg selv. Så til andre. Mest til de som viser riktig ansikt. Vi hører stemmen til Karo fordi hun har det i seg. Folk lytter til de som har gode ord. Det er det ... Da blir du hørt. Du må vise et godt ansikt.»

Mule er roligere nå.

«Kanskje ... Ja, jeg er ung, men hun er gammel. Hun er svak ... Stammen trenger mer pikk. Karo er bare kvinne, hun er ikke ...»

Kaje vil ikke høre mer. Sånt snakk ødelegger stemningen i skogen, selv fuglene lar seg merke av dårlige ord. Han smyger seg tilbake for å finne en annen vei opp. Mule sier av og til tåpelige ting, alle vet det, men å si noe sånt. Nei, det var bare dårlige ord, noe annet var det ikke. Noe annet kan det ikke være. Mule er altfor glad i sin egen munn, bare Karo har den rette kontakten med Alles Mor. Mule roter i bladene som hviler på bakken. Man skal ikke forstyrre. Det er *han* som må vekk. Han passer ikke inn. Han må lære å høre andre – ellers må han vekk.

Mule er noen dager eldre enn Kaje. Riktignok ble Mule mann før ham, lenge før ham; og han klarte det uten nøling, og uten hjelp, men ellers har de fulgt hverandre. I akkurat det livsløpet er det bare de to. Det plaget ham den gangen, det at Mule beviste sin rett til å bli kalt mann, uten at han selv torde. Nå spiller det ikke lenger noen rolle. Det er over en regntid siden han selv ble mann. Og han er høyest og raskest – bare ikke så sterk. Den gangen en leopard plutselig kastet seg inn i leiren. Det var i det sårbare morgenlyset. Leoparden tok lillesøsteren til Mule, og begynte å rive i henne med de kraftige kjevene. Broren var like ved, men sto stille som en stein, bare munnen beveget seg. Kaje grep en stikkestokk, men kom for sent.

Nei, Mule bruker munnen i utide. Sjimpansene kan angripe igjen, så alle må lære å lytte. Hvis Mule ikke lytter, får han finne seg en annen stamme.

«Du var der lenge», sier Lele uten å dreie hodet mot ham.

Kaje kommer gående det siste stykket opp mot den åpne gressletten. Lele holder på å vekke bålet sammen med Karo. Kaje beveger seg langsomt og med blikket stivt rettet mot den tynne, grå stripen som er flammenes gave til sol og måne. De to er på omtrent samme sted i livsløpet, nå er begge opptatt av samme oppgave: å fore med opptenningsknusk og småkvist for så å blåse. De sotete hendene hviler mot svarte steiner, lagt opp i en bue rundt stammens midtpunkt. Både Karo og Lele snur seg til slutt mot Kaje. De velkjente ansiktene sender gledesstrålende smil, men for Kaje bølger skikkelsene omtrent som røyken.

Uten å si noe bøyer han seg ned og omfavner Karo. De sotete hendene hennes lager striper på hans rene armer.

Den vanlige formen for hilsen er å legge hendene på skulderen til hverandre, men Kaje pleier å klemme den aldrende kvinnen tett inntil seg. Gjerne flere ganger hver dag. Han liker det frodige og milde, men samtidig bestemte ansiktet, og rynkene som blir levende og smiler når hun ser på ham. Unge ansikter virker kjedelige. Unge kvinner er dessuten uberegnelige og like vimsete i humør som rødryggapene, smilene deres er ofte bare flir. Karos ansikt er alltid fast, alltid åpent, og alltid vennlig til stede med et smil som rår over både hennes og hans kropp.

Hun lar Lele fortsette arbeidet med bålet.

Kaje merker at blikket hennes trenger dypt inn i øynene hans. Hun har oppdaget sløvheten. Antakelig vet hun hva den skyldes, men hun sier ingenting. Han burde ikke spist den soppen. Fortsatt er det Karo som ser lengst.

Selv moren, Karos søster, er ikke like myk og god å hvile mot. Karo sa en gang at han selv står nær Alles Mor; og at det triste, men samtidig glade i øynene hans gjenspeiler skogen og alt som lever der. Ifølge henne forsvinner smilet hans ut i luften uten å berøre andre mennesker, men det når fram til skogen fordi den er sammen med ham. Når han er alene med trærne, skjønner han hva hun mener. Han og Karo er en del av et fellesskap der alt som tilhører dalen er med. Derfor navneslektskapet.

Lenge sitter de stille tett inntil hverandre.

«Bo dro nedover dalen. Kanskje du så henne?» begynner Karo.

«Hvor er hun? Jeg trenger henne.»

Karo ser seg rundt. Ansiktet hennes får et litt merkelig uttrykk.

«Hun ... Kanskje hun er tilbake.»

Kaje stusser over uttrykket, men skyver det vekk. Også han lar øynene vandre. Øynene finner ikke Bo, isteden kommer sjimpansekvinnen tilbake i hodet hans. Ivrig snur han seg mot Karo.

«Jeg hørte ... Noen kom til badeplassen!»

«Noen?»

Kaje innbiller seg at Karo ville tatt det like rolig om det så var skyene som kastet seg over dem. Dessuten aner han en lystighet i ansiktet.

«Ai. Sjimpansekvinnen! Hun snek seg innpå. Så forsvant hun! Ai, bare forsvant.»

Karo venter litt. Hun vender seg først mot Lele, så tilbake til ham.

«Sjimpansekvinnen?»

«Ai, piken sjimpansene røvet. For lenge siden.»

«En kvinne?»

«Ai, ai. Hun går med sjimpansene. De er farlige.»

«Så hun forsvant. Ble borte?»

Spørsmålet virker overflødig på Kaje. Han bare løfter hodet.

Nå er smilet hennes tydelig: «Så det *var* en kvinne.»

«Jeg så ikke ordentlig. Det kunne vært noe annet. En ung mann. Jeg vet ikke, men det var ikke av det gode!»

«Det er en kvinne i Tales stamme. Jeg har lagt merke til andre også. Noen hos slettefolket. De … De ser på deg.»

Kaje blir taus og fjern. Nei, han tror ikke på det Karo antyder.

«De ville ikke … Ikke sneket seg innpå. Ikke stukket av! Nei, fly til månen!»

«Jo. De ville. De *ville*. Kanskje har de gjort det før.»

Hun legger hånden på pannen hans, skyver håret bakover og lar pannene møtes før hun fortsetter.

«Jeg vet om minst én. En elefant kan spasere over deg når du drømmer. Du er ikke her, du er over slettene. Forbi verden.»

Kaje er tom. Han skulle advare, men har mistet alle ordene. De har falt av. Dessuten har de merkelige fotsporene fjernet seg fra tankene, bare en vag murring av frykt sitter igjen.

Lenge bare nyter han nærheten hennes og det dype smilet. Det er umulig å varsle når ingen lytter. Han lener seg mot den myke kroppen, lavere, men frodigere enn mannen som sitter på andre siden. Lele er riktignok stammens spinkleste og mest senete mann; et værbitt, men ungdommelig ansikt med et evig glis. Karo minner Kaje om de myke, mosedekkede steinene ved elven, mens Lele ligner mer på de spøkefulle bregnene som tar seg til rette mellom steinene.

Det er bare så vidt Lele klarer å få sagt noe gjennom sin egen latter.

«Ja, det er best du holder på den.»

Kaje ser ned og oppdager høyrehånden. Den har et godt tak om skrittet. Det er en uvane, moren har sagt hun tror den skyldes at han som liten falt ned fra et tre og fikk ett bein på hver side av en grein.

Fortsatt dukker av og til smerten opp i erindringene. Selv om han vil at de skal vekk.

Han flytter hånden. Først bak på ryggen, så mot hoften. Venstrehånden er ikke noe problem. Normalt holder den om stikkestokken, men nå hviler den på Karos skulder. Blikket går mot stokken. Den ligger nær nok. I enden som peker opp, er stokken spiss nok til å spidde et dyr, den andre enden bærer preg av å ha blitt brukt som støtte.

Også Karo ler så rynkene skvetter.

«Kaje, Kaje», fortsetter Lele. «Husk. Med en hånd på hver kjepp har du ingen hender fri.»

Kaje merker selv trassen i stemmen sin og ser ned:

«Jeg klarer meg.»

«Pass deg. Kvinner gir liv og kvinner tar liv.»

Ordene fra Lele tilhører en munn langt borte. Kaje liker Lele. Mannen legger merke til så mye, og han er alltid der når noe skjer. Han er i samme livsløp som Rude, Kajes far, og de to holder mye sammen. Kaje har sett det vare i blikket når de to mennene ser på hverandre. Noen ganger ligger Lele sammen med dem om natten istedenfor med sin egen kone og deres barn. Han fleiper med alt og alle, og når han ler som verst, sprer humøret seg til trærne og fuglene. Og Lele er i stand til å flørte med hva som helst, faren påstår han har sett en bøffel stille seg opp med rumpa i været.

Ordene fra Lele har ofte mer i seg enn hva hvert ord bærer på. Kaje er blant dem som forstår, blant de få som virkelig ser hvor Lele befinner seg. Dessuten er det bare de to i stammen som har den smale nesen og det spesielle håret med grove krøller. Det er rart, Lele og Rude er som antilope og elefant – den første spretten og lystig den andre rolig og stille – men likevel står de alltid ved siden av hverandre. Ikke som ham og Mule.

Kaje lener seg forover slik at hodet hviler mot knærne. Fra ildstedet kommer det ikke lenger bare røyk, flammer er født, og de tar nå grådig til seg av veden. Uansett hvor mange ganger han har sett slikt, fortsatt er det vanskelig å rive blikket løs fra det mirakelet som har oppstått. En form for liv helt ulikt alt annet. Bevegelse, varme og lys er samlet i en uforståelig enhet. Lele er flink med glørne. Han har den rette pusten.

De tar feil. Jo, de *tar* feil når det gjelder hva han opplevde. Men hvorfor? Det er noe galt, noe urovekkende, kanskje noe farlig, men hvorfor? Hva er det?

«Kvinnene vil ha Lele, ikke meg», sier han.

«Nei, nei, nei», protesterer Lele. «Jeg er gammel. Jeg er på vei mot det hvite. De vil ha en som er sterk. Nei, nei, heller en som kan løpe. Rask eller sterk. Deg eller Godara.»

«Godara ...», ler Karo. «Ved Verdens Mor. Du tuller. Han er ikke av oss. Han har ikke ord.»

«Jo, jo, alt går, men Kaje trenger en kvinne. Godara trenger ikke, men Kaje trenger. Jeg ser det. Kaje skal ha mange. Alt går.»

De sier ikke mer. Karo og Lele fortsetter å fore bålet. Det slår ham at stillheten rundt de to alltid er mild og full av noe som ikke gir lyd, men likevel til stede som varige utsagn. Det er ingen tvil om at Alles Mor er hos dem. Begge står ham nesten like nær som foreldrene – på en måte enda nærmere.

Det er lenge siden noen har hatt kontakt med Godara – den tause. Godara har det andre hodet, en stor kul som stikker opp bak: ett hode til å se verden med, ett for å tale med Verdens Mor. Bare så synd at han aldri får snakket ordentlig med Godara.

Kaje merker tretthheten røre ved kroppen, men det er for tidlig å sove, dessuten er det så mye å tenke igjennom. Ulykker kommer alltid plutselig. Flere av legendene forteller om hvordan forferdelige ting skjer når man minst venter det. Sjimpanser er farlige, spesielt hvis de har med seg et menneske. De kjenner folket i nabostammene; men andre, fremmede mennesker er også farlige. Derfor er det viktig å være vaktsom. Alltid! *Han* må passe på, de andre ser ikke. Mule ser ikke annet enn seg selv.

Han sliter med å holde øynene åpne. Nei, han burde ikke spist den soppen. Trærne vugger så vidt med toppene. De lener seg mot ham og prøver å hviske noe, men det er umulig å forstå hva de mener; det blir ikke til annet enn en forsiktig risting på hodene. Hvorfor rister de på hodene? Han må åpne øynene!

Hans eget hode blir med ett tomt.

3.

Kaje er brått tilbake. Det første han merker, er at luften bak ham er kjølig. Så kommer de brysomme tankene, og nå klumper de seg sammen – verden rundt svarer ikke. Han orker ikke skue mer framover. Heller bålet. Det ligger for Mule å gjøre problemer om til masse ord, men det hjelper ikke når *han* er problemet.

Heldigvis brenner det godt. Flammene har funnet hverandre slik at de sammen blir store og sterke. Flammene vil at menneskene skal ha sin oppmerksomhet rettet mot dem, derfor gjør de alt utenfor mørkt og fjernt.

Kaje er svimmel. For ham er det ikke andre omgivelser enn bålet, menneskene rundt er fjerne skygger. Hodet fanger ikke opp annet enn bølgende flammer og iltre gnister. Vagt minnes han at det var noe som kom løpende ut av skogen, mange skrikende sjimpanser. De holder lange stokker hevet truende mot dem.

Nei, det har ikke skjedd – ikke i hans tid – det er bare en av stammens historier. Det må være den fremmede ved badekulpen som bringer fram slikt, Karo har sagt at alt som har skjedd, kan skje igjen, og at de derfor må lære av historiene. Dessuten må de alltid stå sammen. Mule hører ikke etter. Alles Mor har gitt liv til alt som er i dalen, hun kan også ta det vekk. Før eller siden tar hun det tilbake, og noen ganger skjer det brått og uventet.

Det er noe han må gjøre, men det får vente til neste dag.

De spesielle skyene er borte, så det er for sent å spørre Karo. Bør han isteden nevne hva han hørte fra Mule? Nei, slike ord bør ikke gjentas. Én dumhet er bedre enn en dumhet sagt to ganger, sier Karo. Dessuten, Mule prater for mye, men det betyr ingenting. Alle vet at han noen ganger prater foran seg, men han *er* av det gode, han tilhører jo stammen og Alles Mor. Eller?

For Karo er stammen viktigere enn alt annet, viktigere enn barn, viktigere enn en make. For Karo er stammen ektefellen som forsvant.

Folk har samlet seg rundt bålet. Noen varmer restene av en antilope drept dagen før. Kaje er ikke sulten, men ettersom alle andre tygger på noe, griper han en delvis avgnagd jamsrot. Tennene har ikke lyst. Fibrene klamrer seg fast i munnen og vil helst ut samme vei. Han spytter rester blandet med knasende sand – noen burde ha vasket den. Så henter han fram flere historier fra Karo. Fortellinger om Alles Mor, om mennesker for lenge siden, og om forskjellige dyr og planter, men også om mennesker som er onde. Allerede som barn tok stemmen hennes oppmerksomheten vekk fra alt annet uansett hva slags ord den formet. Hun hadde så mange av dem. Og alt gikk hun rundt og bar på – alle stammens ord. Til tider grep fortellingene ham så sterkt at verden forsvant, omgivelsene ble til ord, hennes ord og intet annet.

Karo må ha flyttet på seg uten at han merket det, for nå sitter hun på andre siden av bålet. Nei, nå husker han, det var han som reiste seg og trakk seg tilbake fordi det begynte å bli trangt. To av de minste barna trengte seg på og tok plassen tett inntil Karo. Han legger merke til at barna stråler. Den ene leker med håret hennes. Det forundrer ham at hun alltid virker så fornøyd og ubekymret – trass i hennes egen skjebne. Hun bærer på mye.

Så går tankene til Bo. Søsteren er klok, og hun forstår. Hun må få del i det han opplevde og stå sammen med ham om å varsle. Han ser seg rundt. Rart. Søsteren er ikke til stede. Det lange bølgende håret hennes er lett å kjenne igjen, og det gjør seg så godt i lyset av bålet. Nå er hun ikke der. *Hun burde vært der.* Andre kommer og går, men Bo er alltid med når solen har dradd til fjellene.

Med ett er øynene vidåpne. *Inntrengerne!?*

Han vender igjen blikket mot Karo, men ansiktet hennes er bare for de små barna. Det er umulig å nå fram. Det får vente. Natten synes trygg, og det som må gjøres, krever at solen er tilbake og viser fram dalen.

Fortsatt er Karo pen. Brystene henger ikke ned på samme måte som hos moren, selv om de er enda større. Det hender han legger hodet i fanget og klemmer på dem og drar i brystvortene. En gammel skinnremse samler det lange håret, ett av barna leker med å dra det ut til siden. Fra pannen og et stykke bakover går det striper av grått innimellom det svarte. En gang skal hun bli helt hvit, eller kanskje bare nesten hvit; så vil den hvite gorillaen komme og ta henne med seg til fjellene.

Moren kommer bort til ham med et oppvarmet leggbein. Det delvis avgnagde kjøttet har fått et nytt lag sot over en enda hardere skorpe. Jamsroten ligger på bakken ved føttene hans, nesten like stor som da han plukket den opp. Han møter øynene hennes, men behøver ikke si noe. Hun tar med seg kjøttet tilbake. De har lite mat den kvelden, ingen grunn til å spise når man ikke føler for det. Den siste tiden har de hatt problemer med å skaffe kjøtt. Noen hevder at dyrene ikke liker dalen deres.

Kaje forestiller seg hvordan Karo så ut den gangen det skjedde. Det var før han ble født, og det må ha vært før rynker og grå striper. Lele har sagt at alle mennene ville ha henne, men valget falt på en som bodde to elver bortenfor. En god mann. En mann folk lyttet til.

Mørket rundt bålet er totalt, selv trærne gjemmer seg. Det er ikke lenger mulig å vite hva som foregår utenfor det lille området som lever av flammene. Som oftest liker han at bålets verden er liten, det bringer folk tettere sammen. Ikke nå. Normalt hører virkeligheten utenfor til noe langt borte, nå er den altfor nær. Skogen er ikke lenger bare deres.

Til slutt orker han ikke sitte oppreist og lar overkroppen synke bakover mot bakken – selv om det er ansett som galt for voksne å ligge når man er samlet rundt bålet.

Karo tilbrakte mye tid med den mannen – helt til noe grep tak i kroppen hans. Først en merkelig hikke, så begynte det å komme blod og slim ut av både munnen og rumpa, og han ble veldig varm. Før han døde ble han forrykt, men likevel så slapp at han knapt klarte å sitte. Alt kan skje, men det som skjedde var både uhyrlig og besynderlig; for etterpå døde mange andre, og enda flere ble rare. Lenge bestemte det forferdelige over stammen. Så plutselig stoppet det. Alle som levde, levde. Det onde dro videre. Det kom uten varsel, og det forsvant like overraskende som det kom – omtrent som en gresshoppesverm. Men hvorfor? Ingen skjønte hvorfor.

Et lite barn snubler i beina hans og begynner å gråte. Det er minstesøsteren. Han løfter henne opp og trøster så godt han kan, før han lar henne løpe over til moren. Bare de som sitter nærmest, lar seg merke av lyden og sender korte blikk. Mule er ikke å se. Rart, han pleier å gjøre seg synlig nær bålet. Kaje flytter enda et skritt vekk, i retning natten, og bestemmer seg for å sitte, ikke ligge. Det er viktig at i alle fall én person hører skogen.

Mannen til Karo. Noen sa det var flaggermusens hevn. Han hadde plaget en flaggermus, og man skal ikke forstyrre de dyrene. De hører ikke til under solen og liker ikke å bli sett. Dyr som ikke tåler å bli sett, er farlige. Det er noe faren har sagt, men Kaje er usikker. Han har ofte vært inne i huler og skremt flaggermus, de er bare noen rare fugler.

Han liker seg inne i hulene. For ham er halvmørket kjølig og beroligende. Av og til er det godt å gjemme seg for dagen. Nei, flaggermusene er som alle andre; de er ikke onde, de bare trives i det kjølige mørket. Riktignok kan de bite, men de angriper ikke hvis man beveger seg forsiktig og langsomt. Nei, flaggermusene ville ikke funnet på noe sånt.

Karo fikk tilbud om å være sammen med broren, og broren hadde bare én kone fra før. Overraskende valgte hun å dra tilbake til sin fødestamme. Det var ingen tegn på barn, så beslutningen var hennes alene. Kaje tror han skjønner. Den andre stammen må ha oppført seg galt ettersom Alles Mor ikke passet bedre på dem.

Den som lett finner én mann, finner også lett en til. Andre oppsøkte Karo, men de forsvant igjen, så hun ble værende. Hun sa hun likte seg best i Bujudalen. Da søsteren valgte ektefelle, ble Karo en halvkone; og da Kaje dukket opp, en ekstra mor. Rart nok fikk hun ikke barn selv. Én gang skulle det visstnok komme et barn, men det viste seg aldri. De andre kvinnene syntes synd på henne, noen sa til og med at hvis hun døde uten eget avkom, var det ikke sikkert hun fikk dra til det hvite. Men, nei, det holdt sikkert med søsterens tre barn. Klart det hvite tar imot ...

Hvaaa ...

Noe tungt kaster seg over skuldrene hans.

Et dyr? En sjimpanse?!

Sammen velter de overende. Smerten kommer idet skulderen støter mot en stein. Huden svir, og musklene innenfor ynker seg. Kaje kan ikke se fordi den ukjente holder hånden foran øynene. Han kjemper imot, han prøver å komme seg fri, men nei. Armene blir holdt, og kroppen presset mot bakken. En kraftig, pesende skikkelse ruger over ham. Munn og nese har havnet hos gresset slik at det er vanskelig å puste. Hjertet prøver å rope.

«Ha! Der tok jeg deg.»

Grepet løsner litt slik at Kaje får vendt hodet til siden.

«*Hva?!* Brade! Slipp meg. *Slipp meg!*»

«Ha, ha. Jeg fanget deg, jeg fanget deg.»

Fordømt! Bare Brade kan finne på noe sånt, bare *han* er i stand til å oppføre seg som et forvokst barn. Med all sin tyngde og manglende forståelse for lek hadde han alltid vært en plage å bryte med.

«Brade! Fordømte flodhest. Slipp meg. Det gjør vondt!»

Det går. Fyren har fått sitt, han flytter seg til siden. I gjenskinnet fra bålet ser Kaje et bredt glis rundt en siklende munn. Frykten og smerten har løsnet et sinne, men han biter det i seg. Brade er fortsatt et problem. Alle vet det.

«Brade, ikke nå. Ikke bryte. Jeg orker ikke», sier han strengt.

Fliret forsvinner fra ansiktet, og Brade tusler bort. Trolig for å finne et nytt offer. Når han først får for seg at sånt er gøy, gir han ikke opp så lett. Flere av de andre har snudd seg og stirrer spørrende på Kaje. Noen smiler usikkert, andre kniper munnen sammen. Jo, Brade er et problem.

Overarmen har en sviende, rød stripe. Han forbanner Brade og alle som ikke oppfører seg riktig. Så angrer han seg, for han vet hva Karo ville sagt, at Brade er sendt av Alles Mor for å lære dem noe, og for at de skal huske. Og Alles Mor liker ikke at de blir sinte på hverandre. Karo kjenner henne bedre enn noen, kanskje like godt som Godara. Uten Karo ville ikke Brade hatt noen stamme. Han *er* et problem, uten henne hadde han ikke levd.

Tankene glir unna, men kommer tilbake i nye former, selv om søvnen truer med å overta. Han må ikke sove nå! Noe er på gang. Han vet det. Det er noe farlig i dalen deres.

Brade har alltid vært et problem. Likevel ... Det var særlig den ene gangen. Folk lyttet som regel til Karo, men ikke alltid. Alle voksne har rett til å foretrekke egne ord. Og så var det Brade. De fleste hadde vært imot, de hadde vært dypt uenige, men Karo hadde sagt: Han er født i vår stamme, alle som er født her, får leve her. Det rare var ikke at Brade ble værende, men at ordene ble stående. 'Alle som er født her, får leve her' ble til en flamme som vokste.

Øynene søker mot Brade som nå sitter på motsatt side av bålet – bak alle de andre. Ansiktet er vendt mot bakken. Hodet hans er for stort og ansiktet skjevt og rart. Kaje ser det ikke, men vet at det renner tårer nedover kinnene.

Karos engasjement dempet gnistene, men hun slet for å bli hørt. Faren til Mule var blant dem som ville ha Brade vekk, men på en merkelig måte hadde Karos syn sneket seg inn og funnet sin plass. Ordene hennes hadde en evne til å spre seg – omtrent som vindpust. Kanskje hadde stammen lært noe av å ha Brade, kanskje var han sendt dem. Han ga et slags bidrag. Mule burde ...

Plutselig spretter hodet hans til siden. Lyden kom fra trærne nedenfor kollen. Det var ikke bare én enkelt lyd, men noe mer variert – et forsøk på å kommunisere med andre et stykke unna? En merkelig lyd. Ikke den samme hvesingen som ved elven, men heller ingen vanlig stemme. Kroppen stivner. Lenge sitter han helt stille og lytter. Flere andre har vendt seg samme veien.

Det kan ha vært en sjimpanse. De fleste dyrene i skogen lager bare noen få lyder som er lett gjenkjennelige, men sjimpansene har mange. De er glade i å prate med hverandre, nesten som mennesker.

Skogen sier ikke mer.

Både Brade og Mule har i seg noe som ikke burde vært der. Brade er noen sesonger eldre, og fødselen var visstnok lei. Moren døde. Det er synd. Alt kan skje, og sånt skjer av og til. Bare av den grunn var det flere som mente han burde vært gitt til skogen. Dessuten var det ene beinet for kort, så han beveger seg på en klønete måte. Kaje minnes andre ord fra Karos munn. Alles Mor har glemt Brade. Vi må hjelpe Alles Mor, vi må gi Brade det Alles Mor ikke ga ham. Men hvordan kan den store mor ha glemt fyren hvis hun har sendt ham for å lære dem noe?

Stammen kan leve med at ikke alle bidrar like mye. Det gjelder selvsagt de minste, men også enkelte av de eldre. Greit nok, men med Brade er det annerledes. En gang tok han mat andre hadde samlet, og hev tilbake til skogen. Alt avhenger av at alle står sammen. Det er så opplagt. Både Lele og andre forsøkte å klovne foran Brade, men han syntes uimottakelig for latterliggjøring. Likevel var det særlig episoden med Bo den gangen for lenge siden. Kaje husker det godt, men på den tiden var han sikkert langt inne i pratealderen. Brade var i ferd med å bli voksen og burde visst hva han gjorde. De befant seg midt i en regntid, himmelen var våt og skogen enda våtere. De bodde under en av de sotete fjellhammerne. Det var kaldt. Den sølete, rødlige jorden farget maten. Selv kjøttet knaste i munnen, og soppen var full av både spiselige og uspiselige mark.

Folk liker ikke regntiden. Kaje merker godt hvordan stemningen taper seg, øynene stirrer ut i luften – uten å møte hverandre. Det blir mindre latter. Ansiktene visner.

Der ... Kjente han et drypp? Skyene virket mørke nok før lyset forsvant, nå gjemmer de seg i natten. En dyp og massiv natt, kanskje også en våt natt? Han ser seg rundt. De fleste har trukket opp mot sovestedene sine. Vagt tenker han at de burde satt ut vakter, men tankene glir unna – de driver tilbake til den gangen for lenge siden. Riktignok skrek den lille jenta, men alle barn skriker av og til, og Bo skrek ikke spesielt ofte. Dessuten var moren på vei bort. Likevel ... Brade rev plutselig til seg Bo og hev henne ut i en gå-langsomt-busk utenfor hulen. Brått kom det skrik som ikke hører hjemme. Alle andre ble stille. Da moren plukket henne opp, fulgte det med torner, og flere steder dukket det opp små bloddråper. Hele stammen gråt med Bo. De voksne hadde fått nok. Brade skulle vekk. Man visste godt hva det innebar, et vanlig menneske kan selvsagt håpe, kanskje blir man godtatt hos en annen stamme, eller blant slettefolket, men Brade? Karo reddet atter en gang livet hans.

Har han sovet?

Natten er tung nå, men fortsatt sitter noen av de eldre rundt de siste små flammene og prater lavmælt. Han vil ikke sove.

Det kommer ikke flere drypp, derimot dukker månen opp, helt uventet i et hull i skyene. Den er nærme, og den ser på ham. Foreløpig er den liten, bare en bue mellom stjernene, et smil i natten, men han vet at snart begynner den å vokse. Hver natt blir den litt større – helt til den er seg selv igjen.

Kaje smiler tilbake. Han trenger månen, og den skjønner det. Månen skyver til side skyene for å få større plass. Det hjelper. Natten åpner seg, for månen passer på stammen. Sol og måne svever fra slettelandet og opp til fjellene, helt opp til det hvite der hvor forfedrene bor. Mon tro om forfedrene er sammen med månen på dens vandringer? Antakelig reiser de med månen, for hvordan kan de ellers følge med på hva som skjer med menneskene og med dalen. De må jo følge med, for ellers kan de ikke hjelpe alle barna som kommer til.

Bålet har sovnet.

Også røyken vil til månen. Den snor seg langsomt oppover, men over trærne sprer den seg til en slørete vifte som går seg vill i mørket.

Nede ved badekulpen. Den rare lyden kom først. En lyd fra sjimpansekvinnen – eller et fremmed menneske? Deretter merket han at bladene flyttet seg på en unaturlig måte, de ble tvunget til å bevege seg. Også Mule trenger seg fram. Det er ikke bra når noen tvinger andre til å bevege seg. Bladene rører seg ofte, men det er slik det *skal* være, de leker med vinden. Alt bøyer seg bare vinden er sterk nok. Karo er som vinden, hun berører alt og får det til å svaie sammen i riktig retning.

Det har begynt å blåse rundt bålplassen. Røyken er borte, men vinden plukker opp små askedotter og fører dem mot skogen.

Kaje hører ikke at faren hvisker navnet hans. Han merker det heller ikke når faren kommer med nattskinnet og brer det over ham. Kinnet hviler mot hånden som igjen holder om en kniv laget av underkjeven til en antilope. Faren lirker kniven forsiktig fram og legger den ved siden av hodet.

4.

Kaje våkner i det matte morgenlyset – lenge før solen gir trærne deres riktige farge. Allerede fra han åpner øynene er hele kroppen våken, like våken som skogen midt på en solskinnsdag. Lave tåkeskyer henger over ham som en lurvete skinnfell, men solen vil sikkert jage dem vekk. For skogen er det bare atter en dag, en litt fuktig morgen. For ham er det noe mer. Han fjerner steinene som dekker gårsdagens matrester og forsyner seg med et bein og en rot. Beinet er krydret med små maur. Akkurat de maurene smiler han til; de gir kjøttet en annerledes, men god, smak. Noe av engstelsen fra dagen før er tilbake, men den blir holdt nede av nysgjerrighet. Mens de fleste fortsatt ligger urørlige, forsvinner han i retning badekulpen. Stammens skikker tilsier at man forteller andre hvor man har tenkt seg – særlig hvis man går ut alene. Kaje glemmer ofte å si ifra.

Han snur seg en siste gang der stien forlater kollen, og legger merke til at Lele har løftet hodet og stirrer mot ham. Lele som ser alt.

Det er noe fremmed over skogen. Selv trærne virker fjerne og tverre, kanskje er også de bekymret? Igjen stopper han for å drikke i favorittbekken. Et øyeblikk vurderer han å lete etter flere slumresopper, men står imot. Han trenger å være våken. Han trenger å ta vare på tankene.

Fotsporene i leira er der fortsatt. De har blitt hardere, og tørre i kantene, men er like tydelige. Han undersøker hele området, også skogen på nedsiden av åpningen. Det er ingen tegn til sjimpanser. Alt som står igjen, er spor av to føtter. Den ene med skjev stortå.

Den skjeve tåen burde gjøre det lett å kjenne igjen inntrengeren. Det slår ham plutselig at tåen er årsaken til hans bekymring, det er helt klart ikke et fotavtrykk fra noen i hans stamme, og om en person i nabostammene hadde hatt en slik tå, så burde han visst.

Han følger sporene som fører vekk fra elven. De peker nedover dalen. Der sletten slutter og skogen overtar, forsvinner avtrykkene. Her er bakken hard og dekket av planterester, men undervegetasjonen er kraftig nok til at det går an å følge sportegn: gress og små planter som er tråkket ned eller brukket. Sporene ender på stien som følger hele dalen. Inntrengeren har dradd mot slettelandet. Det vonde, det farlige, kommer alltid fra slettene. Kaje begynner å småløpe, men stopper raskt – det er selvsagt nytteløst.

Lenge blir han stående. Beina vet ikke lenger.

Det er da skriket kommer. Et fjernt, langtrukket hyl som ikke minner om noen av skogens egentlige lyder. Den tåkete luften gjør lyden vag og lite gjenkjennelig, men i hodet hører han en kvinne i nød. Også retningen er uklar. Han beveger seg mot der han mener skriket oppsto, men nøler. Flere ganger stopper han for å lytte, men skogen tier. Han løper et stykke, men vet ikke lenger hvor. Her er ingen tegn til mennesker. Kanskje var det likevel et dyr.

Noe inne i ham vil at han skal fortsette nedover, i retning lyden, men det ender med at han isteden drar til en kolle et stykke oppe i dalsiden. Derfra når øynene over skogen og utover slettelandet. Dessuten var det der han sist hadde kontakt med Godara. Han trenger å finne svar, og kanskje kan Godara hjelpe? Det å ha ord er ikke alt.

Solen er på vei ned når Kaje langsomt tråkker den siste bakken opp til leiren. Han fant ikke Godara. Heller ikke fant han noe annet. Dagen ga ingenting og dermed heller ingenting å dele. Nå er han sulten helt ned til føttene, men har ingenting med seg. Samværet blir ikke helt hva det skal være.

Hva man har med, blir lagt merke til; men når noen kommenterer, er det gjerne for å berømme de som har funnet mye, eller bringer noe som er spesielt godt. Det er lov å komme tomhendt, men de fleste misliker følelsen. Kaje går mot et sted i utkanten av leiren. Hans sted.

Lele stopper ham.

«Fant du ut noe?»

Han og faren sitter og flår en grønnape de har spiddet. Det er et eldre dyr, seigt og uten så mye kjøtt, men innvollene er sikkert gode. Hvor blir det av antilopene? Kaje blir stående å se på dem en stund før han svarer et kort nei.

«Fant du ikke sporene?»

«Jo, jo. Men de forsvant. -- Jeg fant ut noe. Det var bare én person. Ikke flere. Ingen sjimpanser.»

Lele ler.

«Sporene kommer nok tilbake. Jo, de kommer tilbake. Snart tråkker de over deg.»

Kaje ser på ham, men sier ingenting. Faren fortsetter.

«Sønn. Det er tiden, du er voksen. Det er riktig å lete.»

Og etter en pause, med en mer alvorlig stemme.

«Kvinne er viktigere enn mat.»

«Det var ingen kvinne!» spretter det ut av Kaje. «Det var noe farlig. Det lurte på meg.»

De to mennene ser først overrasket på ham, så ler Lele igjen.

«Jo, jo, kvinner er farlige. Selvsagt er de farlige.»

«Jeg hørte et skrik.»

De eldre mennene ser på hverandre før Lele svarer.

«Det er nok skrik. Lytt heller når noen hvisker til deg.»

Kaje gir opp. Han setter seg ned og stirrer sultent på innvollene som dukker opp i skrotten. Bør han fortelle dem om den rare tåen? Nei, de ser ikke det samme som ham. Plutselig føler han et sterkt behov for å prate med søsteren. Hun vil forstå, hun tror på ham, og hun har egne tanker.

«Hvor er Bo?»

Faren svarer nølende.

«Jeg vet ikke. Det er litt rart. Hun dro med Mule i går. De gikk for å sanke røtter og bær. Jeg har ikke sett henne.»

Kaje sier ingenting, han bare stirrer tomt ut i luften. Nå som han trenger henne. Og hvorfor med Mule?

Bo er pen. Altfor pen. Håret hennes bølger nesten helt ned til rumpa. Når hun lener hodet bakover, dekker det til og med de to runde, mystiske føflekkene øverst på den høyre rumpeballen. Ingen andre orker å gå med så langt hår hengende løst. Kroppen er mykere og ikke så spinkel som hans, men likevel smidig. Hun har farens bustete hårvekst både i skrittet og over øynene, men mest av alt er hun alltid blid, alltid snill og hjelpsom. Kaje vet hvorfor Mule har valgt å samle mat med henne framfor å gå på jakt. Søren ta den fyren, han presser seg på overalt.

«Mule hadde vondt i skulderen», fortsetter Lele. «Han hadde falt. Det sa han i alle fall.»

«Hun er *min* søster.»

«Din *søster*, ja, ikke …»

Selvsagt har Lele rett. Likevel plager det ham, og det irriterer ham at han lar seg plage. Han vurderer å dra til badekulpen igjen, men sulten blir for tydelig, så han velger isteden å ordne med bålet. Brått stopper han opp.

«Men Mule … Han kom tilbake. Han var her før solen forsvant.»

Lele virker tankefull, men sier ingenting.

«*Hun er ikke med Mule*», insisterer Kaje.

De eldre mennene rynker på pannen, men sier fortsatt ingenting. Lele følger med på ansiktet til Kaje, og etter en stund griper han likevel ordet.

«Hun er voksen nå. Du ser henne sikkert ved bålet i kveld. Hun dukker opp når lukten av ferskt, stekt kjøtt sprer seg. Alle gjør det.»

Hadde det bare vært sporene, skulle Kaje forstått at de andre ikke brydde seg, men det var så mye annet. Det hadde kommet flere tegn som tydelig viste at noe var i ferd med å skje. Bo er borte. Hun er ikke på kollen, men halvparten av stammen er riktignok fortsatt ute i skogen. Det er ikke uvanlig at noen overnatter et annet sted, men det *er* merkelig at Bo gjør det. Selv liker han å ha skogen for seg selv, men ikke Bo. Når ingen andre bryr seg, blir hans del av bekymringen desto større.

Det svinnende lyset får skyene til å virke mørke, likevel føler Kaje seg trygg på at de er av den tørre sorten. Han sitter ved bålet, innpakket i sin egen stillhet, og merker knapt at de andre samler seg. Noen kommer alene, andre i små grupper med voksne og barn.

Han klarte å overtale Karo. Bare hun har det som skal til. Stammen trenger en slik kveld, en kveld for å bringe folk nærmere. Det er lenge siden sist, ved å overtale Karo føler Kaje at også han har gjort noe for fellesskapet.

Øynene søker mot skogen samtidig som ørene drar inn elvebruset. Han prøver å fange opp de små variasjonene; hvordan lyden fra elven ikke bare er den samme, men av og til blir litt sterkere eller litt dypere. Hvordan barken og greinene på det ene treet aldri er helt som på treet ved siden av. Detaljene er viktige. De sier noe om verden. Karo har lært ham å legge merke til detaljer, og samtidig å se forbi dem slik at meningen kommer fram. Hun har sagt at neste dag ligger risset inn i det som omgir dem dagen før. Mulig at Karo tenkte mest på menneskene, men for ham er skogen og elven viktigere – og skyene selvsagt. Skyene byr på så utrolig mye forskjellig. De og elven er det mest forunderlige i dalen, skogen med alle plantene og dyrene *er* dalen, mens elven og skyene kommer utenfra. Det rare er at de går hver sin vei: elven alltid vekk fra fjellene, de tunge, litt triste skyene som regel på vei oppover. Menneskene og dyrene derimot går i alle retninger. Likevel går de samlet. Det er greit å komme vekk fra flokken, men flokken peker ut retningen. Også Mule må forstå det!

Folk prater lavmælt. For Kaje blander stemmene seg til et sus like ubestemmelig som lyden av elven – helt til et kraftig skrik stopper alt annet.

Det kommer fra et sted utenfor bålets verden. Alle snur seg, og munnene glir opp. To skikkelser er så vidt synlige i det svinnende lyset, den ene slår med kraftige slag mot overkroppen til den andre. Det er Mule! Selvsagt er det ham, og offeret er Brade som bare veiver med armene og utstøter et utvalg av rare lyder. Det er ikke lek.

De første mennene når fram, tar tak i armene til Mule og drar ham vekk. Brade fortsetter å veive med armene, men han slår ikke tilbake. Lydene blir mer som ord. Kaje hører stemmen til Mule.

«Brade må lære.»

Fyren sier også noe mer, men det forsvinner i stemmene fra de andre. Så er det over. Skogen er atter stille. Kaje lukker øynene for å komme vekk.

Kun Alles Mor har kraft til å styre verden, kraft til å stoppe både vannet og skyene, stoppe vinden og alle bevegelser. Selv klarer han kanskje å stå imot vinden, men bare Alles Mor kan stå imot alt. Stoppe alt. Når han sitter slik, merker han av og til hvordan hun gir av sin kraft. Den kommer til ham som en hvile, og som et fellesskap uten mennesker. Noe frodig sprer seg i kroppen. Han blir en del av en enorm helhet sammen med alt det andre i dalen. Som steinene i elven. De er en del av det som renner, og bidrar til å forme elvens lyder, men samtidig er hver enkelt stein seg selv. Det går an å løfte den opp, og gjøre den til noe som ikke tilhører elven, men det er i vannet den hører hjemme. Slik er det.

«La Alles Mor komme», sier Karo.

Stemmen hennes skjærer igjennom bakgrunnen av småsnakk. Den når alle uten å presse seg på.

Hun sier ikke mer. Isteden legger hun ved på bålet med en mine som antyder at hver pinne er en gave til glørne. Bålet spraker og sender varme gnister tilbake. Langsomt dør summingen av stemmer ut. Hender hviler rundt skuldrene eller på beina til de som sitter ved siden av. Kaje har et godt grep om overarmen til Lele, mens Leles arm hviler øverst på hans lår. De minste ligger i fanget til foreldrene. Alle er samlet, og alle er sammen. De spente og fornøyde ansiktene bevitner fellesskapet.

Det var lite mat, men de fleste har fått noe å spise. Et par gnager fortsatt på rester av grønnapen. Det var faren til Kaje, Rude, som først kjørte stikkestokken inn i den. Kaje vet at noen ville håndhevet retten til å gi seg selv og sin familie de beste bitene, men slik er ikke faren. Andre får lov til å forsyne seg av både lever og magesekk. Det gjør ikke noe, Kaje gnager gjerne på den seige overarmen. Likevel misliker han at det er Mule som kaster seg over den fristende, myke leveren. Noen har samlet smaksblader. Når han samtidig har dem i munnen, får kjøttet en pussig smak. Da er det ikke så farlig med innvollene.

Faren har to ansikter. Den høyre siden virker godlynt og rolig, med en kraftig nese og enda kraftigere øyebryn. De inntørkete restene av det venstre øyet ligger igjen i øyehulen og gjør ham samtidig fryktinngytende og ufarlig fra andre kanten. Arret på kinnet viser hvor kvisten skrapte. Det var et uhell fra ungdomstiden. Kaje har mange ganger lukket det venstre øyet for å føle hvordan det er å klare seg uten. Det gir en vag anelse av å mangle noe – kanskje ikke sånn med en gang, men etter hvert. Virkeligheten blir ikke helt riktig. Faren er en stor jeger trass i det manglende øyet.

Forsiktig begynner Karo å nynne.

Før folk kommer i gang bryter det inn en lyd som raskt går over i et skrik. Det er en av de små, Lille Bo, Kaje og Bos minstesøster. Hun sitter på fanget til moren og prøver å dytte fingrene inn i munnen hennes. Moren kniper igjen. Lille Bo har ofte tydelige meninger, nå vil hun at moren skal åpne munnen. Hun er gammel nok til å tygge selv, men foretrekker å få maten servert ferdigtygget. Moren griper et bein og tygger i full fart på kjøttrestene.

Karo samler håret i en knute bak før hun begynner sangen på nytt.

«Vi skal hjelpe, alle …»

«Nei. Ta heller den om leoparden», sier en av de yngre guttene.

Karo begynner på sangen om den store leoparden uten å forandre toneleie eller ansikt. De fleste synger eller mumler med. Noen trommer med trepinner, men så tidlig på kvelden trommer de alltid forsiktig og prøvende. Noen klapper med hendene, andre vugger med kroppen. Sangen er tegnet Kaje har ventet på. Nå skulle Bo vært tilbake. Det er så mørkt at trærnes svarte silhuetter har forsvunnet. Én natt borte kanskje, men to netter uten å oppsøke fellesskapet er utenkelig. Bo er ikke slik. Den andre natten har begynt, og hun er ikke der. *Noe er helt galt!*

Brått retter han opp ryggen. Hun pleier å sitte ved siden av ham, eller i alle fall i nærheten, men nå er hun ikke ved bålet i det hele tatt. De bakerste sitter riktignok nesten utenfor bålets verden, men Bo ville han kjent igjen selv uten bål. Dessuten merker han det dypt inne i seg – hun mangler! *Alle* er til stede unntagen henne. Bo som liker så godt samlekveldene!

Lele sitter like tett innpå som søsteren ville gjort. Rart det ikke er Mule, i det siste har Mule pleid å sitte på andre siden av Bo, men nå har han satt seg et stykke unna, og bak andre, han som alltid presser seg til en plass nærmest bålet. Kaje hører folk fortsette med neste sang, men stemmene er plutselig langt borte. Han reiser seg opp, ser seg rundt, men setter seg raskt ned igjen.

Alle får det bra, får det bra, bare bra
Alles Mor er hos oss, her hos oss, alltid her
Hun passer på, alltid på, alltid her
Så alle får det bra, får det bra, bare bra

Strofene blir gjentatt flere ganger. Kaje har hørt dem for ofte til å lytte, likevel gjør sangen noe med ham. Den døyver litt av uroen, men sangens trygghet er like farlig som slumresoppens sløvhet.

På en merkelig måte er det aldri så stille som når hele stammen synger; da er det bare én lyd – ellers er det alltid mange – og denne ene lyden fyller verden. Selv fuglene tier stille. Sangen suger til seg alt. I gjenskinnet av bålet stråler ansiktene like sterkt som glørne der de gjemmer seg under aske og halvbrente pinner.

Karo synger godt. Hun synger alltid godt. Tonene kommer ikke bare fra munnen, de strømmer ut av hele kroppen; det er nesten som om de stiger opp fra jorden under henne. Kaje vet hva det er. Styrken og klangen i stemmen, måten hun varierer på, hun synger med det hodet som taler med Alles Mor.

Etter hvert demper stemmene seg. Tonenes stillhet fremhever fellesskapet – alle og alt er like dempet. Kaje lukker øynene og lar oppmerksomheten søke mot noe inne i hodet, i nærheten av pannen, men konsentrasjonen brister når tankene går til søsteren. Typisk. Hun pleier å sitte rett ved siden av, og da merker han ikke at hun er der, men når hun er borte, kryper hun bare enda dypere inn i ham. Slik er Bo. I bakgrunnen hører han at noen har begynt å prate, men ordene er dempet. Det er over. Han bestemmer seg for å spørre om noen har sett Bo.

Før han rekker det, dumper det noe ned i fanget.

Han åpner øynene, men skikkelsen, som sitter med ett lår på hver side av kroppen hans, blokkerer utsynet mot bålet. To faste og spisse bryster med lange stive brystvorter vifter plutselig foran ansiktet. Reko selvsagt. Også hun har blitt voksen, men hennes valg av tidspunkt har ikke blitt bedre. I så måte er hun nesten like håpløs som Brade. Hun har deilige bryster, som det gir en god følelse å leke med, men ikke akkurat nå. Nå er tankene viktigere. Ellers er hun en fin kvinne. Det vennlige smilet blir understøttet av at den ene fortannen står på skrå foran den andre. Han har sett henne sint. Hun er blant dem som av og til hever stemmen, men på en måte som folk ikke lytter til. Samtidig er hun også den som insisterer på at andre skal spise når de har lite mat. De ekstra brede hoftene gjør henne både kvinnelig og annerledes. Håret er kruset og strutter rastløst vekk fra fjeset.

Han griper de to brystene for å få kontroll over hvor de befinner seg, men så presser hun underlivet så kraftig mot magen hans at han må flytte en arm bak ryggen for ikke å velte. Med den frie hånden kiler han henne i armhulen. Hun vrir seg leende ned ved siden av, og presser pannen mot øret samtidig som hånden beveger seg mot skrittet hans.

Det haster å si noe.

«Reko. Noe er galt. Bo er ikke her», hvisker han.

«Gi meg hånden din.»

«Reko! Hører du! Lukk opp øret. Bo er ikke her.»

«Hva sa du?»

Han holder på å gi opp, men prøver én gang til.

«Bo er borte. Hun er ikke her.»

«Bo? Er hun ikke her? Hun kommer sikkert. Alltid Bo ... Dessuten er hun søsteren din.»

«Nei, Reko. Noe er galt.»

«Nei da.»

«Reko. Ikke ... Ikke nå. Ikke akkurat nå.»

«Ååå.»

Kaje gir opp. Han legger armen rundt den unge kvinnen og trekker henne så hardt inn mot seg at hele kroppen, også hendene hennes, blir låst fast. Slik blir de sittende. Alt er ikke like lett, og med Reko blir alt veldig komplisert. Den ene hånden begynner å leke med Rekos bryster igjen. Berøringen roer ned tankene så mye at han begynner å merke det i pikken.

5.

Karo nyter synet av menneskene rundt bålet. Folk har det godt. Særlig om kvelden, og i lyset fra bålet – flammene gjør selv barna rolige og milde. De aller minste, som ligger og sover i fanget på voksne, viser stammens innerste vesen. Fortsatt hviler de fleste øynene mot henne. Å merke at ordene og sangen sprer seg, varmer like godt som flammer. Det gir alt hun trenger.

Hun ble med på å samle folk med sang fordi Kaje ønsket det. Som regel betyr det at de har et problem å diskutere, men denne kvelden er det ingenting å peke på. Men det er fint at Kaje *vil* noe, og at han engasjerer seg, de unge har så mye unødvendig i hodet – særlig Kaje.

Han blir sikkert en god mann. De trenger noen som ser forbi øyeblikket og inn i dagene som kommer. Stammen trenger nye stemmer å lytte til. Kaje *ser* – bare ikke alltid like tydelig – han må ha flere sesonger som voksen. Han har rett i at det er lite dyr i dalen for tiden. Noen kvelder har de voksne lagt seg uten å gi magen det den ber om, men dyrene kommer tilbake, det har de alltid gjort. Bålet er i ferd med å dø. Hun vender øynene mot Rude. Han møter blikket hennes og begynner å fore bålet. Hun merker at flammene ikke er fornøyde, veden er for rå. Det har blitt vanskelig å finne god ved også. Det kommer noen slitne flammer på en av pinnene Rude ga bålet. Ilden ja. En gave til menneskene fra skogen, blant de få tingene ingen andre har. Gorillaen er sterkere, apene flinkere til å klatre, antilopene raskere, fuglene kan fly, men bare menneskene har ild. På en måte har den store mor gitt menneskene mer enn hun ga de andre – man trenger ikke styrke eller å kunne fly, ilden er viktigere. Rart. Alle skal behandles likt, så hvorfor akkurat mennesket? Mange av dyrene er vel så snille mot hverandre.

Hun legger merke til at Kaje og Reko koser seg, men Kaje virker ikke videre engasjert. Det ligger ikke lidenskap i de halvt sammenknepne øynene og i måten han holder rundt henne. Kanskje like bra, stammen trenger å få kvinner utenfra. De trenger naboskapet som følger med.

Så minnes hun det Kaje sa om Bo. Hun kom ikke hjem kvelden før, og Karo ser henne ikke noe sted rundt bålet. Det *er* rart. Det er ikke bra. Bo er ung og uerfaren, hun kan ha falt og slått seg. Kaje har rett, de må gjøre noe med det. Hvis hun er skadet, er det viktig å finne henne så fort som mulig.

Mange sitter fortsatt med lukkede øyne, men flere har vendt seg mot henne. De pleier å gjøre det. Hun liker å føle blikkene deres lene seg mot kroppen. Til slutt retter hun ryggen, puster dypt, og sier:

«Vi må tenke på regntiden.»

Stemmen er langsommere og lavere enn vanlig, men samtidig mer intens. Hun tar en lang pause før hun fortsetter, nå litt raskere.

«Bujublomsten har åpnet seg. Så vil vi til Bigahulen? Den er størst og tørrest, men den ligger langt mot fjellene, det er kaldere der. -- Bodahulen er stor nok. Vi må tenke. Det er på tide vi ordner oss.»

Mule griper ordet nesten før Karo er ferdig.

«Bigahulen er best.»

Karo merker at stemmen er oppglødd. Hun trodde den gutten hadde lagt seg. Han sitter der, men bak de andre. Hvorfor bak?

Nei, han er jo ikke gutt, han er mann. Det slår henne at behovet for å markere seg er større enn troen på ordene. Det var etter forrige regntid at Mule virkelig begynte å bruke energi på å løfte egne ord. Jaja, også Mule er fortsatt ung. Ung og litt uferdig, men han er sterk. Også faren hans var slik som ung. Hun må få Mule til å være mer sammen med Kaje, de to utfyller hverandre. Begge har noe å lære av den andre. Dessuten må de lære at alle er én.

Lele tar forsiktig ordet.

«Det kan bli kaldt, og det er mindre mat der.»

«Nei, nei, Bigahulen er best. Vi trenger plassen. Nei, gi meg et tre.»

Det følger et ordskifte som Mule dominerer ved å heve røsten samtidig som han stamper begge føttene i bakken for hvert ord. Karo aner at mange lytter til ham. Synd ikke Kaje engasjerer seg, han har et bedre hode. Synd han er så fjern. Mule, derimot, snakker like mye som alle andre til sammen, og han prater som om alle de riktige ordene ligger klar så det er bare å sparke dem ut av munnen. Mulig at de unge kvinnene *lytter* til Mule, men de *ser* på Kaje. Det er et godt tegn. Øynene retter seg mot den som er klok og snill.

Avgjørelsen er ikke spesielt viktig. Det vil si, den kan bety mye for velværet i stammen, men det er umulig å forutsi hvilket sted som gir dem mest. Det som er viktig, er å få folk til å samle seg om ett valg; men det krever at folk lytter til hverandre, ikke spytter ut halvtygde røtter. Å diskutere med Mule er som å styre en foss. Det er umulig å stoppe vannet – og det er heller ikke noe å gjøre med retningen det faller – det må bare få renne forbi.

Karo puster dypt. Hvorfor er det så mange som lar seg skylle med av fossen?

6.

Månen har gjemt seg, mørket har overtatt. Kaje merker plutselig at en maur biter ham i foten, og dytter borti Lele idet han børster den bort. Et øyeblikk innbiller han seg at det er Bo, ikke Lele, som sitter der. Så merker han myk hud på den andre siden og tenker at *det* er Bo, men der sitter selvsagt Reko. Han husker at hun skled av fanget, men ikke at hun la hånden på låret hans.

De siste restene fra bålet er på vei over i grå aske, og de fleste har gått for å sove. En av mennene begynner å dekke glørne med steiner og jord for at de skal leve videre. Helst skal det som ligger igjen, være gitt av båltreet. Glør fra båltreet klarer seg bedre gjennom natten, og er lettere å blåse liv i neste dag.

Hvorfor i all verden er ikke Bo hos dem? Hun skulle sittet ved siden av ham! Reko er riktignok i samme livsløp som Bo, og hun og Bo står hverandre nær, men hun *er* ikke Bo. Han skotter over mot faren som akkurat har reist seg. Den brede ryggen beveger seg vekk fra bålet. Hva med moren? Heller ikke hun virker bekymret. Fingrene hennes leker med de litt pistrete krøllene til Lille Bo som sover i fanget med den ene hånden hvilende slapt mot morens bryst.

Kaje er ikke det minste trett. Han minnes skyene kvelden før. Plutselig er det som om pusten ikke vil mer. Hun skulle vært her! Han forstår ikke hvorfor ingen andre reagerer. Selv skogen er ikke seg selv. Av en eller annen grunn dukker det lille glimtet av mennesket i buskene fram. Det som fikk bladene til å bevege seg. *Plutselig skjønner han!*

Selvsagt! Det er så opplagt. Han burde sett det dagen før, hvis han bare ikke hadde sløvet seg med slumresopp. Det *kunne* ikke ha vært en pike fra slettelandet! Synet av de andre samlet rundt bålet har satt ham på sporet. Han vet med ett hvorfor han først tolket det øyet fanget opp, som noe annet; og hvorfor han, da fotsporene avslørte hva det var, ikke godtok Karos forklaring. Karo tok feil! Kanskje var det en kvinne, kanskje en ung mann, men det var ingen kvinne fra nabostammene. Det kunne ikke være noen kvinne eller mann de visste om! *Håret hadde ikke menneskefarge!* Det var ikke svart, men **rødbrunt**, omtrent som rødryggapen. Eller kanskje som en sjimpansekvinne?

Sjimpansene har røvet Bo!

7.

Som regel våkner leiren gradvis og etter et bestemt mønster. De tidlige står opp sammen med det første, nesten usynlige lyset. Her og der oppstår det milde menneskelyder. Lavmælt prat. Etter som lyset gjør himmelen klar for solen, føler stadig flere at dagen er der, og praten blir mer høyrøstet. Før eller siden er det et barn som skriker; eller noen som bryter ut i latter, kanskje helst en av de eldre, ofte Lele eller Karo. Slik våkner etternølerne.

Kaje er noen ganger tidlig, andre ganger sen. Mule er alltid sen.

Denne morgenen kommer det ingen høylytt latter. I likhet med morgenen før er Kaje spill våken nærmest før øynene har startet dagen. Samtidig merker han en ekkel følelse i magen, det er noe inne i ham som prøver å komme ut.

Det går raskt å forvisse seg om at søsteren fortsatt ikke befinner seg i leiren. Hun har nylig blitt kvinne og kan derfor overnatte ute på egen hånd, men dette er i så fall første gangen. Dessuten, hvis hun hadde planlagt å være borte to netter i strekk, burde hun sagt ifra. Bo ville aldri gjort noe sånt uten å si ifra. Også moren, Gido, er tydelig bekymret nå. Sammen går de rundt og spør de andre.

Svarene gir en vond smak i munnen.

Lite blir sagt mens de voksne gjør seg klare. Også skogen er grå, og selv solen er lei og holder seg borte. Luften er enda klammere enn den var dagen før.

Mule så henne sist. Han forteller at dagen før gårsdagen fulgte de elven nedover for å sanke hirsefrø og jamsrøtter. Der nede kom de over et tre med begerfrukter som holdt på å bli modne. Fullt modne er de noe av det beste skogen gir dem. Ikke bare smaker fruktene godt, den kraftige purpuraktige fargen er en spesiell opplevelse. Begerfrukten gir øynene nesten like mye som den gir munnen.

«Bo ville ikke tilbake», sier Mule. «Jeg sa det ble mørkt. Men, nei. Hun trodde det var skyene. At det bare virket mørkt. Hun ville ikke! Det var ikke meg.»

Mule virker oppriktig lei seg. Gido ser lenge på ham før hun sier: «Du har ikke gjort galt.»

«Jeg ..., jeg ...» begynner Mule, men stopper og ser ned.

Kaje stusser. Bo kan være sta, så det er ikke noe merkelig i det Mule forteller. Og øynene hans virker oppriktig triste, men samtidig holder de seg unna både ham og moren. Blikket hans leter etter noe å rette seg mot, det flakker mellom bakken foran og skogen nedenfor kollen. Øynene sier at det er noe munnen ikke får lov til å gjøre om til ord.

Mule griper leopardkloen som henger rundt halsen, og begynner å fingre iherdig. Det vil si, han griper det som en gang så ut som om det kunne ha vært en klo, hullet han laget for å få på en reim, ramponerte kloen. Kaje husker godt da Mule kom hjem med flere slike. Først prøvde han å få folk til å tro at han hadde drept leoparden, men alle kunne se at klørne kom fra et dyr som hadde ligget lenge uten å puste.

Mule puster dypt og rister på hodet før han fortsetter.

«Jeg … Jeg kunne blitt der. Men, nei, nei. Jeg tok jamsen og frøene. Bo ville ha frukt til alle. Nei, hun måtte ha mange flere. Men, … jeg, jeg gikk. Nei, gi meg et tre.»

Det høres ut som søsteren. Hun kunne lett ha holdt på til det ble for sent. Det er tross alt bedre å finne et egnet overnattingssted enn absolutt å skulle ta seg fram gjennom skogen i mørket. Kaje glemmer selv av og til å følge med på lyset og ender med å overnatte borte.

Men søsteren? Det kan være hun ville teste sin nye frihet, men ikke i to netter!

Med et plutselig sinne vender Kaje seg mot Mule.

«Hva gjorde du!? Hun er *min* søster. Hun skulle vært *her*!»

Mule ser forskrekket på ham.

«Nei. Det var ikke bare meg. Det var også … Det var … Var mest henne. Jeg kunne ikke for det. Det bare ble slik. Hun ville ikke ... Jeg kunne ikke. Det ble ...»

«Hun er ung, hun er kvinne, hun var ditt ansvar.»

«Kaje!» Det er moren som bryter inn. «Gi ikke ham skylden. Han styrer ikke Bo. Du vet det.»

Kaje ser på henne.

«Mule. Jeg beklager. Men var noe galt? Var noe vondt?»

Mule ser forfjamset og ulykkelig ut. Han svarer, men det virker ikke som om han tenker, øynene stirrer atter mot noe dypt inne i skogen, og ordene bare bykser fram.

«Nei, nei. Det var henne. Det var ikke meg. Det var hun som ...»

Kaje husker skriket han hørte om morgenen dagen før.

8.

Aldri har grålysningen vart så lenge. Selv om lyset har gjort alt klart, har Bo fortsatt ikke lyst til å reise seg. Det føles bedre å ligge stille med knærne presset mot brystet. Natten ga henne ikke hva den pleier.

Alle lydene. Lyder som ble tydelige da mørket overtok skogen kvelden før, men som hun aldri ville brydd seg om i leiren. Lydene er annerledes og større her ute, selv om hun kjente igjen de fleste og så for seg fuglene og dyrene som lagde dem. Noen langtrukne ul var spesielt plagsomme fordi hun ikke var sikker, ... det må ha vært en fugl. Én gang hørte hun rasling. En vag støy av blader i bevegelse fra buskene like utenfor sletten – ganske nærme. Slike lyder er de verste. Rasling alene sier lite, det kan være et helt uskyldig dyr, men det kan også være en leopard. Skjønt, leoparden kommer seg fram nesten uten å røre ved buskene. Mennene påstår dessuten at leoparder ikke angriper voksne, men hun er kvinne, hun er bare så vidt voksen, og hun har ikke noe å forsvare seg med. Mot en leopard er hun ingenting. De spiser mennesker som ikke er viktige nok til å leve videre.

Det var dumt ikke å ta seg tilbake. Tanken på at de andre sikkert savner henne, gir et stikk av dårlig samvittighet, men det med Mule gjorde at hun var nødt til å bli.

Solen har kommet. Riktignok er den skjult bak lave tåkeskyer, men det er tydelig at dagen er moden. Ingen slipper unna dagene. Solen bestemmer det. Lyset minner henne på at Alles Mor passer på alt som lever i skogen. Alt! Også de som ikke er viktige.

Noen ørsmå regndråper henger i luften og klenger mot kroppen. Det er som om de helst ikke vil utslettes mot bakken – i luften er dråpene seg selv, der nede blir de bare en liten del av en felles fuktighet. La dem bli, la de holde seg der oppe, det er deres luft like mye som min.

Vanen tar til slutt overhånd. Lyset gir dem oppgaver – det krever at de deltar. Hun setter seg langsomt opp og drar fingrene gjennom det lange, bølgete håret for å rette opp nattens floker. Deretter legger hun så mye frukt som hun får plass til i bæreskinnet og gjør seg klar til å gå. Det er da hun igjen hører rasling.

Ganske så nærme og veldig tydelig. Hun fryser til.

Det er noe inne i buskene!

Avstanden bort til de nærmeste er ikke større enn at en leopard kan være over henne før hun rekker å flytte foten, så det er ingen vits i å løpe. Hun blir stående med blikket festet mot det grønne. Kanskje hun ikke er viktig nok. Hadde hun enda tatt med stikkestokk, mennene forlater aldri leiren uten, og Kaje har laget stokk til henne. Så *hvorfor* tok hun den ikke med?

Det kommer noe ut.

Tankene stopper.

En mann?!

Og en til.

Nei, tre menn. Hun slapper av. De går langsomt mot henne. Alle har lange, tykke stikkestokker.

De burde ikke skremt henne, de kunne sagt fra, det er ikke pent å gå opp mot fremmede uten å hilse. Hun merker en rar følelse i magen og skal til å si noe.

De ... Et eller annet er galt! Blikkene er festet mot kroppen hennes, hvorfor ser de ikke *henne*? Hvorfor går de bare langsomt og målbevisst mot der hun står, uten å skape kontakt, uten engang å holde opp håndflaten. Kroppen blir stiv. Fort! Det er viktig. Hun må fange blikkene deres. De må se *henne*, og dermed ta del i dalen deres.

Hvorfor stopper de ikke? Man holder avstand. Alltid, alltid til de man ikke kjenner. Man holder avstand til man er noe annet enn fremmed.

Alle tre er kraftige, og det er noe fremmedartet og intenst i ansiktene. Det ser ut som om de har gått langt, svært langt, uten å bry seg om å bade. Kroppene er skitne som bøfler, håret er tjafsete. Rundt halsen bærer to av mennene reimer med klør og knokler. Og øynene ... Merkelig ... Uttrykkene er uvante, de virker mutte og uvennlige. Blasse blikk nesten blottet for liv, likevel stivt rettet mot kroppen hennes. For dem er hun ikke der. *De ser henne ikke fordi hun ikke betyr noe!*

Raskt drar hun noen frukter opp av sekken.

«Vil dere ha?»

Nå oppdager de ansiktet hennes, men virker uinteresserte. De kommer helt bort uten å vise tegn til å hilse. To av mennene tar imot frukt, men sier ingenting. Usikker prøver hun å løfte håndflaten opp mot dem, men de bryr seg ikke om å svare, så armen beveger seg ned igjen i små rykk. Det er noe galt med blikkene, men hun har ikke annet å gi. De ser ikke engang hverandre.

Mennene spiser i taushet. Også tredjemann vil ha.

Uten at hun tenker over det, beveger den ene hånden seg ned foran skrittet.

En av mennene begynner å spytte frø. Først spytter han mot en stein. Også de andre vil treffe steinen. Plutselig spytter en av dem mot henne og treffer høyt oppe på låret. Like ved der hun holder hånden. For første gang smiler de, men smilet er ikke til henne. Ikke engang til hverandre.

Hun tar et steg tilbake. Nå smiler de bredt, og den ene bruker armen til å fjerne fruktsaft fra leppene.

Langsomt beveger de seg nærmere. De kommer så tett at kroppene nesten berører. Plutselig bryter en av dem stillheten. Han som virker eldst.

«Du er oss.»

Bo skvetter. Ordene skulle ikke vært der, og han snakker på en så merkelig og klønete måte at hun først ikke skjønner hva han sier.

«Du hører til oss!»

Denne gangen snakker han enda langsommere og med kraftig, irritert stemme. Bo aner hva som ligger helt i bunn av ordene, men hva kan hun si? En av de andre strekker hånden ut mot brystene hennes. Hun unngår så vidt fingrene ved å ta et raskt skritt tilbake. Et øyeblikk tenker hun å løpe, men innser at det bare er dumt. Eller ... Nei, det er ikke bare dumt, det er umulig. Så går det ikke lenger. Hun klarer ikke å holde igjen. Det har ligget der lenge, like under overflaten og villet ha henne, villet overta, men hun har stått imot. Nå tar det hele henne, både bein og armer. Tårene kommer, og hun skriker. Høyt og enda høyere.

9.

Kaje og moren er i ferd med å gå når Reko kommer bort. Hun snakker til moren, men de stille øynene med det bedende blikket er rettet mot ham.

«Gido. Kan jeg gå med dere. Jeg kjenner Bo. Jeg kjenner hennes tanker.»

Hun tar fatt i hånden hans som om det går an å bli med ved å henge seg fast i den. Gido smiler vennlig.

«Vi går to og to. Du vet det. Du går med din mor.»

«To sammen. Da kan ... Du går med mamma, Kaje med meg.»

Hun legger den ledige armen bak hodet og spenner brystet framover.

«Reko, det er for viktig. Alle tanker må gå til omgivelsene. Du og Kaje har mange dager. Ikke nå.»

Kaje ser på det unge ansiktet som så ofte peker mot ham. Det fine med Reko er at hun smiler uansett, tenker han. Han snur seg og plasserer leppene mot pannen hennes samtidig som han presser kroppen hennes mot sin. Når han slipper taket, står Reko først helt stille, så vender hun ansiktet vekk og fniser høyt og lenge.

«Alles Mor styrer dere», sier hun til slutt, snur seg brått og løper vekk.

Kaje og moren følger stien nedover dalen. De har gått et stykke før moren bryter stillheten.

«Hun er god for deg.»

Han skjønner ikke at hun venter et svar før han ser blikket.

«Ai, ai. Jeg vet ikke. Reko er alltid der.»

«Hun er en fin jente.»

«Mor! Jeg er ikke som Mule.»

«Jo, *du er*. Du vet det ikke, du merker det ikke, men du er.»

«Mor, mor, selv fuglene venter til tiden er riktig.»

«Tiden er riktig. Du har bare ikke merket det. Reko er snill og god, du vet bare ikke at tiden er riktig.»

«Ai. Det er så mye.»

«Stammen trenger barn.»

«Det blir så stort. Stammen trenger ikke meg. Jeg ser de fjerne fjellene. Andre. Mule ...»

Han lukker munnen før det blir for mange ord. Moren vender hodet vekk.

Bare de eldste og de yngste blir igjen. Sammen med moren følger Kaje den siden av elven som leiren ligger på. Han tenker at stammen er som en skadet antilope, et dyr som er i ferd med å miste livsgnisten. Tap av bare ett menneske betyr så mye. I alle fall for ham. Han prøver ikke engang å få hodet vekk fra det vonde. Om han ikke har noe annet å gi, så skal Bo i alle fall få tankene hans.

Skyene har seget ned til bakken. Luften er våt, men bare innimellom samler fuktigheten seg i dråper. Likevel fryser han, nå og da skjelver hele kroppen. Han vurderte å surre et skinn rundt seg før han forlot leiren, men ga blaffen.

Det blå synes uendelig langt borte. Hele verden er redd, og selv blomstene henger med hodet. Det vonde er så vondt at det renner fra øynene og knyter seg inni ham. Ordene sitter fast i munnen. De bare *må* finne henne. Finne henne levende.

Han har sett rester av barn som leoparden har tatt. Bo er liten nok til at et sultent dyr kan tenke seg å prøve. Det irriterer ham at rovdyrene utnytter kjøttet så dårlig, mye dårligere enn menneskene, selv viser de respekt ved å spise hele slaktet. Sjimpansene er ikke stort bedre, men han har bare hørt om den ene gangen at de har angrepet og spist mennesker. Vil de angripe en ung kvinne alene i skogen?

Et sjimpansemenneske ville.

Da er det bedre om søsteren er bitt av giftslangen. I så fall vil de finne henne blek, kald og livløs, men like hel. Så sant de finner henne fort nok.

«Finner vi henne?»

Han vet det ikke fins noe svar, men spørsmålet blir for tungt å bære alene. Det bare *må* ut.

«Hun kan ha gått seg bort. Mye kan skje. Hun kan ha falt. Kanskje ødelagt et bein», svarer moren.

«Ai.»

Kaje synes moren virker unaturlig rolig.

«Vi finner henne helt sikkert», fortsetter hun.

«Vi *må* finne henne. Vi *må* finne henne», gjentar han flere ganger, men ordene har ikke mer retning enn strømvirvlene i elven.

Ropene deres gir ingen svar. Det er usedvanlig stille i skogen, og navnet til søsteren blir hengende igjen i trærne bak dem. Han vet at stemmer ikke når langt i slikt vær, den fuktige luften suger lydene til seg. Av og til hører de likevel det samme ropet andre steder. Det er fælt når et rop som så sårt trenger svar, aldri når fram dit det skal.

«Alles Mor trenger ikke Bo», sier han plutselig.

«Alles Mor trenger oss alle. Det er *vi* som er Alles Mor.»

Morens ord får ham til å tenke på hvordan alt som lever går sammen om å være Bujudalen. Det gir en slags mening, og litt trøst, men det klarer ikke å døyve det triste som styrer hodet.

De finner treet med begerfruktene. Det er fortsatt en del frukt igjen, men de henger høyt. Bo er ikke å se, og ropene deres er like ensomme som før. Bakken er hard og gir ikke fotspor, men gresset viser tydelig at noen har gått fram og tilbake. Menneskene er ikke de eneste som lar seg friste av frukt, inne i buskene finner de gorillabæsj. Ett sted er vegetasjonen tråkket systematisk ned, og blader er lagt fram for å sove på. Et øyeblikk ser han for seg Bo ligge der, men det er små tjafser av gorillahår på bakken.

Kunne hun ha gått med gorillaene? Kaje prøver seg med de mumlelydene dyrene benytter for å fortelle hverandre at alt står bra til, men ingen svarer. Kan de ha tatt henne? Det virker helt usannsynlig, dessuten er det trolig noen dager siden dyrene har brukt sengeplassen.

«Det stemmer ikke», sier Kaje plutselig.

«Ja?»

«Sånt skjer ikke. Ved samtlige fugler, det … det kan ikke skje.»

«Mm», svarer moren. Hittil har hun virket rolig, men nå aner han gråt bak de sammenknepne leppene. Det tar tid før hun sier noe.

«I min tid har vi mistet tre …, nei fire barn. Til skogen. I tillegg til hun sjimpansene tok. Bare to av dem fant vi. Du husker datteren til Lele?»

Kaje husker. Han husker så altfor godt.

«Nei, nei, det er ikke det.»

Moren ser spørrende på ham.

«Men det stemmer ikke. Det er så mye. Bo er borte. Og et fremmed menneske kryper opp mot meg. Et annerledes menneske. Det må være noe, et eller annet er i ferd med å skje. Noe vondt har kommet til dalen vår. Har du ikke merket at skogen er redd?»

«Kaje, det er så mye som er rart. Det er så mye som kan skje. Det er ikke opp til oss.»

«Jeg vet. Ja, jeg vet. Men nei. Det henger sammen, det skjer noe. Alles Mor prøver å vise oss. Husk mannen til Karo.»

Moren svarer ikke.

«Men mor! Det er viktig. Vi må tenke. Finne ut hva! Vi er på vei mot noe vondt.»

«Kaje, Kaje. Alt kan skje. Slik er det. Vi gjør vårt beste, da kan hun som passer på, gjøre sitt beste. Da kan …»

Nå gråter hun. Kaje gir opp å si noe mer, gråten griper også ham.

Ingen synger den kvelden. Kaje ligger med hodet i fanget til Karo. Utenpå virker hun rolig, men intensiteten i stemmen viser følelsene. Kaje skjønner at det er mer sorg enn bekymring, og det gjør at det knyter seg enda hardere inne i ham. Øynene hennes er fuktige.

«Vi skal finne Bo, selv om skogen har tatt henne. Vi skal finne det som er igjen hos oss, selv om hun har reist. Om hun er hos våre forfedre. Der i fjellene får hun det godt, men kroppen skal forsvinne her så hun minnes oss.»

Karo tar en pause og må ta seg sammen for å fortsette.

«Hun var det fineste vi hadde. Hun blir ikke glemt, så lenge noen av oss lever. – Hun skal leve i ordene våre.

Hun bruker hånden for å tørke bort tårer.

«Det har skjedd før, og det skjer igjen. Vi må alltid være beredt. Vi har Bujudalen, den har oss. Vi tar fra dalen, den tar sitt.»

Selv de minste barna gråter.

Lele lager bålvann. Han samler blader fra flere planter oppi en skinnsekk, så fyller han opp med vann og bruker to pinner til å overføre steiner fra bålet slik at vannet blir varmt. Sekken blir sendt rundt og alle drikker. Det lindrer alt det kalde. Stemmen hans er merkelig rolig.

«Bo er alltid en del av oss. Om skogen trenger henne, er hun fortsatt en del av oss.»

Kaje kryper sammen med moren, faren og den yngste søsteren. De kaller henne Lille Bo fordi det var det første Kaje sa da han så den nyfødte. Også Karo og Lele legger seg hos dem. De sier ikke noe, men kroppene presser seg sammen, og hendene leter etter noe å holde i hos hverandre. Det renner fra det friske øyet til faren, Kaje har grått så mye at det ikke er flere tårer igjen.

Bare moren synes å øyne håp. Kaje stusser over det, han kjenner ikke moren som noen optimist; hun er den som oftest aner farer og maner til forsiktighet. Selv er hun så forsiktig at hun sjelden beveger seg langt fra leiren.

Heldigvis har månen kommet fram, men også den er lei seg.

Månen gjør verden annerledes. Det reiser seg noe i trærne, selv de tynne gresstråene lever et nytt liv i lyset fra månen. Alt kan skje i måneskinn. Det er som om Alles Mor viser seg enda tydeligere fram, ved hjelp av månen viser hun at hun er der og at hun bryr seg om dem. Månen gir dem gjenskinnet av noe stort. Solen er bare lys, mens månen er sammen med dem, den deltar i sorgen.

Kaje blir liggende å tenke. Det foregår noe rundt ham – noe merkelig. Det skjer et eller annet som angår alle sammen, men han skjønner ikke hva. Stammen holder på å miste fotfeste. De sklir som på en våt, mosedekket stein. Han må prøve å forstå, prøve å finne svar, for kanskje skjer det plutselig noe forferdelig som ødelegger alt. Noe som knuser stammen, slik som hos mannen til Karo. Men hva? Og hvorfor klarer ikke Alles Mor å hjelpe dem? Hvorfor kom ikke solen da de trengte den mest?

De andre sover, så han prøver å unngå å bevege kroppen. Hodet ligger inntil farens brede rygg. Han merker åndedragene, den vage bevegelsen, mot kinnet. Fortellingen om Solmannen dukker opp fra intet. En historie han ikke har hørt siden han var barn.

I begynnelsen bodde Solmannen sammen med menneskene. Det var hans hode som sørget for lys til folkene der han oppholdt seg. Etter hvert ble det flere mennesker, og noen flyttet til andre elvedaler. De oppsøkte Solmannen og sa: 'Du må komme til oss, også vi trenger lys. Vi kan ikke se, her er mørkt som en måneløs natt.' De ble sinte og sa: 'Hvorfor hjelper du bare noen?' Det gikk så langt at de angrep, og prøvde å drepe, folket i den dalen som hadde lys. Solmannen ville gjerne hjelpe, men hva skulle han gjøre? Han kunne ikke være i flere daler samtidig. Da var det en ung kvinne som hevet stemmen. 'Vi må gå til toppen av fjellet. Der oppe tar vi hodet ditt. Så hiver vi det opp, så høyt vi kan, for da vil lyset nå ned i alle dalene.' Og slik ble det, om dagen flyr hodet til Solmannen over himmelen, om kvelden går det tilbake til fjellene. Det ble bra. Alle ble enige om å leve sammen under en felles sol.

Det er en av Kajes yndlingshistorier. Av og til tenker han at den unge kvinnen som var så klok, kommer til ham i skogen. I tankene får piken først Reko sitt ansikt, men det passer ikke helt. Så får hun Bos ansikt.

Til slutt sovner han.

Faren vrir seg forsiktig rundt og sørger for at Kaje ligger under skinnfellen.

10.

Den disige luften ligger som en tung bør over slettelandet, likevel presser solen seg mot dem. Her er det langt mellom skyggefulle steder. Deres egne åser fjerner seg langsomt, mens høydedragene på den andre siden av slettelandet forblir vage konturer langt utenfor rekkevidde. De passerer områder der bakken er nesten naken, bare sandete jord og små steiner, men mesteparten av terrenget er dekket av høyt gress. Noen ganger må de forsere kratt der buskene bærer pigger eller klo-formete torner, som regel finner de en vei rundt. De holder seg i nærheten av elven.

Kaje nekter å gi opp. Det er derfor han er her, og det er det som driver ham videre. Dessuten liker han annerledesheten på slettene. De drar hit med jevne mellomrom, fordi det er lettere å skaffe godt kjøtt i et mer åpent landskap, og for å holde kontakt med slettefolket.

De siste nettene har vært vonde. Han merker at kroppen ikke er helt seg selv. Sammen med Mule gikk han mesteparten av gårsdagen og fortsatte før solen igjen trådde fram. De skulle bare én natt unna, så de burde vært fremme for lengst, men om nødvendig kan han fortsette og fortsette. Forbi selv de fjerne åsene. Han skjønner ikke hvorfor Karo foreslo at Mule skulle bli med, det hadde vært bedre å slippe den fyren.

«Her er flatt. La oss løpe.»

Mule ser nedlatende på ham.

«Hvorfor løpe? Det hjelper ingen.»

Etter en stund fortsetter han. Tonen er ikke bedre.

«Dessuten er det *for* flatt. Trærne liker seg ikke, og selv solen er i dårlig humør. Den plager meg. Du må glemme. Du ser henne aldri igjen.»

Kaje sier ingenting. Han vurderer å løpe, men blir gående videre sammen med Mule. Turen var Kajes idé. Alle visste at Mule ikke likte seg langt fra leiren. Fyren er redd, så redd at han ikke tør innrømme det. Så hvorfor bli med?

Mule stopper. Kaje går først videre, men blir nødt til å snu når han ser ansiktet. Mule sier ingenting, blir bare stående og lene overkroppen forover. Det minner Kaje om en angrepsvillig bøffel. De har kommet fram til et stort, ensomt tre. Det virker som om treet eier stedet og er sint fordi noen trenger seg på.

Han skjønner at det er noe inne i Mule som prøver å slippe ut, men Mule er bare glad i ord som hever ham over andre. Til slutt trenger ordene seg fram.

«Jeg må ha noe å spise. Vi må stoppe. Nå. Nå med en gang!»

Kaje legger sekken sin på bakken. Den er laget av et antilopeskinn der stumpene av de fire beina blir holdt sammen med en bred skinnrem tredd gjennom hull skåret i skinnet. Mange fører reimen rundt pannen, men Kaje foretrekker å ha den over skulderen slik at han raskere kan vri på hodet om han hører en rar lyd eller aner noe som rører seg. Vekten mot den ene skulderen gir en skjev belastning, og på en så lang tur er reimen en plage. Han begynner å massere skulderen.

«Gi meg noe!»

Sekken er surret med hårene ut. Mule griper den. Noe grønt ruller utover idet han river den opp: Nøtter og tørket kjøtt pakket i store blader. Dessuten bærer de med seg noen skrapere laget av skrapestein. Gråhvite, litt kornete steiner som ligger godt i hånden. Eggen, som stikker passe langt ut når fingrene lukker seg om den runde delen, er rillete. Steinene er stammens spesialitet. De er spesielt velegnet til å rense huder.

Kaje fikk lov av faren til å ta med seg mat de hadde liggende. Som regel forventer man at voksne finner mat selv, også på lengre turer, istedenfor å leve på stammens reserver, men Kaje ønsket å komme fort fram. Han kikker bort på kameraten som har plukket opp en av de grønne ballene, så snur han seg og går ned til elven.

Vannet er ikke like friskt, og det virker grumsete. Dessuten mangler elven liv. Den har blitt gammel. Av og til bærer den med seg blader og små pinner, men også de ser ut som om de kjeder seg. Han balanserer så langt ut han kommer på de steinene elven ikke helt vet om den vil ha.

«Kaje! KAJE!»

Mule hisser seg så lett opp.

Han bøyer seg mot vannet som smyger seg sakte rundt de pent avrundete steinene. Bunnen er gjørmet, så hvis han tråkker uti, kommer vannet til å smake mudder. Dessuten kan det bli sittende igler på beina. Slettefolket bryr seg ikke om dem, bare drar dem av og hevner seg ved å spise iglene. Kaje holder føttene tørre, han liker ikke igler. For ham er de slimete og uappetittlige.

«KAJE, hører du?!»

Hva var det moren pleide å si: Sulten mann er sint mann?

«Selvsagt hører jeg. Selv fiskene hører deg. De tror du er en flodhest.»

«Tull! Du hører ikke etter.»

«Mule. Jeg hører. Hva plager deg?»

«De vonde maurene er i kjøttet!»

Stemmen er ikke lenger bare sur, den er lidende. Kaje drikker ferdig. For ikke å virvle opp mudderet bøyer han hodet og slurper vannet i seg. Så går han rolig tilbake. Mule står fortsatt og tripper, nevene er knyttet, men føttene peker innover. To lærreimer holder håret hans ut på hver sin side av ansiktet i noe som minner om bunter med hirsestrå. Slike bunter hår passer til et verdig og bestemt ansikt, de gjør seg dårlig rundt et gutteaktig, grinete fjes. Enkelte menn setter håret opp i flere slike kniper i et forsøk på å etterligne løven, selv foretrekker han en enkel reim spent rundt pannen for å holde håret på plass. Hans reim er dessuten laget av bast, innerbarken på basttreet, selv om han vet at mange synes bast er for kvinner.

Mules ansikt er komisk, men det faller ham ikke inn å le.

«Vannet smakte godt. Er du ikke tørst?»

«Se! Se på maurene. Det er de vonde!»

«Ja da.»

«*Du* … Du fikk maten av Karo. Det var du … Du skulle passe på den. Du er …»

Mule finner tydeligvis ikke de rette ordene. Kaje vet at jo hissigere Mule blir, jo dypere gjemmer ordene seg, og jo kraftigere blir de støtt ut når noen av dem endelig dukker opp. Det var ikke Karo som ga ham mat, men det spiller liten rolle.

Kaje ser på flokken av maur som løper rundt mellom kjøttstrimlene. De har det tilsynelatende svært travelt, men ingen synes helt å vite hvorfor eller hvor de bør gå. De løper et lite stykke den ene veien, kolliderer med et eller annet, snur og løper andre veien. Antakelig er de ikke redde, bare forvirret. Insektene minner om Brade, og om antiloper som blir jaget. Også antilopene er vimsete. Maur er noen komiske skapninger, men det passer ikke å le av dem. Ikke nå. Maurene må ha krøpet inn i løpet av natten. Det er vanlig med maur i maten, men akkurat denne typen smaker beskt. Ikke engang larvene deres er spiselige, han så en gang et barn kaste opp etter å ha prøvd.

«Noen få gjør ikke noe», sier han rolig.

Mule mener visst noe annet. Han reiser seg opp og går mot ham med stive skritt, begge hendene knyttet foran seg og de to tommelfingrene pekende mot hverandre. Han kommer så nærme at Kaje kjenner pusten i ansiktet. Det spruter spytt av ordene hans.

«Hvorfor hang du ikke maten i et tre? Karo burde gitt sekken til *meg*. Du duger ikke, *jeg* ville passet på! Hvorfor alltid *deg*!»

Kaje kniper munnen og øynene sammen og vender hodet vekk.

«Svar din ...»

Kaje svarer ikke, men er i ferd med å ta et skritt tilbake idet han kjenner støtet av de knyttete nevene i brystkassen. Kraften er stor nok til å slå pusten ut av ham samtidig som han faller bakover. Ryggen treffer en stor stein som gjør at kroppen ruller til siden før den havner på bakken. Der blir han liggende. Mule står og freser. Så tar han et par skritt framover og gjør seg klar til å sparke. Kaje rører seg ikke – bare stirrer mot øynene hans. Ryggen gjør vondt. Mule nøler litt, skal igjen til å sparke, ombestemmer seg, sparker hardt, men i luften over kroppen til Kaje. Så snur han seg brått rundt, går noen skritt tilbake der han finner en stor, tørr kjepp. Denne brekker han opp ved å slå hardt mot det store treet. Treet liker sikkert ikke å bli slått, men det er lite Kaje kan gjøre med det. Han reiser seg ikke før Mule er ferdig.

Det slår Kaje at det er merkelig å finne den kjeppen her, for den stammer fra en annen tresort. Noen må ha lagt den igjen.

Mule er kjent for å denge løs på trestammer når han blir sint, helst med klubben han har fått av faren. Den er laget av det store lårbeinet til en bøffel. Lele pleide å si 'Gi Mule et tre' når fyren hisset seg opp. Etter hvert begynte Mule å si det selv, som for å varsle andre. Kaje misliker måten han behandler trærne på, det hadde vært bedre å slå mot en stein, men det er bedre å slå trær enn mennesker. Noen besøkende fra nabostammen hadde en gang spurt om Mule faktisk spiste trærne. Spørsmålet fikk folk til å le.

Karo ja. Kaje ønsker ikke å bli begunstiget, såpass burde Mule forstått. Kaje blir stående å tenke, tilsynelatende uten å ense den andre. Han minnes brytekampene da de var yngre. Som oftest var det bare en lek som begge likte, men som Mule pleide å vinne. Av og til ble leken alvor. Det var når han holdt på å få overtaket og kameraten, kanskje fordi noen så på, absolutt ikke ville tape.

Nå husker han hvorfor sekken ble plassert ved siden av hodet istedenfor å bli hengt i et tre.

«Det ville ikke vært trygt å henge sekken», sier han så rolig han kan. «Vi kjenner ikke apene her.»

«Det fins ikke aper her, og ... og ...»

Før Mule finner fram til flere dumme ord, samler Kaje sammen kjøttet, tar det med til elven, hopper ut på steinene igjen og holder det lenge under vann.

Den morgenen våknet han av at en jordrotte prøvde å trenge inn i sekken. Han hadde grepet stokken sin og beveget seg rundt slik at jordrotten naturlig søkte tilflukt mellom noen steiner. Deretter hadde han vekket Mule. Med en mann på hver side av steinene burde dyret vært et lett bytte. Problemet var at Mule sov, også etter at Kaje hadde fått ham på beina. Normalt var han en av stammens bedre jegere, men ikke halvt våken og uopplagt. Jordrotten hadde tilsynelatende skjønt dette, den spratt unna mellom beina til Mule da Kaje begynte å dytte på steinene. Kaje hadde sagt noe om deltakelse og oppmerksomhet. Siden hadde de gått hele formiddagen uten å si noe. På en måte er det greit, begge vet hvor de skal – eller de tror i alle fall de vet hvor de skal – men det er ikke godt. Det er ikke riktig. De tilhører samme stamme.

De fleste maurene slipper taket under vann. De få som fortsatt kravler rundt, kan de spise eller plukke vekk. Kaje deler kjøttet i to hauger på hvert sitt blad, mest til Mule fordi han alltid trenger mest. Etter å ha spist går Kaje bort og legger hendene på Mules skuldre.

«Vi skal være venner.»

Mule er stille en stund. Først stirrer han opp mot himmelen, så ned mot bakken.

«Jeg beklager. Jeg ...»

«Vi må huske hva Karo sier ...»

Kaje angrer på at han nevnte Karo, men fortsetter etter en liten pause.

«Være jord, ikke sand. På sandgrunn gror det ingenting. Er vi ikke venner, så visner stammen. Da får vi ikke hjelp av Alles Mor. Vi trenger Alles Mor. Nå. Spesielt nå.»

Mule svarer, men virker ikke oppriktig.

«Ja, ja. Det var ikke meg. Ikke ... Ikke helt. Nei, gi meg et tre.»

De går sammen ned til elven for å drikke. Det er noe annet Kaje har behov for å ta opp, men han nøler lenge.

«Det er en annen ting.»

«Ja?»

«Du og Bo? Hva er det? Hva var det?»

Mule ser ned og roter i sanden med tærne.

«Bo? Hun ... Å, ja. Nei, nei. Det var ... Nei ingenting, det bare ble ... sånn. Ikke.»

Begge er stille. Kaje tror kanskje han skjønner, men velger å ikke si mer.

Igjen smiler solen. Det føles godt å fortsette, for nå går de tettere sammen, men det aner Kaje at Mule fortsatt har øynene i en annen retning. Noen gresshopper spretter rundt beina, men de bryr seg ikke om å plukke dem, for også gresshoppene er i godt humør – og dessuten ikke av den beste sorten. Endelig løsner Bo litt på taket. Hun kniper ikke like hardt rundt hodet hans. Mule har rett, turen er bortkastet, de må godta at skogen har tatt Bo.

11.

De skulle bare følge elven nedover, men utover dagen blir Kaje stadig mer usikker. Mule tilbyr seg å klatre opp i et hvile-under-tre. Fra de øverste greinene er det mulig å skue over den brede, tette kronen av blader.

«Jeg tror jeg ser noe.»

Mer sier han ikke før han er nede igjen.

«Retningen er feil. Bortover der.» Han peker med fingeren rettet ganske bratt oppover. «Muligens nærmere enn lyset forsvinner.»

«Er du sikker?»

Mule tenker seg om.

«Nei. Det var svakt. Det er rart ... Forbasket rart.»

Også Kaje klatrer opp.

Fra toppen av treet blir det enda tydeligere hvor goldt slettelandet er i forhold til skogen hjemme. Mon tro hvordan landskapet er for menneskene, hva ligger det egentlig i det Karo har sagt om sandgrunn? Jorden er tørr og grovkornet. Det er lenge siden sist han var på besøk her, men han minnes folkene som mer innesluttede, mindre sprudlende og glade. Kanskje lar de seg prege på samme måte som gresset – de blir stive og kjedelige å være sammen med. Historiene om voldelige mennesker dreier seg alltid om folk som kom fra slettene. I det fjerne synes landskapet enda tørrere og goldere, men så vidt han vet bor det ingen der. Hvor mange dagsmarsjer er det til de siste åsene?

Nei, verken trær eller mennesker klarer seg så godt på sandgrunn. Også i dalen deres fins det enkelte steder med sand, det er gjerne langs elven, der vannet tar det rolig. Sandbankene er nesten uten liv.

Han aner den diffuse røykskyen som henger over sletten i den retningen Mule pekte, men den disige luften gjør det vanskelig å være sikker på at det er bålrøyk og enda vanskeligere å vurdere avstanden. Et annet sted ser han en flokk elefanter. Han får lyst til å dra og hilse på dem. De er større enn alle andre og selvsagt farlige. En gang så han en gutt fra slettelandet som var tråkket i hjel av en elefant. Det knuste hodet utgjorde et særdeles stygt syn som fortsatt stiger klart fram når minnet blir vekket. Nei, når en elefant vender seg mot deg og sprer ut ørene, skal man trekke seg forsiktig tilbake. I alle fall ikke erte dyret. Også Mule krever aktsomhet.

Enda lengre borte, i retning de fjerne åsene, stiger det opp en støvsky. Det kan være en flokk antiloper eller sebraer jagd på flukt av løver, men noe ved måten støvskyen beveger seg på, får ham til å tro at det er noe annet. Han aner ikke hva. Kanskje mange mennesker? Men i så fall er det menneskene som jager, for når mange er sammen, stikker de ikke av fra noe som helst. Ikke engang fra løver. Selv løvene respekterer stokkene deres. Menn som står samlet, er større og sterkere enn alt annet. Bare elven har sterkere vilje.

De blir enige om å forlate elven og gå mot antydningen av røyk. En slik tur var ikke planlagt, men Mule har tatt med seg blæren fra en kudu, festet til reimen rundt livet. Kaje mangler noe som egner seg til å frakte vann.

Før de fortsetter finner Kaje fram noen tørkete kaffefrukter fra sekken. Det skrukkete skinnet er dypt rødt; smaken er søtaktig og ganske god, men det er ikke så mye kjøtt rundt de store frøene. Karo har sagt at det gjør godt for kreftene å tygge fruktene, og særlig å tygge i stykker frøene som ligger inni.

Selv nå, når solen står lavt, virker luften klam. Solen har vært der hele dagen og slitt altfor hardt med å gi varme. Den trenger en hvil.

Åsene rundt Bujudalen er langt borte, men Kaje beholder kontakten. Bak åsene stikker det mystiske konturer opp mot en rødlig himmel. De innerste, mest gåtefulle toppene har stupbratte sider som vender seg ertende mot slettene. Han vet at de helt øverst er underlig hvite, enda hvitere enn håret til de eldste. Sett herfra har de riktignok farge, men det er noe fjellene stjeler fra himmelen.

Det er dit. Dit han aller helst vil.

Helt siden Karo første gang fortalte om det hvite, har det vært Kajes drøm å se det. Kanskje finner han forfedrene. De kan sikkert lære ham mer om Alles Mor. Karo sier det er umulig, men hun har ingen god forklaring når han spør hvorfor. Hun sier også at det er umulig å fly, men fuglene gjør det jo. Han nekter å tro at fjellene ligger utenfor hva mennesker kan klare. Sett herfra virker de små og langt fra uovervinnelige. De bratteste sidene er kanskje bare for fugler, men det fins mildere rygger og skråninger. Hvis han finner igjen søsteren, skal han dra opp dit og takke den store mor. Helt opp til det hvite.

Det hvite ja. Og den hvite gorillaen. Kolossen. Kjempen som reiste seg over alle andre. Et dyr som så ut som en vanlig gorilla, men som var helt hvit og enormt stort, med skinnende ren pels. Et dyr som sto over de andre dyrene og beskyttet skogen og åsene ved hjelp av fornuft og rettferdighet. Når den slo seg på brystet, lyttet hele dalen – til og med trærne og blomstene. Men den hvite gorillaen ble gammel, og den skjønte at noen måtte overta oppgaven med å ta seg av skogen. Derfor ga dyret ansvaret for skogen til månefolket, før den selv dro til fjellene for å leve der i døden. Månefolket forsøker å ivareta arven så godt de kan, men ingen kommer opp mot gorillaen i klokskap og styrke. Livet går videre, men blir aldri fullt så godt fordi menneskene ikke er like snille. Selv om de prøver. Før den dro, sa den hvite gorillaen at hvis menneskene oppførte seg pent, ville de få leve så lenge at de ble hvite i pelsen, og da skulle også de få bli med til det hvite.

De holder et høyere tempo nå, begge vil gjerne fort fram.

Plutselig stopper Mule.

«Se!»

Han peker mot bakken et stykke til venstre for dem. Kaje ser med en gang hva det er. Begge løper bort og begynner å trampe. Det er lenge siden han har smakt slike kryp. De her tilhører ikke den vanlige, knøttete typen som knapt smaker noe innimellom all knasingen; nei, disse gresshoppene er myke og fete – kraftige grønne og brune kropper med svarte flekker på bakbeina. Et lett bytte for en kjepp, men nesten enda lettere med foten. De plukker ivrig opp halvt knuste dyr, river av vinger og bein, og stapper resten i munnen. Av alle småkrypene er de fete gresshoppene de mest velsmakende. Mule er flink til å finne mat.

Sammen fortsetter de med et felles smil.

Kaje tenker på Reko. Før han dro, kom hun til ham med en lykkeamulett, en hvit rund skive laget av skallet til et strutseegg. Midt på den svakt buete overflaten er det et stort, avlangt hull der det er tredd en lærreim. Hullet får amuletten til å se ut som et øye – et øye som passer på bæreren. På skiven er det laget riper i et slags mønster, og nede i ripene ligger det rester av det gulrøde okerpulveret de bruker til å gi ting farge. Han vet at hun har fått amuletten av faren sin, rett før han døde av en sykdom som stjal kreftene hans, og han vet at hun er veldig glad i den. Nå henger den rundt halsen hans.

Han ser for seg det kjærlige smilet da han takket for amuletten ved å presse seg inntil henne. Han husker varmen og mykheten i kroppen, og den våte tungen som slikket ham på siden av nakken. Minnene gir en glede som han nyter igjen og igjen – hun er en fin kvinne. Snill og god. På en måte er det litt synd at han ikke er klar til å være to, men ..., nei, det er så mye annet, så mye å finne ut av. Så mye som ikke er prøvd.

«*Stopp!*»

Ordet blir sagt halvhøyt, fra et sted like bak dem.

Kaje og Mule enser først ikke anropet. Ørene forventer ikke menneskelyder.

«Stopp! STOPP!»

Denne gangen er det flere stemmer. De høres sinte ut. Ordene dytter overende Kajes tanker. De to snur seg samtidig.

«Stå stille!»

Tre godt voksne menn kommer mot dem. Antakelig har de ligget skjult i et buskas. Det mest iøynefallende for Kaje er stokken som en av dem retter mot magen hans. Den er kraftig, og har en lang spiss av bein surret i enden. En stokk egnet til jakt på store dyr. *Eller mennesker!*

Hvorfor peker de på dem med spyd?

Han står helt stille.

Et ubehag vokser inni ham. Uten at han merker det, glir hånden ned mot skrittet, samtidig som kroppen krøker seg sammen. Noe sånt har han aldri opplevd, men han har hørt historier – historier om mennesker som dreper mennesker. Det er bare at i fortellingene er det alltid en grunn. De må ha en grunn! *Hvorfor kommer de mot dem med spyd?*

Klarer de å løpe fra de fremmede? Mule er sterk, kan de klare å overmanne dem og ta fra dem spydene uten selv å bli stukket? De fremmede er riktignok én mer, og bedre bevæpnet, men de er også eldre og tregere. Problemet er at de er mennesker – ikke dyr. Man angriper ikke andre mennesker. I alle fall ikke uten grunn! Det er så opplagt.

Både Kaje og Mule står fastgrodde som trær. Åpne for stikk og slag.

12.

Fire menn sitter sammen under et akasietre. Stammen er spinkel i forhold til den store kronen som brer seg flatt utover i alle retninger. Bladene er smale og er plassert langt fra hverandre, så solen lager et mønster av dotter selv der de sitter i den mest skyggefulle delen. Bakken er bar, med unntak av små brune blader som treet ikke lenger vil ha, noen tufser av gult gress, samt røtter som uventet stikker opp her og der i mislykkete forsøk på å slippe unna den tørre jorden.

Mellom mennene ligger en død kuduantilope. Kuduene er de største antilopene slettelandet byr på. I forhold til andre antiloper er dyrene klumpete, og virker klønete, men de er desto mer kjøttfulle. Dessuten er kuduen spesielt sky og vanskelig å jakte, den er derfor høyt verdsatt. De hvite stripene på ryggen ser ut som om de er risset inn med stein av et menneske. De spiralformete hornene er artige, men uegnet i formen og for sprø i konsistensen til å være nyttige.

Det er fortsatt mulig å skimte kameratene som gresser et stykke unna. Dyrene virker merkelig rolige tatt i betraktning skjebnen til den ene. De napper i gress og blader som om et liv fra eller til ikke betyr noe.

Vommen er sprettet opp, og skinnet i ferd med å bli skilt fra kroppen. Alle fire har blod til over albuene og blod rundt munnen. Fra tre av mennene kommer det fornøyde smågrynt – innvollene smaker best ferske og kroppsvarme.

«Det blir ikke bra. De er mange. Kanskje ... kanskje vi burde dra.»

Mannen som snakker, er tynn og har altfor mye hud. Stemmen er nølende og har problem med å forme enkelte lyder riktig. På det høyre kinnet går det et langt arr som gir ansiktet et litt dyrisk preg. En av tennene foran mangler, og to av de som er igjen, har brukket. De kaller ham Firfinger etter antallet på høyrehånden.

Ingen andre sier noe.

Han prøver igjen.

«Det blir ikke ...»

«Så du hvordan den falt? Den knelte som en kvinne, med rumpa mot oss. Vi hadde den. Vi kunne tatt den, og det var den største. Den beste. Pokker ta, vi kunne tatt den alle ...»

Firfinger avbryter.

«Jeg sa, det blir ikke bra.»

De tre vender seg spørrende mot fjerdemann, Storeflekk. Han er kortere enn de andre, men bredere og mer robust hele veien fra tærne og opp. Alle har lange hår i ansiktet, men bare hos Storeflekk har det vokst til et mektig skjegg, et skjegg som selv de mest brølende hannløvene misunner. Håret er samlet på toppen av hodet ved hjelp av et stykke lær med hull i midten. Resultatet minner om et enslig tre som balanserer øverst på en kolle. Håret er ikke bare tykkere, men også svartere enn hos de tre andre. Øynene sitter dypt under buskete øyebryn, men treffer folk med uventet kraft.

Firfinger vet godt at Storeflekk misliker utsagnet. Når Storeflekk snur seg mot ham, følger det et blikk som fra en voktende hyene, men stemmen er dyp, monoton og like rolig som elven. Han behøver ikke å gi ordene tyngde. Når han likevel gjør det, vil man nødig være den som blir tilsnakket.

«Hvorfor mener du det?»

Alle har de to strekformete arr på overarmen som sammen danner en pilspiss, tydeligvis risset inn med overlegg. Hos tre av dem sitter arrene på høyre side, mens Firfinger, som holder den skarpe steinen i venstre hånd, har arrene på den siden. Selv om det er dette spørsmålet han venter på, nøler Firfinger med å si noe. Storeflekk fortsetter.

«Her er godt med dyr. Det er store sletter, mye skog og mange daler. -- Her er alt. Alt vi trenger er en dal med en god elv.»

«Det blir ikke bra», sier Firfinger stille. «De er mange, og de er allerede sinte. Det fins annet ... andre steder. Vi ... Vi må tenke.»

Storeflekk retter igjen blikket mot øynene hans.

«Det er plass til flere, og vi er sterkest.»

Firfinger løfter hodet lydig som svar, men sier:

«Ja, men de misliker oss. De kan ... De går mot oss om natten, sniker seg innpå når vi er på jakt. Det blir ikke bra.»

«Du er ikke redd! Du har aldri vært redd.»

Det lyder mer som kommando enn konstatering. Firfinger merker den lille forandringen i tonefall, men fortsetter likevel. Han har lagt fra seg steinredskapet. De to som ikke snakker, intensiverer arbeidet med dyret.

«Du vet jeg ikke er redd. Jeg er aldri redd. Men vi blir gamle. Vi må finne et sted som er vårt. Bare vårt.»

Storeflekk snur seg mot fjellene. Ansiktet er like stivt som stemmen.

«Vi er her. Her er vårt.»

Han snur seg ikke tilbake før det er klart at ingen sier noe mer.

Tre gribber glir utålmodige fram og tilbake over dem. De fire flår og parterer resten av antilopen i stillhet. Gribbene følger nøye med.

Firfinger bærer en lærreim utstyrt med rovdyrklør og små knokler rundt halsen, penisbeinet til en sjakal henger nederst. Når alt er klart, tar han reimen av og dypper beinet i de nesten stivnete restene av kudublod som ligger igjen på bakken. Storeflekk har gått vekk fra treet for å pisse.

«Ahh ... Firfinger har fått opp sjakalpikken sin», sier Bøffeltryne vendt mot fjerdemann.

«Ja, det er bare den ... Bare den han får opp. Bare den som tåler blod», svarer denne.

«Ja, bare den han får opp», smiler Bøffeltryne.

Firfinger bryr seg ikke. Etter en kort stillhet vender sistemann seg mot Firfinger.

«Fortell om hvordan du tok sjakalen. Bakfra som en kudu?»

Ingen svar.

«Den gjorde motstand? Ikke sant? Eller bare vred du den av samtidig som du hadde din inne?»

Firfinger lar fortsatt ikke ansiktet merkes av spørsmålene. Han vet at de fleste ikke lenger tror på at han drepte dyret, trolig fordi historien har blitt fortalt på flere måter. Mulig at dyret var sykt, men stokken hans stakk. Selv lurer Firfinger på hvorfor Storeflekk ikke bærer på seg noen av sine trofeer. Bøffeltryne overtar.

«La oss høre. En gang til. La oss høre. -- Får du fortsatt opp egen pikk?»

Firfinger drar reimen tilbake over hodet, reiser seg med et smil og sier rolig:

«De som har mest i munnen, har minst mellom beina.»

De befinner seg ganske nærme leiren. På veien tilbake blir det ikke sagt stort. Storeflekk går og tenker på barndommen. Han kom fra fjellene, men forfedrenes fjell lå uendelige sletter og dype kløfter unna. Som barn kalte de ham Biteskrik, fordi han var født med en ferdig fortann i overmunnen som han plaget moren med når hun ammet. Morens brå skrik vekket oppmerksomhet. Etter som han vokste opp, gjorde han navnet om til Storeflekk etter en oval føflekk like under navlen. Han syntes det navnet passet bedre, om han bet moren i brystvorten som baby, hadde ingenting med *ham* å gjøre.

Føflekken er usedvanlig stor, men nå nesten ikke synlig. Det ergrer ham at hårveksten hindrer folk i å se hva navnet kommer fra. Han har vurdert å skifte en gang til, men har ikke funnet noe passende.

De ble jaget vekk av en nabostamme som påsto at faren hadde forgrepet seg på en av deres kvinner. De fleste ble med, deriblant Firfinger, men noen slo seg ned hos andre stammer i området. Ifølge faren, og Firfinger, ble de jaget fordi det ble for mange mennesker. Gnisninger over retten til jaktområder og gode frukttrær ødela forholdet mellom stammene. Deres stamme var ikke mer skyldig enn andre, bare mer uheldig. Storeflekk var ung gutt, men han husker fortsatt den kjølige luften og de klare bekkene som svingte seg gjennom det uoversiktlige landskapet. Et terreng å utforske i det uendelige.

Stammen ante ikke hva framtiden ville gi dem, men skjønte etter hvert at veien stadig gikk videre. Det ble å fortsette og fortsette – nye steder og nye fremmede. Noen ganger områder med mye mat, men også tider med sult. Storeflekk hadde aldri sett noe som lignet på barndommens fjell før nå. Det måtte være et godt sted. På slettene var det dårlig med tilfluktssteder; i fjellene gikk det an å gjemme seg, de dype dalene ga trygghet når man bare lærte dem å kjenne. De burde ordne seg en ordentlig leir nederst i en av elvedalene, slik at de også kunne utnytte jaktmulighetene på slettelandet.

Et av Storeflekks klareste minner var den morgenen han våknet med klissete blod under hodet. Først trodde han det hadde rent ut av øret, men da han snudde seg, så han hvor det kom fra. Under det store såret i pannen var farens ansikt nesten like blekt som tennene i den åpne munnen. Faren lå med ansiktet opp, og hans første tanke var hvordan blodet hadde klart å renne oppover for å komme ut. To av mennene hadde forsvunnet den natten sammen med to av farens kvinner. De ble aldri funnet.

Jo da, det bor folk innover i åsene, men det betyr ikke at det ikke kan bli bra. Området er enormt og tilsynelatende med langt færre mennesker her enn der de kom fra. De finner sikkert et sted litt unna de andre. Her er plass, og her er rikelig med dyr.

Firfinger sliter med andre tanker. Han er ikke redd, men han *er* bekymret. Selvsagt er han det, livet har kommet langt. Han er i ferd med å bli mindre. Å miste stemme og ansikt. Det hadde vært mange angrestunder over årene, stunder da han ikke skjønte hvorfor han ble med faren til Storeflekk. De hadde aldri stått hverandre spesielt nær, men Firfinger hadde ingen andre han var knyttet til. Det var nabostammer som sikkert hadde tatt imot ham, ingen visste like mye om bruk av planter og småkryp; men han ble med, og han fortsatte å bli med. Valgmulighetene døde langsomt bort, like sikkert som at lyset svinner om kvelden. Stort sett hadde han det godt. Maten ble fordelt ganske så rettferdig – og han fikk del i mange av kvinnene de skaffet. To av dem var nå hans. Folk tok fortsatt imot hans ord.

Storeflekk var en stor mann å være sammen med i kamp. Da fungerte stammen godt. Men når de levde i stillhet på ett sted, uten noen trussel fra andre, da dukket alt det andre opp. Storeflekk hadde den sterkeste stemmen, selv om ordene ikke manet fram det beste i folk. Faren var flinkere med ord. Firfinger forventet ikke mye, men han likte ikke splid og kjekling. Folk burde stå samlet og ta seg av hverandre, isteden var det stadig noen som bråkte med kjeften – som om de brukte munnen til å hogge stein. Storeflekk lot den skarpeste steinen, hans stein, bestemme. Folk torde ikke lenger legge sine ord noe annet sted. Firfinger lurte ofte på hvordan det gikk med de som brøt ut for å klare seg på egen hånd. Så langt hadde han valgt å bli, men så hadde han heller ikke noen arr på låret. Bare de to på venstre overarm som møttes slik at de pekte framover – et løfte om samhold.

Streker på låret er stygt. Vondt å gå rundt med. Slike arr er som å ha en kvinne andre forsyner seg av. Én strek går det riktignok an å leve med, men med to streker blir livet uutholdelig, for med tre streker er det slutt. Da er valget enkelt: å komme seg vekk eller bli drept. Tre feilgrep ille nok til å bli straffet med et kutt av den spisse steinen er alt som skal til. Alle vet det, så har man to streker, er man fritt vilt. En mann med to streker tør aldri ta igjen, for kanskje blir han ikke trodd når de andre blander seg inn. Ingen kan jo se tilbake i tid.

Poenget med strekene er fornuftig så lenge de bare blir gitt til dem som virkelig fortjener et risp. Det er stammens menn som samlet dømmer, men Storeflekks ord som blir alltid stående. Og Storeflekk har blitt mer irritabel, i takt med at andres ord har blitt mindre synlige.

Inntil nylig var livet en selvfølge. Det går et nesten umerkelig skille mellom å være *erfaren* og å være *gammel*. Burde han dra opp i en av dalene og prate med folket der? Han *har* fortsatt mye å tilby.

Tre av de fem jaktlagene kommer tilbake med antiloper. Ett av de andre har et par jordrotter. Det gir rikelig med mat til alle. Kvinner og barn smiler bredt.

Storeflekk gir Firfinger æren for den bukken de har med, selv om Bøffeltryne fikk inn spydet sitt omtrent samtidig. Æren kommer overraskende, men Firfinger nyter de beundrende blikkene fra unge kvinner. Livet er med ett godt igjen, og han blir gjerne med hvor som helst.

Skrottene blir overlevert noen eldre kvinner. Neste dag kan Firfinger velge å bli i leiren, hans matkvote er ordnet for minst én dag til. Det passer godt å holde seg i leiren, for han vil gjerne ha litt tid med sin nyeste kvinne, Grønnøye. Hun har bare vært hos dem fra begynnelsen av forrige regntid, og det er ting hun trenger å lære. Kvinner er vanskeligere enn barn, men heldigvis virker hun tilpasningsdyktig. Kanskje skal han be om massasje av den vonde ryggen. Hun er flink.

De lave åsene der de holder til, markerer både slutten på slettene og begynnelsen på fjellene. Her er utsyn. Det er tettere med trær rundt leiren, mer skygge og bedre luft enn ute på den endeløse savannen, likevel er leirstedet langt fra ideelt. Vannet som pipler nederst i søkket ved siden av åsryggen, er i ferd med å trekke seg tilbake. Det ligger igjen noen dammer, og det sildrer sakte under steinene, men også denne fuktigheten kan forsvinne. De trenger en bedre leir. Det siste Firfinger tenker før han sovner, er at Storeflekk har rett; skal de bli værende, trenger de en dal med en ordentlig elv.

13.

Det slår plutselig Kaje at de tre krigerne er mer nervøse enn sinte. Han skjønner ikke hvorfor, ikke bare er de tre mot to, de holder også kraftige stokker rettet mot dem. Stokkene han og Mule har med, egner seg best til mindre dyr. Likevel bærer ikke ansiktene preg av overtak.

Han studerer omgivelsene. Det er en del busker i området, samlet i store klynger mellom solsvidd gress, samt enkelte frittstående trær. Et stykke unna forsvinner bakken i et søkk, antakelig en grunn kløft med en uttørket elv. De kan prøve å løpe, men å finne et trygt gjemmested synes vanskelig. Og skal de løpe, så må han hive fra seg sekken. Dessuten risikerer de at mennene kaster stokkene etter dem.

Hva med kniven? Den henger i lærreimen bundet rundt magen. Det er en av de fineste beinknivene Kaje noen gang har sett, laget av faren spesielt for ham, men lærreimen er tredd gjennom hullet øverst på kniven så det er umulig å få den raskt fram. Dessuten ... Det er noe med ansiktet til den eldste av de tre. Det går opp for ham at hodet ikke fant fram til kniven med tanke på å slåss, men fordi han er redd de vil stjele den. Å bruke beinkniven i kamp mot mennesker med spyd er like dumt som å drepe maur med stikkestokk. Han prøver å tenke forbi øyeblikket uten å fjerne blikket fra mennene.

Det ansiktet ...?

Han merket det ikke med én gang, men det er et eller annet ..., kanskje noe med at øynene skrår litt nedover? Eller sammenstillingen av øyne og nese? En aldrende mann med grått krøllete hår, utstikkende mage og små, hengende bryster. Skikkelsen minner om en gravid kvinne. Kaje lar for sikkerhets skyld blikket gli ned mellom beina, så konsentrerer han seg om å huske. Det er noe kjent. En gang for lenge siden.

De tre mennene veksler spørrende blikk seg imellom. To av dem begynner å hviske intenst. Mannen med magen sier:

«Hvem er dere?»

Spydene ligger litt mer tilfeldig i hendene nå. De peker ikke lenger så direkte mot dem, og vreden i øynene har mildnet til noe som minner om barnslig harme.

«Mule og Kaje fra Bujudalen.»

Det er Mule som svarer, Kaje er fortsatt opptatt med ansiktet. Han er fordypet i problemet med hvor han har sett den mannen før, en oppgave som krever så stor oppmerksomhet at selv redselen forsvinner. Alle tre stirrer intenst på dem. Tiden står stille. Langt borte kan de høre en svak dur, antakelig fra mange klover som slår samlet mot den harde bakken. Kaje hører motvillig lyden, men bryr seg ikke om å snu hodet for å speide etter støvsky. Så smiler mennene og holder de ledige håndflatene opp. Først Mule, så Kaje, går bort og presser sine hender mot de fremmedes – en etter en.

«Deg har jeg sett», sier Kaje til mannen med magen. Han husker ham nå. I tankene setter han de manglende fortennene på plass og gjør huden glattere. Jo, det er ingen tvil.

Mannen stirrer lenge på ham.

«Du er sønn av Lele?»

«Nei, av Rude.»

Mannen betrakter ham spørrende. Det virker som om han ikke helt tror på svaret, men stemmen og ansiktet har snudd til velvilje. Kaje har hørt det før. Han ligner mer på Lele enn på faren, bare Bo ligner på faren.

«Hvor skal dere? Hvorfor her?»

Kaje overtar naturlig å svare etter som de nå vet hvem han er.

«Til dere. Dere tilhører flammetrestammen, ikke sant? Er ikke Manita hos dere?»

Mannen med det krøllete håret ser strengt på ham.

«Manita er død. *Drept*. Jeg er Marte.»

«Ai, ai. Ved samtlige forfedre.»

Kaje synes fortsatt det er noe rart med mennene. Disse folkene har alltid vært hyggelige, og Marte selv ser ikke ut som en type som liker å være ubehagelig. Irritasjonen virker tvungen, en følelse fyren selv misliker, men som bare må være der.

«Hvorfor dere to? Hvorfor ikke flere sekker?» fortsetter Marte.

De gangene månefolket tar turen helt ut til slettefolket, har de gjerne med seg mange sekker med steinredskap, nøtter, kniver og annet som egner seg til byttehandel. Kaje skjønner at det er rart å se to menn alene, men synes ikke det gir noen grunn til å være sur og mistenksom. De utgjør ingen trussel.

«Vi har med ...», begynner han, men ombestemmer seg.

«Vi vil finne Bo. Min søster. Hun er voksen nå og veldig pen.»
En av de andre svarer.
«Hun er pen?»
«Hun er borte. Vi må finne henne. Hun er ...»
Marte tar over pratingen.
«Du tror hun er her? Hvorfor?»
«Hun er ikke hos oss.»
Det bør ikke høres ut som om han anklager noen.
«Hun er voksen, hun kan ha dradd for ... For å treffe noen. Sist ...», han bestemmer seg for å overdrive litt. «Sist vi så henne, var hun nesten på slettene.»
Uviljen forsvinner fra ansiktene til slettefolkets menn.
«Hun er ikke hos oss. -- Ikke her. Hun kan ...»
Langsomt dør stemmen til Marte bort samtidig som medfølelsen i øynene trer tydeligere fram. Så setter han seg brått ned og vender hodet mot fjellene, som om han plutselig blir veldig sliten. Også de to andre snur seg vekk.
Det blir stille.
Nå oppdager Kaje støvskyen. Den kommer mot dem.
Til slutt sier en av de andre med dempet stemme:
«*De* kan ha tatt henne.»
Kaje snur seg og ser spørrende på ham. Ansiktet er sammenknepet, og det ligger tårer i de fjerne øynene. Mannen møter ikke blikket til Kaje – han har vendt seg langt vekk.
«De tok min ...», mumler han.
Så begynner tårene å renne.
Kaje ser forvirret fra den ene til den andre. Alle ser bort, så det fins ingen øyne å søke i. Det ender med at Marte nærmest hvisker to ord.
«Hans datter.»
Også den ulykkelige faren har krøket seg sammen på bakken, og både han og Marte gråter og jamrer seg høylytt. Ansiktet til Kaje blir fylt av tårer idet også han siger sammen. Om han tvilte før, så gjør han det ikke lenger nå. Han hadde rett, noe vondt er i ferd med å trenge inn i dalen deres.

14.

Firfinger finner Grønnøye i høylytt samtale med Bredrumpe, en av Storeflekks kvinner. Samtalen stilner når de ser ham. Han tar tak i hånden hennes for å lede henne i retning noen busker, men kommer ikke lenger enn halvveis før han stopper. Et eller annet er galt. Han griper fatt i begge overarmene og dreier henne rundt. Ansiktet er like lukket som det pleier å være. De store, klare øynene virker demonstrativt tomme. Blikket hennes glir langsomt ned mot bakken, mens håret sklir forover helt til de lange tjafsene dekker nesen. Hun stenger seg inne, både mot ham og resten av stammen. Firfinger griper fatt i håret og drar det varsomt til siden og bakover slik at ansiktet igjen kommer til syne. Det høyre kinnet er rødt og hovent. Han slipper taket og går over til å undersøke de store, hengende brystene. Ingenting der. Ansiktet er fortsatt ganske blankt, men nå synes han å ane frykt. Han tenker seg om før han sier – så bestemt han kan:

«Hvem?»

Grønnøye ser uforstående ut i luften og legger hodet ned mot skulderen.

«Jeg har spurt deg. *Hvem!*»

Fortsatt ingen svar, men nå begynner hun å vise tegn på å ville tilbake til de andre. Han slår med flat hånd mot det uberørte venstrekinnet.

«Nei, ikke sånn. Det gjør vondt.»

Stemmen er spak. Hun virker redd, og øynene blir våte. Firfinger bestemmer seg for å snakke rolig.

«Jeg vil vite hvem.»

«Hva da?» svarer hun.

Firfinger skjønner at ordene er et fortvilet forsøk på å forandre det som kommer.

«Hvem har tatt deg?»

Hun tenker seg lenge om. Firfinger rister til slutt skulderen hennes utålmodig.

«Det ...», begynner hun, men stopper igjen.

Firfinger har roet seg ned.

«Hvorfor lager du ikke ord? Er du redd?»

Hun beveger haken langsomt opp en gang og tilbake igjen. Før Firfinger rekker å si mer, tar hun tak i armen og drar ham i retning buskene. Han er ikke ferdig.

«Hvorfor? Har noen truet deg? Jeg passer på.»

Nå løper det redsel ut av øynene hennes. Han må riste henne for å fange oppmerksomheten.

«Ikke alltid», kommer det gråtende. «Du var ikke her. Ikke da solen sto høyest.»

«Jeg er en mann andre lytter til.»

Hun bare stirrer oppgitt mot ansiktet hans. Firfinger er ikke sint lenger.

«Hvem!?»

Grønnøye snakker uten å bevege leppene.

«Bru ...»

«Snakk høyt!»

Stemmen hennes er fortsatt knapt å høre, men denne gangen oppfatter han nok til å kjenne igjen navnet, Brushode.

Han banner inne i seg. Brushode er ikke bare sterk, han står Storeflekk nær. De to befinner seg ofte på samme sted. I den senere tid har fyren begynt å ta seg mange friheter på andres bekostning. Heldigvis er han en stor idiot, likevel ... Situasjonen er helt gal. Og det mest irriterende er at han ikke ser veien videre.

Etter en mislykket tenkepause griper han Grønnøye varsomt i hånden og fører henne videre mot buskene. Uansett hvordan det skal ordnes opp, er det opplagt hva som kommer først. Et langt liv har lært ham å finne riktig rekkefølge.

Hun går lydig ned på alle fire. Bakken er myk, varm og sandete. Han liker det aller best når den fleskete rumpa stikker opp i luften, slik at han kan hvile hendene på de to store kollene. Han liker det frodige, krøllete håret som ikke nøyer seg med å vokse i skrittet, men sprer seg nedover de kraftige lårene som kratt langs en elvedal. Og han liker brystene som slår mot bakken for hvert støt. Hun er den mykeste kvinnen han noensinne har hatt. Selv melkevortene blir aldri harde, de flyter utover huden uten tydelig overgang til resten av huden. Alt det myke føyer seg etter hendene. Det lar seg dytte og forme. Han drar den ene puppen utover og begynner å leke med brystvorten.

Det hele er ganske fort gjort. Etterpå føler han seg mye bedre. Kanskje Yamyam, den eldste sønnen, kan hjelpe ham.

Firfinger finner Yamyam sammen med noen jevnaldrende. De holder på med steinleken. Det gjelder å få sin stein til å ligge nærmest en strek trukket opp på bakken. Akkurat nå står de med steinene i hendene og hodene samlet i opprørt diskusjon. Firfinger antar først at de krangler om hvem som har vunnet, men samtalen stopper brått når de ser ham. Alle unntagen Yamyam vender seg vekk.

Yamyam er en lydig, litt hengslete ung mann som virker uinteressert i det meste. Han befinner seg ytterst i ringen. Når han ser faren komme, skubber han borti de andre.

«Yamyam, jeg må ha en prat», sier Firfinger kort.

Sønnen nøler. En av de andre ser strengt på ham og legger hodet sitt på skakke. Firfinger bryr seg ikke om hva slags hemmeligheter de har seg imellom. Han sier ikke mer før de kommer på tomannshånd.

«Brushode prøver seg, han har tatt Grønnøye. Jeg var på jakt. Hva gjør vi med det?»

Sønnen stirrer uforstående tilbake.

«Gjøre? Ingen ting å gjøre! Brushode tar hver kvinne han kommer over. Jeg. Jeg så ham ta Bredrumpe.»

«Jeg vet. Han får lov. Han får lov av Storeflekk. Men ... men Yamyam, la ham bare ta Bredrumpe. Vi må passe våre.»

«Våre?»

Firfinger tenker seg om.

«Ta henne hvis du vil, hvis du hjelper meg mot Brushode. Hun kan være felles. Det er i orden.»

Noen sesonger tidligere ville det vært utelukket, men samtidig som han blir eldre, har sønnen blitt mer voksen – og sterkere. Det slår ham at han nå trenger sønnen mer enn sønnen trenger ham. Tanken treffer ham som en stein.

«Brushode? Det går ikke. Går ikke», sier Yamyam oppgitt.

«Hvorfor ikke? Han er en idiot.»

«Brushode!? Brushode står med Storeflekk! Ingen. Ingen går imot.» Firfinger ser vantro på sønnen.

«Hvorfor? Brushode? Han er bare en dust.»

«Si … Si det. Du ender med strek. Strek.»

«Jeg har gått hele veien med Storeflekk.»

Yamyam ser lenge på faren. Så sier han med dempet stemme.

«Jeg vet, men … Men …»

«Ja!»

Firfinger begynner å bli irritert. Sønnen nøler og ser seg rundt før han fortsetter med enda lavere stemme.

«Vær forsiktig. Forsiktig. Forsiktig med Brushode. Jeg tror han vil ta deg. Ta deg. Ikke stol på Storeflekk. Hans ord er nok. Kanskje du bør dra. Dra. Forlate alt, velge annet, før Brushode …»

Han stopper når han ser ansiktet til faren. De blir stående å se på hverandre i stillhet. Yamyam vrir hodet vekk, men blir værende akkurat lenge nok til at tausheten trer fram. Så går han tilbake til de andre med raske, korte skritt. Firfinger setter seg ned for å tenke. Han angrer på at han gikk til sønnen, humøret er ikke noe bedre nå. Helst vil han glemme alt og fortsette som før, men sønnen vet tilsynelatende noe han selv ikke har fanget opp. Det alene er ille nok.

Pokker ta. Han skal kverke Brushode. Storeflekk får si hva han vil, den bavianen av en forvokst menneskemaur må vekk. Resten av stammen er ok, det er Brushode som ødelegger for fellesskapet. Han griper en stein og kaster av all kraft mot noen busker. En jordrotte piper. Dyret styrter først mot ham, bråsnur og piler unna. «Dumme rotte, jeg er ikke som deg», sier han halvhøyt til seg selv.

Busker, ja. Busker! Han husker plutselig noe om busker fra en fjern tid. Han legger seg bakover med hendene under hodet og smiler forsiktig mot den svinnende solen.

15.

Kaje veksler mellom å løpe og gå. Han går der løping tar for mye krefter i forhold til hvor fort det går. Det haster. Det haster veldig, selv om … Søsteren … Hun er med ham. Bo er kanskje tapt, men hun forsvinner aldri. Det gjelder alle de andre. De hørte ikke på ham før. *Nå må de lytte.* Igjen løper han.

Det er bare ham. Han merker at kroppen liker å bevege seg, og det føles godt å bli sliten. Han kan løpe og løpe, fortere og lengre enn noen andre i stammen, og nå gir svetten ro og slitet det han trenger. Han klarer å løpe fra tankene.

De første, lave åsene nærmer seg. I det fjerne aner han Bagatoppen med utsiktspunktet, Bujutoleiren ligger i dalen like nedenfor. Fjellene bortenfor har krøpet bak de nærmere høydedragene. Skogen oppe ved leiren har en fremmedartet, blågrønn farge. Skogen vil ha ham tilbake så den kan bli seg selv igjen.

Noen trær skiller seg ut ved å rage over de andre. De stikker opp som talspersoner for alt det grønne. De høye, ranke trærne følger med på stort og smått av planter og dyr. Enkelte står ubeskjedent og skriker om herredømme, mens andre bare når så vidt høyt nok til å få det nødvendige overblikket. Kaje tenker at slik er det. Slik er det også hos menneskene.

På en måte er det godt å være alene, Alles Mor, og naturen rundt ham, er selskap nok. Omgivelsene er aldri kjedelige, og de lar ham følge egne innfall.

Lenge lar søsteren ham løpe i fred slik at oppmerksomheten får veksle mellom nære busker og fjerne åser. Av og til er det viktig å glemme, for hvis sorgen får bestemme lenge nok, dreper den til slutt alt annet. Bo ville forstått. Ingen har makt til å gjøre om på hva som er gjort. De små tingene i livet kan man kanskje påvirke, men den store skjebnen er det lite å gjøre med. Kun Alles Mor påvirker den, men selv ikke hun kan gjøre om på det som allerede har vært. Dyrene og menneskene må passe på så godt de kan – og så må de være snille mot hverandre slik at den store mor har mulighet til å hjelpe. De trenger det nå. Godara ville forstått. Det er rart han ikke snart viser seg. Godara er sterk, og han følger sitt eget hode. Han forstår selv uten ord. Kanskje han har flyktet, kanskje har også han merket at noe vondt har kommet inn i dalen.

Han må hjem. Hjem for å finne Karo.

Han passerer et område med kraftig eim av kudu, men gjør ikke annet enn å nyte lukten.

Litt senere stopper han brått.

Noe rører seg!

Der … Inne i et av buskasene ute på venstresiden.

Kaje er overrasket over at han klarte å oppdage bevegelsen. Stedet ligger et stykke unna, og han var forbi, men noen ganger ser øynene ting han selv ikke ser. Et øyeblikk vurderer han om det er best å fortsette, som da han passerte eimen av kudu, men sulten har blitt tydeligere. Instinktivt beveger han seg i en bue for å komme motvinds. På veien passerer han et område med myk jord der det er fotavtrykk etter mennesker, minst fire personer. Ganske sikkert voksne menn. Et øyeblikk nøler han, men nei, slettefolket har ikke noe imot at også månefolket jakter her nede. For det er vel slettefolket? Uansett … Enda en gang nøler han, men det ender med at føttene bestemmer.

Han kommer til et nesten uttørket elveleie der det er spor av klover, trolig impala- eller topiantiloper, men bare tre dyr? De pleier å være flere sammen. To av dem er trolig en kalv og en mor. Han kjenner i sporene med pekefingeren. Den fuktige leirjorden er mørk og kald, men selve avtrykket har ikke stivnet, så sporene er sikkert fra samme dag. Dyrene har beveget seg i retning krattet der han så noe røre seg, men de har ikke løpt, de har gått langsomt.

Det ligner ikke de små antilopene å stikke seg unna et slikt sted.

Så oppdager han at det er risset i jorden langsetter sporet!? Det ser ut som om noen har fulgt dyrene og laget korte og lange streker for å markere hvor de har gått. Han har aldri sett noen finne på noe sånt, streken er unødvendig når sporene er så tydelige, men det betyr at andre følger de samme dyrene!

Kaje vet at det er ansett som umodent å jakte på antiloper alene. For å ha en rimelig sjanse til å ramme et dyr må man enten omringe det eller jage dyret mot noen som ligger i dekning. Selv sjimpansene vet det når de jakter på andre aper. Men det er regnet som naturlig at ungdom prøver seg før de innser sine begrensninger. Dessuten har det vært dårlig med antilopemat, og spesielt innvollene på disse dyrene smaker mye bedre enn de fra aper og jordrotter. Han ser for seg Reko, og Karo, når han kommer inn i leiren med en saftig antilope.

Forsiktig smyger han seg oppover elveleiet, drevet av sult og optimisme, men aller mest av jaktglede. Han merker lukten av tørr og støvete jord, lukten av buskenes blader og de gule markblomstene, men han merker ingen eim av dyr! Har han feilberegnet det vage vinddraget? Går luften i en annen retning?

Først nå savner han Mule. Ikke så mye fordi de sammen har bedre sjanse til å nedlegge et bytte, men fordi jakt oppleves mye sterkere i selskap med andre. Alene blir det mindre spennende, men jakt er alltid noe stort. Det er stort å få øye på dyret før dyret enser jegeren, og det å følge de nesten usynlige signalene fra andres ansikt og hender gir en intensitet i fellesskapet som overgår selv samlekveldene. Den sterkeste opplevelsen er selve *øyeblikket* – når byttet bestemmer seg for å flykte; eller, hvis det er et større dyr, kanskje angripe. Akkurat da må jegeren ta i bruk all sin hurtighet og styrke, all sin oppmerksomhet og erfaring, alt han er god for. Ting skjer fort, likevel er det evig. I den første delen av jakten står verden nesten stille, men først i øyeblikket stopper verden opp, og de som er med blir til ett individ.

Kaje minnes en jakt to sesonger tilbake. De var fire som jaktet på et dyr skjult av busker. Hva som lå inne i buskene, ble først klart da det brølte. Løven hadde hoppet mot faren, men stoppet, nærmest i luften, ved synet av spydet. De andre kom til, og sammen fikk de drevet hunnløven vekk. Mot *ett* menneske ville den aldri gitt seg for den dampende antilopekroppen som lå igjen, var nesten urørt – et ferdig måltid minus snuten og litt innvoller. Mat servert av en løve smaker alltid godt, særlig fordi det av og til er løven som stjeler når et menneske er alene med et bytte.

Tanken på rovdyr bekymrer ham. Riktignok er det sjelden at de store kattene dreper voksne menn, men det er også sjelden at menn jakter på egenhånd. For sikkerhets skyld gjør han hodet klart for faren. Hvis det ligger en løve i buskene, burde han hatt en mer solid stokk, men forhåpentligvis skjønner ikke løven det.

Han konsentrerer seg om bladene foran seg og stikkestokken som ligger i venstrehånden. Det er bare noen kroppslengder igjen. Han krøker seg sammen og venter. Dyrene skal få avsløre nøyaktig hvor de befinner seg før han trenger inn.

Stokken han har med er ganske god, laget av den harde stammen til et ungt spydtre. Spissen er fint tilslipt og bålherdet, og har den rette fargen – en farge som bare dyreblod og mye jakt kan gi. Lengre bak har det opprinnelig mørkebrune trevirket grånet, unntagen helt i enden der det nylig er slått av en flis. De har ikke så gode spydtrær på slettene. Kaje ble tilbudt to myke antilopeskinn for spydet, men er glad han takket nei. Mange vurderer spisser av bein som bedre, men en god trespiss er nesten like kvass, og lettere å holde i orden. Beinspissene er gjerne fine den første tiden, men på sikt har de lett for å løsne eller brekke.

En lyd!?

Han ser ingen tegn til liv, men det var en lyd, en merkelig, hviskende lyd. Omtrent som lyden den gangen ved elven? *Hvem har satt de fotsporene han passerte?*

Han savner slyngkjeppen. Den er om lag halvparten så lang som spydet og har en kant bak som enden av spydet hviler mot. Man holder foran på slyngkjeppen og samtidig midt på spydet. Idet man kaster, fungerer kjeppen som en forlenget arm som gir spydet ekstra kraft. Skal spissen nå ordentlig inn i en antilope fra avstand, så må det kastes hardt. Med slyngkjepp og et godt spyd er det mulig å trenge dypt inn i dyret på mange skritts avstand. På kort avstand hender det at spydet går tvers igjennom. Alternativet er å komme så nærme at man får lagt tyngde bak støtet.

Den stokken han har med er ikke beregnet på bruk som spyd. Spydene er helt rette og litt tykkere foran. De er omhyggelig tilslipt fra spiss til stuss, mens det for en stikkestokk holder å være spiss foran. Det er ikke så farlig om bakenden blir brukt som støtte, til å slå små dyr, eller til å grave i jorden. Et velrettet støt er bedre enn et kast, bare man er nærme nok. Dessuten er det vanskelig å bruke slyngkjeppen der vegetasjonen står tett. Mule er god med kjepp, men selv er han flinkere til å nå helt fram til byttet.

Mule, ja. Han ble igjen hos slettefolket. Kameraten var altfor opptatt av kvinner. På en måte skjønner han det, for det er noe spesielt. De har et eller annet ved seg som tidvis får det til å nappe i kroppen hans. Hjemme er det Reko. Og Doro selvsagt. Doro hadde vekket noe. Fortsatt koser de sammen av og til, men det spesielle som hun en gang vekket, har forsvunnet. Med Reko er det annerledes. Med henne er det et enten-eller, og hun vet at han vet. Alt blir stort og vanskelig når det gjelder henne. Hun er veldig snill, men samtidig vil hun så mye. Mer enn han har.

Fortsatt er det ingen tegn til bevegelse i krattet. Han burde hørt det hvis dyrene hadde stukket av, ligger de og venter på at *han* skal gjøre noe? Er det virkelig antiloper?

Mule ble igjen. Han skulle absolutt rette seg mot hver eneste en; ved alle forfedre, kom det en kvinne som sprikte ørlite, var det sikkert at blikket til Mule vendte mot krusekrattet. Om det gjemte seg en flokk løver bak lårene, ville han ikke enset dem. Hjemme viste han stor interesse for Bo, det var sikkert derfor han ble bedt om å dra sammen med Kaje. Bo var ikke hos slettefolket, så mye var sikkert, men der var andre kvinner. Og Mule ble igjen, selv om det hastet å dra tilbake til stammen for å gi beskjed. Mule bare ble. Vel, Mule får gjøre hva Mule gjør, han tar seg raskere fram alene. Likevel, det er noe med å fullføre en oppgave, noe med å se hva som betyr noe. Mules tanker går feil vei. Noen bør peke på ham foran de andre, Mule trenger å bli pekt på.

De overnattet hos stammen til Marte, men selv vendte han hjemover neste morgen. Oppholdet ble brukt til å lære om de fremmede. Flere ganger hadde det skjedd. To kvinner var bortført, den ene ble funnet igjen død mange dager senere, forslått og oppkuttet. Nesten like ille tilredt som om leoparden hadde tatt henne, men med stygge sår etter stikkvåpen. De sa hun var av den sta og ubøyelige typen. Også Bo var det?

Et bilde av en livløs og ødelagt Bo dukker opp, men han klarer å skyve det vekk.

En annen gang var det en mann. De drepte ham! Fire fremmede hadde plutselig dukket opp bak noen busker og forlangt å få en nylig felt antilope. Da jaktlaget nektet, brukte de stikkestokker, og de stakk dødelig. Jaktkameratene, som ikke bar på dyret, reddet seg ved å løpe.

Enda en mann var savnet.

Folk hadde sett røyken der åsene gled over i slettelandet, men ingen hadde turt å bevege seg opp mot leiren. De fremmede brant flere bål samtidig. Antakelig var de mange, og de var farlige. Marte håpet de ville dra videre, fortsette utover slettene på samme tilfeldige vis som de hadde kommet inn og ødelagt hverdagen. Tradisjonene sa at når noe ondt kom, dro det alltid videre – før eller siden.

Mule var fornøyd. En ung kvinne foret ham med de største og fineste fikenfruktene som gjenytelse for flørtingen. Jenta virket grei nok, men tente ikke noe hos Kaje. Hun var pen, men ikke viktig. Han misunte Mules evne til å omgås kvinner. Kameraten stilte inn mot kvinner med samme opplagte mine som om han stilte inn mot en antilope. Han manglet alt det som fikk Kaje til å nøle. Innimellom misunte han dessuten Mules styrke – og alt håret. Hos slettefolket gjorde det seg med mye hår, hår som stakk ut på sidene av hodet og tilførte mandighet. Mange menn som søkte kvinner, ordnet seg løvemanke, men det passet ikke for Kaje.

Fortsatt ingen tegn til liv. Kan dyrene likevel ha forsvunnet uten at han har sett dem? Det begynner å bli ubehagelig å sitte stille. Han stikker to store blader inn under pannebåndet. Litt av bladkjøttet fjerner han for å kunne se. Så kryper han lydløst videre.

Nå hører han lyder, men de er vanskelige å definere. Litt rasling av tørt løv? Og kanskje bein som forandrer stilling mot bakken? Like før han når den sentrale delen av krattet, blir det helt stille. Han er omsluttet av greiner og grønne blader, men aner likevel eimen av dyr gjennom lukten fra buskene. Så flyr det opp en flokk småfugl. De skriker ikke, bare flyr samlet i retning fjellene, som om alle vet hva de andre vil. De små vingene lager ikke engang flakselyder.

Et dårlig tegn. Dyrene han jakter på, må vite om ham, så hvorfor løper de ikke? Den vage eimen, stammer den virkelig fra antiloper? Det er ikke den helt riktige lukten. I Bujudalen kjenner Kaje hvert elvesøkk, hver kolle, nesten hver stein og hvert tre; her er han på fremmed jord. På slettene bor det andre dyr, og selv de artene som også ferdes i åsene, oppfører seg annerledes her nede. Igjen vurderer han å snu, men velger å fortsette. Jakten har festet grepet.

Alt er stille. Selv bladene lytter. Han tar ikke sjansen på å krype langs bakken, det gjør ham for sårbar i tilfelle det skulle være en løve. Isteden presser han seg gjennom bladverket nesten oppreist, men ytterst varsomt, og med stikkestokken foran.

Så skjer ting veldig fort. Plutselig blir greinene levende, og det grønne skvetter til alle kanter. Buskene er ikke lenger seg selv. Løse blader virvler i luften, og det knaser i kvister. Hva i all ...? Der springer de. Fordømt. To antiloper. Kalven og moren. Bare en knapp kroppslengde for langt borte til å støte med stokken. Han løfter hånden for å kaste, men innser samtidig at det er nytteløst. Han skulle klart å treffe, kanskje såre, men ikke så mye at dyret stopper og lar seg drepe. Alt kan skje. Alles Mor vil at dyrene reiser videre uten smerter.

Nei! Den tredje!

Det siste dyret beveger seg varsomt ut i en annen retning. Fort! Den er hans. Kaje er over den i en eneste lang refleksbevegelse. Han stikker stokken så hardt han kan, fra bakre flanke og innover i buken mot hjerte og lunger. Stokken går gjennom huden og butter ikke mot bein. Ungbukken kaster med hodet og vil fortsette, men det er for sent, Kaje er der. Får den i bakken og dytter stokken enda lengre inn. Dyret rykker og utstøter noen beklagende brek, men han ser på øynene at impalaen gir opp. Den er innstilt på å dø. Det er bra, Alles Mor vil ta imot dyret og hedre det.

Du er min, sier han til dyret, og han ser at dyret forstår. For å skåne drar han stokken ut og støter den inn i halsen. På andre forsøk treffer han der blodet er. Fortsatt rykker det i kroppen, men rykningene dør gradvis bort, og øynene mister betydning. De siste krampene fører til at blodet også kommer ut gjennom munnen. Hele antilopen er hans.

Lenge ligger han stille. For dyrets skyld, og fordi slike stunder er det best å holde på til de langsomt tørker bort. Hodet hviler mot den myke nakken. Dyret har fortsatt den gode varmen i seg. Blodet har stivnet, også det som har rent over på ham. Han lar hendene kjæle med pelsen, den slappe kroppen har blitt til noe stort og viktig. Antilopen *er* hans – en ung bukk. Han lukker øynene og sender en takk til Alles Mor sammen med et løfte om fortsatt å oppføre seg riktig overfor dyr og mennesker.

Omsider setter han seg opp og skal til å løfte dyret opp på skuldrene. Først da oppdager han det.

Høyt oppe på det venstre forbeinet stikker det ut et brukket spyd, omtrent der beinet går over i kroppen. Skaftet virker fremmedartet. Han prøver å dra det ut, men det sitter overraskende godt fast. Det må ha vært fælt for dyret å slepe på noe sånt. Antakelig har det skrapt mot bakken – selvsagt, det forklarer streken som var risset inn langs sporet av klover. Spydet forklarer også hvorfor dyrene lå stille så lenge, og hvorfor det unge hanndyret ikke stakk sammen med de to andre. Han rykker til slik at spydet løsner. Et øyeblikk henger det fast før pelsen gir etter. *Ved alle forfedre, noe slikt har han aldri sett!*

Omhyggelig tørker han spydspissen ved hjelp av blader. Han må spytte for å få den helt ren. Den er laget av en blank, svart stein helt ulik alt han tidligere har hatt i hendene! Kantene er utrolig spisse samtidig som flatene er glatte og elegante. At det går an. Selv brukte de nesten bare spydspisser av bein eller tre. Han har sett noen surre en slags steinkniver på stokkene, men det fungerer dårlig som spyd. Selv som stikkestokk er de ganske ubrukelige, de blir ikke kvasse nok, dessuten blir steinene for tunge og faller av. Her er det laget et spor i enden av treverket, og spissen er omhyggelig surret fast med en bastlignende tråd tilsynelatende blandet med sener fra et dyr. Det mest overraskende er hvor liten og nett, men samtidig spiss, steinen er. Den bakre delen stikker ut fra skaftet slik at det hindrer spydet fra å falle av. Han har aldri før funnet noe så fint. Det må være en gave fra Alles Mor.

De som satte spydet der, hvorfor fulgte de ikke dyret? Det er ikke bare maten de mister. Er de i nærheten?

16.

Skrotten gjør at Kaje ikke lenger kan løpe, bare gå fort. Han er innstilt på å hive den fra seg om det kommer noen. Uansett fart så når han ikke hjem før neste dag, men han skal være sammen med elven i skogen når solen drar for å hvile i fjellene. Solen ja, nå stråler den mot ham. Den sender sine siste smil for å vise at den har merket seg jakten. Jo, solen er med ham, så han løfter håndflaten mot lyset for å hilse, og småsynger på sangen som sier at trærne må gå sammen to og to.

Terrenget er ikke lenger flatt og kjedelig, det går opp og ned i både slake og bratte bakker. I de lave partiene er det ganske frodig, mens åsryggene er solsvidde med lite annet enn gult gress. Igjen tenker han på Bo. Hvis de fremmede har tatt Bo, så ...! Om det skal bli hans siste skritt, hans siste støt! De skal få angre. Hvis noen har drept Bo, skal de få bøte. Så husker han historien om Obete.

Obete var en mann som sto for mange av ordene i stammen en gang for mange forfedre siden. En dag kom en fremmed kvinne til ham og ba om å få bli. Kvinnen var fra slettelandet. Han tok henne til seg, lot henne få det like godt som en selvvalgt kone, og alt var bra. Så en dag kom mange krigere fra slettelandet. De stormet inn sent på kvelden og såret flere av stammens menn. De sa: «Kvinnen er vår, du har stjålet henne.» Og så tok de kvinnen med seg. Obete oppsøkte i sin fortvilelse Alles Mor. Han sa: «Kvinnen ville være hos meg. Derfor tilhører hun vår stamme. Kvinner må få velge selv.» Den store mor svarte: «Gå til slettefolket. Si at kvinnen må få velge, men gå uten våpen og gå alene.» Obete gjorde som hun sa. Han gikk alene uten stokk. Slettefolket ville først drepe ham, men da de hørte hva Alles Mor hadde sagt, ombestemte de seg. De fortalte ham at kvinnen var død. Da sa Obete: «Det gjør vondt å dø. Alles Mor vil at mennesker ikke skader mennesker. Vi må være venner selv om vi lever forskjellige liv.» Siden den gang var de to stammene venner.

Alles Mor ønsker nok at han gjør som Obete.

Fra toppen av en slak skråning ser han over mot kløften der Bujuelven gjør sine siste, vage sprell før den blir gammel på slettene. Overgangen til åsene skiller mellom to verdener. Det viser seg både ved at terrenget livner til, og ved at vegetasjonen reiser seg i landskapet. Det grønne og frodige sprer seg som en sky fra kløften og oppover, men bare som en tynn tarm nedover langs elven. Selve elven ligger delvis skjult bak busker og trær. Langt ute på slettelandet har himmelen den fargen som viser at solen er i ferd med å gjøre seg ferdig for dagen. Der han befinner seg, har den for lengst gjort seg ferdig.

Alt det grønne som kler åsene minner om et mykt skinn han kan ta rundt seg. Nå vil han tilbake, til dit Karo og moren og alle de andre er. Tilbake til sin egen verden.

Han hører sangen idet han reiser seg opp etter å ha drukket. Føttene nekter plutselig å flytte seg fra der de står med vann til anklene. Ingen andre lyder når fram, og øynene slutter å se. Omgivelsene er bare sang. Stemmen minner om Karo, men den er lysere og mer sprudlende. Karos sang drar ham med og holder på ham, men den er samtidig forutsigbar. Denne stemmen gir overraskelser, en glad røst som av og til plutselig slår over i triste toner. Han oppfatter ikke om sangen har ord eller bare består av lyder. Hvis det bare er lyder, er de overraskende varierte. Selv synger de ofte med biter av ord, biter de kan gjenta og gjenta så lenge de orker, men dette er noe annet. Elven gir ham så mye, men dette er noe helt annet. Sangen er fra elven og bare til ham.

Langsomt beveger han seg mot lyden. Skrittene er stive og ukonsentrerte, styrt av en merkelig kraft som går mot strømmen.

Alt det grønne som dekker elvebreddene, blir igjen tydelig. Han fryser til. Ved alle forfedre! Det er noe galt. Hvorfor er det en kvinne her, og hvorfor synger hun? Han stopper, prøver å tenke, men det kommer ingen tanker. Ingenting som forteller ham hva han bør gjøre. Hva som er i ferd med å skje.

En kvinne? Er det en felle?

Her nede er elven fortsatt ganske rolig – ikke som høyere opp i dalen. Han har vasset ut mot midten for å unngå buskene og trærne som sperrer området langs bredden. Nå stikker det ut noen lange greiner rett foran ham. De henger tungt over vannet og gjør hva de kan for å blokkere veien videre. Bak de enorme stammene som eier greinene, ligger skogens beskyttende mørke. Bør han løpe? Disse fremmede ..., slettefolket sa at de dreper uten grunn. Eller i alle fall omtrent uten grunn. Det er noe rart med den sangen – kanskje noe helt galt!

Bladene på de lange greinene henger helt stille. Det samme gjør alle de andre bladene. Skogen er tilsynelatende like forlatt som steinene vannet vasker over. Hvor er alle fuglene som pleier å flokke seg langs elven? Som regel er det de som synger for ham.

Den syngende stemmen blir sterkere og enda mer sugende.

Nei, ingen vil drepe ham. Det er for dumt, selv de fremmede dreper ikke uten grunn. De får heller få antilopen. Her ute i midten av elveleiet når vannet nesten opp til skrittet. Han minnes den farlige spydspissen som satt fast i antilopen. Det er best å holde seg nær elvebredden slik at trærne kan redde ham. Ingen andre tar seg fram like fort gjennom skogen.

Skrittene er langsomme nå. Føttene finner de rette steinene selv om de ligger skjult av vann, og selv om vannet drar i feil retning. Han dytter vekk et par lave greiner. Sangen virker så snill og trygg. Innimellom kommer det små pauser. Kaje stopper opp i pausene.

Tonene minner om trøstesangene stammen bruker. Han synger av og til slike for Lille Bo. Langsomt skritter han videre på de runde steinene elven er så glad i. Blikket er festet mot den grønne veggen som markerer slutten på elvens verden. Han prøver å lytte mot skogen, men ørene hører bare sangen.

Hun sitter med føttene i vannet.

Kaje stopper opp, men mest fordi rare følelser begynner å romstere i hodet hans. Hun er så underlig, som en fargerik fugl som har steget opp fra elvens virvler. Han kjenner godt til kulpen, for han har badet her mange ganger, selv om den befinner seg langt nedenfor den faste badekulpen. Også her breier elven seg ut. På den ene siden stikker det opp noen enorme, kantete steinblokker dekket av grønn mose, på den andre siden ligger det en diger steinhelle som han pleier å legge seg på for at solen skal tørke kroppen. Akkurat der hvor han pleier å ligge, sitter det en fremmed kvinne. Hun *er* fremmed, men ansiktet er vendt mot ham, og hun smiler med øyne som vinker mens hun synger.

Hun er der for ham! Og hun er ulik alle andre kvinner. En slik kvinne har han ikke engang drømt om. Hun må være sendt av Alles Mor. Om hun da ikke *er* dalens store beskytter.

Igjen vasser han noen skritt, men stopper et par mannslengder unna.

Han trenger et bad. Blodet fra antilopen har blandet seg med svetten, som igjen har blandet seg med støvet fra slettene. Det begynner plutselig å klø i hodebunnen, og på brystet og bak i korsryggen. Først når han skal klø, merker han at den ledige høyrehånden holder om skrittet.

Hun slutter å synge og lar munnen delta i smilet. Smilet er til ham! Det har enda større kraft enn sangen.

Hun er ung, men virker likevel avslappet. Brystene er forholdsvis små og spretne med lettere svulmende brystvorter. Navlen trekker seg forsiktig inn i magen. Det krusete krattet under er delvis skjult av beina som ligger i kors. Ansiktet er nydelig på en fremmedartet måte, det ligger åpent, samtidig som det lever et sted langt borte.

Og håret!

Han fortsetter å stirre på håret. Det *er* samme farge – rødbrunt som ryggen til en rødryggape – og det bølger. Ikke er det krøller og ikke er det rett, men det bølger som en flokk løpende antiloper.

17.

Den samme dagen holder på å gjøre seg ferdig i leiren til de fremmede. Luften er full av menneskelyder. Noen ungeskrik skiller seg ut fra bakgrunnen av ordflom. De skiftende vindkastene gjør at de fleste som sitter nede ved det store bålet får røyk i øynene, men vinden sprer også den forventningsmettede lukten av stekt kjøtt.

Problemet med Brushode har plaget Firfinger i to dager nå. Han prøver å gi blaffen, men fyren er stadig i nærheten. Synet av ham skaper en uro som tar seg til rette i kroppen. Natten før våknet han av at Grønnøye begynte å hyle. Hun sa han hadde slått ut med armen og truffet henne i ansiktet. Hun kunne godt holdt kjeft, for han slo jo ikke med vilje.

Brushode ødelegger også dagene. Hvis han unnlater å gjøre noe, vil fyren stå enda sterkere, men prøver han å gjøre noe, så ... Der ligger problemet, hva skjer? Brushode er sterk og har store ambisjoner. Han vet ikke i hvilken retning de andre mennene, og særlig Storeflekk, vender føttene. Egentlig vet han. I alle fall hva gjelder Storeflekk.

Pokker ta Brushode. Fyren er troendes til hva som helst. Han har samme kroppsform som Storeflekk og samme kraftige skjeggvekst.

Brushode er stammens sterkeste mann. Han knekker tykke stokker mot knærne, stokker andre må hoppe på for å dele i to.

Firfinger er på vei inn mot hovedbålplassen når det skjer. Matlukten er på sitt mest intense og suger til seg både voksne og barn. Kvelden er forholdsvis kjølig, og folk er sultne. Et stykke unna bryter en av kvinnene ut i latter.

Han får øye på dem på god avstand, nok til at han burde hatt tid til å tenke seg om. Tid til å se forbi. Alt han klarer å tenke er: Det er ham! Jo, så pokker er det ham, og helt åpenlyst! Deretter er det beina som bestemmer.

Brushode har begge hendene godt festet i håret til Grønnøye som kneler foran ham. Pikken står rett opp foran ansiktet hennes, og det er tydelig hva han vil. De store brystene rister hit og dit. Synet av brystene som disser i protest, blir for sterkt; søren ta, ett sted går grensen! Idet Firfinger når fram, dukker det opp en siste tanke: Kanskje fyren ønsker å bli sett. Tanken kommer for sent.

«Brushode! Slipp henne! Hun er min.»

Han prøver å gi stemmen kraft, men merker at myndigheten snubler i ordene. Brushode ser på ham med ertende øyne uten tegn til å holde opp.

«Tull. Ta deg litt mat. Pikken din er likevel for gammel. Den sjakaldingsen er heller ikke noe. Selv den får du ikke opp.»

Grønnøye ser fra den ene til den andre, men tør ikke si noe.

De to mennene stirrer på hverandre. Ordene gir Firfinger enda færre valg. Han ser kun to muligheter: å gå løs på ham eller å ta tak i Grønnøye. Han velger det siste, tar tak i armen hennes og begynner å dra. Samtidig sier han sint:

«Slipp! Hun er min. Du skal angre.»

Grønnøye skriker av smerte etter som håret og armen blir dradd i hver sin retning, men ingen av mennene enser skrikene. Firfinger merker seg at pikken er nede. Han merker også at mens han selv er hissig og forvirret, så er stemmen til Brushode intens, men rolig:

«Firfinger. Du er en gammel dust! Du har ikke pikk nok til damer. Du kan ikke engang fange en selvdød hare. Prøv deg på meg. Om du tør! Jeg begraver deg mellom steinene.»

Ordene får bålet inne i Firfinger til å sprake. Han slipper taket i armen. Grønnøye velter over mot Brushode som dermed faller bakover. Samtidig hopper Firfinger fram og støter så hardt han kan med foten mot Brushodes nese. Det er der blodet er lettest tilgjengelig. Brushode har et dårlig utgangspunkt, liggende på bakken med en tung kvinne over seg, men det synes ikke å bekymre ham. Han får vridd ansiktet til siden slik at foten treffer kinnet. Støtet har likevel kraft nok til å slenge hodet bakover.

Firfinger prøver å få inn et slag før den andre rekker å reise seg, men forsøket blir ødelagt av at Grønnøye kommer i veien. Det er fortsatt bare hun som skriker. Brushode får tak i armen hans og drar til slik at Firfinger stuper over kvinnen og selv havner på bakken. Begge skynder seg opp, men Firfinger er hissigst. Han får inn et spark mot skrittet til Brushode. Ansiktet viser at foten havnet der den skulle. Firfinger stopper opp i håp om at oppgjøret nå er over. Brushode vakler litt forover. Plutselig tar han et langt skritt fram, griper tak i langfingeren på Firfingers gode hånd og bender den bakover. Det kommer en knekkelyd og fingeren blir stående i feil stilling. Firfinger skriker til av smerte og hopper bakover. Brushode langer ut et spark mot mageregionen som sender ham enda lengre unna.

Først nå er kampen over.

Brushode blir stående å se på det sammentrukne ansiktet til den aldrende mannen. Han peser som en bøffel, men et tilfreds smil overtar snart for tegnene på smerte og anstrengelse.

«Hold deg unna. Du er ingenting.»

Grønnøye ligger like ved siden av med blikket rettet mot himmelen. Ansiktet er ikke til stede for noen av dem. Andre har kommet til for å se på, men ingen sier noe. Et par av mennene gir inntrykk av å sette pris på underholdningen, mens Yamyam betrakter det hele på avstand. Så kommer Storeflekk. Munnen er knepet sammen.

«Han ... Han tok Grønnøye, han ...», begynner Firfinger.

«Firfinger angrep, jeg måtte stoppe ham», avbryter Brushode.

Storeflekk legger merke til den ødelagte fingeren.

«Idioter!»

Han går bort til Firfinger, tar tak i fingeren og brekker den tilbake på plass. Den blir hengende livløs andre veien mens Firfinger kommer med nok et forpint skrik.

«Idioter», gjentar Storeflekk, men denne gangen med mer dempet stemme.

«Han skal ha arr», roper Firfinger.

Brushode sier ingenting, men ansiktet stråler av triumf. Storeflekk ser fra den ene til den andre.

«Hør meg! Begge bør få arr. Eller ingen. Begge eller ingen. Det er opp til dere.»

«Han skal ha», sier Firfinger desperat og peker med den dårlige hånden uten å prøve å rette ut fingrene.

Brushode bare ser hånlig på ham.

«Begge eller ingen», gjentar Storeflekk. Andre menn mumler at de er enige.

Firfinger tar ikke sjansen på å komme med en uheldig bemerkning. Han viker unna blikket til Brushode.

Storeflekk går tilbake mot sovestedet sitt. En av kvinnene pleier å bringe mat opp dit slik at han slipper å sitte sammen med de andre.

«Jeg skal drepe deg», sier Firfinger hvesende, men Brushode bare fortsetter å stirre nedlatende på ham.

18.

Kaje kommer plutselig på å sjekke skogen på begge sider av elven for tegn på liv. Ingen blader rører på seg. Greinene henger som om de sover. Det er som om alt har stoppet opp rundt kulpen, alt unntatt ansiktet til kvinnen med det rare håret. Og smilet hennes. Smilet gjør hele skogen levende, det når fram også til bladene. Om hun ikke *er* Alles Mor, så må hun stå henne veldig nær. Det er ikke noe usikkert og knisende ved henne, heller ikke noe gammelt og manipulerende, bare et smil som brer seg utover elven og preger verden like sterkt som det første sollyset om morgenen.

Kroppen til Kaje sier at alt er trygt. Denne kvinnen er god, hun har Alles Mor i seg og da kan hun ikke være ond. Hun er ikke bare god, hun er noe mer, det er noe ved henne som trenger dypt inn i ham. Rart. Han har ikke visst det før nå, men det er slik *kvinnen* som av og til besøker drømmene hans, ser ut.

Kaje går et skritt nærmere. Det faller ham ikke inn å si noe.

Smilet blir spørrende.

Til slutt sier *hun* noe.

«Har du drept antilopen helt alene?»

Kaje har glemt dyret som henger over skuldrene. Stemmen er frisk, og hun virker oppriktig nysgjerrig. Hun spør ikke bare for å si noe eller for å virke imponert. Samtidig er det noe fremmed i stemmen. Hun snakker tydelig nok, men måten hun sier ordene på er ikke normal, lydene er rare – annerledes.

«Det ...»

Kaje vet ikke hva han skal si. På et vis har han tatt den selv, på den annen side har han fått hjelp av noen med et merkelig spyd.

Hun ser usikkert på ham.

«Forstår du hva jeg sier?»

Fortsatt nøler Kaje. Han bikker hodet bakover for å svare bekreftende.

Det kommer en ny tanke.

«Få se høyrefoten din.»

Et øyeblikk virker hun tydelig overrasket. Deretter kommer det en syngende latter og hun trekker foten ut av vannet.

Det er ingen tvil!

«Jeg trodde ikke du så meg. Jeg snek meg innpå, så prøvde jeg å få oppmerksomhet.»

Også Kaje ler.

«Bare litt av håret ditt, og etterpå avtrykket av foten.»

«Det var meg. Du virket så fjern og så lykkelig. Jeg ville ikke ødelegge noe.»

Han ser spørrende på henne.

«Var det derfor du stakk av?»

Hun tenker litt, og legger så hodet over til siden.

«Nei, jeg stakk ikke av. Det ble bare slik. Jeg kommer og går. -- Jeg visste ikke hva som kunne skje. Det kunne være farlig.»

Kaje løfter hodet og sier stille.

«Ai. Er det dere som bortfører kvinner? Dere som dreper menn?»

Hun ser ham først inn i øynene. Leppene strammer seg idet hun lar blikket vike og bøyer hodet langsomt ned.

«Hvorfor?» fortsetter han.

«Jeg vet ikke. Det er ikke meg. Det er bare noen. De fleste er snille.»

«Jammen, ved alle forfedre, det må være en grunn. Hvorfor?»

Han klarer ikke å hindre at stemmen blir hissig, men tar seg i det og føyer til:

«Beklager.»

Hun bare ser ned. Det blir stille.

«Du sang så høyt.»

Nå løfter hun ivrig hodet.

«Jeg så deg. Jeg satt på en kolle og kjente deg igjen på lang avstand. Da du gikk ned til elven, gikk jeg til kulpen her. Så bestemte jeg meg for at du skulle høre. Jeg ville du skulle komme. Sist gang ble du redd, jeg vil du skal se meg uten å spenne muskler.»

«Har du tenkt å drepe meg?»

Kaje er selv overrasket over at han høres nøktern ut, ikke redd. Samtidig innser han at spørsmålet passer dårlig.

«Drepe deg!» hun ler høyt. «Du er mann og har våpen. Du er sterk. Og du dreper antiloper.»

«Er du alene?»

«Ja. Jeg får gå alene. Han tillater det, og jeg liker å gå alene.»

Det blir en pause. Kaje legger fra seg dyret og sekken og setter seg på en av steinene. Hun er mer menneske nå, mer som andre kvinner han kjenner, ikke så mye av den store mor lenger. På en måte foretrekker Kaje henne slik, for da kommer hun enda nærmere. Fortsatt er hun mer kvinne enn alle kvinner han tidligere har truffet.

«Hva heter du?»

«Sirea.»

«Og du?»

«Kaje fra Bujustammen.»

Hun merker blikket hans.

«Du synes håret mitt er rart.»

«Hva har du gjort? Det er ikke menneskefarge, det er som rødryggaper og som løpende gaseller.»

«Gjort? Det er sånn. Mange har sånt hår der jeg kommer fra. Liker du det?»

Kaje flytter blikket tilbake til øynene hennes og svarer uten å nøle.

«Ai. Jeg liker deg.»

Det varme smilet han først så, kommer tilbake.

«Jeg tilhører Storeflekk. Og du?»

«Tilhører?»

«Ja, jeg er hans.»

Stemmen er ikke lei seg, bare konstaterende.

«Alle mennesker eier seg selv. Hvis ikke den store mor eier oss. Er Storeflekk Alles Mor?»

«Nei ... Alles hva? Han er mann. Alle voksne kvinner tilhører en mann. -- Noen tilhører kanskje flere menn.»

«Hvorfor det?»

Før hun sier noe, lar hun øynene bevege seg fram og tilbake et par ganger.

«Storeflekk står foran. Det er bra å tilhøre ham. Dessuten gir han meg frihet.»

Hun reiser seg opp slik at rumpa vender halvveis mot Kaje. Den er forholdsvis liten med nydelige rundinger, men på høyresiden er den glatte huden forstyrret av to arr. De er risset inn, to streker som krysser hverandre, den ene litt lengre enn den andre.

«Der», sier hun og holder en finger på arrene. «Storeflekk har meg.»

Kaje tror han skjønner, selv om han aldri har sett noe lignende.

«Hvorfor? Hvis du er hans kvinne, hvorfor ... Hvorfor ødelegge rumpa? Den er penere uten arr.»

Hun bare ler.

«Ønsker du at han skal eie deg?»

Svaret kommer kjapt:

«Nei.»

Kaje klør seg på låret. Igjen oppdager han kroppen sin. Det ser ut som om han har ålet seg gjennom skrotten av en bøffel for så å jakte jordrotter under jorden.

«Du burde bade.»

«Ai, ai. Jeg er mer skitten enn en bøffel. Det er ikke bra, jeg må bade.»

«Kom», sier hun og strekker armen ut mot ham.

Kaje nøler, men tar den forsiktig og klemmer svakt. Huden er svært lys, men ellers ligner hånden på alle andre hender. Hun er et menneske som ham. Redselen er glemt. Det gir en uforståelig lykke å holde i henne. Idet de berører hverandre, vokser det så sterke følelser inne i ham at selv skogen forsvinner. Selv om hun bare ga ham en hånd, er det som å holde rundt alt som lever.

Sammen svømmer de flere ganger fram og tilbake over kulpen. De første stjernene har kommet til syne, men fortsatt er konturene av trærne synlige mot den blåsvarte himmelen.

Etterpå spiser de. Det er for sent å lage bål, så de spiser av antilopen slik den er. Kaje oppdager plutselig at han er sulten. Sirea får forsyne seg av de myke innvollene, mens han tar til takke med et lår. Hun har frukt plukket fra trærne som vokser langs elven. Alt hun gjør virker naturlig og avslappet. De er to fremmede mennesker, likevel sitter de sammen som om de var av samme livsløp. Det er merkelig. Det har dukket opp noe i kroppen hans som aldri før har vært der – noe han ikke ante fantes.

Natten er nesten svart nå. Det har kommet vage skyer mellom dem og stjernene.

«Du sa Storeflekk eier deg. Hva mener du? Er dere ektefeller?»

Spørsmålet presser seg fram. Han har satt seg tett inntil for å ane øynene og munnen hennes. Så nærme han synes han kan. Hjemme sitter de alltid tett når det er mørkt, så tett at armer og bein presser mot hverandre; men hvis de er med fremmede, passer de på å holde avstand. Nede på slettene sitter folk slik at ingen berører naboen.

Hun ser lenge på ham før hun svarer.

«Mor og far ble drept av Storeflekks folk. De kriget, og de drepte mange. Mange av mine. Jeg var barn, likevel tok han seg av meg. Siden har jeg tilhørt ham.»

Hun har en stemme som får ordene til å vokse. Han sier ingenting. Han føler låret hennes mot sitt og legger hånden på den nærmeste skulderen. Hun beveger seg ikke. Det er i orden.

«Noen av mennene fikk være med. Storeflekk har passet på meg, og jeg har det bra, så lenge han bestemmer. Jeg har det bra. Ingen andre tør gjøre meg noe, og det er nok mat. Vi er mange, men det er nesten alltid nok mat.»

Hun tar en pause. Vender seg mot ham og legger armen sin om skulderen hans. Det er for mørkt til at han klarer å lese ansiktet.

«Mine foreldre ... Mor og far var jo ikke der for meg, men det er andre. Jeg har venner. Alt er ikke bare bra, men noen ganger er det greit. Storeflekk kunne drept meg, de andre ... Av og til spiser de barn.»

Kaje bryter inn.

«Vet Storeflekk at du er her?»

Hun tenker seg om.

«Ja. Han vet jo ... Han vet jeg ikke er der. Storeflekk liker turene mine. Jeg forteller ham om det jeg ser. Jeg er flink til å finne ut ting, til å lære fremmede måter å snakke på og prate med folk fra andre stammer. Storeflekk og hans menn skremmer. Folk flykter, og da finner de ikke ut noe. Jeg lærer mye. -- Han lot meg leve, og han gir meg frihet.»

Hun fortsetter å prate, men mest om det hun husker fra foreldrenes stamme. Innimellom spør hun ham om Bujudalen og folkene der. Om hvor mange de er og hva slags våpen de bruker til jakt.

Natten blir likevel ikke helt svart, månen stiger opp over trærne og viser fram nesten halvparten av seg selv. Månen dekker seg bak et tynt slør, men likevel synes Kaje at den er nærmere dalen enn noensinne. Han stirrer mot de mørke og lyse områdene, og de små, runde merkene i den bleke skiven. Da han var liten, trodde han månen var ansiktet til Alles Mor, men månen har ikke noe ansikt, den bare *er* Alles Mor. Noe slikt har aldri levd på jorden. Månen er viktig. Den gir trygghet. Særlig når den står så nær som nå. Har Alles Mor sendt Sirea for å trøste ham for tapet av Bo? Er det derfor månen kommer for å se hvordan det går?

Sanden er fortsatt varm, men den blir kjølig utover natten, så det var fornuftig av Sirea å plukke blader som liggeunderlag. Nå lager hun en sengeplass stor nok for begge. Bladene lukter godt. Han merker at de er av riktig type: store, ikke for friske og kalde, og ikke for tørre og harde. Først ligger hun stille med ryggen mot ham. Helt stille som en hare som gjemmer seg. Kaje nøler, men lar til slutt hånden gli forsiktig over ryggen hennes. Huden er så myk, og han kjenner det går en varm strøm fra henne og dypt inn i ham. Den merkelige følelsen fjerner alt annet. Livet er godt bare han får ligge slik og stryke huden hennes, la fingrene berøre de små humpene som danner en rad midt på ryggen, og la nesen snuse mot nakken. Plutselig snur hun seg. Kroppen presser seg så kraftig mot hans at han velter over på ryggen. Hun blir liggende halvveis oppå ham. Alt kan skje. Bare det å dele hverandres hud er som å høre sammen.

Månelyset er med på å kjæle med kroppene. Månen og Sirea har noe felles. Hun er så mye mer enn bare en kvinne, hun har noe ved seg som alle andre kvinner mangler. Verken Reko eller Doro vekket noe slikt i ham. Selv ikke Bo.

Også huden er annerledes. Hun lukter helt forskjellig fra kvinnene i stammen – en vag duft av blomster. Kanskje stjeler hun lukt fra plantene. Han lar fingrene gli gjennom håret. Alles Mor vil at han skal kjæle med Sirea, og kanskje klemme henne hardt inntil seg. Han nøyer seg med varsomt å utforske nakkegropen og ørene, noe kan gå i stykker hvis han lar hendene gripe om for mye.

Håret *er* merkelig. Ikke bare fargen, han kjenner hvor mykt det er.

«Da du først så meg, hvorfor holdt du deg på pikken?»

Stemmen er mild, likevel skvetter Kaje.

«Jeg trodde du sov.»

Nå fniser hun – nesten som en jente.

«Du svarte ikke.»

«Jeg vet ikke. Den er jo der. De andre erter meg av og til. Jeg vet ikke hvorfor, det er bare noe jeg gjør.»

«Ååå, derfor!»

Han skjønner ikke at han har gitt noe svar, men har liten lyst til å utdype temaet; ertingen gjør at han ønsker å holde hånden vekk, men hånden bryr seg ikke om hodet. De blir begge stille.

Stemmen hennes er enda lavere nå, men hun kniser ikke lenger.

«Du kan ta meg. Hvis du vil.»

Kaje skjønner hva hun mener, men nøler så lenge med å si noe at hun fortsetter.

«Vil du ikke?»

«Vil du?»

«Spiller det noen rolle?»

«Ja», svarer han, «det betyr alt.»

«Nei. Det spiller ingen rolle, ikke for meg. Det er fort gjort, og det gjør ikke vondt. Ikke nå lenger.»

Kaje undrer, det høres virkelig ut som om hun mener det. Han har hatt ordentlig samleie bare med én kvinne, Doro. Hun tok initiativet, og hun virket absolutt ikke likegyldig. Hun er spesielt glad i alle slags kroppslige lyster og koser med flere av mennene i stammen, derfor vet hun også mer om den type samkvem enn de fleste. Likevel, kommer det fremmede menn, folk fra andre stammer, er det andre som lar brystene strutte.

«Du sa du tilhører Storeflekk?»

Sirea ser rart på ham.

«Det gjør ikke noe. Han er ikke her.»

Han snur seg på siden og trekker kroppen hennes hardt inn mot sin. Slik klemmer han bare Karo og moren. Og så søsteren da, Bo, men det er lenge siden – før de kvinnelige trekkene dukket opp og bremset på samværet deres. Kroppen til Sirea minner ham om Bo. Brystene er ganske like, og begge har unge, spenstige kropper med masse liv.

«Jeg vil gjerne, men ikke nå. Ikke i natt. Ikke før du vet at du vil. I natt er det så mye. Det er så godt.»

«Ja?» svarer hun undrende.

«Ai. Det er så mye. Jeg vil føle deg, og la månen se oss sammen. Det er så godt.»

Han lar fingrene leke forsiktig med brystene hennes.

«Sirea. Et rart navn. Det høres ikke ut som et menneske.»

Hun smiler.

«Det er en blomst. En rød blomst. Storeflekk ga meg navnet. Han sa at innerst mellom beina var jeg akkurat som en sireablomst. Før det hadde jeg et annet navn, og før det igjen navnet moren min brukte.»

Han sier ingenting. Til slutt fortsetter hun:

«Og du? Har du søsken? Har du kvinne?»

Han nøler med å svare.

«Kaje. Er det noe du ikke snakker om? Du behøver ikke svare.»

«Beklager. Ai, ai. Min familie er med meg, vi er alltid sammen. Vi ...»

Brått flytter hun på seg slik at hodet presser mot brystet hans. Det tar en stund før han merker at hun er våt på kinnet.

Ikke nå ..., nei, ikke nå! Det er jo hans hode, hans tanker, ved alle forfedre hvorfor får han ikke bestemme selv. Hva er det tankene vil med ham, og hvorfor akkurat nå? Han vil skyve vekk det triste, gjøre hodet rent og klart, glede seg over samværet med Sirea. Han skal ordne med Bo, men ikke nå!

Det går ikke. Bo er der og stirrer på ham. Hun er langt borte og samtidig rett ved siden av. Bo vil at han skal spørre. Bo rikker seg ikke, men sitter stille med lidende øyne rettet mot noe dypt inne i hodet hans. Lenge slåss han imot. Det blir bare galt – helt galt – å ødelegge øyeblikket for noe som godt kan vente, men det nytter ikke. Typisk Bo, hun er alltid mest til stede når hun er lengst borte.

«Vet du hvorfor jeg dro til slettefolket?»

«Nei.»

Han hører på stemmen at hun gråter, og bestemmer seg for ikke å si mer. Det får vente.

Til slutt løfter hun hodet. Måneskinnet reflekteres i de våte kinnene, men det renner ikke lenger, og stemmen er klarere nå.

«Jeg vil gjerne vite. Du må fortelle meg.»

Igjen nøler han, men det er for sent. Veien går framover, aldri tilbake.

«Jeg så etter søsteren min, Bo.»

Hun ser først spørrende på ham, så blir hun trist og tankefull.

«Hun ligner ikke på deg?»

«Nei .... Hun er kvinne. Kroppen ligner på din, og så har hun bølger i håret. Omtrent som deg, men kraftigere bølger. Og menneskefarget. Nesen er heller ikke som din.»

«Det er dere de kaller månefolket?»

Hun høres alvorlig ut.

Kaje løfter hode som bekreftelse.

«De kom med en kvinne. Flere dager har gått. Jeg vet ikke navnet, men hun kom fra åsene. Kanskje fra din dal.»

«Hadde hun to flekker på rumpa?»

Sirea blir stille. Øynene lukker seg, og ansiktet vender plutselig vekk fra ham.

«Hadde hun?»

«Ja. Jeg så. Merkelig måte å merke på.»

Kaje spretter opp slik at han blir sittende ved siden av henne.

«Hva har dere gjort med henne!?»

Sirea åpner øynene igjen.

«Hun.»

Alt stopper opp. Helt til en ape skriker et sted i trærne over dem. Skriket vekker noen store fugler som forsvinner med kraftige vingeslag. Månen har gjemt seg bak en sky. Ansiktet til Sirea er borte, men stemmen fortsetter. Den fortsetter, men ordene er som luft.

«Hun forsvant.»

Kaje er stum.

«Jeg vet ikke. Hun forsvant. Hun ble borte. Hun ...»

Stemmen dør langsomt ut i mørket. Kaje stirrer stivt mot stedet der månen skulle vært.

«Hva?»

Nå hvisker hun.

«Hun er ikke hos oss lenger.»

«Dere drepte henne!?»

«Jeg vet ikke. Det var ... Jeg ... Jeg prøvde ... Hun ble bare borte.»

Han merker at hun tar seg sammen, men stemmen hennes er fortsatt bare som et svakt vindpust.

«De behøvde ikke drepe henne. Kanskje er hun ... De pleier ikke drepe kvinner som er lydige. Bare ... bare av og til.»

Kaje sier ingenting. Kroppen har stivnet. Alt er tapt. Han *har* knust øyeblikket, men han hadde ikke noe valg. Det måtte skje, Alles Mor vet det. Med ett er alt godt vendt til det vonde, alt som strålte, er blitt til mørkeste natt. Tårene renner. Sirea er som en stein der mosen brutalt er revet vekk, og bare det harde, kalde er igjen.

Han reiser seg og griper sekken.

19.

Storeflekk har funnet seg en liten forhøyning i terrenget som sin personlige plass. Herfra ser han slettelandet forsvinne i disen, han ser sovestedene til de fleste andre, og han ser stien som forsvinner innover i åsene. Nå oppdager han Sirea komme gående langs stien. Han reiser seg og går mot henne. Først ser hun ham ikke, eller later som om hun ikke ser ham, men når han roper, kommer hun med langsomme skritt.

De hilser som vanlig ved å legge hendene på hverandres skuldre, og som vanlig prøver begge å lese mest mulig ut av øynene til den andre.

«Du var borte lenge. Flere dager?»

«Nettene kommer fort.»

Han merker at Sirea virker sliten. Hun setter seg på bakken med beina halvveis under seg. Innen rekkevidde finner hun noen blomster som hun først lukter på, så begynner å plukke kronblader fra. En etter en havner de mørkegule bladene i munnen. Etter hvert blir også de fyldige leppene gulaktige, noe som bidrar til å gjøre ansiktet enda tristere. Storeflekk setter seg og betrakter henne med spørrende øyne.

«Hva vet du? Hva fant du?»

Hun kaster vekk restene av blomstene, flytter noen skritt vekk og lener ryggen mot et tre. Det ligger tett med løv rundt røttene – noe er mørkegrønt, men det meste er brunt.   «Hørte du ikke?»

Stemmen til Storeflekk er rolig, men han legger bevisst inn en skarpere undertone. Han har alltid likt Sirea og er mer overbærende med henne enn med andre kvinner. Samtidig vet han at det krever klare beskjeder, og noen ganger bruk av makt, for å få folk til å følge hans tanker.

«Hvordan går det her i leiren?» spør hun.

«Nei. Noen krangler. De oppfører seg dumt. Brushode brakk fingeren til Firfinger. -- Du svarte meg ikke.»

Sirea bare ser spørrende på ham.

«De to oppfører seg som barn. Ikke noe nytt. Bare dum krangel. Brushode hadde glede av Grønnøye, men hva så? Vi har nok kvinner, og verken Brushode eller Firfinger er spesielt ivrige, så det spiller ingen rolle. -- Du må fortelle hva du har sett. Hva du har funnet ut. Det er viktig.»

Sirea er var for omfanget av tålmodigheten hans, nå aner hun et bedende uttrykk i ansiktet. Det haster ikke med å svare. Ved siden av henne går det en maursti med en type maur som bor nede i jorden. Hun lar noen klatre opp på fingrene. Tenk å kunne krype under bakken og bare komme ut når man har lyst. Bare dukke opp når solen skinner og folk smiler. Hun kniper leppene sammen før hun gir Storeflekk en smak av det han vil ha:

«Det er flere stammer oppover elvedalene.»

«Si noe jeg ikke vet.»

«Folk kaller dem månefolket.»

«Månefolket? Hvorfor det?»

«Jeg vet ikke.»

Hun oppfattet at månen betydde noe spesielt for Kaje, men skjønte ikke hvorfor. Han sa noe om Alles Mor, men hun ante bare vagt hva han mente.

Storeflekk stirrer oppgitt på henne.

«Du vet mer. Si noe fornuftig. Noe nyttig.»

«Det bor en stamme opp neste elv. De vet jeg lite om. Oppover elven bortenfor bor det også en stamme. Jeg traff en mann. Han sa de var nesten like mange voksne menn som fingre.»

«Hva slags våpen?»

«Det vanlige. Han hadde en god beinkniv, og en lett stikkestav med trespiss. Han hadde ikke slyngkjepp. Ikke med seg i alle fall. Staven egnet seg ikke til å kaste, men han hadde felt en antilope helt alene. Også ...»

«Og deg? Hva tok han deg med? Hvilken stav?»

Sirea svarer ikke, men snur ansiktet mot siden. Storeflekk bare ler høyt.

«La dem ta deg, du. Bare la dem knulle deg, da åpner de seg. Da forteller de alt.»

Hun lukker ansiktet og vender blikket mot åsene.

«Men du liker det? Jeg vet du liker det.»

Hun viser ikke ansikt, og regner med at han forstår stillheten. Storeflekk skifter tema.

«Hva synes du? Hvilken dal vil du ha?»

Fortsatt sier hun ingenting. Den høyre neven lukker seg om en liten stein, mens øynene stirrer intenst tilbake mot skogen. Hånden strammer så hardt om steinen at knokene blir hvite.

«Si meg hva du synes.»

Han smiler vennlig og dulter borti venstreleggen hennes med foten.

«Vi bør dra. Gå videre. De er mange. Det blir bare masse sår, masse blod.»

Storeflekk lytter og venter før han svarer. Stemmen slår over til alvor.

«Firfinger mener det samme. Ikke jeg. Kanskje er de mange. Alt i alt. Men hver stamme er liten, og det er plass til flere. -- De må leve med oss. Tåle at vi er her. Vi er sterkest, og alle tåler de sterkeste.»

Sirea er taus. Hun vet at han har rett. De er sterke, de er som en flokk flekkhyener mot en enslig villhund.

Etter en stund fortsetter han.

«Dra tilbake. Finn ut mer om folket i åsene.»

Han tar en pause.

«Finn ut hva som er spiselig. Hvor de finner vilt. Hvilke planter som leger. Ja, hvordan de tenker. Er stammene mye sammen? -- Det er viktig. Kanskje aller viktigst. Møtes de ofte? Vær flink, så skal du få velge dal. Vår dal.»

«Det er ikke det. Kanskje er det plass, og her er nok mat, men de liker oss ikke. Vi bringer vonde følelser.»

Storeflekk virker overrasket.

«Jo da, sånt ordner seg. Alle blir venner med den som er sterkest. Slik har det alltid vært. Dessuten, tiden må gå. Etter hvert blir vi kjent og er ikke lenger fremmede, vi blir naboer man skifter kvinner med. Kanskje må vi først drive bort en stamme, kanskje drepe noen, men til sist smiler alle. De trenger bare å vite hvem de skal smile til.»

«Nei!» Sirea er skarp i tonen. «Du må snakke med mennene. De hører deg. Med de som ikke er snille. Du vet hvem.»

Han ser tankefullt på henne. Til slutt lar hun kroppen sige nedover mot bakken samtidig som beina glir fra hverandre.

«En dag er det deg eller meg. La oss finne et sted uten andre.»

Hun strekker ut en hånd. Storeflekk reagerer ikke på den, men sier: «Alle skal vi en dag bli mat for gribber og sjakaler. Alt som lever, skal dø. -- Jeg skal leve lengst.»

Han stirrer et øyeblikk på skrittet hennes.

«Du kan knipe igjen spurveredet.»

Så snur han seg og går mot bålplassene. Etter noen få skritt ombestemmer han seg, kommer tilbake, bøyer seg ned og presser leppene mot pannen hennes samtidig som han mumler en takk. Sirea merker at handlingen hans letter på trykket i magen.

«Sirea, stammen trenger å samles. Vi må ha et sted, og vi må ha noe å gå mot sammen. Først da blir folk slik du vil de skal være. Skjønner du?»

Sirea løfter hodet, men sier ingenting.

Det hjelper å legge seg ned – stille og alene. Hun prøver å se framover, men mulighetene som pleier å dukke opp i hodet, kommer ikke. De butter i tomhet og avmakt. Alt er blitt så vanskelig. Mulighetene pleier å være der som modne bær på en busk – nå er de borte, det er ingenting å plukke.

Et stykke unna ser hun en av de andre kvinnene til Storeflekk legge armen om livet hans. Det er Bredrumpe – allemannskvinnen. Hun vet at Storeflekk har gjort henne tilgjengelig for andre i et forsøk på å dempe irritasjon. Han har sagt at kråkeredet hennes er stort nok til alle, og Bredrumpe synes å like at mennene setter pris på henne. Sirea har lurt på om det er fordi alle dermed også er glad i barna hennes. Selv liker hun Bredrumpe, men hun har hørt hva andre kvinner sier.

Nå tar Storeflekk et solid tak i rumpa hennes. En gang ville han også dele Sirea med de andre mennene, men hun protesterte så kraftig at det ikke ble noe av. Hun er ikke som Bredrumpe. Hennes kropp er ikke myk, den føyer seg ikke etter alt og alle.

Men nå … Er hun på vei ut? Mister hun innflytelse, tar andre hennes plass? Det må ikke skje. Det er tross alt bedre å tilhøre Storeflekk enn noen av de andre i stammen. Storeflekk krever ikke mye. Hun har etter hvert skjønt at han bare er sånn passe interessert i kvinnekropper, likevel tar han seg godt av henne. Hun får det hun trenger, men samtidig gir han henne lite.

Hun blir liggende å stirre mot himmelen. Luften er varm og døsig, men det hjelper ikke, dagen er likevel hard og tom. Den høyre hånden masserer halvt ubevisst det venstre brystet, men hun føler ingenting. Det er ingenting i kroppen hennes som betyr noe. Til slutt reiser hun seg og går etter matlukten – selv om hun ikke er sulten.

20.

Natten er svartere enn nettene før. Steinene hardere. Månen har nesten forsvunnet, bare en sjelden gang antyder den sin tilstedeværelse bak et tykt slør. Kaje ser ikke opp, for det er likevel ingenting å se.

Beina protesterer. De ber ham legge seg ned ved elvebredden. Han som kan løpe raskere enn de andre, hoppe lengre og høyere ... Nå nærmest kryper han oppover elven som en halvdød jordrotte.

Nettene er ikke farlige. Kaje er blant de som ikke bare vet det, men også føler det. Det meste sover. Selv leoparden foretrekker grålysningen, ikke svarteste natten. Men dette er ingen vanlig natt – ondskapen har tatt et fast grep om dalen deres. De siste dagene har han ant at den var der, men først nå trer den fram fra skyggene og viser sitt sanne ansikt.

I det åpne elveleiet gjør restene av lys det mulig å ane konturer. Det hadde vært lettere å ta seg fram langs stien, men han ønsker å være hos elven. Den lever, og den står for det gode i dalen. Stort sett prøver han å holde seg i den tørre, eller grunne, delen; men innimellom går han ut der vannet tar tak om beina. Noen steder dukker det opp lange greiner som strekker seg ut fra elvebredden. Det er som om de slår etter ham. En gang mister han fotfestet og får et stygt sår på leggen, men smertene biter ikke, vannet fører dem med seg sammen med blodet.

Hvorfor skinner ikke månen? Hvorfor hjelper den ham ikke nå når han trenger den mer enn noensinne?

Han vil hjem og finne Karo, for hun leger alt. Bare hun forstår. Derfor går han langsomt og møysommelig videre, selv om drivkraften blir svakere og svakere. Kanskje kommer han aldri fram. Egentlig kan han like godt bli værende i elven. Døden er ikke vond, det er veien dit folk misliker. Alle drar videre, alle skal til fjellene etter å ha hatt sin tid i dalen. Alt blir bra bare de finner kroppen og sørger for at den blir med dit månen drar. Der treffer han sikkert Bo. Det er godt nok.

Han skjønner plutselig at han har nådd badekulpen, der han først så snurten av den fremmede kvinnen. Her finner de ham helt sikkert.

21.

Lyset kommer til slutt. Langsomt trenger det inn i dalen og tvinger de nærmeste trærne til å tre fram. Skyene er ikke lenger bare over ham, nå ligger de tykt rundt ham og gjør verden snever. Dagslyset gjør det umulig å sitte og vente på døden. Han reiser seg og fortsetter å gå, men velger elven selv her hvor stien er mye raskere.

Bruset av vann er det eneste riktige denne morgenen. Lyden stiger og synker alt etter som hvor voldsomt vannet beveger seg, men den er alltid der. Det slår ham at elven er tryggere enn månen. Den er faktisk det eneste han virkelig kan stole på, det eneste som aldri svikter. Elven er som Karo, alltid til stede, og alltid med et trøstende brus som sier at livet går videre. Han sender en stille takk til elven når han endelig kommer til den siste bakken opp mot leiren.

«Du vet ikke. Det er ikke sikkert. Kanskje er hun borte, kanskje kommer hun igjen», sier Karo beroligende.

Kaje stirrer oppover i retning fjellene. Lenge har han presset kroppen sin mot Karo, som for å skyve vekk alt det savnet som har krøpet inn i ham i løpet av natten. Han har sagt det samme til seg selv mange ganger, men klarer ikke å tro på det. Bo er borte. Bo er død. Bo er drept! De fremmede har tatt alt. Når mennesker forsvinner i mange dager, er det lite håp om å finne noe, selv ikke en kropp. I alle fall ikke en hel kropp. De har drept Bo og stjålet kroppen hennes. Han vil så gjerne at de sammen sender henne til fjellene.

«Karo. Bo må til fjellene.»

«Selvsagt. Bo er kanskje allerede sammen med de andre. Fuglene vet.»

«Men Karo, vi har ikke sendt henne. Vi har ikke hjulpet henne å nå fram. Kanskje Alles Mor ikke vet at hun er død.»

Han begynner å gråte igjen. Tårene renner stille, uten forstyrrende lyder.

«Kaje. Kaje. Det er i orden. Verdens Mor tar seg av Bo. Hun passer på alle. Alles Mor har ordnet for Bo.»

«Ai. Men hvorfor? Ved alle forfedre. Alles Mor trenger ikke Bo. Det er vi som trenger henne. Hun skulle vært her.»

«Kaje. Alles Mor er skogen vår. Alt er i henne, og alt forblir der. Bo er lykkelig. Bo vil hjelpe deg. Fra høyt i fjellene vil hun hjelpe oss, og en dag møter du henne. Da vil også du være i fjellene, sammen med månen.»

«Men månen ... Månen hjalp meg ikke.»

Det blir stille lenge. Til slutt sier hun:

«Legg deg her.»

Han legger seg med hodet i fanget hennes. Karo begynner på en sang samtidig som hun masserer hodebunnen hans. Etter en stund utbryter hun:

«Hva har du der?»

Hun peker på det brukne spydet med den rare steinspissen som stikker opp av sekken. Han har glemt at han bar den med seg. Da han først fant spydet, gledet han seg til å vise det til de andre, men nå betyr det ikke mer enn støvet på beina. Restene av antilopeslaktet han skulle dele med de andre, ble liggende igjen sammen med de døde drømmene. Han drar pliktskyldig spydet opp av sekken og forteller kort om den sårede antilopen. Flere strømmer til for å se på og kjenne på den merkelige spissen. De beundrer måten den er festet til treskaftet, og den elegante overgangen fra tre til stein. Noen av de gamle kjenner igjen steinen. De har sett noe lignende hos fremmede nede på slettelandet, der kalte de det svartstein. Men de fremmede hadde bare små flak med seg, egnet til å flå dyr og partere kjøtt. Svartsteinflakene var skarpere enn de flakene de selv lagde fra lokal stein, men de var mindre og ikke så gode å holde i. Ingen har sett en så fint tilgjort spydspiss.

En stund følger Kaje med på diskusjonen.

Alle er enige om at den må være sterkere enn spisser av bein eller tre. Noen mener likevel at steinspissen blir for stor, og derfor vanskeligere trenger inn i dyret. Kanskje duger den til jakt på større dyr, men for de mindre dyrene, som de tross alt fanger mest av, er en passe slank spiss av bein eller tre det beste. En spydspiss av bein, eller stein, gjør at spydet skaper mer skade, og lettere henger fast i dyret. Det er delte meninger om fordeler og ulemper ved en slik spiss.

«Skal den være din eller alle sin?»

Det er Lele som spør. Han må gjenta spørsmålet før Kaje hører. Kaje retter opp ryggen og svarer uten å nøle.

«Alle skal ha den.»

Så reiser han seg og går over til steinrøysen i utkanten av leiren. Hans plass. En mosedekket grop mellom to steiner som han oppsøker for å være alene. Oppå den grønne mosen ligger det nå et brunt blad. Han blir stående å stirre på det. Bladet er brukket opp, ikke bare én gang, men flere ganger. Noen må ha tråkket på det. Nå bare ligger det der, nedbrutt og fortvilet, som et dødt vitnesbyrd om noe smertefullt. Forsiktig fjerner han bladbitene før han setter seg.

Reko kommer bort. Først står hun en stund og ser på ham. Han merker henne, men klarer ikke løfte øynene fra bakken. Hun tripper litt fram og tilbake. Så, uten å si noe, setter hun seg ved siden av ham og drar hodet hans ned i fanget. Der begynner hun å massere ansiktet, særlig rundt tinningene. Hun har gode hender. Han kjenner hvordan de fører ham vekk fra det triste og inn mot noe bedre. Rundt det venstre håndleddet har hun en reim av flettede skinnstrimler. Hånden hans finner fram til strutseegg-amuletten som han fikk av henne, heldigvis henger den fortsatt rundt halsen.

«Kaje. Du må søke mot oss. Verden er her. Bo treffer du igjen.»

Han sier ingenting.

«Kaje. Du må ...»

«Ai, ai. Det er ikke bare Bo. Alles Mor ser meg ikke. Hun hjelper meg ikke, selv om jeg prøver å være snill. Det er ... Nei, nei.»

Igjen lukker han øynene. Reko venter før hun sier noe.

«Kanskje ... av og til tror jeg også *hun* må lukke øynene. Hun er med deg. Jeg vet det, for du *er* snill.»

«Men det er mer. Ved samtlige fugler, det er noe annet.»

Han får seg ikke til å snakke om det.

«Hva er det Kaje? Hva plager deg?»

«Nei, nei. Det er alt. De er i ferd med å ta dalen vår.»

«Hva?»

«Jeg vet ikke. Noe ondt.»

«*Hva?*»

«Nei, nei.»

Det blir en pause. Så sier hun lavt og langsomt.

«Du har alltid vært annerledes. En dag skal jeg vite hvor hodet ditt er, selv når du ikke lager ord.»

Stemmen hennes går over i hvisking.

«Jeg vil så gjerne være i deg.»

22.

Neste morgen har tåken vokst, den pakker ikke bare inn åsene, men også de tilstøtende delene av slettelandet. Sirea har ikke stått opp. Hun prøver å stirre gjennom tåken og over til trærne som markerer begynnelsen på skogen, men ser ingenting. Hun liker dager med skyer, hun liker dager med solskinn, og hun liker vind og regn. Variasjon er fint – men ikke tåke. Tåken trenger seg på henne som en uønsket mann. Den klamme grå luften trekker alt levende inn i seg. Den suger kreftene ut av naturen, til og med fuglene holder nesten opp å synge. Skogens lukter viker plassen for noe litt muggent.

Tåke pleier å komme og gå, så hvorfor forsvinner den ikke? Hun aner at den fuktige, grå luften siger langsomt oppover mot fjellene, men den gjør seg ikke ferdig. Det kommer stadig mer. Bakken er gjennomvåt. Hun har ligget uten dekke og undrer seg over om det virkelig har regnet uten at hun våknet. Verden er som den blir. Tåkens stillhet tyder på en uviss dag. En dag da alt kan skje – eller absolutt ingenting. Kanskje en dag som forandrer retningen på livet? Nei, om denne dagen gir overraskelser, kan de umulig være av det gode. Tankene går til den rare mannen hun traff ved elven. Fyren hadde strålt mot henne med en kraft hun aldri tidligere hadde opplevd. Øynene hadde noe helt spesielt i seg. Raskt skyver hun minnene bort. De tilhører ikke hennes verden.

Det er da Moff kommer ut av tåken og blir stående å se på henne bare en mannslengde unna.

Hun stirrer tilbake. Øynene er så annerledes. Hun blir aldri klok på de store, mørke øynene, likevel mener hun å skjønne noe av det som foregår i hodet til Moff. Som oftest mangler ansiktet klare tegn på følelser, men av og til ..., av og til møter det hennes blikk og de ser på hverandre med hengivenhet. Som gamle venner. Da finner hun kjærlighet i villhundens svarte øyne. Når dyret kommer og slikker ansiktet hennes, vet hun at følelsene er gjensidige. Villhunden gir noe ingen mennesker klarer å gi.

Moff logrer med halen og er tydeligvis i godt humør trass i gråheten og alle problemene som bygger seg opp. Kanskje kom den for å muntre henne. Hun smiler idet hunden nærmer seg. Istedenfor å møte blikket stikker den snuta ned mellom beina hennes. Sirea tar tak i hodet og masserer nakken.

«Ikke meg din dumming. Finn deg en tispe.»

Hunden har holdt følge med dem lenge nok til å få et navn, det viser både utholdenhet og tilpasningsevne. Halvparten av stammen forsøker å gjøre livet surt for innpåslitne hunder, de hiver steiner og skremmer dem med stokker. Deres reaksjon er forståelig nok, for hundene følger ikke stammens regler, de respekterer ikke eierrettigheter til det som måtte ligge igjen av matrester.

Mange er likegyldige så lenge dyrene ikke viser tegn til å bite, men Sirea, og noen få andre, liker at det er hunder som følger dem. Hun gir dyrene avgnagde bein og annet spiselig.

Moff er rolig til å være villhund, og den ser godt ut tross alderen. Mesteparten av kroppen er lysebrun. Det svarte mønsteret på ryggen har grånet, men de store ørene peker fortsatt like ivrig mot himmelen. Ingen tidligere hunder har vist Sirea like mye hengivenhet. Hunden finner seg så godt til rette at hun lurer på om den har tilbrakt barndommen hos mennesker. Hun har aldri sett den glefse. Som regel legger den seg bare på ryggen, eller stikker halen mellom beina og senker hodet, om noen truer den. Hun har til og med sett at hunden har snust på et stort og godt slakt, men latt være å forsyne seg bare fordi noen har stirret stivt på den. En gang kom Moff med et vrak av et harelik og ville dele med henne. Kadaveret hadde en tjukk eim av død, kjøtt og innvoller var preget av at mark og insekter hadde hatt mange gode dager. Moff virket oppriktig skuffet og overrasket over at hun ikke ville spise.

Hunden snur seg plutselig i retning åsene.

Også Sirea stirrer. Humøret er mye nå.

Der går de!

Ryggene til Storeflekk, Brushode og et par andre menn forsvinner mot skogen. De går stille, men bestemt. Det er tydelig hva de skal. Mennene holder alltid om våpnene på en spesiell måte når de er på vei ut for å jakte, det er som om noe av spenningen i kroppen blir overført til spyd og slyngkjepp.

Eller er det virkelig jakt de har i tankene? Det er lettere å jakte i det åpne landskapet her nede, så hvorfor drar de oppover i åsene? Dessuten virker det ikke som om de er opptatt av omgivelsene, de går tett sammen uten å dreie på hodene.

Hun ønsker å få Moff med seg på turer, men så langt har den vist større interesse for jaktlagene; i den grad den gidder å følge noen i det hele tatt. Også Sirea vil gjerne være med på jakt, men det er ikke så lett å få lov. Overfor Storeflekk har hun begrunnet det med et ønske om å lære hunden å følge henne. Forsøkene på å overtale har pågått lenge og krever dyp innsikt i Storeflekks tankeverden. Hun har nådd fram til løftestadiet, men skjønner at det enda er et godt stykke igjen før hun blir invitert.

De andre kvinnene er glade for at mennene ordner kjøtt, selv foretrekker de å finne annen mat. *Hun* trenger å lære. Selvsagt går det an å leve uten vilt, i perioder slår jo jakten likevel feil, men ett eneste byttedyr gir rikelig og god føde. Hun ønsker å vite hvordan man skaffer kjøtt, og det begynner å haste. Enkelte av kvinnene i stammen misliker henne, og det er bare noen få hun virkelig trives med. Dessuten aner hun en langt alvorligere farer. Hun trenger å ligge ett skritt foran på den veien verden tar.

Synet av jaktlaget er det signalet hun har ventet på. Hun nøler et øyeblikk, men minnes at dette er en dag da alt kan skje, en dag for å prøve noe nytt. Resolutt griper hun et av Storeflekks spyd med spiss av svartstein og følger etter. Uten at han vet det, har hun ofte trent med våpen. Han har jo lovet henne å få være med. Hun vurderer også å ta en slyngkjepp, men bestemmer seg for at det holder med selve spydet.

Til hennes skuffelse har Moff lagt seg ned og viser ingen tegn til å slå følge.

23.

Ved Bujutokollen går den samme tåken gradvis over til lave skyer. Solen finner et gløtt i skyene, og holder seg der lenge nok til å gjøre luften varm. Kaje venter til de fleste har forlatt leiren. Solen står høyt, men han skjønner at den har begynt nedstigningen. Langsomt bøyer han hodet bakover. Jo, solen er for at han skal prøve. Han vet det kan være farlig, men det er viktig. Han *må* prøve.

Noen modige blåaper trenger helt inn i leiren for å stjele matrester. De skriker i triumf når de klarer å raske med seg halvspiste røtter og annet de har sett menneskene tygge på. Kaje vender ansiktet mot Karo. Han stusser over at hun ikke er mer bekymret for dagene som kommer, nå som hun har hørt om de fremmede. Stammen har lyttet, men de deler likevel ikke hans frykt for det onde. Det er som om de ikke *vil* se – ikke langt nok.

«Jeg må prøve. Det er viktig. Jeg ser fuglene, de vil jeg skal prøve.» Hun tenker seg om lenge. Stemmen er lav.

«Du skal få. Ja, du skal få.»

Når hun først har bestemt seg, virker hun sikker.

«Alle når ikke fram. Du må vite hva du vil. Det er farlig for det er ikke alle Verdens Mor tar imot. Ikke som levende. Noen lar hun dø», fortsetter hun advarende.

Kaje kjenner til farene. Han antar at bekymringene hun gir uttrykk for skyldes hans alder, for hun sier ofte at unge menn ser muligheter og ikke farer, men han er ikke lenger ung. Ikke nå. Ikke på den måten.

«Karo, jeg vet», svarer han stille. «Ai. Det er viktig. Jeg drømte. Da så jeg Bo, men hun hadde rødlig hår ... som ... Det kan ha vært farget av blod. Hun ba meg komme for hun vil jeg skal søke. Vi trenger å vite. *Jeg* må vite.»

Han stirrer inn i øynene hennes. De lyser tilbake med styrke og kjærlighet. Håret er trukket bakover slik at hele ansiktet blir synlig. Han liker henne slik, når håret henger fritt, forsvinner deler av ansiktet og gjør det vanskeligere å se hva hun sier. Nå er hun nær og til stede for ham.

Karo fortsetter med formaninger. Det var en periode da Kaje mislikte å høre på den slags, men nå setter han pris på omsorgen. Likevel lar han ordene passere forbi mens oppmerksomheten hviler mot trærne. Også de er til stede for ham.

«Du må være sterk, du må være trygg. Det er farlig. Du må være deg selv.»

«Ai. Jeg vet, jeg vet. Jeg trenger deg», svarer han.

«Kanskje kommer du til den store mor. Jeg tror hun tar imot, men det er vanskelig. Vanskelig å komme tilbake. Vanskelig å være her.»

«Jeg vil tilbake. Jeg vil til deg.»

«Jeg skal være her», sier hun rolig.

Lenge sitter de lent mot hverandre uten å si noe. Hånden hans ligger på låret hennes, mens hun holder ham om skulderen. Det er godt å sitte sammen uten å si noe og uten å røre seg. Det er riktig. Solen fortsetter å drive vekk skyene slik at den kan føre varmen tilbake til leiren, men samtidig vokser skyggene fra trærne på oversiden av kollen ubønnhørlig mot dem. Folk kommer tilbake. Praten glir inn i elvens sus. Han kjenner alle så godt. Alle ansiktene. Han ser dem for seg. Selv de som står med ryggen til, eller befinner seg helt på andre siden av kollen – også deres ansikter ser han tydelig. Han vet hvem som er glade, hvem som virker slitne, eller kanskje triste som ham selv. Alle er de der – unntagen Bo. Alle, bare ikke henne. Det er så galt. Trass i smilende ansikter merker han den såre undertonen i leiren. Den vil være der, som en skodde, i enda noen dager; så vil den langsomt bli drevet vekk av sol og fellesskap. Hos de andre.

Også maurene hjelper hverandre, men maurene virker vimsete og oppjagete. Tilsynelatende vet de hva de vil, men kanskje ikke. Bare hos menneskene glir den enes armer over i den andres bein. Det som skjer, skjer fordi alle er med. Sammen. Slik er det sikkert hos forfedrene også. Jo, han må prøve. Han *må* finne ut hvor Bo befinner seg. Er hun hos forfedrene, vel, så er det greit, da har hun det godt, og en dag ser han henne igjen. Er hun ikke der, kan de ikke vite sikkert. Han bestemmer seg for at hvis han ikke ser henne, betyr det at hun lever. Alles Mor tar seg helt sikkert av en pike som Bo, uansett hvordan hun dør eller blir begravet.

Stemmen til Karo stilner tankene.

«Dette er alt vi har, men det er nok.»

Kaje stirrer på de fire sopphattene og tre stilkene. I hånden føles det som ingenting. Overflaten er skrukkete som et gammelt fjes. De ble tydeligvis plukket en gang for lenge siden. Likevel er kjøttet overraskende hvitt – bare svakt gulbrunt i kantene. Månesoppen tilhører det hvite og holder seg hvit selv etter at den er tørket; men blir bitene liggende over mange regntider, eller blir våte, forandrer de farge og må kastes.

«Månesoppen har veldig mye i seg. Du vet ikke. Du skjønner først når du har prøvd. Noen kommer aldri tilbake. -- Det er Alles Mor. Det er opp til henne. Du er voksen, og du har en grunn, så du får. Men jeg vet ikke … Det *er* farlig.»

Stemmen hennes får hånden til å nøle et øyeblikk, men bare et øyeblikk. Så putter han inn en og en bit, tygger godt og svelger. Smaken

113

er merkelig. Den minner om blod, men er skarpere. Han legger seg ned på ryggen og lukker øynene. Engstelsen knyttet til Karos formaninger er nesten borte, isteden merker han spenningen ved å forsøke noe nytt; noe han riktignok har sett andre prøve, men aldri selv opplevd. Spenningen, sammen med håpet om å komme fram, gir ham en god følelse. Og dermed en god start.

Lenge merker han ingenting. Så begynner trærne å vokse. Samtidig føler han en prikking i huden og en behagelig, svevende fornemmelse i kroppen. Det holder på å mørkne, men det som er igjen av lys vokser inne i ham. Han er på vei mot noe godt – til månen og de dødes fjell.

Menneskene i leiren sklir unna. De flyter vekk som blader i elven, mens trærne danner en mosekledd vegg. Det grågrønne skjegglavet eser ut, det vokser og vokser, snart er det større enn hele skogen. Lavet bølger. Det grågrønne blir til en elv av lange skjeggtråder som kryper mot ham og vil ha ham med. Nei, det er ikke vann, det er hår. Og det er ikke blågrønt, men rødbrunt, bølgende hår.

Det har oppstått en emmen smak i munnen som gjør at han fortsetter å tygge og svelge, tygge og svelge. Igjen sitter han på bakken. Alene midt i alt det bølgende. Helt alene. Det rødbrune håret blir til en høy fjellskrent som blokkerer alt, så igjen til en elv som pakker ham inn. Nei, en enorm skinnfell. Skinnfellen gjør at han ikke kan bevege seg. Øverst …, langt, langt oppe er det en åpning. Dit, ja, dit. Den ene armen er fri. Han løfter seg, han er som fuglene. Han flyr …

Karo ser på armen som vifter i luften. Ansiktet hans viser en underlig, fordreid grimase. Varsomt griper hun hånden og fører den ned igjen.

Så kommer månen. Men den er enorm, og detaljene stikker ut i groteske former. Formene vokser til rare figurer som strør ut lys. Lyset blir kraftigere og kraftigere, nesten som solen.

Igjen dukker det opp noe levende, men nå med ansikter. Noen av dem er det lenge siden har levd, som farens far og den jenta leoparden tok. Alle er sammen, og månen er hos dem. De er i fjellene – i det hvite. Så dukker Sirea opp. Nei, det kan ikke … Hun er ikke der? Nei, det er ikke henne, bare en kvinne som ligner. Kvinnens ansikt får plutselig samme farge som skjegg lav, og håret blir hvitt som på en gammel dame. Skittengrått, ikke ordentlig hvitt. Ikke så hvitt som på de som har vært helt snille. Hun holder munnen stramt lukket og stirrer rett fram. Så forsvinner hun like brått som hun kom.

Bo dukker opp. Hun går mot ham. Det er tydelig henne, men hun er ikke med de andre, hun kommer oppover stien mot kollen slik hun pleier. Hun setter seg. En spinkel kropp med et altfor stort hode og fjerne øyne. Hun krøker seg sammen ved bålplassen. Så bytter plutselig ansiktet form, det blir til Sirea – eller noe som ligner. Så revner hele figuren til mange biter som synker sammen på bakken som et vissent, istykkertrampet blad.

Alt blir brått borte.

Bildene kommer tilbake. Rare figurer. Kraftige farger og rare former springer mot ham fra alle kanter. Alt sammen river i ham, og vil ha ham med. Det er nok. Han vil vekk. Han vil tilbake, inn i seg selv igjen. Det går ikke. Han klarer ikke å holde seg fast. Det fremmede vil ikke la ham være i fred, men drar ham med seg. Han svever. I store sirkler. Oppover og oppover som en fugl uten kontroll. Der er det. Der er Alles Mor, det er til henne han drar. Han kjemper som en maur i en elv. Det er håpløst, likevel er han ikke redd, for det spiller ingen rolle, ingenting spiller noen rolle. Han er død, og det er en god følelse for alt det vonde er borte. Han er død, men han har funnet livet.

Kaje merker ikke at bevisstheten forsvinner, men Karo ser det. Når armer og bein ligger helt stille, flytter hun hodet fra fanget og ned på bakken. Hun legger øret mot brystet hans og lytter til hjertet. Det slår korte og raske slag. Først er de regelmessige, men innimellom stopper de helt opp. Det er et dårlig tegn. Hun henter et par skinnfeller. Den ene brer hun over ham, selv legger hun seg ved siden av. Det er ikke mer hun kan gjøre, men det er tårer i øynene. Hun burde ikke latt ham spise av månesoppen. Han er for ung. Ikke rede. Kanskje fikk han for mye.

De burde ikke sanke den soppen. Den er ikke for mennesker.

24.

Storeflekk og mennene er på vei innover i åsene. Han er i godt humør, endelig føler han seg sikker på veien videre. De viktigste mennene er med ham. Selvsagt skal de ordne seg en dal. En dal som er bare deres. De som ikke ser framover, kan dra videre.

Plutselig stopper Brushode og snur seg.

«Det kommer noen. *Det er Sirea!*»

Storeflekk merker irritasjonen i stemmen, og han aner problemer. Sirea stopper noen skritt unna og blir stående stille. Øynene hviler på ham og ikke de andre. Hendene henger slapt langs siden, men den ene holder om et spyd. Hans spyd.

«Hva pokker gjør du her?» spytter Brushode ut.

Hun planter bakenden på spydet i bakken for å ha noe å lene seg mot, men virker påtatt rolig. Hun venter med å snakke til Storeflekk møter blikket hennes.

«Hva gjør *du*?»

«Jeg går på jakt for pokker. Du hører ikke til. Hva ...»

«Samme gjør jeg.»

«Du er kvinne. Du har ikke pikk. Du er ingen jeger.»

«Og så. Hva er farligst? Pikken din eller spydet mitt?»

Storeflekk sier ingenting, han bare smiler lurt. Brushode gir seg ikke.

«Du har ikke noe her å gjøre. Du kan ikke jakte. Dra hjem!»

«Det er derfor. Derfor jeg er her. For å lære.»

Brushode tar noen raske skritt fram og griper etter spydet hennes, men hun hopper til side. Enda en gang forsøker han seg, men hun spretter unna. Storeflekk merker at det begynner å bli pinlig for Brushode og bryter inn med en stemme som er både rolig og bestemt.

«Brushode. Beklager. Hun får lov. Jeg ga henne ord. Hun får bli med.»

Han snur seg forvirret mot Storeflekk. Så brummer han noe for seg selv, kaster seg rundt, og fortsetter hastig oppover dalen. De andre følger etter.

Sirea er med, men jakten går dårlig. Likevel føler hun at det er noe å lære. De finner enkelte spor, men klarer ikke å komme innpå dyrene, skogen er for tett. Fortsatt pakker tåken dalen inn i noe ullent grått, men hun aner solen. Det er som om den prøver å trenge igjennom uten helt å klare det. Kanskje den ikke vil, heller ikke den passer inn i dette jaktlaget.

Til slutt stopper de ved en slette. Skogen åpner seg mot elven som pliktskyldig har lagt seg i bunnen av dalen. Den elven som skulle vært der – det fins nesten ikke vann. Elven er utarmet, alt som ligger igjen er litt gjørme og noen søledammer.

På sletten står det noen busker med friske, røde bær. Gresset er kort og stivt. Her er mye maur, men de er små og smaker ikke spesielt godt. På oversiden av sletten har det falt ned et tre som danner en bro over det halvtørre elveleiet. En bro uten mening, tenker Sirea. En bro med like lite for seg som mennene.

Hun går bort og begynner å plukke bær, de andre setter seg i gresset. Brushode sitter tett inntil Storeflekk. Fortsatt virker han gretten og stirrer surt mot ansiktet hennes, tilsynelatende i et forsøk på å fjerne henne. Hun unnlater å møte blikket – ingen grunn til å provosere.

«Brushode. Du fikk som du ville», begynner Storeflekk. «Vi dro uten Firfinger. Ikke lag mer tåke. Ikke plag Sirea.»

Brushode venter før han svarer.

«Og hva har vi fått? Dyrene skygger unna eimen av kvinne.»

Storeflekk bare ler.

«Brushode. Jeg lukter deg, og jeg lukter henne. Du har en stank som jager selv fluene bort.»

«Det er *hun* som ødelegger. Antilopene vil ikke være her. *Hun* skulle ikke vært her», insisterer Brushode.

De sitter stille en stund før Brushode igjen sier noe. Stemmen er ikke lenger like sur.

«Hun er kvinne. Vi er borte fra leiren. Jeg må få ta henne. -- Det er regelen, kvinner vi finner ute, går først til alle. Til hele laget. Er det greit?»

Storeflekk smiler skjevt. For ham spiller det ingen rolle hvem som knuller Sirea, men han aner bråk. Til slutt sier han:

«Hvorfor skulle du få henne? Hun er min.»

«Du trenger meg. Det blir krig. Du utfordrer folkene som bor her, og da trenger du meg. Jeg slåss mer enn tre menn. Du foretrekker meg og ikke Firfinger, han er gammel. Du trenger meg for å få en dal.»

«I denne dalen bor det ingen. Dessuten er vi mange menn.»

«Ja. Men jeg er sterkest, og jeg er til å stole på. Du vet det.»

Brushode inspiserer festet til spydspissen sin før han fortsetter.

«Denne ... Du vet godt, denne dalen ikke duger. Her er verken vann eller dyr, ikke så rart ingen bor her. I de gode dalene er det folk. Du trenger meg.»

Igjen smiler Storeflekk for seg selv.

«Det er jordrotter her. Fang en rotte raskere enn henne. Da kan du ta henne.»

«En jordrotte!?»

«Ja.»

«Det er ikke jakt!»

«Jordrotter er mat. Tør du ikke?»

«Mot henne. Hun er kvinne. Det er dumt. Bare dumt.»

«Tør du ikke?»

Han ser fortsatt sur ut, men svarer kort:

«Be henne komme.»

Storeflekk forteller Sirea hva det gjelder. Hun aner hva svaret blir om hun nekter, likevel nøler hun så lenge med å svare at Brushode reiser seg og går mot henne.

«Vil hun ikke, er hun min.»

Hun skynder seg å si noe.

«Og hvis jeg vinner? Hva får jeg?»

Storeflekk ser overrasket på henne.

«Hva vil du?»

Hun tenker seg om før hun fortsetter langsomt.

«Du vet jeg har et bedre hode. Hvis jeg også fanger kjøtt raskere enn ham. Jeg vil han skal få strek hver gang han plager andre. Også andre som ikke hører til oss.»

Storeflekk ler høyt.

«Hva så? Det er ikke for meg å bestemme. Men, ja vel. Dere kjemper.»

Brushode går til et område med mange hull i jorden. Der blir han stående å vente, helt stille, med spydet klart.

Sirea går tilbake til bærbuskene, også rundt røttene bor det jordrotter. Hun plukker en neve bær og fordeler dem foran hullene. Lenge skjer det ingenting. Storeflekk og de to andre sitter spent og ser på. De to kommenterer livlig, begge er overbevist om at Brushode vinner. Storeflekk holder kjeft, men følger nøye med på hva Brushode og Sirea gjør. Mennene har deltatt i slike konkurranser før, de vet godt at det er mye et spørsmål om flaks, men i dette oppgjøret har Brushode så overlegen jakterfaring at seieren burde være sikret. Det hjelper ikke å ha flaks, og få sjansen på et dyr, hvis man ikke er både rask og treffsikker.

Brushode blir til slutt utålmodig og går over til noen steiner som han begynner å velte til side – hele tiden med spydet parat. En jordrotte spretter fram. Det rykker i spydarmen, men tiden er for knapp. Dyret forsvinner i et tett kratt. Forsiktig beveger han seg mot krattet. Jordrotter er det nok av her, men de er uhyre raske og vanskelige å ramme når de løper.

Et dyr stikker hodet opp av et av hullene der Sirea står. Det snuser mot bærene som er lagt fram. Hun holder pusten og overvinner trangen til å stikke med det samme. Dyret kryper lengre ut, det vender snuten i været og vrir hodet fram og tilbake med raske bevegelser. Så begynner det å spise på bærene.

Da stikker hun. Stokken går tvers igjennom og spidder dyret til bakken. Beina fortsetter å sprelle.

Uten å fortrekke en mine tar hun spydet med det sprellende dyret tilbake til Storeflekk. Han sitter lent mot den eneste store steinen på sletta. Beina er samlet foran, men de spretter til side idet hun sender spydet med stor kraft mot den smale sprekken mellom dem. Stokken blir stående i bakken med den sprellende jordrotten presset inn mellom lårene hans. Det lure smilet i ansiktet viker plassen for en måpende munn. Heller ikke Sirea smiler. Hun snakker rolig, med trykk på ordene og så høyt at alle hører.

«La Brushode ta denne. Den har passer til pikken hans.»

Tre av mennene brøler av latter. Brushode ser ut som en ape som har falt ned fra et tre. Han snur seg brått og forsvinner inn i skogen.

25.

Yamyam sitter sammen med faren og vurderer den ødelagte fingeren. Det er to dager siden, likevel er den fortsatt hoven, og fortsatt vond og ubevegelig. Firfinger er fortvilet, venstrehånden – den hånden han bruker mest – er ødelagt! Den må bli bra, og det haster. Høyrehånden mangler riktignok bare lillefingeren, så han kan gjøre det meste med den, men med alderen som tilleggsmoment er de to dårlige hendene ingen spøk.

«Jeg skal drepe Brushode. For dette – jeg skal drepe den idioten», konstaterer han.

«Det gjør du ikke. Du tør ikke. Tør ikke. Dessuten tar Storeflekk deg», sier sønnen trett. «Det var idiotisk å gå på ham. Idiotisk. Grønnøye er ikke verd det. Bare Storeflekk liker Brushode, men ingen går imot ham. Imot. Sammen er de for mye. For mye.»

«Det er ikke Grønnøye», svarer faren sint. «Alle så det. Jeg hadde ikke valg.»

«Far. Gi opp, du er gammel. La ham gå dit han vil. Han gjør det. Gjør det uansett.»

«Nei! Da dreper jeg ham.»

Det blir stille en stund.

«Jeg skal drepe ham. Jeg skal drepe ham», gjentar Firfinger, men med synkende kraft i stemmen. Det hjelper ikke at de knyttede nevene er presset hardt mot brystet.

«Du må hjelpe meg. Du er min sønn», fortsetter han.

Yamyam bare ser på ham, det fins ingen svar. Til slutt senker sønnen stemmen. Noe må han si.

«Det er en mulighet. Det er flere som vil vekk. Ha noen vekk. Vekk. Vi kan bli mange. Mange nok. Vi kan ...»

«Bli mange nok før alle vet? Pass dere. Det fins de som hører.»

«Ja, ja. Vi vet. Storeflekk er gammel, han *vil* ikke så mye. Ikke mye. Gidder ikke. Altfor gammel.»

Han stopper brått og fortsetter med dempet stemme.

«Du snakker?»

Faren ser på ham.

«Nei, nei. Ikke nå. Ikke etter dette. Jeg sier ikke noe. Hvor mange er dere?»

Yamyam trekker hodet til siden og svarer bare:

«Nei, nei.»

Ansiktet lukker seg.

26.

Det første Kaje fornemmer er armen som ligger under hodet hans. Han lukter at det er Karo. Så merker han høyrehånden hennes som hviler på pannen. Stemmen er som å høre Alles Mor.

«Er du her?»

Han løfter så vidt på hodet.

«Hvordan gikk det? Fant du ut noe?»

Solen står lavt. Han bestemmer seg for at den er på vei oppover, men skjønner først ikke hvordan han vet det. Jo, selvsagt, den står over slettelandet. Det er noe rart. Hodet er fullt av blader som blafrer i vinden, og munnen har en besk smak. Likevel ligger det noe godt i kroppen. *Hvorfor er han her?* Han kom jo fram til det hvite. Han var hos Alles Mor!

Utenfor treets skygge ser det varmt ut. Solsvidd bakke. Han prøver å sette seg opp for å se seg rundt, men blir svimmel og lar hodet falle tilbake. Han rekker å se at leiren er som den skal være.

«Det er deg Karo», konstaterer han. «Du er fortsatt med meg.»

«Ja. Det er meg. Jeg er alltid her. Et sted mellom deg og fjellene. Hvor er du?»

Stemmen hennes lyder merkelig fjern, men vennlig. Omtrent som brekingen fra en kudu som kaller på ungen sin.

Kaje prøver å tenke tilbake.

«Jeg vet ikke. Det er vanskelig. Det ble borte.»

Plutselig blir han ivrig.

«Jo! Jeg husker. Jeg så henne, men hun er ikke der. Nei, ved månen. Hun er ikke hos forfedrene, og hun vil til oss. Jeg tror hun kommer tilbake. Jeg tror hun lever.»

Karo smiler.

«Det tror jeg også. Bo trenger mer tid hos oss.»

Kaje ser seg rundt. Han er plutselig forferdelig tørst. Uten å si noe gir Karo ham en kalebass med vann. Det smaker som vann aldri før har smakt. Det er mer av det i hver slurk, og det som renner utenfor munnen, stryker ham som en elv. Etterpå får han tilbud om frukt, men det svimler for mye til at han orker.

«Kaje. Du valgte riktig. Det var riktig å oppsøke Alles Mor. Det var riktig å lete hos forfedrene. Du har vært bror, og du har vært mann!»

Den kvelden kommer hun, men ikke slik Kaje har forestilt seg. Håret, som hun alltid holder orden på, er forferdelig tjafsete og fullt av lav, barnåler og brukne kvister. Ansiktet er rødt. Hun gråt da hun gikk inn i leiren, og det ser ut som om hun har grått i flere dager. Hun bare stavret rett inn. Sa ingenting. La seg på bakken ved siden av bålplassen med ansiktet ned. Kaje ser at hele kroppen skjelver.

På beina er det flere stygge sår. Ett av dem er fiolett og hovent, og det ligger igjen tørkede rester av gul væske som har rent nedover mot foten. Når moren kommer løpende, løfter hun kroppen med en siste anstrengelse, og synker sammen i armene hennes, uten at det kommer en lyd. Hele leiren samler seg rundt de to. Alle er stille. Skogen stopper å puste.

Det ligger en blanding av redsel og undring i folks ansikter. Bo er tilbake, men samtidig er hun ikke. Det de ser er ikke Bo.

Kaje legger hånden på skulderen hennes, også han gråter i stillhet. Det er rart, egentlig er han overlykkelig over å se henne, derfor er det dobbelt trist når gleden ved å være sammen blir ødelagt. Sårene utenpå

122

virker ikke dødelige, men inni er hun knust. Som et dyr som har falt utfor et stup, pelsen har bare rifter, men likevel er alt slapt og livløst. Langsomt, men bestemt, griper hun hånden hans og flytter den vekk.

27.

Først neste dag snakker hun. Stykkevis kommer det fram, forsiktig og uten følelse i stemmen. De lar henne prate uten masende spørsmål. Hun behøver ikke ta fram flere ord enn de hun synes stammen skal ha. «Det var mye frukt. Begerfrukt. Jeg ville plukke nok. Nok til alle. De smakte så godt. Mule dro, men jeg ... jeg passet visst ikke på. Glemte solen. Jeg likte det ikke, men jeg måtte overnatte. Jeg bare måtte. -- Jeg beklager, jeg visste dere ville savne meg.»

Hun ser på Kaje.

«Kanskje er det mer igjen.»

Han sitter og klemmer henne i hånden.

«Ai, ai. Jeg skal finne frukt til deg», sier han oppmuntrende.

«Det var da ...»

Hun tar en lang pause. Øynene stirrer i bakken. Hånden glir vekk fra Kaje. Et øyeblikk prøver han å holde fast, så slipper han.

«De kom om morgenen. Jeg var sen. Jeg hadde for mye frukt for sekken. De fikk frukt. Så ba de meg være med. Jeg ville ikke, men de hørte meg ikke. De sa jeg skulle være med. De var tre menn. Jeg kunne ikke ... Så ... De tok meg. Så ...»

Etter å ha grått en stund tar hun seg sammen og sier:

«Det er mer. De er slemme. De er ikke som oss.»

Så bare gråter hun igjen.

Senere forteller hun moren, men ingen andre, hva som skjedde videre. Moren mener alle bør få vite, for det angår stammen, så Bo gir henne lov til å snakke.

De fremmede slo henne og truet henne, helt til hun ble uten vilje. De banket henne til hun ikke lenger skjønte hva de ville. Alle tre hadde ligget med henne på veien tilbake. Smertene gjorde at hun til slutt mistet seg selv.

Hun husker leiren. De bar henne inn. Det var mange mennesker, også kvinner og barn, men folk så rart på henne. Øynene deres vek unna. Hun hadde aldri sett så mange mennesker i én stamme. Soveplassene var spredd utover et altfor stort område, og de hadde flere bål!

Kaje skjønner ikke hvorfor en stamme har flere bål.

Etter hvert ble mennene mindre interessert, noen av kvinnene kom med mat, men ingen sa noe. De snakket seg imellom, men ikke til henne. Stemmene var fjerne og rare, hun skjønte bare deler av det de sa.

Alle var ikke slemme. De fleste mennene lot henne være i fred. Noen kvinner begynte å se på henne, men de søkte henne ikke. Kvinnene virket snille på sin måte, kanskje syntes de synd på henne, men de sa lite, og når de snakket, forsto hun ikke alt. Barna var bare nysgjerrige. Og litt redde.

Om natten bandt mannen som bar henne inn, armene på ryggen med en lærreim. Han tok en annen reim rundt det ene beinet og festet til et tre. Første natten plaget han henne. Hun sov ingenting.

Neste dag lå hun mest stille. Det verket i skrittet, og kroppen var uten krefter. Det kom en snill mann utpå ettermiddagen og ga henne vann og mat. Hun så på øynene at han likte henne, og han prøvde å si noe, men han snakket så rart.

Det var en merkelig stamme. Stedet manglet de rette lydene. Bare av og til hørte hun noen le, mens det flere ganger var krangel. Ansiktene hadde like lite følelser som hos blåapene.

Om kvelden kom det en ung kvinne. Hun snakket nesten vanlig, og virket ulik de andre. Også hun kom med mat og drikke, hun sa hun ville hjelpe og satt lenge og pratet. Den ene foten var blitt rødblå fordi reimen strammet så hardt. Den unge kvinnen løsnet og masserte henne. Etterpå festet hun reimen igjen, men hun knyttet den veldig løst.

Den natten plaget ikke mennene henne. Ved å føre anklene opp mot ryggen klarte hun å få løs reimen som gikk til treet. Så løp hun. Selv om det var natt. Sekken ble liggende igjen. Hun hadde lånt den av Karo og var veldig lei seg for tapet, men hun visste ikke hvor de hadde lagt den. Hun bare løp. Flere ganger snublet hun uten å kunne ta seg for. Til slutt klarte hun å slite av reimen rundt hendene ved hjelp av en stein. Det viste seg å være lett. Så var hun fri. Sulten og tørst; sliten og syk inne i seg, men fri. Mennene hadde fjernet viljen hennes, så hun visste ikke hva hun skulle gjøre. Selv om hun kunne se helt over til de fjerne åsene, var det som å bevege seg i tett tåke. Det endte med at hun krøp inn i noen busker og sovnet. Solen var godt i gang med dagen da hun våknet, enda tørstere og enda mer sulten, men uten mennesker i nærheten. Og uten å ane hvor hun var.

Hun rotet seg opp i feil elvedal. Det var mennesker der, men hun torde ikke vise seg. Ville ikke snakke med dem. Hun trodde hun kjente igjen noen fra stammen der Tale bor, og ut ifra det gjettet hun hvilken retning hun burde gå. Siden bare gikk hun. Innimellom fant hun frukt og røtter, ellers var det bare å gå og gå. I flere dager. Helt ned igjen til kanten av slettelandet, fram og tilbake der nede til hun ante kjente åser. Det gjorde vondt i beinet, så hun klarte ikke gå fort, og hun torde ikke gå steder der det kunne komme mennesker. Det var så langt, og hun ble så veldig sliten. Dessuten begynte det å gjøre skikkelig vondt i skrittet, så vondt at hun nesten ikke kunne tisse. Fortsatt hadde hun rier av smerter i underlivet.

28.

Bo er hos dem, men det er ikke den samme søsteren. Kaje vil ha tilbake Bo slik hun egentlig er, kjælen og i godt humør. Nå er hun bare fjern. Den eneste hun holder fast i, er moren. Ham trekker hun seg unna. Det er som om han bærer i seg noe av det vonde fra de fremmede menneskene. Han skjønner det ikke, han er jo fortsatt broren, og han er minst like glad i henne som før.

Plutselig står hun der. Kaje blir først opprømt over at det er *hun* som oppsøker *ham*, men ansiktet smiler ikke, øynene er ikke til stede og stemmen mangler kraft.

«Du må låne meg kniven.»

Det er ikke noe galt i at hun låner antilopekniven, men det betyr mye for ham å holde eggen så skarp som mulig. Det er noe fjernt og ubestemmelig i stemmen hennes som får ham til å nøle.

«Skal du rense jamsrøtter?»

Steinskraper er mer egnet til å fjerne jord og småstein fra røttene; man trenger ikke noe skarpt. Beinkniver blir lett ødelagt, likevel er det noen av kvinnene som bruker kniver.

Hun svarer ikke. Står der bare og stirrer forbi ham.

«Det er ikke så farlig. Bare ta den.»

Langsomt bøyer hun seg fram og griper kniven. Så retter hun seg opp, stiller seg mellom ham og solen, samler det lange håret i venstrehånden og drar det fram på forsiden av kroppen. Det rykker i Kaje når han ser henne begynne å slite av håret mot kniveggen. Håret var hennes stolthet, det var langt nok til å lage knute på, og for Kaje er søsteren, med den store hårknuten på ryggen, noe av det peneste han vet. Nå bare river hun det av. Enda et tegn på at hun ikke er seg selv.

Moren mener Bo bør forenes med en mann så fort som mulig og foreslår Mule. Han virker betenkt, og sier at han har truffet en pike fra slettefolket. Bo vil ikke. De merker hvor sårbar hun er, så ingen prøver å presse henne.

Neste dag er hun syk. I løpet av natten har kroppen blitt veldig varm. De tomme øynene søker ikke kontakt med noen, de ser ikke en gang mot noe fjernt. Hun mumler ord som ingen forstår, men ordene er ikke ment for andre mennesker. Selv når de får kontakt, er blikket blast og stemmen svak. Bare av og til svarer hun på spørsmål, og svarene er enkle «ja» eller «nei».

Karo skjønner at det er alvorlig. Først ber hun Bo spise blader fra sykdomsbusken, så låner hun kniven til Kaje og river opp skorpen på det dypeste og mest betente såret. Hun presser ut puss og strør over et pulver laget av en blanding tørkede urter, sopp og spesielle insekter. Blandingen blir forsiktig massert inn og blander seg med blod som

pipler fram. Både moren, faren og Kaje sitter og ser på. Karo ber om at
en av dem alltid sitter hos Bo og sørger for at hun har vann. Hun må
også spise flere blader, selv om de smaker vondt. Bo nekter først, men
Kaje merker at lydigheten vinner.

Det er alt.

Alle vet at døden ofte kommer til rare tider, nå er Bo i det minste hos
dem. Går hun bort, så vet de hvordan de skal ta seg av henne. Det er mye
bedre å dø i leiren enn å forsvinne i skogen.

29.

«Du har ikke noe valg.»

Storeflekk ser stivt på Brushode, men legger samtidig armen på
skulderen hans. De sitter ved siden av hverandre på bakken, men har
snudd seg slik at ansiktene vender mot hverandre med en fingerlengdes
avstand. Brushode nøler, men sier til slutt:

«Du har rett. Jeg går alltid med deg. Jeg følger deg.»

Begge plukker opp knokene de holdt på med, og gnager videre.

«Jeg trenger både deg og Sirea», svarer Storeflekk. «Du har styrke,
hun har øyne som ser. Hun har lært meg mye om folk i dalene. Hun ...»

«Det trengs ikke! Vi jager dem. De er få, og de er svake. Vi er mange
og vi har pikk», bryter Brushode inn.

«Kanskje. Den dalen vi undersøkte var ikke så god, den ...»

Igjen bryter Brushode inn.

«Ikke så god!! Det fantes ikke fjert av liv, bare ynkelige jordrotter.
Ingen hule til beskyttelse. Vi har trampet den dalen opp og ned. *Du vet
det!*»

«Mulig vannet forsvinner helt», sier Storeflekk rolig.

«Forsvinne! Det var ikke engang vann nok til å spytte! Ikke nok til
en maur.»

Jo mer Brushode hever stemmen, jo roligere snakker Storeflekk.

«Uansett, vi trenger å lære. De har kunnskap. Så får vi se. Kanskje finner vi noe annet.»

«Tull, det er vi som skal lære dem. Vise dem hva vi er. Beste dalen er lengre bort. Der vi fant den jenta. Flere av mennene har sagt det.»

«Jeg vet.»

Storeflekk fortsetter, men nå med forsoning i stemmen.

«Brushode. Vi er mange, men du sprer folk. Hold hendene dine vekk fra andre. Du må skape ro, ikke skade. Godta Firfinger og godta Sirea. Alle har noe annet i seg, noe som er annerledes. Vi må stå sammen. Tåle hverandre. Vi trenger at alle er med, særlig hvis det blir krig.»

Brushode svarer med et grynt, men holder begge hendene opp foran seg som tegn på at han godtar det som blir sagt.

De sier ikke mer. Et barn kommer løpende, men stopper brått og løper i en annen retning når det ser de to mennene.

Dagen har vært lang nok. Storeflekk tenker at Brushode neppe ser hva han sier, men det holder at hodet peker i riktig retning. Så reiser han seg og går opp til sengeplassen. Han kaller på Bredrumpe og en annen kvinne, og ber dem legge seg sammen med ham. Normalt sover han bedre uten kvinner i nærheten, men akkurat nå virker det riktig. Kvinner er flinke til å våkne om det trengs.

Istedenfor å sovne blir han liggende å tenke. Mye hviler på ham når det gjelder å styre folk i riktig retning. Han skulle ønske at også andre så alt det han så. Firfinger er for gammel, Brushode for hissig, og de andre mennene er enten for unge eller uten vilje til å se forbi natten. De fleste virker likegyldige som et føll i en flokk antiloper. Nei, det *er* ingen andre. Annet enn Sirea selvsagt, hun har flere tanker enn alle mennene.

30.

Bo livner til neste dag. Hun er ikke like slapp, og Kaje merker at ansiktet langsomt blir henne igjen. Hun begynner å se seg omkring, og på ham, og lar ham holde hånden hennes. Kaje aner likevel at han aldri får tilbake den samme søsteren. Det blir til at han bruker mer tid sammen med Lille Bo, familiens minste. De blir enige om at Lille Bo bør få et ordentlig navn. Kaje foreslår Sireo, men moren og faren synes det høres rart ut. Til slutt bestemmer de seg for Boro. Boro er Bo sitt egentlige navn, men siden alle har kuttet av til Bo, kan lillesøsteren godt overta. Navnelikheten skal bidra til å binde de to sammen.

Også månen kommer tilbake. Den flyter gjennom natten over hodene på dem slik månen skal gjøre. Nå er den blek, men når natten overtar, blir den gyllen. Alles Mor passer på, men innimellom må selv hun hvile, derfor skjer det av og til vonde ting. Kaje skjønner det. Ingen klarer å være like aktsom hele tiden. Det er jo derfor de helst skal være flere sammen. Han minnes noe Karo pleier å si: 'Vi må jage det vonde, og vi må jakte på det gode. Da står vi sammen med Alles Mor og gjør stammen sterk.'

Tankene blir avbrutt. Han ser flere løpe ned mot bålplassen. Når han reiser seg, ser han de tre mennene som dro for å jakte nedover i dalen. Én av dem har hele det ene beinet farget av blod. Alle tre hiver med pusten mens de forklarer med oppjagede stemmer.

De hadde kommet nesten helt ned til slettelandet, før de endelig klarte å ramme en impala. Mens de satt og koste med dyret, kom det plutselig fire fremmede menn mot dem. Alle hadde kraftige stokker, to av dem med svartstein spiss. En spinkel fyr tok tak i beina til den kroppsvarme antilopen, mens de andre tre truet med stokkene sine. Jaktlaget ble nødt til å trekke seg tilbake. Likevel kastet en av de fremmede stokken sin slik at den traff Tetse øverst på låret. Heldigvis var det en stokk uten steinspiss. De tre løp.

Det aner Kaje at ikke alt det vonde er like lett å jage. I det minste er han ikke lenger alene med sine bekymringer.

Kaje ligger på ryggen med hodet i fanget til Karo. Både Lele og faren sitter like ved siden av. De to jobber med å lage små poser av skinn, poser egnet til å samle og oppbevare urter og annet av verdi. Posene er ment å henge i en reim rundt livet, slik at man lett får med seg ting man finner på tur. Den velkjente lukten av tanten blander seg med lukten av skinnet og av det myke gresset som reiser seg der beina hennes ikke holder det nede. Han har skjøvet de fremmede ut av hodet. De har holdt seg i nærheten av slettene. Verden er god nok til å dagdrømme, og til å tenke videre på alt det han ikke forstår.

«Hvordan klarer fuglene å fly? Hvorfor kan ikke vi?»

Karo smiler ned mot ham.

«Vi vet ikke. Mennesket er ikke gitt alt. Vi har fått mye, og vi har fått alt vi trenger. Kanskje bare fuglene vet. Kanskje selv hun som passer på dalen ikke forstår.»

«Jammen, *jeg* vil vite. Og Alles Mor vet helt sikkert.»

Lele bryter inn:

«Spør du. Det er for de unge å spørre. Det er riktig. La ... I tankene skal du fly som fuglen. Du skal prøve å se alt. Likevel. Det er galt å forvente svar. Vi er her for å leve vårt liv. Fuglene lever sitt, og selv Alles Mor kan ikke alt.»

«Alle ser at fuglene flyr. *De* klarer det.»

«Fuglene ja, men ikke vi. Fuglene er gitt noen svar, vi mennesker andre. Kanskje lurer de på hvordan vi lager bål», fortsetter Lele.

Kaje stopper for å tenke. Han skjønner mer etter å ha hørt på de gamle, men han forstår ikke det han ønsker å forstå.

«Ai, ai, men jeg vil gjerne vite. Jeg vil så gjerne fly. Fuglene synger til meg. De synger og ber meg bli med.»

Karo ler oppgitt.

«Ved alle forfedre, mennesker skal ikke fly. Mennesker kan falle, derfor skal vi ikke fly. Spør heller Lele om hvordan å lage en god skinnpose, da får du svar. Du får noe du kan bruke. Våre tanker skal være på det vi trenger.»

«Ai, men jeg ønsker å fly, alle kan lage skinnposer.»

Reko har plutselig dukket opp og legger seg ved siden av Kaje med hodet på magen hans. Uten å tenke over det plasserer han den ene hånden på brystet hennes. Brystet er litt fuktig, men mykt og godt å ta i. Trolig kommer hun rett fra elven. Rundt halsen henger den amuletten hun fikk da hun ble voksen, en flat liten brunrød stein med et naturlig hull i midten. Slike steiner gir styrke i motgang. Kaje legger spesielt merke til steinen fordi hun ikke pleier å ha den på. Han lar den ledige hånden gli mot sin egen hals for å sjekke at den hvite strutseegg-amuletten fortsatt henger der.

Alle jenter får en amulett når de blir kvinne, den er ment å hjelpe dem å finne en make. De fleste ser på den som pynt, men det slår ham at Reko tror den hjelper. Et øyeblikk tenker han å spørre henne, men ombestemmer seg – det er ikke et godt spørsmål. Dessuten vil han mye heller vite hvordan fuglene flyr.

Jenter har det lettere enn gutter, de slipper å stå fram å gjøre noe for å bevise at de er blitt kvinne. Det kommer av seg selv. Alt de behøver å gjøre er å ta litt av blodet og tegne noe på låret så alle kan se. Når alle har sett, blir det fest.

Dessuten, ingen ser ned på en kvinne om hun slår seg sammen med en mann fra stammen, mens det blir regnet som en svakhet når menn ikke klarer å finne en make utenfra. Det er mandig å oppnå gunst hos fremmede. Ikke at det med mandighet spiller noen rolle for ham.

Lele prøver å si noe.

«Spør meg heller om kjærlighet.»

Kaje er for opptatt av egne tanker.

«Han hører ikke», sier Karo.

«Kaje. Kaje. Er du her?»

Lele klarer til slutt å trenge inn slik at Kaje retter et forfjamset blikk mot ham.

«Spør om kjærlighet. Her er noe du trenger å lære. La fuglene fly, kjærlighet er viktigere.»

«Hva? Hva sa du? Om kjærlighet. Hva har det med å fly?»

De eldre ler godlynt. Reko ser ned mens Kaje stirrer spørrende på Lele.

«Kaje. Det er det som *er* å fly.»

Kaje vender ansiktet mot himmelen, så ned mot Reko.

Han skjønner plutselig hva Lele prøver å si. Den kvelden ved elven kommer tilbake. Det fremmedartede ansiktet er så tydelig at selv lukten fortsatt er i ham, og han vet akkurat hvordan det var å stryke huden hennes. Den rare følelsen som dukket opp og gjorde ham forvirret og lykkelig, men … Det er noe som en gang var. Likevel føler han en dyp glede når minnene dukker opp.

Lele er ikke ferdig.

«Du sier du vil fly. Fly med Reko. Å fly med fugler er som å dra til månen for å gå på jakt.»

Kaje kjenner godt uttrykket. Når barna ber om noe som er umulig, eller uønsket, pleier de voksne å si at sånt er det bare på månen. Selv er han usikker. Hvordan vet de at det er umulig å dra til månen. Den er der jo. Dessuten, hver kveld oppsøker den det hvite, så alt man behøver å gjøre er å ta seg opp dit og vente på at den kommer.

Den gamle mannen fortsetter.

«Det er en kvinne her. En nydelig kvinne, men hva skal hun. Her er en mann som heller vil være fugl enn mann. En mann må kunne hengi seg. -- Du har ikke skjønt. Luften er ikke for oss. Kvinner er. Vi mennesker har gleden, og gleden er der fordi vi har hverandre. Glem fuglene, bare kvinner kan føre deg til månen.»

Karo stemmer i.

«Hør på ham. Ja, hør på ham. En kvinne får deg til å fly.»

Kaje vender hodet forlegent ned, ute av stand til å finne på noe fornuftig å si. Stillheten blir ikke brutt før Reko sier, henvendt til Lele:

«Kan du lære ham mer?»

Tre av barna kommer løpende mot dem, tydelig opphisset, og avbryter før Lele rekker å si noe.

31.

Sirea sitter sammen med Bredrumpe og skraper jorden av spiselige røtter. Bredrumpe er godt likt ikke bare av mennene, men også av de fleste kvinnene. Selv de som prater bak henne, liker å sitte sammen med henne. Hun blir ikke regnet som spesielt flink, men nyter respekt fordi hun er snill og aldri sint; og fordi hun ikke presser på for å få særbehandling verken for seg selv eller barna. Sirea tenker at de som lager stygge ord, gjør det fordi de er misunnelige, og at Bredrumpe i så måte er i samme situasjon som henne. Smålighet spretter fram som steppegress etter regntiden.

Barna hennes har det dessuten godt nok. Etter som hun har ligget med de fleste mennene i stammen, er det mange som har farsfølelser. Den eldste, Elefantøre, har arvet noe av morens mildhet, men ellers ikke så mye av utseende. Ørene virker ikke spesielt store, så nykommere til stammen antar at navnet skyldes god hørsel. De som har vokst opp sammen, vet godt hvor navnet kommer fra, moren skrøt av størrelsen på ørene da gutten var nyfødt. Nå er han kjent for sin evne til å høre etter hva andre har å si – derfor er navnet beholdt. Om ikke øret har vokst, så har betydningen gjort det.

Storeflekk har bedt kvinnene holde seg i leiren den dagen. Han dro av gårde sammen med alle mennene kort tid etter at lyset kom. De sa de skulle opp i åsene. Ingen har kommet tilbake, selv om det begynner å bli sent. To gutter, som riktignok ikke er helt voksne enda, har fått spyd med ordentlige svartsteinsspisser og er bedt om å passe leiren. De løper rundt. Sirea smiler når hun ser hvordan de sakter farten og holder stokkene høyt hver gang de passerer foran kvinner.

Bakken har beholdt fuktigheten etter nattens kraftige regnskur. Solen er fortsatt såvidt der, men leiren virker likevel kjølig, derfor har de nørt opp et bål. Det er mennene som henter mesteparten av veden, og mennene som er mest ivrige på å begrense omfanget av bålene. De som fyrte opp, føler likevel at de kan forsvare at de gjorde bålet stort, etter som alle har samlet seg om ett felles bål. Stemningen er rolig. Når noen har behov for å si noe, snakker de med dempet stemme. De fleste vet, eller tror de vet, hva det er mennene jakter på – de drar aldri ut så mange samlet for å drepe dyr. Ryktet sier at Storeflekk har bestemt seg for en dal, og at alle mennene står på samme fot.

Bålplassen de samler seg rundt ligger ved siden av et flammetre. De fleste av de røde blomstene dekorerer nå bakken rundt bålet. Kronbladene har en vakker rødfarge, men trass i at det er den eneste fargen i de brunsvidde og triste omgivelser, er ikke Sirea spesielt glad i flammetreet. Det blir for mye rødt. Hun misliker synet av det røde som ligger strødd utover bakken for det vekker minner – særlig nå når hun aner hva som er i ferd med å skje.

Roen rundt bålet brytes plutselig av hissige rop.

«Pokker! Drep det svinet! Ditt beist! Gå vekk!»

I bakgrunnen hører de dempet latter. De andre lydene i leiren stopper opp. Sirea kjenner igjen stemmen, den tilhører en av de yngste mennene. Ble ikke han med Storeflekk? Betyr det at også de andre er tilbake? Dagen har vært god med leiren tom for menn, nå føler både hun og Bredrumpe seg tvunget til å reise seg for å se hva som foregår.

Det første de ser er overkroppen til en av de yngre guttene, og de ser at han kaster stein mot noe på bakken, men en forhøyning i terrenget hindrer dem i å se hva. Begge løper bort. Sirea kunne løpt raskere, men tilpasser farten til Bredrumpe. De store brystene ser ut som om de står i fare for å rive seg løs fra kroppen.

Steinkastingen er over før de kommer fram. Det ligger ingen på bakken. Så får Sirea øye på Moff. Hunden er et stykke unna, men har snudd seg og stirrer bekymret tilbake med halen stukket langt inn. Også hodet prøver den å gjemme mellom beina. Den steinkastende og bannende unge mannen snur seg mot Sirea.

«Det udyret bet meg. Det er du som drar det hit. Hold det unna, ellers tar jeg leveren levende!»

Sirea merker seg at stemmen er mindre voksen enn gutten ønsker, men han blør fra et sår i leggen. Det er liten tvil om hva som har forårsaket såret, men det virker ikke videre dypt. Hun har aldri tidligere hørt at Moff har bitt noen. Hun går bort og legger armen på skulderen hans.

«Jeg skal ordne såret. Det var galt av Moff.»

Gutten ser på brystene hennes. Etter en passende pause føyer hun til.

«Hvorfor bet han deg?»

Ordbruken er omtrent den samme, men stemmen er mye spakere.

«Det fordømte beistet. Den … Den villhund-rotta. Den bare beit.»

En av de andre bryter inn.

«Vi bare drev på. Vi kastet noen steiner. Ja, sånn … Sånn bare for moroskyld, og så kom Moff. Og så …, så ble han litt ivrig. Han tok bakbeina og skulle hive hunden, men det ble ikke slik. Hunden … Den vred seg rundt. Kanskje redd. Det er sant at den beit ham.»

Sirea legger hodet til siden. Hun ser på Moff som tar et par forsiktige skritt mot henne. Tungen henger utenfor munnen, og hun legger merke til at den halter.

«Bredrumpe, kan du ta deg av såret?»

Selv går hun bort til Moff. Hunden står stille og venter. Det er en tydelig skramme øverst på det høyre bakbeinet, sikkert fra en stein.

«Uff da, Moff. Du trenger vist også hjelp.»

Hun leder hunden bort til sin egen soveplass og får den til å legge seg der. Denne plassen, som hun først tok i bruk natten før, ligger helt i utkanten av leiren, inn mot stammen til et opp-ned-tre. Navnet kommer av at kronen på treet minner om røtter, mens bakken under treet er helt uten tegn til røtter. Når tiden er riktig, bærer treet digre læraktige frukter som de spiser. Ingen delikatesse, men lette å høste. Nå er treet nesten like bart som en jamsrot, bare en enslig uttørket frukt og noen få brunsvidde blader holder ut. Ribbet, som en person utstøtt fra alt, tenker Sirea.

Hun går ned til Bredrumpe og får noen av sårbladene som er funnet fram. På veien tilbake plukker hun også med seg en nesten ferdigspist knokkel. Det er da hun får øye på mennene. De kommer samlet ut av skogen, men virker slitne. På to av dem renner det blod – den ene på beinet, den andre på armen.

Senere, på tomannshånd med Storeflekk, får hun vite hva som er forventet av henne. Det gjør beina så svake at hun siger ned på bakken. Tankene går til fluene. Alle de andre slår etter dem, men for henne er den vage, kilende følelsen når de spaserer rundt på kroppen som små kjærtegn. Også hun er som dem – en liten flue som folk slår etter.

Selv fluer flyr fritt.

32.

Det starter midt på natten. Regnet kommer ikke listende med langsomme drypp, det eneste forvarsel er noen kraftige vindpust som mishandler trærne, så faller vannet ned som sluppet ut av en skinnsekk. Alle våkner og alt blir vått. Familiegruppene kryper inn under trærne. Noen rigger til skråtak ved hjelp av kvister og skinn, selv om alle vet at det eneste som holder deg tørr i slikt vær er en god hule eller berghammer.

Folk legger seg tett inntil hverandre for å holde unna kulden som renner med vannet. Lyden av de store dråpene som tramper i bakken overdøver alle andre lyder. Langsomt trekker det gjennom hindringene og gjør at folk skjelver under skinnfellene. Uansett hva de rører, så er det vått. Verden har blitt til noe helt annerledes – et plaskende, fremmedartet sted der vannet bestemmer, og menneskene venter.

Kaje sovner til slutt og våkner ikke før lyset har kommet. Det første han merker er lukten av gjennombløtt skinn. Han forventet å fryse enda mer, nå trekker han lille Boro tettere inntil seg og legger en ekstra skinnfell, som er hans underlag, over seg og søsteren. Så presser han ansiktet inn mot nakken hennes og sovner igjen. Dagen er lite egnet til annet enn å få tilbake varmen.

Lynet vekker ham, men han skjønner ikke hva det er før smellet er der. Enda et lyn kommer straffende ned fra himmelen. Det ser ikke ut som om det gir seg før spissen når bakken. Smellet kommer tett. Luften bærer med seg den egenartede lukten av sint himmel. Dagen er ikke ordentlig til stede. Kaje lurer på hvordan, og hvorfor, Verdens Mor har fått alt det vannet opp i himmelen. Før trodde han at lyn og torden kom av at Alles Mor var sint, men Karo sier at hun aldri er sint, det er bare at hun av og til bestemmer seg for at verden trenger en litt grundigere vask enn hva vanlig regn kan gi. Av en eller annen grunn, som Karo ikke forstår, følger det ofte med lyn og torden. Karo har trolig rett, for Kaje så en gang månen samtidig som det lynte og tordnet, og månen så ut akkurat som ellers. Den virket ikke sur, bare litt overrasket over å få skue helt ned til bakken i uværet. Likevel tror han, og flere med ham, at lyn og torden er noe Alles Mor prøver å si dem. Et varsel.

Flere lyn stuper ned. Silhuettene av de nærmeste trærne lener seg mot ham i de korte lysglimtene.

Hvis Alles Mor prøver å fortelle dem noe, må det være en alvorlig advarsel. Han prøver å lytte. Nei, alle lyder er kvelt av regnet; selv bruset fra elven er borte. Om det foregår noe i skogen, er det umulig å høre det.

Dagen går langsomt videre. Det står fortsatt tett med dråper i luften, og over dråpene henger lave, svarte skyer som bristende huder. Alle er på vei mot fjellene, og de synes å ha mer hastverk enn vanlig.

Hvorfor drar regnskyene alltid dit? Også han vil dra. Han vil bli med skyene til fjellene!

Av de høydedragene de ser fra leiren, er det én knaus som stikker seg fram mer enn noen annen. De kaller den for Soppfjellet. Sidene er stupbratte, men enkelte steder går det an å ta seg fram helt til toppen, men Soppfjellet er ikke et ordentlig fjell. Selv om sidene er ribbet for liv, så har skogen bosatt seg i den øvre delen. Det rare er at foran Soppfjellet ligger det en sky som tilsynelatende ikke vil videre. Den står stille selv om skyene på begge sider skynder seg oppover. Kanskje har den gitt opp reisen?

Har også han gitt opp?

Regnet forsvinner etterhvert, men fuktigheten ligger igjen, dessuten er lukten en helt annen. Kaje liker eimen av nyvasket og gjennomvåt skog. Det minner om når Lille Bo var baby og de vasket henne i elven. Ofte gråt hun når moren dyppet henne i vannet, men når han fikk ta henne opp og holde den lille, våte kroppen inn mot sin egen, blandet lukten av fuktig hud seg med et bredt smil. De minste barna har en helt egen måte å se på deg når de er fornøyde. Både skogen og Lille Bo liker en vask, de vet det bare ikke selv før etterpå.

Av alt som bor i skogen er det soppene som liker regnet best. De kryper fram fra sine gjemmesteder og gir mat til både mennesker og dyr. Han vil gjerne ha mer av månesoppen, men de hadde ikke mer ferdig tørket. Soppen er vanskelig å finne, den beste tiden er etter regnbyger som kommer i forkant av en regntid. Han vil så gjerne være hos Alles Mor én gang til. Takke henne for at søsteren kom tilbake, og kanskje finne ut hva han bør gjøre for at Bo skal bli den samme blide og glade Bo. Kanskje han skal snakke med Lele. Lele spiser av og til månesopp og er flink til å finne den.

De fleste tror det er regntiden som har begynt, men Rude, faren til Kaje, sier at det er for tidlig. Solen kryper fortsatt for høyt på himmelen. Rude er kjent for å være flink til å forutsi regntider, dessuten mener også han at tordenværet er noe Alles Mor vil si dem. Han er usikker på tolkningen, men tar det som en advarsel, en antydning om at de må være forsiktige og passe seg for farer. Kaje tviler ikke. Uværet gjør dem mer oppmerksomme. Det vekker noe i dem. Folk stopper opp og tenker igjennom ting som ellers ikke opptar tankene – spørsmål som ikke finner plass i hverdagen.

Han bestemmer seg for å legge fra seg bekymringene. Dagen er for fin. Etter å ha spist spør han om Mule og Bo har lyst til å bli med oppover mot fjellene. Det vil de gjerne, men Bo må gjøre ferdig en ny skinnsekk før de drar.

Kaje og Mule blir sittende og kaste med småstein mens de venter. Mule kaster etter noen fugler som leker i et tre. Kaje liker ikke å skremme fuglene og kaster heller mot den nederste delen av stammen.

«Vil du ha søsteren min?» sier han plutselig.

Det han liker med tanken på å knytte henne sammen med Mule, er at hun da blir værende hos dem. Egentlig er det vel ikke noe galt med Mule. Den smule motvilje han merker, skyldes nok mest tanken på at søsteren blir dradd vekk fra ham. Det må jo skje før eller siden. Han er bror og kan ikke ha henne som kone.

Mule stirrer spørrende. Kaje merker blikket, men lar det passere forbi.

«Ja. Jeg vil. Jeg kan ha henne.»

Ordene kommer forsiktig og først etter at øynene har gitt opp å få kontakt. Det slår Kaje at Mule aldri før har snakket så lavmælt.

«Vil ikke hun?»

Igjen nøler Mule med å svare. Han flytter litt urolig på seg.

«Jeg vet ikke.»

«Hun holder på å bli seg selv igjen. Jeg skal prate med henne», sier Kaje oppmuntrende.

«Kaje ...» begynte Mule, men stopper.

«Ja?»

«Kaje. Du vet jeg liker kvinner.»

Mule tar en pause, men Kaje sier ingenting.

«Bo er annerledes, heller henne. Vi kan få barn. Vi blir her i Bujudalen. Jeg er en god jeger. Hun får det godt, og det blir mange barn. Jeg er sterkest. En dag hører alle ... Hun får det godt.»

Ordene kommer fortere og fortere. Iveren overrumpler Kaje. Han kan ikke forestille seg selv med barn, og trodde ikke Mule var klar for sånt. Nå høres det ut som om familie er alt som skal til, og barn noe man plukker i skogen.

«Jeg skal prate med henne», gjentar han oppmuntrende. Han tviler på om Bo er klar.

«Kaje. Vil du gjøre det? Du skal være min venn. Helt til fjellene.»

«Ai, ai, det gjør jeg for deg», svarer Kaje lett. Glemt er slag, dumme ord og knuffing. Kanskje blir Mule lett gretten, men han blir også lett oppglødd og fornøyd. Stammen trenger sikkert folk som Mule.

«Da trenger jeg ikke et tre», sier Mule og smiler bredere enn han har gjort på lenge.

Kaje stirrer mot skyene. De er fortsatt mørke selv om de deler himmelen med solen. Når sol og mørke skyer klarer å leve sammen, da ... Det meste går.

33.

Skyene har steget og blitt mer godartede, nå varierer de fra lysegrått til hvitt. Fortsatt dekker de mesteparten av himmelen, men flere steder kommer det stråler av lys ned gjennom hullene. Solen viser trærne at den fortsatt er til stede for dem.

En av åsene nyter sine egne strimer av sol, de gir skogen en annen og varmere farge. Nesten som mosen på steinene ved elven, tenker Kaje. Solen vekker skogen.

Bo, Mule og Kaje var de siste til å forlate leiren den dagen. Som vanlig er bare noen av de eldste og yngste igjen. De tre har kommet opp på en åskam på andre siden av elven når de hører en rar lyd. Den kommer fra et sted langt borte, i retning slettene. Det høres ut som om noen trommer for harde livet på en trestamme. De står helt stille med blikket vendt mot slettelandet, men lyden gjentar seg ikke. Til slutt snur Kaje seg og leder videre oppover langs åskammen. Innimellom tar de avstikkere til steder der de tror det kan være noe å hente. Bo har med seg gravestokk. Den er mye kortere enn stikkestokken, og ene enden slutter i et flatt parti med en skarp kant. Kaje ser at eggen burde vært slipt og bestemmer seg for å ordne det for henne når de kommer hjem, rundt leiren ligger det flere store steiner som egner seg til slikt arbeid.

Selv går han fortsatt med sin lette stikkestokk. De dro ikke ut for å gå på jakt. Lele har montert steinspissen Kaje fant på et nytt kastespyd laget for formålet. Han klarte å etterligne måten den var festet på ganske godt, og brukt sammen med slyngkjepp, er det nye våpenet drepende. Et av trærne på Bujutokollen har spesielt tykk og myk bark. De bruker det til trening, og Lele fikk lett spydet til å sitte fast i barken selv fra langt hold.

Kaje grøsser ved tanken på at spydet kan være i stand til å trenge dypt inn i et menneske – kanskje tvers igjennom – selv fra avstand. Han liker ikke det nye våpenet og hadde derfor ikke noe imot at Lele overtok ansvaret for steinspissen. Den gamle stikkestokken derimot betyr noe spesielt. Den er ulik andres stokker, han kjenner den til og med på lukten. Det føles godt å holde i noe som han har holdt rundt så mange ganger.

Kaje legger merke til at Bos sekk er godt laget. Hullene i huden er passe langt fra kanten og pent fordelt. Skinnreimen som er tredd igjennom hullene virker jevntykk og solid. Hans egen sekk er fillete, og to av hullene har revnet slik at den ikke lenger tåler tung bør.

Først etter å ha gått en stund merker han at Bo har smurt seg inn med lukteblomster, slike som Reko av og til bruker. Virkningen blir riktignok dempet av den friske eimen av regnvåt skog. Det er lenge siden han har kjent den lukten fra henne, mon tro hvorfor hun har gjort det akkurat nå? Dessuten har hun hengt en reim med fargerike frø og små trebiter rundt halsen. Hun er nydelig selv med det maltrakterte håret. Han tenker ikke på henne som en søster.

Gradvis klarer solen å rydde himmelen. Det glitrer i dråper der lyset når ned under trærne. Mose og bregner stråler av livslyst. Solen, varmen og den skinnende klare luften gjør dagen egnet til å skyve vekk bekymringer. De fortsetter oppover en bratt bakke, helt til de når en liten kolle dekket av busker og små trær. Kaje ønsker å komme så høyt opp at han kan se innover mot fjellene, der i høyden er det dessuten lettere å finne den hvite månesoppen.

De finner flere spiselige sopper, men ingen månesopp. Kanskje er det for tidlig. Bo er flink til å finne bær og røtter, det virker som om Alles Mor styrer henne mot de rette plassene.

Ett sted kommer de over nedgangen til en koloni magemaur. De graver i den gjennomhullede jorden helt til de når fram til der eggene ligger gjemt. Kaje synes ikke så mye om mauregg, men Mule og Bo er ivrige. Maurene er ikke verd bryet å spise, de er store, men smaker surt. Eggene fra akkurat disse maurene derimot er lange som en liten fingernegl, og blir av mange regnet som en delikatesse. Sammen klarer de å få en skinnpose nesten halvfull med mauregg. Kaje tenker på lillesøsteren, Boro, som er helt vill etter de små, myke godbitene.

Dessuten plukker de hjernefrukt. Det indre, blekgule fruktkjøttet minner om å spise hjernemassen til aper, men smaken er søt. Mule kommer over noen kjuker som egner seg til å lage knusk. Trass i iherdige forsøk på å dekke til glørne var all varme borte den morgenen, og de brukte mye knusk uten å klare å vekke flammene. Produksjon av knusk er en langvarig prosess. Vann, varme steiner og aske fra asketreet blir overført en skinnsekk. Biter av knuskkjuke eller knuskbark er på forhånd lagt oppi sekken. Blandingen får stå i flere dager før knusken blir tatt ut og omhyggelig tørket i solen. Det er viktig at stammen har et lager før regntiden.

Når de kommer opp på Bagatoppen, er sekkene passe fulle. Kaje har plukket en kvist fra tyggetreet og tygger ivrig. Greinene fra akkurat det treet smaker ikke beskt, og det går an å tygge lenge før alt løser seg opp. Han ser på de to. Hos begge renner det svette fra pannen, men ansiktene bærer ikke på anstrengelse. Huden til Mule har striper der svetten har rent. Fyren burde vært litt oftere i elven, tenker Kaje.

Luften er uvanlig klar. Skogen nede i dalen virker så nærme, selv de fjerne åsene bak slettelandet blir nesten en del av deres verden.

Herfra er det også mulig å se de mektige fjellene, helt opp til der den hvite gorillaen dro. Også fjellene ser innbydende ut. Han prøver å vurdere om det går an å ta seg fram til det hvite. Det er vanskelig å være sikker; fjellsidene virker bratte, men ikke nødvendigvis utilgjengelige. De borteste toppene rager høyt over alt annet, helt opp til det blå. De bærer på noe mystisk. Der oppe er verden hvit, enda hvitere og finere enn slik Kaje husker fra sist han skuet fjellene. Det må være et rent og godt sted, uten onde mennesker som dreper og ødelegger for andre. Det er dit han vil. Der månen og forfedrene holder til. En dag. Om han først må dø, så er det verd det, bare for å komme til månen. Helst før han dør så han kan fortelle de andre.

«Noen har bål!»

Kaje snur seg og ser Mule peke utover mot slettene. Bålet må være stort og foret med våt ved siden røyken er synlig helt opp hit. Han snur seg videre mot solen og sier:

«Rart.»

«Ja, det er tidlig», svarer Mule.

Røyken kommer fra der åsene dør bort. Den stiger et stykke som en tynn søyle, så gir den opp å komme høyere og flyter utover til intet. Karo har en gang sagt at Alles Mor bestemmer om røyken skal få komme høyt opp. Hvis menneskene ikke er snille, så stopper hun røykens ferd mot himmelen. Det er hennes måte å skape ord.

Kaje og Mule snur seg brått, og samtidig, mot Bo. Hun sitter lent mot en stein, med ansiktet stivt stirrende i retning røyken. Øynene virker fjerne og triste. Kaje har vært her ofte og vet at utsikt ikke bare gir overblikk, men også ensomhet.

«Ja, det er dem. Det må være dem. De er ikke av det gode», sier hun stille når hun merker blikkene.

Kaje lurer på hvorfor de fortsatt holder leir der. Hvorfor drar de ikke videre? De er ikke velkomne. Han setter seg ved siden av henne og legger venstre armen om skuldrene. Mule gjør det samme fra andre siden. Mule virker forvirret.

«Glem dem», sier Mule.

Hun kniper leppene sammen og løfter hodet forsiktig opp.

Kaje nøler før han sier noe.

«Var alle slemme?»

Hun ser forbløffet på ham, men svarer mykt.

«Nei, noen var snille. Kanskje var de fleste snille, men mest to av dem. En ung mann og en ung kvinne. De ville hjelpe.»

Hun tar en pause før hun fortsetter.

«Leiren var uten Alles Mor. Det var ikke hyggelig. De var ikke snille mot hverandre heller. Vi må være takknemlige for at Verdens Mor er med oss. Og at vi har Karo. -- Ja, Karo», gjentar hun og vender seg mot Mule.

Mule snur seg vekk. Kaje har lyst til å spørre mer, men er usikker på om han bør. Isteden trekker han fram noen hjernefrukter og byr de andre.

«Ta heller denne», sier Bo og gir ham et større eksemplar fra sin sekk.

Han takker.

Hun undersøker frukten hans, før hun stirrer på ham.

«De er ikke modne. De gir dårlig mage. Mor sier de kan gjøre deg syk.»

Kaje ser bort. Han er eldre og burde visst best. På den annen side kan kvinnene i stammen mer om frukt enn mennene. Han snur seg tilbake mot Bo, det er fint at søsteren deler kunnskap.

Lenge sitter de stille og suger til seg fruktsmaken. Stillheten føles bedre enn ord, noen ganger er ordene bare i veien. Han har iakttatt Mule og Bo i løpet av dagen. De ser ikke ut som kjærester, men virker mer som venner – eller et par som har holdt sammen lenge. Stemningen er like mye båret av forholdet mellom ham og søsteren.

Bo er igjen den som bryter tausheten.

«Skal vi slå oss sammen? Alle tre?»

Kaje ser forbauset på henne.

«Ja. Kanskje», svarer Mule nølende.

Kaje sier ingenting.

«Og hva synes du?» fortsetter Mule henvendt til ham.

Kaje tenker fortsatt en stund, før han svarer oppgitt:

«Bo og jeg er søsken.»

Etter en ny pause.

«Jeg *vil* gjerne.»

Bo og Mule ser på hverandre og smiler lurt.

I den siste bakken opp til leiren blir de møtt av Boro. Hun drar Lare, minstegutten i stammen, på en skinnfell. Begge barna ler høyt. Kaje stopper og ser på dem. Deretter går han bort til henne.

«Boro! Hvor er mamma? Du får ikke bruke mammas soveskinn til å leke. Bruk det gamle.»

Boro stopper å le.

«Jeg fant ikke. Vi er snille. Vi er bare sammen.»

Kaje svarer alvorlig, men ikke sint.

«Spør mamma. Gjør som mor sier. Husk, ellers kan ikke den store mor hjelpe oss.»

Boro løper opp bakken med skinnfellen på slep. Lare krabber etter, men gir for opp og blir lei seg.

Mule plukker opp en gressball noen av de eldre barna har lekt med, og hiver den til ham.

«Boro er snart tilbake.»

Faren kommer bort til Kaje med stammens mest slitte og sotete skinnsekk.

«Kan du få det opp?»

Kaje ser at det ligger noe knusk igjen sammen med to steiner. En liten stein som glitrer i gyllne korn, samt en slagstein – en gammel skrapestein. De fleste lager bål ved å gni pinner, men faren vet at Kaje liker å få det til ved hjelp av steinene. Dessuten må pinnene være helt tørre.

Slagsteinen er god å holde i. Han aner de mange hendene som har holdt i den og gjort steinen fettete der fingrene kniper for å gjøre grepet fast nok.

Å dreie en pinne mot en fordypning i en stokk er en enkel, men for Kaje en litt primitiv og tidkrevende måte å lage bål på. Også barna klarer å få varme ved å gni pinner, å få det til ved hjelp av steinene er en utfordring selv for voksne. Det er bare steinene som skaper de ørsmå stjernene, som på utrolig kort tid kan spire og vokse til flammer.

Restene fra gårsdagens bål er fortsatt fuktige og helt kalde. Han hjalp selv til å grave ned glørne og dekke til med blader, men mot slikt regn hjelper ingenting. Normalt blåser de liv i bålet både morgen og kveld for å sikre at varmen overlever, men den morgen måtte de gi opp. Knusken i ildposen virker heldigvis tørr, og noen har samlet bark som brenner godt.

Å få ildsteinene til å kaste fra seg gnister er vanskelig nok, det gjelder å få slagsteinen til å sneie mot gniststeinen med stor nok kraft. Likevel, den virkelige kunsten ligger i å fange en gnist på det riktige stedet i knusken. Begynner det først å ulme, er det bare å pakke knuskbiten inn i opptenningstrevler og fore med pust, akkurat passe mye pust, helt til røyken vekker til live en flamme.

Å føde en flamme fra en gnist er et mirakel. Et enda større mirakel enn å se en kvinne presse en unge ut av magen. Spedbarn er tross alt mennesker. De har vokst i magen fra det frøet mannen plantet der, på samme måte som det vokser spirer fra apetrenøttene når de ligger lenge nok på bakken. Flammene er en helt annen form for liv; og de oppstår fra ingenting – eller nesten ingenting. De ørsmå gnistene kan gi liv til et bål som er høyere enn et menneske. Lele pleier å si: 'Å så et barn krever bare at du er voksen, for å føde en flamme må du være mann.'

Kaje holder på lenge. Selv om knusken virker tørr, merker han at den ikke er samarbeidsvillig. Han får de rødlige gnistene til å lande riktig, men de liker seg ikke. De vil liksom ikke. Det kommer ikke ordentlig med røyk, selv om han blåser aldri så mye.

Helt til ...

«Det brenner!»

Han klarer ikke dy seg, og roper det ut.

34.

Dagen derpå sitter Sirea med Storeflekk. Han forteller om alt han har funnet ut om de forskjellige dalene. Mennene hadde gått langt, slitt seg opp og ned mange ganger, men nå føler han at de kjenner området. Han snakker rolig, men Sirea merket en glød i stemmen.

«Vi står samlet. Vi har sett dalene rundt her, og mennene er enige. Alle er enige. Det er én dal som peker seg ut.»

Sirea stirrer ut i luften. Hun er glad de bare drev med utforskning, men aner samtidig hva som kommer.

«Det blir dalen vi pratet om. Du vet hvilken?»

Storeflekk ser spørrende på henne når hun ikke sier noe. Til slutt løfter hun hodet som tegn på at hun vet, men øynene peker mot slettene. Storeflekk fortsetter å stirre på henne – helt til hun former ordene.

«Ja, jeg vet. Den med kvinnen.»

Storeflekk fortsetter.

«Vi har vært forsiktige. Nesten ingen så oss.»

Han tenker seg om en god stund for å finne de neste ordene.

«Skogen her er fortsatt fremmed. Mye ... Mye er annerledes. Vi kjenner ikke plantene. Vi så aper ingen har sett før. Det er viktig å lære.»

Sirea løfter igjen på hodet. Lenge sitter de stille. Storeflekk legger hånden på skulderen hennes og drar henne inn mot seg.

Sirea liker stillheten, den roer sinnet. Hun liker å se hva slags gjøremål som opptar de andre, og hva ansiktene viser av følelser. Å legge merke til slikt har alltid ligget for henne. Til slutt bryter Storeflekk tausheten.

«Og du vet hva som kreves av deg?»

Igjen tar det tid før hun sier noe.

«Ja, jeg vet. Ja, jeg vet alt.»

Først nå vender hun øynene mot hans.

35.

Først dagen etter skybruddet har solen fjernet restene av regnvær. Dagen er nydelig. Alt det grønne er enda grønnere, og blomstene på bakken roper om å bli lagt merke til. Varslene som lå i tordenværet er glemt. Trærne strekker seg mot himmelen uten bekymringer.

Noen har sett fotavtrykk etter mange mennesker både nedover dalen og i nærhet av leiren, men folk legger ikke noe i det. Det hender at nabostammene drar oppover deres dal. Og om det er de fremmede, så har de ikke gjort noe galt.

Kaje søker selskap med Karo, men øynene hans hviler mot de blågrå skyggene av fjerne åser. Han tenker at også dit må det være mulig å dra.

«Karo», sier han langsomt. «Noe brenner i meg. Jeg har lyst til å løpe. Dra langt. Komme steder ingen før har vært. Jeg tror Alles Mor vil det.»

Karo setter seg tett inntil og klemmer ham mot seg.

«De som reiser vil alltid hjem. Verden er her.»

«Ai, ai. Men det er mer, så mye mer.»

«Kaje», Karo ser alvorlig på ham. «Verden er større enn du tror, men likevel er den bare ett sted. Der *du* er. Der *vi* er. Du kan dra, men det er bare to ting som er viktig. Det du har inni deg, og de menneskene du har rundt deg. Det er alt. Alt du har.»

Han ser på henne og tror han forstår.

«Men det brenner i meg. Fuglene ber meg bli med. Kanskje til fjellene, kanskje over slettene.»

«Hva er det som brenner i deg?»

Han tenker seg om.

«Jeg føler ...», begynner han, men ombestemmer seg. «Bo blir borte, hun vil gå med Mule.»

«Nei, nei, Bo blir ikke borte, hun blir her. Hun vil ha deg og Mule hos seg.»

Kaje ser spørrende på henne.

«Ja», fortsetter hun. «Bo har kommet til Gido og meg. Dere kan det. Hvis du vil.»

«Men ..., vi er søsken. Det er imot ...»

«Ja ... Dere er … På en måte er dere søsken. Ja. Likevel. Det går. Hvis dere vil», avbryter hun. «Men Kaje. Det fins andre. Du vet det.»

Det med kvinner har blitt fjernt. Gløden han merket den kvelden med Sirea, har visnet som blomstene barna plukker. Han ser av og til de brukne stilkene ligge igjen rundt bålplassen – nedtrampet og med avrevne kronblad. Kvinner er ikke viktige. Bortsett fra søstrene, og så moren og Karo selvsagt. Ja, også Reko da – hun er der jo, men ikke på samme måte.

De sitter en stund sammen og ser på barna leke. Regnet har gjort gresset passe mykt til å surre gressballer, nå står barna i en ring og holder ballen i luften ved å slå den med hendene. Den som misser, må løpe én gang rundt ringen. Boro vil være med de større barna, men hun klarer aldri treffe ballen ordentlig. Hver gang hun løper rundt ringen, hyler hun høyt av fryd.

«Livet er å løpe rundt ringen», sier Karo. «I døden holder vi sammen i fjellene. Du fødes som en flamme. Du løper en gang rundt, så må du tilbake på plassen. Du holder liv i flammen. Se på Boro. Hun morer seg når hun løper, fordi hun er der ... med de andre.»

«Ai»

«Kaje, en gang skal *jeg* til fjellene. Stammen trenger deg», fortsetter hun og stirrer intenst på Kaje.

«Ai, ai», gjentar han, men møter ikke blikket hennes.

Etter en stund fortsetter han.

«Hvis du drar, blir jeg med.»

Karo ser på ham med rynket panne.

Senere på dagen trekker han seg tilbake mot favorittstedet ved steinrøysen. Den mosefylte gropen er så god å sitte i; dessuten ligger den langt nok vekk til å gi fred, og samtidig nærme nok til å merke fellesskapet i form av latter og andre behagelige lyder. Han har knapt kommet dit før Mule finner fram til ham.

«Kaje. Vi kan slå oss sammen. Vil du hjelpe meg?»

Kaje ser på kameraten. Det er noe alvorlig, men samtidig oppspilt i øynene hans.

«Ai?»

«Jeg trenger deg.»

«Ai, ai. Hva er det?»

«Du må støtte meg. Jeg vil du skal støtte meg.»

Kaje retter seg opp.

«Hva er det som er så viktig? Hva er det du vil?»

«Bli hørt. Jeg vil bli hørt. Jeg vil at folk lytter.»

Stemmen hans virker løsrevet fra kroppen. Han flytter seg litt bakover når han ser ansiktet til Kaje.

«Hva ...? Folk lytter! Ved alle forfedre, folk hører enten de vil eller ei. Karo ...»

«Karo er gammel. Hun sier det selv. Stammen trenger stemmen til en mann.»

«Nei fly til månen. Stammen trenger Karo. Stammen trenger en som står nær Alles Mor.»

Mule reiser seg. Stemmen skjelver:

«Så. Du vil heller selv. Du vil ... Mange hører på meg. Du bryr deg jo ikke. Du bare sitter og ser ut i luften. Du er ikke her. Du ... du er på månen. Alle sier det. Du er langt vekk. Mange hører meg.»

Han spytter mot bakken like foran Kaje, så snur han brått og går. Skrittene treffer bakken så hardt at Kaje hører dem hele veien til bålplassen.

Kaje blir sittende. Leiren er brått langt unna. Hvorfor kommer det alltid et eller annet og ødelegger når dagene endelig er gode? Alle lytter til de som har det rette ansiktet, Mules ansikt er ikke der. Selvsagt holder Karo på å bli gammel – alle blir jo det – men det gir ingen grunn til å mase. Kanskje vil Mules ord en dag nå lengre. Idiotisk! De trenger hverandre, og de trenger at alle lytter til alle. Som barna i ringen. Han lukker øynene.

Lydene fra leiren er fortsatt omtrent som de skal være. Et lite barn gråter, men barn skal gråte av og til, og det er ingen vond gråt. Så kommer en helt annen lyd og bryter igjennom: Den fjerne banking de hadde hørt på vei opp mot Bagatoppen, denne gangen er den mye nærmere. Kanskje de fremmede er som Mule, de liker å denge løs på trær. Kanskje liker også de å presse seg på andre. Han åpner øynene og vender ansiktet oppover. Himmelen er fortsatt like blå og snill. Det er nok igjen av dagen.

Det er ingen andre ved kulpen. Han kryper uti og legger seg med ansiktet opp. Beina hviler mot en stein samtidig som armene hjelper vannet med å bære kroppen. Elven er striere og kjøligere enn vanlig. Han minnes den natten han slet seg oppover elven, og husker følelsen av at alt var over når han kom til badekulpen. Den natten er heldigvis langt unna, den er ikke lenger en del av livet. Det var ikke den samme ham som nå ligger i kulpen. Han bestemmer seg for å la alle minner flyte med vannet og heller vende ansiktet mot muligheter. Mot det fjerne.

Vannet drar med seg blader og små pinner til slettene. Resten av verden søker mot fjellene. Solen og månen drar dit, og selv skyene følger som regel samme retning. Men hvor drar vannet? Elven bare fortsetter. Hva ligger forbi slettelandet? Og hvordan klarer månen å komme seg tilbake til andre siden hver dag uten å bli sett? Solen kan selvsagt snike seg tilbake om natten, men hvis månen prøvde å komme over på dagtid, burde de sett det. Spørsmålene virker umulige å besvare, men drar han langt nok, finner han kanskje svar. Karo og Lele tar feil, det må fins svar. Hvis han reiser, treffer han sikkert mennesker som vet mer – eller vet andre ting. Stammen trenger noen som vet alt. Særlig nå. Et eller annet er galt, og de må finne ut hva. Hva som rører seg. De må prøve å forstå. Hvorfor kommer denne merkelige, fremmede stammen og gjør livet surt? Hvor kommer de fra, og hva vil de?

Alles Mor har gitt ham et ønske om å besøke fjellene. Det kan ikke være uten grunn. Kanskje skal han en gang gjøre noe stort for stammen. Kanskje ...

«Kaje.»

Han husker historien om jaktlaget som drepte en elefant. Det ble påstått at noen til og med hadde klart å legge ned flere elefanter fra samme flokk. Kaje tviler. Kanskje hvis dyrene er gamle og syke, men hvorfor vil noen drepe så store dyr? Antiloper gir nok mat. Dessuten, om du virkelig klarte å drepe en elefant, så er det bare dumt. Du kan ikke bære kadaveret med seg, og det er sikkert vanskelig å få delt det opp. Selv ikke løvene prøver seg på elefanter. Kanskje klarer han å ...

«Kaje!»

Alles Mor kaller på ham.

Kanskje kan han løpe i hjel en løve. Sist han var hos slettefolket, viste de ham et løveskinn. De fortalte at stammens beste løper hadde løpt ned dyret. Fyren hadde fulgt dyret i to dager uten å la det hvile. Selv hadde han med vann, løven hadde ikke. Etter to dager var dyret så utmattet at det ga opp. Jegeren gikk opp til det. Helt opp til den gapende kjeften. Der stirret han løven i øynene. Dyret ville springe på ham, men beina var for stive til å lystre. Jegeren så frykt, sinne og undring over selv å bli jaget, og over å ende opp med en kropp som ikke adlød. Fyren gikk helt innpå til dyret bare måtte angripe. Idet løven prøvde å bykse mot ham, kjørte han stokken gjennom brystet og inn i hjertet.

«*Kaje!*»

Et slikt skinn hadde vært noe å komme hjem med. Han er trolig den raskeste i stammen, men slettefolket har nok enda bedre løpere – slettene passer bedre for beina. Likevel, kanskje Alles Mor vil han skal bli den første i stammen som løper ned en løve? Månefolket må vise at de er like flinke som slettefolket. Det er viktig. Bo vil bli veldig stolt.

«KAJE!!»

Navnet når fram til tankene hans. Det slår ham at Alles Mor roper veldig høyt. Hun behøver ikke rope, for han er jo her.

Han lar hånden ta tak om en stein så overkroppen svinger ut av vannet. Øynene har stirret lenge mot den lyse himmelen så elvebredden er nesten svart. Han gnir øynene med den ledige hånden og retter blikket mot skogen og skyggene. De øverste bladene, de som fortsatt nyter sollyset, har en annen farge enn de solen ikke lenger tar seg av. Det er noe som rører seg i skogkanten.

Det står en kvinne der.

HUN STÅR DER!

Instinktivt krøker han seg sammen i vannet, men i elven er det ingen steder å gjemme seg.

Hun står helt stille og smiler forsiktig.

Verden rundt stopper opp. Fuglenes sang forsvinner, bladene stopper å svaie, og elven blir til noe skinnende som holder fast på kroppen hans. Selv tankene er borte.

Hun smiler bredere. Står der med hendene foran skrittet. Det rare, bølgende håret henger løst foran brystene. Hun stirrer på ham. Han merker at øynene hennes prøver å trenge inn i ham. Øynene griper tak. Vagt aner han at det er noe med beinet hennes, men blikket blir trukket mot ansiktet. Langt borte, dypt i det smilende ansiktet, ser han Alles Mor. Han ser skogen, månen og fjellene. Alt er der, alt ligger i øynene hennes: Gorillaens mot, gasellens vimsete hurtighet, trærnes tause trygghet. Det er ikke mulig å feste blikket mot noe annet. Det fins ikke noe annet. I øynene hennes ligger bålet, og gnistene. Han tenker på den ene gnisten, den som starter hele bålet. Slagstein mot ildstein. Hvis bare ...

«Kaje. Det er meg.»

En stor fugl, antakelig en marabustork, flyr over elven. De dempede lydene av vingeslag når så vidt ned. Normalt ville han vendt hodet mot fuglen.

Hun tar et par skritt fram. Beina når vannkanten et sted der elven småsprudler forbi en ørliten, grusbelagt strand. Hun fortsetter å se på ham, men virker oppgitt. Han legger merke til at det ligger en stor sekk på steinene innenfor. Rundt halsen henger et kjede omtrent slik det Bo bruker. Håret har sklidd vekk fra brystene. De peker mot ham. En lett vind rører ved de ytterste hårstråene.

Han tenker plutselig på å sjekke skogen. Det er noen blader som ikke klarer å henge stille.

Nei. Det er nok bare vinden. Bladene vinker. Han forstår til slutt at han må si noe.

«Det er deg! Er du alene?»

«Hvorfor er du redd? Jeg er redd! Det er jeg som skal være redd. Du er mann.»

Han kjenner igjen det litt underlige tonefallet i stemmen. Hun smiler, men både smilet og stemmen virker anstrengt.

«Kan jeg komme ut til deg?»

Kaje signaliserer at hun er velkommen ved å dra hodet bakover, men fortsatt vet ikke tankene hans hva de skal tenke. Heller ikke finner de ord.

På det venstre låret har hun et tydelig sår. Såret blør ikke, men rundt er det hovent og rødt, og foten synes vond å trå på. Likevel ser hun nydelig ut. Hun kryper ned ved siden av ham, men han nøler med å ta rundt henne.

«Søsteren din kom tilbake», konstaterer hun.

Han løfter hodet langsomt.

«Ikke døm meg. Vi er ikke alle slik. Noen av mennene er slemme og gjør stygge ting. Det gjelder ikke alle, for jeg er ikke sånn. Ikke jeg. Jeg kan ikke gjøre noe. Det bare er slik. De onde bestemmer. Slik er det alltid. Ikke jeg. Så du såret? Jeg er ikke slik.»

Hun begynner å gråte. Han merker at han strekker ut armene til de når rundt henne og at han drar kroppen inn mot sin, men det hele skjer automatisk. Det er liksom ikke *ham*. Brystvortene er så harde at han kjenner dem tydelig mot huden.

Det kjølige vannet demper gnistene, likevel er de der når kroppene berører hverandre. Et eller annet flytter seg fra henne til ham. Kanskje også fra ham til henne, men i alle fall fra henne til ham. De to ildsteinene. Slagsteinen er stor og kjedelig, selve gniststeinen er liten og magisk. Dessuten skinner den så nydelig. Han vet at den kommer fra et sted langt borte, for noe sånt fins ikke i Bujudalen. Men den gir ikke fra seg gnister uten slag; og jo hardere slag, jo bedre gnist.

Hun avbryter tankene hans med en stemme preget av gråt og innestengte ord.

«Jeg var redd. Redd du ikke ville treffe meg.»

«Hvorfor det?»

Han er oppriktig overrasket.

«Du dro! Du holdt meg ansvarlig for søsteren din.»

Han ser mot øynene hennes, men de peker ned. Ansiktet virker likevel ærlig.

«Nei, nei, jeg trodde ikke det. Beklager. Du er ikke slik, det var ikke din feil. Ikke du.»

Med ett smiler hun igjen.

«Jeg har vært her lenge. Noen andre kom, men ikke du. Jeg ville treffe deg. Først nå fikk jeg sjansen.»

«Bo er nesten seg selv igjen», sier han beroligende.

Sirea legger hodet på skulderen hans og presser seg mot ham så hardt hun kan. Sammen svever de i elven. Det føles som å fly.

«Hva har du gjort med beinet ditt?»

«De ... De var slemme. Også mot meg. Det burde ikke skjedd. De vil ikke ha meg.»

Kaje ser nøyere på såret.

«Er det et spyd? Nei, fly til månen, det ser ut som et spydsår.»

Hun tenker seg om før hun nærmest hvisker:

«Det var de slemme. De vil ha meg vekk. Og så var det Brushode. Det var ham. Kanskje var det et uhell, kanskje ikke. Jeg vet ikke. Kanskje ville han hevne seg. Jeg fikk være med på jakt. Hans stokk traff meg istedenfor ... Derfor måtte jeg dra. Jeg kom hit. Til deg.»

«Hvorfor ville han hevne seg?»

Kaje er både fortørnet og nysgjerrig. Øynene til Sirea virker usikre, hun nøler med å si noe.

«Brushode er hissig. Han liker ikke at jeg går på jakt. Og så ville jeg ikke ligge med ham.»

Hun ser det undrende blikket og fortsetter:

«Du må forstå. Hos oss ... Ting er annerledes. Mennene er ikke som deg. -- Ikke så snille. Ikke så flinke.

«Og ikke så sterke», legge hun til etter en stund.

Kaje stusser. Ifølge Bo var det flere svært kraftige menn der.

«Vi må gjøre noe med såret ditt. Du må la Karo lege det.»

Hun nøler.

«Vil han være sint?»

«Karo? Nei, dra til fjellene. Hun er aldri sint.»

«*Hun*!? – Jeg trodde Karo var en som dominerte stammen. Er hun alles mor?»

«Hun er *vår* mor», Kaje smiler. «For meg i alle fall. Her i dalen.»

Etter en pause fortsetter han.

«Du må bli med. Hun vil sikkert like å treffe deg.»

Stemmen til Sirea er langsom og hun har rynker i pannen:

«Bestemmer hun hos dere?»

«Bestemmer?»

«Ja.»

Kaje søker øynene hennes:

«Ingen bestemmer, men folk lytter.»

Sirea trenger tid for å finne ord.

«Er det ... Kan dere være uenige.»

«Alle kan snakke. Alle voksne. Men for å bli hørt må du ha det rette ansiktet.»

«Blir alle hørt like mye? Ikke hos oss. Alle lytter til Storeflekk.»

Kaje tenker på Mule.

«Jo, jo. De fleste lytter helst til Karo. Karo har de beste ordene. Men alle kan legge til sine ord. Noen mer. Noen har mange ord.»

Sirea ser lenge spørrende på ham, men sier ingenting. Kaje er glad for at hun ikke fortsetter, problemene med Mule passer ikke for henne.

«La oss gå.»

«Ditt folk vet om oss. Er du sikker på at de vil se meg?»
Kaje svarer ikke, men tar tak i hånden hennes.
«La oss gå.»

36.

Første gangen de var sammen, virket hun livligere og mer selvsikker; nå er Sirea stille, nesten ærbødig. Etter som de nærmer seg leiren, forsvinner hun dypere inn i seg selv. Kaje aner spor av frykt, eller i alle fall bekymring, men han skjønner at det er en følelse hun ikke liker å ha i ansiktet.

Mule er fortsatt ute i skogen, og heldigvis er det heller ikke så mange andre til stede. Karo er der, et par av de eldste, og de små barna selvsagt. De flokker seg rundt dem. Barna fniser og ler, alle vil dra i håret til Sirea. Hun bare smiler og setter seg på huk så de kan kjenne på det. De gamle står undrende og stirrer.

Selv Karo virker overrasket. Det er sjelden å se ansiktet hennes så alvorlig, men samtidig forbauset.

«Det er Sirea», sier Kaje kort. «Hun trenger hjelp.»

Kaje ser på Boro. Lillesøsteren er blant de ivrigste til å nappe i Sireas hår. Hun har en egen kraft i øynene, og en spesiell måte å møte andre mennesker på. Det lever noe stort i hennes forventningsfulle smil. Håper hun ikke mister det med alderen, tenker han. De fleste kvinner gjør det. Til slutt må han roe henne:

«Boro. Ikke dra så hardt. Forsiktig.»

«Det gjør ikke noe», sier Sirea.

Karo sier ingenting. Blikket går fram og tilbake mellom Kaje og Sirea. At det ikke dreier seg om en tilfeldig kvinne, er for opplagt. Hun er ikke i tvil om følelsene i Kajes ansikt, men den fremmede kvinnen er særdeles vanskelig å tolke.

Karo føler og klemmer rundt såret. Sirea kniper først leppene sammen, og tar deretter tak i underleppen med tennene, men sier ingenting. Karo ber om å få låne Kaje sin kniv. Med et raskt stikk åpner hun såret nederst i skorpen og presser ut en grumsete veske. Hun fortsetter til alt er ute og skylder etterpå med vann. En liten tåre dukker opp i Sireas øyne, men bortsett fra tåren, og det at hun biter seg i underleppen, virker ansiktet uberørt.

«Du har prøvd å legge blader på såret?»

Karos stemme virker fortsatt undrende.

«Nei», svarer hun kort. «Takk for at du hjelper meg.»

Fra en liten skinnpose finner Karo fram det pulveret hun brukte på Bo, og drysser det over såret. Deretter binder hun en skinnstrimmel rundt beinet.

«Takk. Tusen takk», sier Sirea til slutt. «Du hjalp meg, når jeg kan, vil jeg hjelpe deg.»

De to kvinnene ser lenge på hverandre.

Fortsatt blir ikke Karo klok på de øynene. Trass i sin unge alder har Sirea et svært voksent blikk. Øynene hennes er på en måte ærlige og liketil, samtidig aner Karo at det ligger mye der som aldri når ut, mye som blir holdt tilbake selv når ansiktet åpner seg. Omtrent som elven. Sett ovenfra er den blank og skinnende med vage antydninger av steiner, men stikker man hodet nedi, dukker det fram mye rart som ikke synes ovenfra. Det ligger noe bak de øynene.

Den ene tåren har rent ned på kinnet. Karo merker seg ansiktet til Kaje når han varsomt stryker den vekk. Så sier hun:

«Du må bruke beinet, men vær forsiktig. Såret må få gro. Sår som ikke gror er farlige. Og så trenger du mer sårpulver.»

Hun tenker seg om. Så tar hun hånden til Kaje i høyrehånden og armen til Sirea i den andre og fører an ned stien mot skogen. Kaje snur seg og ser de andre voksne stå stille med sine spørrende blikk. Bare de aller yngste ler og veiver med armene.

Karo er for en gangs skyld svært usikker på hva hun bør si.

«Så Sirea. Et fint navn. Hvilken stamme kommer du fra?»

«Min stamme er ny her», svarer Sirea så lavt at de bare så vidt hører henne. «Det er stammen som bortførte Kajes søster.»

Også Kaje merker skjelvingen og skammen i stemmen. Karo er stille lenge. Han bare må si noe.

«Ikke henne. Det er ikke henne. Det er ikke Sireas feil. Sirea har ikke gjort noe vondt.»

Karo ser stivt på ham.

«Kanskje du kan fortelle. Si meg hva du vet om Sirea.»

Han beretter om hvordan de traff hverandre første gangen, og det lille han vet om hennes folk. Nå angrer han på at han ikke har nevnt noe om møtet tidligere, for Karo ser ikke ut som om hun forstår. Han vil gjerne fortelle om hvordan det føles å være i nærheten av henne, hvordan det er å berøre henne, men gir opp. Det fins likevel ikke ord for sånt. Tankene går til ildsteinen, men det å skape et bål er jo noe helt annet. Det høres bare dumt ut å sammenligne det å være i nærheten av Sirea med flammer.

Han er voksen og har rett til å ta med seg kvinner til stammen. Det vil si, han kan kreve å få ha henne hos seg, men skal i prinsippet ta det opp med de andre voksne.

«Sirea er en god kvinne. Kan hun få bo med oss? Vi vil prøve hverandre. Sirea er mitt ansvar. Jeg skal ordne. Hun er snill.»

De *må* godta henne som prøvekone. Han har krav på det. Riktignok er det svært sjelden at noen spør, mulige forhold pleier å være alles samtaleemne lenge før det kommer så langt. Og uansett hva man måtte mene om de utkårne, er det ingen som tenker på å stoppe en mann eller kvinne der følelser har tatt tak. Men nå?

«Jeg gjør nytte for meg. Jeg vet mye», skyter Sirea inn før Karo rekker å svare.

Det er et merkelig uttrykk i øynene til Karo. Som regel klarer Kaje å følge ansiktet hennes, men nå aner han ikke hva hun tenker. Det er heller ikke likt henne å nøle så lenge med å finne ord, hun har jo så mange av dem. Når ordene først kommer, er de pakket i tungt alvor.

«Jeg ønsker deg velkommen. For meg er du en av oss, men du må følge våre skikker, og du må være tro mot folk her. Det er viktig. Ditt liv må bli en del av oss. Av vår stamme.»

Karo fortsetter før Sirea rekker å si noe.

«Kaje er en god mann. Han vil behandle deg pent.»

Kaje stråler. Han vender seg mot Sirea, men hun smiler ikke. Ansiktet er like alvorlig som Karo sitt. Det kommer med ett noe tungt i øynene hennes. Han stusser. Det uttrykket passer ikke her og nå. Rart, forrige gang de traff hverandre, virket det som om ingen bekymring trengte inn; dessuten er jo alt i orden nå, for Karo taler også for de andre.

Gido og Rude, moren og faren til Kaje, kommer tilbake sammen med Bo og masse sopp. Når de blir presentert for Sirea, virker de om mulig enda mer forvirret enn de andre.

Bo sier med en gang:

«Det var du som hjalp meg.»

Sirea løfter ansiktet til svar og sier:

«Jeg er glad du kom deg vekk.»

Alle ansiktene er alvorlige. Ingen av dem smiler.

Så kommer Mule. Han har spiddet en rødryggape, så likheten i pelsfarge blir synlig for alle. Når han får høre hvor Sirea kommer fra, går han rett bort og dytter til henne.

«Du hører ikke til her.»

Sirea sier ingenting. Ansiktet glir unna som steiner i en dyp kulp. Kaje får lyst til å slå til fyren, men vet det ikke gjør situasjonen lettere. Han ser at Mule har lyst til å slå Sirea, men regner med at han har fornuft nok til å la være. En mann slår ikke en kvinne. I alle fall ikke en fremmed som ikke engang har forulempet deg. For sikkerhets skyld plasserer han seg i mellom.

Kaje lurer på hva som gjør folk mest overrasket. Det at han kommer hjem med en kvinne, at kvinnen kommer fra en ukjent stamme, eller at hun ser annerledes ut og ikke har menneskefarget hår. Han gjetter på det første. I motsetning til Mule er han ikke kjent for å jakte på kvinner.

Ved bålet den kvelden får hun sitte mellom Kaje og Lele. Bo sitter på andre siden av Kaje. Det er tydelig at Sirea undrer seg over det som foregår, og når Kaje legger hånden på låret hennes og Lele sin hånd på det andre låret, kjenner han hvordan musklene spenner seg. De fleste lar hendene hvile på naboen. Etter hvert slapper også Sirea av.

Gido ber Kaje presentere henne for stammen. Han liker dårlig å stå fram. Denne oppgaven er ikke bare ubehagelig, men særdeles vanskelig. Han forteller så ærlig han kan om møtet med Sirea, og at hun er en kvinne han føler for og ønsker å ha hos seg. Likevel sitter han igjen med en følelse av at folk hører noe annet enn det han sier. Normalt skulle alle smile åpent og velkomment, men selv de som smiler, har ikke det riktige smilet. Han skjønner ikke hvorfor de ikke ser hvor fantastisk Sirea er. Heldigvis prøver ingen, selv ikke Mule, å ta til orde for at hun ikke får være der.

37.

«Der borte. Ved siden av opp-ned-treet. Buskene lengst unna.»

Firfinger peker ivrig. De spaserer i retning krattet. Yamyam virker mer våken og nysgjerrig enn faren noensinne kan huske å ha sett ham. Buskene er helt sikkert av riktig type, men det betyr ikke at de nødvendigvis får tak i det de leter etter.

De to befinner seg fortsatt i de lave åsene som markerer overgangen mot slettelandet, men et godt stykke fra leiren. Landskapet er kupert, men ellers ganske åpent. Det tørre, gule gresset presser buskene sammen i familiegrupper. De ensomme trærne synes fortsatt å savne vann, trass i det kraftige regnværet. Trolig er de misunnelige på trærne som vokser høyere opp i retning fjellene, her nede lever de ikke bare tørt, men også uten selskap. Firfinger tenker at også trær må tåle at ikke alt blir som de ønsker seg. Selv liker han dette terrenget. De er nær den mørke og spennende skogen, men befinner seg samtidig i det åpne og trygge.

Det er lenge siden han har gått alene med sønnen, først nå skjønner han at det har vært et savn. Kanskje ikke bare hos ham. Far og sønn bør gå sammen. Fortsatt har gutten mye å lære, og det haster. Det er viktig for Yamyam, men like viktig er det å vise at *han* har noe å lære bort. De unge må *se* ham – ellers blir livet krevende.

Moren til Yamyam! Ja, moren ... Det er der det lå. Det var da livet begynte å slå sprekker som på døde trestammer. Firfinger husker knapt ansiktet hennes, men brystene ... Brystene var veldig slappe, de nådde nesten ned til fugleredet. Hele skikkelsen var slapp og skrukkete. Noen kvinner blir slik. Det var lenge siden. Men ... Yamyam var han mann? Antakelig. Om tiden har visket ut ansiktet hennes, husker han godt det som skjedde. Den gangen var det ingen tvil, han var synlig for alle. Folk lyttet.

Nei, minnene gir bare dårlige tanker.

De to stopper ved siden av hverandre. Begge stirrer på buskene. Yamyam plukker noen blader og klemmer de mellom fingrene. Formen er ganske vanlig, de er ovale og omtrent like lange som tommelfingeren.

«Er du sikker? Er det riktig busk? Busk?»

Firfinger har blikket rettet mot slettelandet. Selvsagt er han sikker. Pokker! Han er ikke *så* gammel. Hadde det bare ikke vært for den fordømte blandingen av bavian og jordrotte. Det eneste Brushode gjør for å imponere er å veive med armene. En jævla elefant som ...

«Er det disse? Er du sikker? Sikker?» fortsetter Yamyam.

Nei, slike tanker gir bare bedrøvelse. Dessuten har han fått Grønnøye.

«*Far!* Hører du!? Vet du at det er riktig?»

Tonefallet bringer Firfinger tilbake. Han ser overrasket på sønnen.

«Ja, ja, det er riktig. Det er de buskene. Utseende er vanlig, men press fingrene mot bladkjøttet. Kjenn det tykke og lodne.»

Sønnen prøver og skjønner.

«Se også barken. Den har et rødskjær. Gni den. Topplaget glir av og under er fargen en annen. Legg merke til greinene. De er spinkle. Se på greinene. Se måten de sprer seg fra stammen.»

«Jeg ser. Jeg kjenner den igjen, men kanskje ikke på avstand. Hvordan klarte du det?»

Firfinger sprer ut fingrene på venstrehånden som tegn på at han kan. Selvsagt kan han.

«Jeg kjenner busken. Stol på meg, det var mange der jeg vokste opp. Noen ganger spiser biller på bladene. Tiden for å grave er når billene ikke er der, og jeg ser ingen biller.»

Begge setter seg ned og lar blikket saumfare bladene.

Firfinger blir sittende å se på sønnen. Det er mer mann der enn han hadde trodd. Gutten er ikke lenger treg og likegyldig, han har lært å bruke sansene, lært å finne detaljer. Det er viktig. Detaljer er viktige. Jo, selv har han fortsatt kraft nok til å bli hørt, han må bare legge mer av kraften i stemmen. Kanskje har de likevel en framtid? Yamyam står nær Elefantøre, så sammen har de mye støtte. Kanskje det ikke er for sent? «Du sa de var i røttene? I røttene?» spør Yamyam.

«Ja.»

Begge graver.

Jorden er tørr og hard. Fingrene duger ikke, så de må bruke gravestokkene til å hakke. Firfinger har en spesialstokk med stikkespiss i ene enden og flatslipt i den andre, mens Yamyam tok med én stokk til hvert formål.

En mann forlater ikke leiren uten stikkestokk eller spyd. Stokken er livsviktig. Det er flaut å gå uten – som en løve uten tenner eller en hyene uten ører. Firfinger minnes en jakt for ikke så lenge siden der Brushode mistet spydet sitt. Det satt fast i en antilope, men brakk når Brushode tok tak for å fange dyret. Fyren ble sittende på rompa som en tomset bavian mens antilopen stakk av. Etter å ha gitt opp å fange antilopen, gikk han rett bort til Vorterumpe, en av de yngste mennene, og grep stokken hans. Stakkaren fikk klare seg uten. Han husker øynene til Vorterumpe. Slik var det bare, og gutten hadde jo et misfoster av et navn. Han er sikker på at Storeflekk hadde gått videre uten stokk, men få menn har i seg styrken.

Folk frykter Brushode, men han er dum, og de liker ham ikke.

Gradvis blir røttene synlige. Firfinger begynner å bli nervøs. Han finner ingen. De er ikke der. Han er sikker på at busken er riktig, men de er der ikke!

«Jeg ser ingen. Ingen», sier Yamyam.

Hvorfor pokker kan ikke gutten holde opp å gjenta ord.

Firfinger later som om han er sikker.

«Vi prøver neste busk.»

Mer graving.

Han skotter over på sønnen. Nesen er skjev og munnen merkelig liten, men det verste er at han så ofte sier samme ordet flere ganger. Det irriterer. Ellers er han fornuftig og ganske voksen. Firfinger husker ham som utålmodig og skeptisk, men nå viser han tiltro, og utholdenhet. Han stopper ikke selv om målet er lengre unna enn antatt. Det er viktig, målet ligger ofte langt fram – veien dit er alltid lengre enn tankene. Nei, sammen kan de klare det, bare de er tålmodige og handler klokt. Hans egen far pleide å si at ungdommen må skaffe seg elvens tålmodighet. Elven fortsetter å renne selv om det ikke regner, den tåler å vente, for den vet at regnet kommer. Om så alt er borte, får den likevel livet tilbake. Jorden virker om mulig enda hardere under denne busken.

Synd det med moren. Kanskje tok han feil, kanskje kunne hun levd. Det var en vanskelig tid med lite mat og mye bråk med andre stammer. De måtte bevege seg raskt, og det ble store avstander. Nei, moren til Yamyam ville ikke klart det. Hun var altfor fanget av febersykdom. Hun klarte nesten ikke løfte seg selv, og hun var for tung til å bli båret. Nei, hadde de bodd i en fast leir, så kanskje … Kanskje kunne hun levd, men den gang hadde han ikke noe valg.

«Der er de!»

Firfinger glemmer alt annet. Han har funnet larvene. De små krypene som tilhører giftbusken. Han kjenner med en gang igjen den læraktige kapselen som omgir hver larve. De må åpnes veldig forsiktig for det hvite kjøttet innenfor har kraft til å drepe. Ingenting er farligere enn giftlarvene. De har nådd målet! Det er bare å grave videre, her er nok busker, og sikkert nok larver.

Forsiktig legger de krypene over i et bambusrør. Først nå merker Firfinger at solen ikke klarer å tørke opp svetten i pannen. Det drypper fra nesen, og fuktigheten som renner nedover kinnet havner på leppene slik at det smaker salt langt inn i munnen.

38.

De synger igjen den kvelden. Kaje har bedt Karo om å lede sang. Det gjør godt, folk glemmer tankene. Dessuten bringer sangen fram det gode i ansiktene. Han vil at Sirea skal oppleve stammen slik, ikke bare se øyne som snur seg vekk når hun retter blikket mot dem.

Sirea hører og ser.

«Noe sånt har ikke vi», sier hun stille.

«Det er sangen», svarer han. «Sangen gir oss hverandre.»

«Jeg liker sang. Du må lære meg deres sanger.»

«Gjerne. Det er noe Alles Mor har gitt oss.»

«Alles Mor?»

«Ja. Hun som passer på dalen.»

Hun ser spørrende på ham.

Han tar et godt tak rundt skulderen hennes slik at de sammen vugger til rytmen samtidig som han slår takten mot eget lår.

Stemningen er ikke helt som den skal være. Folk opptrer mer dempet og forsiktig.

Sirea sovner tidlig. Også de minste barna sover, så Kaje benytter anledningen til å sette seg ved siden av Karo.

«Hva er dine tanker?»

Utenfor bålet er det mørkt, enda mørkere enn vanlig. Månen gjemmer seg bak en tung himmel, kun en enslig stjerne finner veien gjennom skyene. Hun tenker lenge før hun svarer, og Kaje merker at hun stirrer på ham som om hun ønsker å finne halvparten av svaret i hans ansikt. Øynene er alvorlige.

«Hun er en fin kvinne. Hun virker klok og dyktig. Jeg tror hun liker deg. Kanskje ...»

Karo holder opp når hun ser smilet til Kaje.

«Kanskje hva?»

«Jeg vet ikke.»

«Fortell», fortsetter han ivrig. «Si meg hva du tror.»

«Se på øynene hennes. Det er noe der. Av og til viker øynene. Noen ganger flakker de. Andre ganger blir øynene slitne, hun prøver å styre dem. Hun tvinger dem til å møte mine. Det sier mye. Hvordan mennesker bruker øynene på deg. Det er noe du må lære å se. Du må lære å forstå ansikter.»

Kaje ser undrende på henne.

«Hva så? Øynene hennes smiler til meg.»

Igjen venter hun lenge med å snakke, og nå synes han stemmen virker irritert. Det er ikke likt henne.

«Jeg vet ikke. Det er lett å smile. Et smil er ikke alltid et smil, det kan være der for å skjule noe. Kanskje samvittighet. Kanskje bare usikkerhet.»

Det gir Kaje noe å tenke på.

«Kaje, du kan mye, men du kan ikke kvinner. Det er lett å såre deg. Jeg vil ikke det skal skje.»

«Jeg liker henne veldig godt.»

Karo ser hardt på ham.

«Det er lett å se. Men hun kommer fra de fremmede. Du vet ikke …»

Kaje avbryter.

«Det var ikke hennes skyld.»

«Kanskje ikke. Men du vet ikke.»

Hun fortsetter etter en pause.

«Det spydsåret. Var det virkelig hennes folk? Det sier i så fall mye. Jeg vet Bo sa hun hjalp henne. Det sier også noe. Kanskje …»

Hun er snill. Jeg føler det. Jeg vet hun ikke er som de andre fremmede.»

«Kanskje», sier Karo stille. Hun har fortsatt øynene rettet mot Kaje.

Han reiser seg for å gå, men Karo kommer etter.

«Det er noe annet.»

Hun nøler. Kaje står lydig og venter.

«Du vet det store treet ved stien. Litt nedenfor badekulpen din. Det med vårt merke risset inn i barken?»

«Ai, ai.»

«Din far sa noen hadde risset inn en pil ved siden av vårt merke. Han sa det var tydelig menneske. Du vet, bare menneske lager ting som er regelmessig på den måten.»

Kaje ser spørrende på henne.

«Jeg har ikke sett det.»

«*Nei!* Men du må spørre Sirea. Har *hun* gjort det? Har hun sett slike merker før?»

Karo snur seg og går uten å si mer.

Kaje legger seg sammen med Sirea. Det kommer litt regn også den natten. Når han våkner med lyset, ligger de fortsatt inntil hverandre, hun med hodet på skulderen hans. Fremdeles er hun merkelig stille, men blikket nøler ikke når hun retter det mot ham. Ansiktet deler ut fryd selv når hun ikke smiler.

Karo ser henne ikke riktig. Hun ser henne ikke slik *han* ser henne. En stund ligger de og hviler blikket mot hverandre. Så dukker det opp noe i øynene hennes. Hun presser leppene raskt mot hans før hun sier:

«Fortell meg om hun som passer på dalen.»

«Du kjenner ikke Alles Mor?»

Hun legger hodet til siden.

Han tror han vet alt om Verdens Mor, men føler plutselig behov for hjelp av Karo for å si de riktige tingene. Når det gjelder Alles Mor, tenker han ikke på forklaringer. Hun bare er der. Overalt. Det er alt det andre de trenger å forklare.

«Alles Mor passer på og hjelper oss. Hun styrer solen. Hun er alltid med oss. Og alltid alle steder. Hun er i det som lever ... ai, i alle fall her i dalen. Også er hun i månen, særlig i månen.»

«Er Alles Mor en kvinne?»

«Nei», svarer han først, men fortsetter: «På en måte. Hun er ikke et menneske, likevel er hun den første mor. Den som brakte liv til dalen. På en måte er hun sammen med oss, samtidig er hun i månen og i fjellene.»

Tanker om hva som bør sies kommer fortere nå.

«Alles Mor har fjellene. Det hvite. Dit drar forfedrene våre, og øverst ...»

«Begraver dere døde på fjellet?»

«Nei, nei, vi begraver dem her. Etterpå drar de dit. Sammen med månen. Det er dit månen drar.»

Han aner tvilen i ansiktet hennes.

«Alle vil til det hvite. Gamle mennesker blir hvite. Så dør de, og de døde vil til fjellene. Der er de med Alles Mor og har det godt. Og hverandre. De får mye mat. De prater og koser seg på alle måter. Og de har godt vann. Varmt til å bade, kjølig for å drikke. De bader lenge hver dag. Og så tenker de på oss her i dalen. Våre forfedre hjelper oss. De hjalp Bo å finne hjem. Alles Mor bestemmer over solen, så hver dag kommer solen til dalen, og ofte er det ingen skyer imellom. Hun ber oss være snille mot hverandre. For når hun blir lei seg, klarer hun ikke hjelpe.»

Sirea sitter stille. Det virker som hun mer ser på enn hører på.

«Tror du Alles Mor hjelper meg?»

Kaje må tenke.

«Hun hjelper alle som tilhører dalen. Du må bli hos oss. Da er du hos henne. Jeg vet ikke ... Jeg vet ikke om Alles Mor er hos din stamme.»

Sirea smiler.

«Jeg tror ikke det. Vi sto alltid alene. Det er alltid oss mot alle andre.»

Sirea ser ut over leiren og kniper leppene sammen. Hun må være våken. Det er tydelig at det Kaje sier om Alles Mor gjør ham godt. Ansiktet stråler slik som det ofte stråler mot henne. Ansiktet hans lever på en måte hun aldri har sett før. Hos Storeflekk? Kanskje etter at han har oppnådd noe viktig? Men selv da ..., nei, øynene til Kaje viser andre følelser. Gleden sitter dypere, og virker kraftigere, enn hos noe annet menneske hun har møtt. Han suger smilet til seg fra omgivelsene, og det er en begeistring i ansiktet som renner over på andre.

«Er Alles Mor alltid hos deg?»

«Jaa ...»

Han fortsetter etter en pause.

«Nesten alltid. Noen ganger ... Kanskje jeg ikke er snill.»

«Ingen er alltid snille», sier hun med så vidt hørbar stemme.

Hun innser at det var dumt sagt, men det virker ikke som om Kaje lytter. Han sier i alle fall ingenting.

Lenge er det stille. Så stille at lydene fra elven og de andre i leiren blir påtrengende og ubehagelige for Sirea. Hun må gjøre noe med det – bringe seg selv, og Kaje, vekk fra taushetens tyngde.

«Hvis Alles Mor er i fjellene, går det an å besøke henne?»

Ansiktet til Kaje lyser og overkroppen spretter opp.

«Ved samtlige fugler, det er det jeg vil. Karo sier fjellene bare er for de døde. Ingen levende drar dit. Bare månen for den bor der. Jeg vet ikke hvorfor. Og solen selvsagt. En dag skal jeg finne ut. Jeg vil til fjellene.»

«Kan jeg være med?»

Sirea lurer på hvorfor svaret tar så lang tid. Hun retter blikket mot skyene.

«Kanskje ikke fjellene», fortsetter han. «Det er farlig. Men det er noe annet. Et annet sted. Et sted du møter Alles Mor.»

«En gang», legger han til med en fjern, hviskende stemme.

39.

Alle mennene er samlet. Det er kveld og de sitter rundt ett av bålene. Firfinger har satt seg i utkanten av ringen. Han vet hva som skal skje. På bakken ligger det diverse beinrester og små biter av kjøtt og innvoller. Det er et godt syn, her er det rikelig, alt går bra. Sammen rår de over verden. I bakgrunnen sitter, eller tusler, noen kvinner og barn. De er der av nysgjerrighet, så vidt innenfor bålets lys, så vidt innenfor hørevidde – men utenfor talevidde. Alt blir vanskeligere hvis kvinner er med. Det er i alle fall hva mennene pleier å si, men det slår plutselig Lele at ordene kanskje er opp ned.

«Vi trenger en varig leir», sier Storeflekk med en stemme som er preget av alvor, men også ro, «Et sted som er vårt. Bare vårt.»

Han lar ordene ta en pause uten at ansiktet gjør det. Blikket prøver å nå fram til alle.

«Vi har sett mange daler. Vi vet hvilken vi vil ha.»

De fleste løfter hodet eller hendene som tegn på at de er enige. Noen kommer med utsagn som støtter Storeflekk. Brushode sier at Storeflekk er en kjempe som alle følger.

«Den nærmeste dalen duger ikke. Den har ikke nok i seg», fortsetter Storeflekk. «Det er en dal bortenfor som er best. Den er god. Sirea er der for å lære. Alle er enige i at det er der vi bør være.»

Firfinger merker seg at stemmen ikke former et spørsmål. Igjen kommer det et brus av bifall, men denne gangen er stemningen mer forsiktig og tilbakeholden. Firfinger ser seg rundt, men oppdager ingen som tør vise tegn på at de er uenige. Han vurderer å ta ordet, men vet godt at Storeflekk ikke ønsker andres meninger.

Hans tid skal komme. Nå er det best å være forsiktig – så hans tid ikke forsvinner før den kommer.

«Den dalen er best. La oss jage jordrottene», kommer det høylytt fra Brushode. Entusiasmen sprer seg til flere av de andre, men Firfinger merker også ansikter som lukker seg. Storeflekk ser bare det han vil se.

«Ja, dalen er god. De som er der, skal få en sjanse. Vi har vandret lenge. Nå er det andres tur. Det er rettferdig at andre må vike. De må føle vandring. Dalen er vår. Fra nå er dalen vår.»

En ung mann reiser seg halvt opp og roper: «Vi dreper dem! Vi dreper dem!» Så ser han seg rundt, synker ned på bakken igjen og vender hodet nedover. De fleste stirrer mot bålet. Firfinger vet at flammene tviler på det som blir sagt, særlig når Storeflekk igjen tar ordet.

«Godt! Da står vi sammen. Vi er sterke. Mye sterkere enn folket i dalene. Vi får det som vi vil. Vi får det godt.»

Bålet har lagt seg. Bare noen ulmende glør under lag med grå aske sender fortsatt en svak flyt av varme og nesten usynlig røyk. Firfinger er den siste til å forlate plassen. Han har for mye spenning i kroppen til at søvnen vil ha ham; da er det like godt å sitte oppe og lytte til stjernene. Rundt månen er det en lysende, gråhvit ring med vage fargetoner – et tegn på skyet vær og trolig regn. «Det blir ikke bra», sier han halvhøyt til seg selv. Stjernene ønsker å høre ham si det, og de husker det han sa.

Til slutt bestemmer han seg for at søvnen vil ha ham likevel. Han går til soveplassen og legger seg tett inntil Grønnøye. Hun våkner når han begynner å fomle med brystene hennes, snur seg med ryggen mot ham, men prøver ikke å dytte ham bort. Firfinger sovner til slutt, men våkner, for så å sove litt igjen, og våkne.

Endelig merker han skimret av lys som markerer at en ny dag ligger klar.

40.

De fleste mennene drar på jakt, for hele stammen sulter etter kjøtt. Sirea tilbyr seg å være med, men Karo mener at det er best for beinet om hun tar det rolig. Det virker som om hun setter pris på omsorgen. Det blir til at hun og Kaje går for å finne sopp og annet spiselig.

Hun spør ivrig om bruken av de forskjellige plantene som vokser i dalen. Én plante de kommer over insisterer hun på har en spiselig rot. Over bakken er det store, firdelte blader. Kaje kjenner den som firblad, og sier at roten smaker beskt. Hun tror ham ikke uten å prøve.

Biten blir fort spyttet ut igjen.

De finner sopp, men mesteparten er gulsopp, en sort Kaje er mindre fornøyd med. Også den smaker beskt. Det hjelper om de lar den ligge lenge i vann, men god matsopp blir det ikke. Så hører han en kjent lyd. Han vet med en gang hva det er. Det gjelder bare å stå stille og vente. Lyden kommer tilbake, og den er til ham! Han vender seg mot Sirea med et bredt smil og peker.

«Ser du fuglen?»

Hun smiler. Han fortsetter enda mer entusiastisk.

«Den som synger for oss? Brun på ryggen og hvite flekker på brystet.»

Hun løfter hodet som tegn på at hun ser.

«Vi må dra med den. Det er det den vil», sier Kaje.

Hun klarer å holde kontakt med ryggen hans. Heldigvis skal de ikke så langt. Både fuglen og Kaje stopper opp. Det vil si, fuglen klarer ikke å holde seg stille, men svinger fram og tilbake mellom greinene på stedets største tre.

«Det er her. Jeg ser det nå. Jeg ser hvor den vil ha meg.»

Hun ser ingenting. Heller ikke forstår hun hvorfor han absolutt må lage bål. De har likevel ikke noe mat det er verd å steke, men hun bestemmer seg for ikke å si noe. Det er best å spare på spørsmålene, hun har altfor mange.

Kaje surrer tykt med brennbar bark rundt en pinne og lar bålet gi den flammer. Idet han begynner å klatre oppover det store treet, tar han pinnen mellom tennene. Nederst er det ingen greiner, men det er uregelmessigheter i barken, og armene når et stykke rundt stammen. Høyere opp går det lettere.

Det første Kaje merker er biene. Plutselig er det flere av dem, og de er mer plagsomme enn vanlig. Likevel fortsetter han. De stikker flere ganger, men han trøster seg med at andre reagerer kraftigere på stikkene. Han når opp til bolet og holder den brennende pinnen foran åpningen. Biene roer seg, mange faller mot bakken. Til slutt tar han tak i bolet og river det løs. På veien treffer det en grein, spretter til siden, men finner skogbunnen med nok kraft til å sprekke opp. Den gule honningen flyter mellom halvt tomsete bier rundt i de grå restene av hjemmet deres.

Sirea har aldri smakt honning før, og ansiktet lyser opp så kraftig at han insisterer på at hun må få så mye hun vil. Etter å ha sett på henne en stund, henter han ut litt selv ved hjelp av fingeren. Det som blir igjen, må honningguiden få. Kaje vet at hvis de ikke gir noe til fuglen, risikerer de at den neste gang lurer dem. Kanskje drar den dem med til et ventende rovdyr.

Gleden ved honningen minner ham om noe annet. Kanskje det fineste dalen har å by på.

«Det er noe ... Et sted jeg må vise deg.»

Sirea smiler tilbake:

«Fint. Hvor som helst. Bare ikke månen.»

«Nei, nei, finere enn månen. Av og til kommer Godara dit.»

«Godara?»

«Ai! Den tause.»

De befinner seg et godt stykke oppover dalen. Solen flyter langsomt over himmelen og passer på. Kaje er varm og tilfreds, alt vondt og farlig har forsvunnet til andre siden av slettene. Alle dager burde være slik. Inne i ham vokser det noe sterkt og godt. Til og med skogen synes å merke det, den virker trygg og blid. Blomstene er mer levende, og trærne ser ned på dem med store, åpne smil. Hele dalen er sammen med ham og Sirea. På en slik dag skjer det bare gode ting.

Terrenget er knudrete og vegetasjonen ganske tett. Kaje er imponert over hvor lett Sirea tar seg fram, og hvor lite sliten hun virker. Hun sutrer ikke over beinet, selv om det er tydelig hovent. De har gått lenge når han endelig stopper og peker.

«Der borte. Vi er like ved.»

Hun smiler hver gang han retter ansiktet mot henne.

Karo sa et eller annet om smilet hennes, men han husker ikke hva. De klatrer opp på en kolle som ligger tett inntil elven. På motsatt side er det flere mosegrodde kampesteiner – noen så store at de er umulige å bestige. Dalsiden over er ujevn og preget av bratte stup og dype søkk. Herfra ser de det ikke, men Kaje vet at hvert søkk har sin lille bekk som alle søker fellesskapet nederst i dalen. Noen hevder at stedet der de befinner seg, ikke tilhører menneskene, men han drar hit likevel.

Ved foten av kollen danner elven en stor kulp. Det virker som om den nøler med å reise videre fordi akkurat her er alt så riktig. I den øvre enden av kulpen stuper vannet ned fra en overhengende klippe. Vannet blir delt opp i mange, uavhengige strømmer – samt i store dråper som danner hvite streker idet de jager gjennom luften. Nederst angriper vannet kulpen som sinte bier. Det er en badekulp helt ulik alt annet elven byr på. Det er elvens svar på himmelens lyn og torden, men samtidig et sted beregnet på å tenke og nyte skogen.

Han tar henne i hånden og leder ut i det våte. Det er dypere her enn i den vanlige badekulpen. Så dypt at beina ikke når ned, men Kaje vet at bunnen er dekket av sand og ikke stein.

Elven faller minst tre mannshøyder. Å ligge og flyte under de konstante slagene er som å få mange regnskyll over seg samtidig; men slikt regn er bare morsomt, solen skinner jo rett ved siden av. Kaje vil forbi der elven angriper kulpen. Å dra dit er som å komme vekk fra Bujudalen og alt som tilhører den. Bak fossen ligger det nemlig et rom der resten av dalen ikke slipper inn. Selv ikke plantene får lov til å bo der. En ørliten hule med noe som minner om en våt skinnfell foran åpningen. Det er dit han fører henne. Når han drar alene, er hulen det mest øde stedet som fins.

Kaje stirrer på Sireas våte hår som ligger klistret mot ansikt og kropp. Fargen er ikke så rød lenger, mer som normalt hår. Hun gnir seg i øynene, og når hun åpner dem igjen, er de store og undrende. De har et skjær av grønt, som på et ukjent og utfordrende dyr. Dessuten rommer de så mye. De tilhører en fjern virkelighet, men samtidig er de til stede for ham. Det nytter ikke å prate, for fossen stjeler all lyd.

Han kysser henne på pannen. Hun tar hodet hans i hendene og styrer det mot sitt. Så fører hun munnen rolig mot hans, og åpner den. De to munnene blir til én, de to tungene møtes for første gang. Det er kjølig, men han merker ilinger av varme og nytelse drive gjennom kroppen. Elven liker at de deler sine gleder med den.

Sammen svømmer de tilbake til den rolige enden av kulpen. Igjen hører han fjern tromming som om noen slår hardt mot et tre.

Han minnes et spørsmål han ofte har fundert på, og Sirea bærer på fremmed kunnskap.

«Sirea.»

«Jeg er her», svarer hun nynnende.

«Ild er fint. Den varmer oss, og så gjør den maten god.»

«Ja.»

«Vann er også fint. Ikke sant?»

«Ja, vann er herlig.»

«Men ..., hvorfor dreper vannet ilden?»

Hun strammer opp både ryggen og ansiktet. Kaje bare fortsetter.

«Og ilden kan fjerne vannet. Den dreper vannet. Hvorfor?»

Først stirrer hun overrasket på ham, så kommer det latter.

«Kaje, hvorfor spør du? Vann er vann, og ild er ild. Det bare er sånn.»

Også han smiler.

«Nei, det behøver ikke være sånn. Alles Mor styrer vannet, og hun styrer ilden. Begge deler er gode for menneskene. Hvorfor ikke mot hverandre?»

Hun ler enda høyere.

«Kanskje de er sjalu. Kanskje begge vil vi skal verdsette den ene mest. Slik er det ofte.»

«Jeg tro ...», begynner Kaje langsomt. «Jeg tror Alles Mor vil ha noe som dreper ilden. Noe som slukker all varme og fjerner gløden. Kanskje for mye ild er farlig. Av og til ... Jeg føler ... en slags ild. Også med deg. Det ...»

Stemmen stopper opp av seg selv allerede før Sirea bryter inn.

«Nei, det er det. For mye ild er farlig. Jeg husker for lenge siden. En gang var det ild overalt. Vi var på slettene. Ilden kom mot oss så langt vi kunne se. Den angrep oss. Raste gjennom leiren. Tre mennesker lå igjen døde, men de var barn, vi andre løp gjennom flammene. Alle fikk sår. Da ønsket vi vann, masse vann.»

«Sirea», sier han stille. «Tror du det kan brenne inne i kroppen?»

Hun snur seg vekk.

«Barna var bare brent utenpå. Som antiloper på bålet.»

Så vender hun seg tilbake mot ham og legger til et smil.

«Kaje, du har rare tanker. Det er fint.»

Han sier ikke mer. En flue begynner å utforske låret hans. Han følger den med øynene. Så fører han fingeren forsiktig bort for å se om fluen har lyst til å utforske fingeren, men fluen letter og lander heller på det andre låret.

Sirea har fulgt blikket hans og bryter inn:

«Hva synes du om fluer?»

«De er nysgjerrige. Jeg liker at de er nysgjerrige.»

«Folk flest slår etter dem.»

«Ikke jeg. Kanskje hvis de går mot øynene. På låret er de som en liten barnefinger.»

Sirea bøyer seg fram og lar fingeren berøre magen hans.

«Slik?»

«Ai. Det er godt.»

«Vi er de eneste som liker fluer.»

Sirea sier ikke mer. Det blir så stille at en tørst grønnape ikke merker dem før den har munnen nesten nede i vannet. Den tar en rask slurk og hopper skrikende tilbake i treet. Andre aper høyere oppe svarer. Verden er akkurat slik den skal være, synes Kaje. Han har lyst til å gi henne flere ord, men de forblir inne i hodet hans.

Så begynner en av de vonde tankene å tukle med oppmerksomheten. Ikke nå! Hvorfor akkurat nå, må han velte alt enda en gang? Har han ikke lært!

Til slutt tvinger spørsmålet seg fram.

«Du tilhører en mann?»

Hun løfter hodet uten å si noe.

«Vet han at du er her?»

Hun har tydelig problem med å svare. Nå merker også han det Karo sa om øynene hennes.

«Ja.»

Stemmen er spak, men den tar seg sammen.

«Vær så snill, ikke spør om det. Ikke snakk til andre.»

Raskt legger hun hodet mot brystet hans og klemmer seg inntil.

«Men, kanskje det ...»

«Kaje, Kaje. Vær så snill, ikke nå.»

Det har kommet tårer i øynene hennes. Han husker hvordan alt ble knust den natten ved elven. Blikket vender mot kulpen, men øynene klarer ikke trenge ned mot bunnen. Det er alltid noe som skjuler seg. Alltid noe han ikke ser.

41.

Morgenen starter grå, men Rude mener tåken forsvinner utover dagen. For Kaje spiller ikke været noen rolle, skogen smiler til ham selv om den er pakket inn i en klam skodde. Likevel registrerer han at stemningen i leiren ikke er riktig. Det er ikke noe opplagt galt, ikke noe han kan peke på, men enkelte personer ser ikke på ham. Eller de ser på ham med et annet ansikt. Det er ikke bare tåken. Mule knytter begge nevene foran magen som tegn på vrede når Kaje ser i hans retning. Reko har holdt seg i motsatt ende av leiren, men likevel klart å sende rare blikk. Han var sikker på at hun ville like Sirea, for hun liker at det kommer fremmede til leiren. Som regel er det riktignok menn.

Elven er mer dempet enn vanlig, men det er sikkert bare han som lytter. Det jevne suset kommer tilbake. Elven sier at verden er den samme som før.

Lele oppsøker Sirea for å vise fram spydet han har laget med den nye steinspissen. Hun sitter i utkanten av leiren sammen med Kaje. Mens

Kaje skuer mot de fjerne åsene, følger hun med på alt som foregår på kollen.

Hun smiler til Lele og tar imot spydet. Etter å ha vurdert vekt og balansepunkt, sikter hun for å se om det er rett. Først etter å ha løftet hodet anerkjennende til disse kvalitetene, begynner hun å inspisere selve steinspissen og dens feste.

«Spissen var Brushode sin. Han er ikke den flinkeste. Surringen din er litt stor. Hud er ikke så egnet. Det blir for klumpete. -- Storeflekk lager de beste spydene, han surrer med en blanding av fiber laget av bast og sener fra kudu. Bast fra surretreet. Jeg kan også lage spyd.»

Stemmen hennes virker ivrig og avslappet. Lele er imponert.

«Du er flink. Du kan mye.»

Sirea smiler bredt. Kaje er glad for at i alle fall noen i leiren ser forbi det rare håret.

«Surringen må selvsagt skiftes av og til. Det er viktig at steinen er ett med skaftet. Også bruker han kvae. Helst fra de store akasiene. Uten kvae til å feste, løsner surringen lett. Bruker dere slyngkjepp?»

Slettefolket brukte mye slyngkjepp, men oppe i åsene, der skogen sto tettere, var det mer aktuelt å stikke.

Lele ser på henne og gliser:

«Ja, jeg kan slyngkjepp. Kan du?»

Hun løfter hodet.

Han ser forbauset på henne.

«Vent.»

Lele skynder seg bort til sin egen soveplass, men er snart tilbake med en slyngkjepp.

«Vis meg. Jeg vil se.»

Kjeppen har en kvist bak der enden på spydet hviler. Sirea påpeker at han burde lage en bedre grop til spydenden. Lele er enig. Han ber Kaje henge en gressball på treningstreet. Fra ganske lang avstand tar hun et par kjappe skritt forover og slenger spydet med all den kraft den spe kroppen har.

Spydet treffer ballen! Stokken siger litt ned, men den faller ikke ut. Ikke bare treffer hun, spydet blir stående i den tykke, grå barken! Kaje klarer ikke la være å bryte ut.

«Ved alle forfedre!»

Selv Lele blir stående å gape. De har aldri sett en kvinne klare noe sånt. Der, innimellom utallige sprekker og sår fra tidligere kast, sitter steinspissen nesten helt begravet. Selv de flinkeste av mennene treffer sjelden så godt. Det slår Kaje at også Sirea virker forbauset. Hun skal til å si noe, men ombestemmer seg. Rolig går hun bort til treet, lirker spydet forsiktig ut igjen, og sjekker om spissen fremdeles sitter fast. Jo, festet har tålt påkjenningen.

«Et godt spyd», sier hun.

«Du store måne. Alt går», mumler Lele. Ivrig legger han til:

«La oss dra.»

De går i retning slettelandet mot et sted der Lele observerte en gruppe gaseller dagen før. Det er lenge siden de har sett de vanlige antilopene, samtidig som gasellene har begynt å trekke lengre innover i åsene. Også Mule og Rude blir med. Alle er godt bevæpnet med to stokker hver. Mule har dessuten klubben sin hengende i en reim rundt livet. Kaje er ikke så opptatt av jakt, ikke nå, men han liker at de gjør noe sammen.

I den leirete skråningen opp fra en liten sideelv finner de lort og avtrykk av klover. De følger sporene et stykke. Utenfor det leirete området er bakken hard, men de kan ane små ujevnheter der klovene har tråkket, og enkelte grasstrå er bøyd eller brukket. Dessuten er det en vag eim av antilope i luften. Sporene virker ferske. De leder rundt en kolle. Istedenfor å risikere å skremme dyrene ved å følge sporet helt fram, klatrer de opp på kollen. Øverst er det nesten bare gress, men nedover sidene presser små og store busker seg sammen i klynger. Nederst, ved foten av åsen, står skogen like tett. Når antiloper først finner veien inn i åsene, er det slikt terreng de liker. Hele følget sniker seg bort mot den siden av kollen der de antar dyrene befinner seg. Høyt oppe i skråningen krøker de seg ned, delvis skjult av lave busker. Ingen sier noe. Som ventet har solen klart å feie unna tåken, så bastreimen Kaje har surret rundt pannen er våt av svette. Han tar den av og setter den på igjen slik at det våte havner bak.

Lenge fins det ikke tegn til liv. Så ser de bevegelse: To gressende dyr dukker fram fra et kratt av busker og små trær nederst i skråningen. Antakelig er det flere skjult av buskene. Etter å ha vurdert terrenget bestemmer de seg for dyttetaktikken: Kaje drar oppvinds for å jage dyrene mot de andre som sprer seg utover på motsatt side. Sirea får holde det nye spydet.

Basert på sporene de så, burde det være minst fire-fem dyr. Slik terrenget og vegetasjonen ligger burde det gå greit å jage de i riktig retning, men Kaje vil så nærme som mulig. Helst så nær at han kan ramme et dyr selv. Spørsmålet er hvor langt han skal ta sjansen på å smyge før han angriper. Dyrene fornemmer ham ganske sikkert tidlig, etter som vinden bærer fra ham og mot dem, men som regel springer de ikke før de er sikre på hva som kommer og fra hvor.

På vei ned passerer Kaje et område med blå blomster som gir fra seg en kraftig, søt duft. Han river av noen stilker og stikker under pannereimen. Lukten skal bidra til å forvirre dyrene.

Etter å ha sneket seg fram et godt stykke, kommer han til et kratt bare fire-fem menneskelengder unna. Gasellene står nå stille med hodet og ører i stilling. Én av dem ligger fortsatt på bakken, men den hviler ikke lenger. Ingen tvil om at de har været ham. Passerer han buskene, vil de helt sikkert løpe, men han har fordelen av at det skråner svakt nedover. Han kryper sammen og venter i håp om at dyrene skal roe seg. Fra den andre siden hører han noen klikkelyder. Det er Lele som signaliserer at de er klar til å ta imot. Klikkelydene skremmer ikke dyrene på samme måte som menneskestemmer, men han er likevel for tett innpå til å ta sjansen på å svare. Han regner med at de tolker mangelen på svar riktig.

Så trekker han pusten dypt et par ganger. Hans siste tanke går til Sirea.

De fleste dyrene reagerer innen han har tatt to skritt. Øynene registrerer kropper som viser rumpa og bykser vekk. En stor bukk nøler, kanskje vil den forsvare de andre. Han klarer å styre kroppen litt mot venstre og kaster seg framover. Spissen på stokken trenger inn i det bakre, høyre låret.

Bukken går overende, men spreller seg opp igjen. Kaje får skiftet grep, slik at han holder om stokken med begge hender helt inne ved pelsen. Til sin overraskelse merker han at dyret klarer å dra ham nedover. Han fornemmer hvordan det lar alle kreftene gå til beina. Heldigvis fikk han satt staven litt fra siden og ikke rett bakfra, dermed sklir den ikke så lett ut. Han lukker øynene og biter tennene sammen idet bukken drar ham gjennom et lavt kratt. Hodet slår mot en stein. Et øyeblikk blir omgivelsene borte, så henger han igjen bak bukken, fortsatt med begge hendene låst fast rundt stokken.

Bukken holder ut bare et kort stykke. Et pesende hode vender mot Kaje. Selv merker han blodet som renner fra pannen. Det ene øyet fungerer ikke, men han kjenner ingen smerte. Gasellen prøver å stange, men Kaje griper tak i hornet og presser hodet ned. Bukken går over til å sparke, men mangler kraft i beina.

«Du er min nå. Du er her for mitt folk», sier han rolig.

Bukken synes å forstå. Kaje ser på øynene at den innser hvor lite den kan gjøre. Den skjønner hva som skjer og aksepterer sin skjebne. Menneskene trenger mat. Han tar et godt tak rundt halsen med venstrearmen. Sammen velter de overende. Så drar han stokken ut og stikker den inn igjen langt nede på halsen i retning blod og hjerte. To ganger må han stikke. Det er nok. Øynene til gasellen holder opp å leve.

Kaje setter seg ved siden av og legger den blodige kjeppen forsiktig fra seg. Det går kramper gjennom bukken, så han klapper dyret beroligende på hodet. Til slutt er døden helt stille. Han fortsetter å klappe, det er vanskelig å vite hvor lang tid det tar før det som levde, har reist til fjellene.

De andre kommer gående. Mule bærer på et hunndyr.

«Du skal nå alltid prøve deg», sier Lele og flirer. «Du ser ikke ut.»

Kaje kan tenke seg det. Problemet med øyet synes å skyldes blodet som har rent fra pannen. Sirea kneler ned ved siden av ham.

«Blodet holder på å stoppe», sier hun.

Hun tørker ansiktet forsiktig og kyndig ved hjelp av spytt og noen blader.

«Er du bra inne i deg?»

«Ai, ai», svarer Kaje. «Hvordan gikk det med dere?»

«Rude og Mule tok en ku.»

«Jeg ser. Og du?»

Hun nøler. Lele smiler bredt.

«Hun stoppet. Dyret kom mot henne, men hun ville ikke. Hun kunne kastet. Hun kunne støtt, men ville ikke.»

Kaje vender seg spørrende mot Sirea.

178

«Det var en kalv. En liten kalv som ikke var klar. Døden bør ikke komme for tidlig», sier hun stille.

Lele ser opp mot himmelen.

«Ja, ja, alt går. God kone? Kanskje, men dårlig jeger!»

«Karo har sagt det samme. De unge bør få leve. Vi lar de bli voksne», forsvarer Kaje.

«Du mener gasellens barn får leve, mens egne barn dør av sult?» fortsetter Lele, men han smiler bredt. Et dyr fra eller til spiller likevel ingen rolle, endelig har de rikelig med kjøtt.

«Og du da store jeger?»

«Jeg! Jeg passet på Sirea. Det var hennes dyr. Jeg så på henne. -- Dessuten, du startet for høyt oppe. De to andre jagde du nedenfor.»

Han er klar over det. Han kunne forsøkt å styre dyrene enda mer i retning av der de lå, men da hadde han ikke hatt noen sjanse til å felle et dyr selv. Lele fortsetter.

«Du må vise barna. I kveld må du vise barna hvordan du tok bukken.»

«Du mener hvordan den dro meg gjennom krattet? Hvordan den kjørte hodet mitt i en stein?»

«Ja, ja, alt går. Det blir fint. Barna har mye å lære. De elsker å bli dradd, men som jakt ... Prøv å få opp pikken. Da drar ikke bukken deg så langt.»

Sirea setter seg ned ved siden av Kaje, men smilet hun gir ham virker fjernt.

«Nei. Ikke der», sier Rude, mildt irettesettende.

Hun ser på Kaje.

«Du sitter foran hodet på dyret. Det er det far mener. Det som levde i bukken, vil til det hvite. Du er … Kanskje er du i veien.»

Hun flytter seg lydig over til den andre siden.

«Det er ikke viktig», sier Kaje beroligende.

Skogen rundt sier ingenting. Selv fuglene er stille.

Lele kommer bort til ham på veien hjem.

«Kaje. Sirea er fantastisk!»

Kaje ser takknemlig opp og lar den ledige hånden klemme en kort stund rundt overarmen hans uten å si noe.

«Hun hører på meg. Du og Mule trodde dere kunne alt. Lenge før dere var gamle nok til å løfte et spyd. Sirea vil lære. Hun mangler drapskraft. Kanskje mangler hun styrke, men hun forstår. Og hun vil lære om dyrene også, hva de tenker, hvor man stikker. Ikke bare våpen.»

Kaje smiler, Lele gjentok stadig at det å forstå dyrene er viktigere enn hvor kvasse våpen man har. Samtidig er det han som bruker mest tid på å kjæle med og finslipe spydet sitt. Mule blir noen ganger utålmodig av å høre på meningene hans.

Så hører de et høyt rop eller skrik.

Hele følget stopper brått. En merkelig lyd som ikke hører hjemme noe sted i skogen. Et rop fra et menneske? I så fall fantes det ingen mening – ikke noe innhold. Det hørtes ut som en mannsstemme, men lyden var like kraftig og like uforståelige som elefantens støt.

Alle står stille. Ingenting skjer.

Mule blir utålmodig og begynner å gå. Også de andre kommer etter. Sirea nøler.

42.

Sirea og Kaje sitter lent mot et tre i utkanten av leiren og ser på at andre tar seg av dyrene. Folk liker oppgaver som er for fellesskapet. Han har hånden på låret hennes, mens hun sitter lent forover med begge hendene i fanget. Lele og Rude ligger et stykke unna med armene rundt hverandre. Det virker som om de sover.

«Hvorfor ligger Lele og Rude sammen?»

Han ser undrende på henne.

«Hvorfor ikke?»

«De er menn. Hva har de sammen?»

Han har oppdaget at Sirea ofte legger merke til ting han selv ikke tenker over. Nysgjerrigheten hennes griper fatt i sider ved verden som hans egen nysgjerrighet overser.

«Jeg vet ikke. Du kan jo spørre.»

«Nei. Nei, det er ikke viktig. Det betyr ikke noe.»

Lenge sitter de stille. Kaje tenker at taushet ofte er det beste. Det er hun som til slutt føler behov for å bryte den. Stemmen er langsom og tung.

«Du er glad i fjell?»

«Hm ...», han løfter hodet.

«Det var et fjell. Et enormt fjell; langt, langt borte. Det var langt bort fra der vi var. Øverst helt hvitt. Så stort ... Det bare brøt seg opp fra slettene. Storeflekk ville opp.»

Kaje vender seg ivrig mot henne.

«Hvor? Hvor langt? Er det over slettelandet? Kom han opp?»

Hun smiler.

«Det ble ikke. Han bare ville.»

«Ai. Men hvor? Hvilken retning?»

Stemmen spruter ordene ut.

«Langt borte», svarer hun. «Over mange sletter, forbi mange kløfter, bak mange åser. Langt bort i retning der solen kommer fra.»

«Der sol og måne starter?»

Hun ser på ham en stund før hun løfter hodet.

«Ja. Kanskje ... Kanskje det. Jeg vet ikke.»

«Det er nok der. Det må være et sted. Både månen og solen må ha et sted å starte ... Selvsagt er det hvitt», sier han drømmende. «Vi må dra dit.»

Han er for opptatt med å stirre utover slettene til å merke alvoret i ansiktet når hun svarer.

«Ja. Kanskje det. Kanskje vi bør. Kanskje er det meningen.»

Heller ikke oppdager han mannen som er på vei bort til dem. Skrittene er kjappe og ansiktet sint.

«Ai! Ved alle forfedre! Vi må dra. Vi må ...»

«Du er ond!»

En stor, mørk skikkelse skygger for utsikten. Brade! Vanligvis går han med munnen åpen, men etter å ha sagt de tre ordene kniper han den hardt igjen. Han nøler et øyeblikk, går så bort til Sirea og dytter så voldsomt at overkroppen faller bakover.

«Du er slem! Det er ikke bare meg. Du tok kniven. Du ødela Bo. Du er ond. Du er ikke som oss.»

Kaje spretter opp og holder Brade fast samtidig som han prøver å snakke rolig.

«Brade. Hva er det? Brade!»

Verken armene eller munnen lar seg stoppe. Det er nesten umulig å trenge igjennom fossen av lyd. Han vet at Brade liker ham, men det hjelper lite når han ikke klarer å fange oppmerksomheten.

«Du skal vekk. Vi vil du skal vekk. Vekk!»

Sirea åler seg langsomt bakover. Det slår Kaje at hun ikke virker redd, bare konsentrert og klar til å løpe. Stemmen til Brade fortsetter monotont. Kaje vet at den prøver å få fram mye mer enn hva hodet klarer å by på. Det begynner å haste med å opprette kontakt. Når Brade virkelig blir hysterisk, tar det lang tid å få ham tilbake. I et siste forsøk på å snu situasjonen legger han hånden over Brades munn og hvisker intenst mot øret:

«Brade. Husk at vi skal leke. Leke med gressball. Du må være klar.»

Plutselig blir Brade helt slapp. Kroppen er mye tyngre enn Kajes; likevel, hadde han vært forberedt, skulle han klart å holde ham oppe. Nå raser de sammen på bakken. Begge synes like overrasket over fallet. Lele og Rude, som har kommet for å hjelpe, klarer ikke la være å smile. Brade begynner å gråte.

«Kaje, hun tar deg også. Hun tar deg med.»

Kaje setter seg opp og drar Brade inntil seg, før han sier så rolig han kan.

«Brade. Sirea er snill. Hun vil gjerne være hos oss. Du må være snill mot henne.»

Brade legger hodet på skakke.

«Hun er farlig. Hun er farlig. Mule sier hun er farlig.»

Sirea har flere ganger merket sinte blikk fra Brade. Ikke bare ham – også fra andre i stammen. Hun har forstått at mannen ikke fungerer normalt, og undrer seg over hvorfor stammen lar ham være der. Hvorfor de tar seg av ham. Nå beveger hun seg forsiktig bort og griper Brades hånd.

«Jeg lover å være snill. Jeg vil vi skal være venner. Du skal være min venn.»

Brade fortsetter å gråte, men sier ikke mer.

Så plutselig slutter han å gråte og smiler til henne.

Litt senere sier Sirea at hun drar for å lete etter spiselige urter. Kaje reiser seg for å bli med, men det ligger noe bedrøvelig rundt henne. En fjernhet han tolker som et ønske om å få være for seg selv. Hun vender hodet vekk når han ser på henne. Kaje skjønner. Han forstår ønsket om å gå alene, dessuten er han opptatt med å preparere skinnene fra gasellene. Øynene følger rumpa hennes der hun forsvinner ned stien i retning slettelandet. Det eneste han ikke liker er arrene på høyresiden.

Lille Boro henger halvparten av tiden om halsen hans, resten av tiden prøver hun å overta skrapesteinen for å hjelpe. Hun får ikke låne steinen. Det er for lett å ødelegge skinnet, men hun får være med på å banke inn saften fra barken av skinntreet, og etterpå gnikke på skinnene for å gjøre dem myke. Hun er en hyggelig plage – bortsett fra når hun snubler i beina hans, drar ham i håret, eller forlanger at han bare skal se på det hun gjør. Arbeidet går langsommere, men tiden blir bedre med Boro til stede.

Boro blir etter hvert lei av å hjelpe til med skinnene, og går over til å leke med pikken hans. Når den reiser seg og blir stiv, ler hun høyt. Kaje er for opptatt til å bry seg, men liker at hun tar på ham.

Hvor mye arbeid det er verd å legge i prepareringen, avhenger av bruken. Skal skinnet varme kroppen, er det viktig å gjøre det så mykt som mulig; skal det brukes til sekk, spiller det mindre rolle. Han ønsker å gi Sirea noe som holder henne varm. Regntiden ligger foran dem.

Reko står plutselig noen skritt unna. Lenge står hun stille og ser på uten å si noe. Han aner at det henger noe tungt i kroppen hennes.

«Kom hit. Du er ikke deg selv.»

Hun setter seg et stykke unna. Det er ikke likt henne. Han slipper skinnet han holdt på med, går bort og legger armen rundt skuldrene hennes. Så drar han kroppen mot sin. Stadig flere vender tilbake til leiren etter å ha tilbrakt dagen i skogen. Det er på denne tiden det summer som verst av stemmer og latter, men Reko er taus. Lydene fra de andre blir så tydelige. Samtidig ser hun på ham med et blikk han ikke skjønner. Øynene tigger.

Til slutt sier hun:

«Du går med Sirea?»

«Reko, Reko. Vi hører til her. Vi er sammen.»

Han kommer på det Sirea sa om fjerne fjell, men synes ikke det er verd å nevne. Hun ser på ham.

«Men Kaje, du vet godt. Det blir ikke slik.»

«Hva? Hvorfor ikke?»

«Det vet du.»

«Nei. Ikke jeg. Fortell.»

Hun retter opp ryggen og flytter kroppen utenfor hans arm.

«Jeg trenger en mann. Uten deg må jeg ... Jeg må ...»

«Du må hva?»

Igjen ser hun på ham, men nå er det tårer i øynene hennes, og blikket er ikke mildt.

«Uten deg må jeg dra. Jeg må finne mann i annen stamme. Ingen vil ha meg. Jeg må vekk. Du vet jeg vil være her. Bare her.»

Det blir en pause før hun hvisker.

«Hos deg.»

Kaje prøver å tenke, men de gode svarene kommer ikke.

«Jeg vil være hos deg», sier hun til slutt – gråtkvalt, men samtidig forbitret. Ansiktet er vendt bort.

Han griper fatt i armen og prøver å dra henne inntil, men hun holder imot og flytter kroppen enda lengre vekk. Lille Boro har gått over til å fikle med tærne hans. Hvorfor bryter det ut så mye trist hos kvinner når de blir voksne, og hvorfor må de gjøre ting så vanskelige? Boro bryr seg ikke. Han legger merke til at Lele sitter på en stein et stykke unna og ser på dem.

«Jeg vil at du skal være hos meg. Nei, fly til månen. Jeg vil at du skal være med meg hos oss. Det er godt.»

«Og Sirea?»

«Ja. Hun også. Selvsagt.»

«Men hun vil? Hun vil ha deg. Hun vil ikke ha meg. Jeg ser det.»

«Reko. Jeg vet ikke.»

«Jeg må dra.»

«Nei Reko. Nei. Jeg skal ... Jeg vet ikke, men ... Det ordner seg. Ikke gråt. Jeg spør.»

Stemmen hennes dirrer i kveldsolen:

«Det hjelper ikke. Jeg må dra. Jeg havner langt borte. I en annen dal.»

«Nei, Reko. *Her!* Jeg vil ha deg *her.* Hos oss.»

«Nei, jeg må dra.»

«Men ...»

Han tar en pause. Stemmen virker bestemt, men samtidig innbiller han seg at hun ønsker å bli motsagt. Med Mule er alt så mye enklere, han vet med en gang hva kameraten vil når noe er på gang. Kvinner er krevende.

«Hun liker deg. Jeg er sikker. Hun er et godt menneske. Vi er sammen alle tre. Det er godt. Hun tilhører ... Det gjør ikke noe. Vi er sammen, og det blir bra. Jeg skal møte ansiktet hennes.»

Hun ser lenge på ham.

«Kaje, Kaje, jeg vet ikke. Kanskje hater hun meg. Ingen vil være med meg. Hun er så annerledes. Ikke her. Hos oss er vi ikke slik.»

«Jammen det gjør ikke noe. Hun er som oss, bare håret er rart. Det er bare fargen. Det gjør ikke noe.»

«Nei. Ikke slik. Hun er noe annet. Jeg er redd.»

Han tenker lenge, men finner ikke de virkelig gode ordene.

«Sirea er ikke farlig. Du og jeg er også forskjellige, samtidig er vi like.»

Hun vender hodet vekk, men sier ingenting. Kaje vet han må si mer.

«Jo, vi er det. På mange måter. Ai. Og vi er glade i hverandre. Veldig glad i hverandre.»

Nå renner tårene fritt fra øynene hennes. Han flytter seg bort til der hun sitter og prøver å trekke kroppen inn til seg, men hun reiser seg brått og går.

«Reko. Reko. Ikke gå. Ikke gråt.»

Også hun forsvinner på stien som fører ned bakken i retning slettelandet. Lenge blir han sittende stille. Leiren virker tom trass i alle stemmene.

Det slår ham plutselig at også skogen er unaturlig stille. Han ser seg rundt for å finne lille Boro. Barnet ligger og sover med den ene halvferdige huden over seg, i alle fall ser det ut som om hun sover. Boro er grei, og det er lett å se hvor ansiktet befinner seg. Mon tro om også hun blir som Reko, når hun en gang vokser opp. Hvorfor må kvinner finne problemer når livet går videre uten?

Gido kommer tilbake fra skogen sammen med to av de andre kvinnene. Hun går rett bort til Kaje og datteren.

«Kaje. Det var tre menn. Litt nedenfor nesesteinen. Der elven svinger begge veier. De unngikk oss, og de hadde spyd med steinspisser lik det du fant. Hvorfor skulle de unngå oss?»

Kaje merker at moren sliter med å få ordene ut. Dessuten ser hun på ham som om han burde vite.

«Jeg vet ikke. Av og til kommer det mennesker. Kanskje de var redde? Kanskje ...»

Han stopper. Han har ikke noe godt svar. Øynene til moren gir ikke inntrykk av at svaret hjelper, men hun sier ikke mer. Bare stirrer på arbeidet hans. Idet hun snur seg for å gå, våkner Boro og strekker opp en arm. Gido bærer henne bort.

Kaje fortsetter med skinnene alene. Arbeidet gir ikke lenger glede. Brått er han veldig alene.

Sirea kommer tilbake sammen med det siste lyset. Han legger merke til at hun ikke har med seg noe i sekken.

«Sirea, jeg er her.»

Hun svarer ikke.

«Sirea!»

Hun snur seg brått. Det ene kinnet er rødt. Hånden går til kinnet når hun oppdager at han ser på henne.

«Jeg falt. Jeg skled på en våt stein.»

Det er ikke noe skrubbsår, bare rødt.

«Se her», sier han stolt. «Det er skinn til deg.»

«Så fint», sier hun og smiler.

Han rekker ikke å si mer før hun forsvinner ned mot bålplassen for å hjelpe de eldre damene med å steke dyrene.

43.

Det er natt nede ved slettene. Storeflekk står i den mørke sonen, for langt fra bålet til at flammene hjelper, men så nærme at de ødelegger nattsynet. Det er altfor mange som presser seg sammen rundt bålet. «Hun ville ikke», gjentar Brushode. Ansiktet begynner å vise tegn på irritasjon.

«Brushode», stemmen til Storeflekk er overdrevent langsom og tydelig. «Det handler ikke om å ville. Du var der for stammen.»

«Men hun ville ikke. Hun sa mye. Hun bare pratet. Mente det var for tidlig.»

«Hva sa hun!?»

«Det var mye å lære. Hun måtte finne ut mer. Hun trengte flere dager. Hun ..., hun ...»

Stemmen til Storeflekk er tydelig anspent:

«Vi sendte *deg*!»

«Jeg prøvde. Jeg slo. Men hun nektet. Snudde og gikk. De andre ... De prøvde ikke. De mente ...»

Storeflekk avbryter samtidig som han løfter begge armene.

«Brushode! Du var gitt ansvar! Og du lar en *kvinne* bestemme.»

«Hun ville ikke. Yamyam dro etter. Han skulle snu henne. Vi andre dro. Mørket nærmet seg. Vi løp for å komme hit.»

Storeflekk avslutter samtalen med et kort «Pokker!», før han snur seg og går. Et øyeblikk angrer han det han har sagt, men fortsetter mot sovestedet sitt. Det var ikke riktig, han burde ikke blitt irritert på Brushode, feilen lå ikke hos ham. Situasjonen var uheldig, men det var lite Brushode kunne gjort. Det var hans egen dumhet å ikke gi klare instrukser. Storeflekk griper en kvist og begynner å brekke av korte biter fra enden.

Sirea *burde* vært med tilbake for å fortelle hva hun hadde lært. De trengte hodet hennes. Klart det er mer å lære, men det haster; det ligger regntid foran dem, og før det trenger de en dal og et sted med ly. En god hule. I det minste en stor helle. De har vært her lenge nok til å vite hvilken dal som er best. Sirea burde skjønt at alle ventet på henne.

En merkelig flokk de som bor i dalen. Ifølge Sirea er det en kvinne som styrer – i alle fall har mest å si. Storeflekk antar at hun har misforstått, at det er tilfeldig hva hun har hørt og merket seg – men er det sant, kan de umulig by på videre motstand.

«På tide å kaste stein etter hunden», mumler han for seg selv. På tide å få noe til å skje.

Det var dumt av ham å foreslå Brushode. Fyren takler ikke Sirea. De er som sol og måne – de sørger for å ikke befinne seg på samme sted. Selvsagt er det derfor hun nektet å bli med. Brushode egner seg til bruk av makt, men makt biter ikke på Sirea, hun snakker seg rundt en elefant.

Nå hadde heller ikke Yamyam fått henne med seg, og *de* to er som blader på samme grein. Hvis ikke Yamyam klarte å overtale henne, var det umulig for Brushode å gjøre noe. Dumt, men feilen ligger ikke hos dem. Dessuten, de kunne ikke vite hvordan han, Storeflekk, ville vurdert det hun sa. Jo, feilen er hans. Han burde forklart situasjonen bedre, ikke bare tygget på tankene i egen munn. Han burde forklart hvorfor det haster. De andre tenker aldri langt. Ingen av mennene tenker lengre enn til nærmeste kvinne eller neste antilope, det å se framover faller alltid på ham. Han får dra opp og hente henne selv. Eller kanskje ... Egentlig er det vel bare å ta med seg alle mennene og overta? På en måte har de røvet hans kvinne!

Han bestemmer seg for å gå med frukt til Brushode. Det lå trass i øynene, og stammen trenger den mannen. Stammen trenger alle sammen, men Brushode betyr mye. De trenger ikke alle. De behøver ikke være mange for å sikre den dalen, og enkelte klarer de seg best foruten. Men alle som vil følge, skal få være der. De som ikke vil, kan dra, finne seg sin egen dal, eller forsvinne ut på de uendelige slettene. De beste, de som betyr noe, de som evner å se hva som skjer, de hører hans ord – og de har nok pikk.

Selvsagt blir folk med. Alt de trenger er å bli ført sammen, vende ansiktene samme vei. I morgen. Det må skje neste dag.

44.

Neste dag er Karo redd. Hun bærer på mye for stammen, men det er likevel lenge siden hun var redd.

Karo innser at Kaje er ute av stand til å se hva Sirea har i seg, men er samtidig usikker på akkurat hva det er som vekker bekymring. Klart det oppstår konflikter med fremmede stammer. Det blir noe helt annet enn folk de har kjent siden forfedrenes tid, og der stammens egne kvinner har ektefeller og barn. Men andre mennesker får også bruke skogen – så lenge de akter stedet. Etter hvert blir man kjent, og da går det bedre. Uroen legger seg bare man kommer hverandre nær nok, så egentlig er det bra at Kaje tar til seg en kvinne fra denne stammen. Likevel ... Det er noe med Sirea, noe som skaper en dypere bekymring. Hun merker at det ikke bare gjelder henne. Er det annerledesheten? Er det alt? Det at hun ser og oppfører seg annerledes.

De skal ha bli-voksen-seremoni den kvelden, så Karo har andre ting å tenke på. Male, lillebroren til Mule, påstår å være moden. Han har fått en del hår rundt pikken, likevel knytter det seg spenning til om han vil klare det. Karo mistenker Mule for å ha presset broren til å kreve å få prøve seg.

Utseendemessig er Male en forminsket utgave av broren. Både kroppen og ansiktet har den samme kraftige, litt kantete formen, men Karo vet hvor forskjellige de er. Male er mindre selvsikker, og mangler ambisjonene om alltid å være best. Dessverre er han nokså langt fra å være stammens beste i fysiske aktiviteter, han snubler lett og ligger fortsatt på barnestadiet når det gjelder å kaste på blink. Til gjengjeld er han blid. Dessuten skiller han seg ut med en spesielt lang, utoverstående navle, og ved at øynene ikke helt følger hverandre når han ser på deg. Folk flest husker ham som gutten som snubler i egne bein og deretter spytter på føttene. Han har i det minste holdt opp med å spytte.

Nå mener han å være voksen. Hvis han klarer å bevise det, forventer man også at han bidrar på lik linje med andre voksne. Karo vet at moren og faren til Male er bekymret; gutten vil så gjerne være med, være flink, men et eller annet gjør at det ikke fungerer.

To forutsetninger må tilfredsstilles: Male må gjennomføre sitt bevis, og månen må være der for å bevitne. Månen ser ut til å ville være med. Den er riktignok ikke på sitt største, men venter de til den blir full, er det fare for at skyene kommer og ødelegger. Regntiden nærmer seg, og under regntiden er det langt mellom månekvelder.

Karo tenker at Male sikkert føler forventningene både fra seg selv og fra de andre i stammen. Oppgaven bare vokser når presset er stort. Klarer han det ikke, blir mange først skuffet, men alle vet at de likevel kommer til å feire forsøket. Maten er jo der. Etter mange dager med lite å spise fikk de dagen før inn hele tre antiloper samt en grønnape og mye frukt, så Alles Mor har gjort alt klart til fest. Dessuten har noen hentet inn blader fra latterbusken.

Særlig blant de eldre er det mange som setter pris på disse bladene. De ivrigste sitter mesteparten av kvelden med blader hengende ut av munnviken, selv er det lenge siden hun har prøvd. Den vedvarende tyggingen minner henne om bøfler – helt til bladene begynner å virke, for ingen bøfler oppfører seg slik. Noen bladtyggere blir bare oppstemte, andre bryter ut i hikstende latter, uten foranledning, og nesten ute av stand til å stoppe. Hun har aldri sett en bøffel le.

En slik kveld kaster folk hemninger, så det er best at *hun* er aktsom. Det er de som kan finne på å slåss, og av og til hender det at noen mister kontakten med omgivelsene uten å sovne.

Kaje hjelper til med bålet. Helt til Sirea kommer bort og tar tak i armen. Han skjønner med en gang at Sirea har ord som bare er for ham, rundt bålet er det mange ører.

I glørne ligger de parterte skrottene pakket i tykke, friske blader som nå er sorte under, men fortsatt grønne på toppen. Lukten av stekt kjøtt flyter utover leiren. En velkjent aroma, men den virker enda mer intens når det er fest. Forventningsfulle barn ligger foran bålet og stirrer mot glørne. De prater og ler sammen med en letthet som bare barna har – og som Kaje misunner dem. På den ene siden av bålet lyser det fortsatt fra en ansamling mindre flammer. Det lille som er av røyk, stiger fint oppover og forsvinner mot en mørkeblå himmel.

De stopper ikke før de har kommet ned fra kollen på den siden som vender mot fjellene. Han tenker at hun har vært veldig stille den dagen. Han skjønner godt at det kan være vanskelig å tilpasse seg livet i en fremmed stamme, det er noe de merker hver gang menn ordner seg koner utenfra. Dessuten, andre kvinner kommer fra stammer som kjenner dem, enten fra nabodalene eller slettelandet. Sirea kommer fra noe helt annet.

De siste restene av sollys hviler mot Bagatoppen. Kaje minnes turen dit med Mule og Bo. Et øyeblikk føler han at det er noe solen vil si før lyset forsvinner, et slags varsku, så avbryter Sirea tankene:

«Det er ikke Brade. Ham takler jeg. Det er andre.»

Han synes det er et dumt tidspunkt for å ta opp problemer, men prøver å virke engasjert.

«Særlig hun med den skjeve tannen», fortsetter Sirea.

«Reko!?»

Han er først overrasket, men antar at han skjønner. For ham er de to kvinnene helt forskjellige. Reko er godlynt og søt. Han har alltid satt pris på hennes selskap, men det lever så mye mer i øynene til Sirea. Ansiktet hennes byr på alt det som ingen andre har. Det er fullt av noe ukjent og spennende. Reko er en venn han nødig gir slipp på, men bare Sirea vekker de spesielle følelsene.

Sirea ser på ham.

«Hun misliker meg. Vet du hvorfor? Har du et forhold til henne?»

Kaje klarer ikke bestemme seg for hva som er et godt svar. Samtidig slår det ham at øynene hennes ikke viser tegn på motvilje, det virker mer som om hun har behov for å vite. Hun gir fort opp å vente.

«Hun vil ha deg?»

«Ai. Ai. Jeg tror kanskje det. Hun har sagt det.»

«Godt. Det forstår jeg», sier Sirea med en stemme som får problemet til å høres ubetydelig ut.

«Du skulle sagt», fortsetter hun.

Kaje biter seg i leppen. Når han endelig tror han forstår hva kvinner bærer på, så ender de alltid med å overraske. Han hadde ventet motvilje, for alle vet at sinne avler sinne, men han finner ikke annet i ansiktet hennes enn en smule irritasjon. Han minnes noe Karo en gang sa: 'Menn er venner – deres vennskap går over alt, som en flokk elefanter.

191

Kvinners fellesskap er som bavianer – det kommer og går. Kvinnene er det viktigste i stammen, og det vanskeligste.'

Han må prøve å forklare for Sirea.

«Det er litt vanskelig. Det er noe jeg må spørre deg om. Hun har ...»

«Hva har hun sagt?»

«Hun er bekymret. Hun vil gjerne være med meg, men ... Hun vet jeg er med deg. Det ... Jeg lovte å ...»

«Så hun liker meg ikke?»

Kaje ser overrasket på henne.

«Nei, nei, det er ikke det. Jeg tror hun liker deg. Hun kommer til å like deg. Jeg er nesten sikker.»

Kaje nøler. Noen ganger gjør det å si noe situasjonen bare enda vanskeligere, dessuten er det som om de rette ordene trykker seg sammen og gjemmer seg. Sirea er fortsatt like rolig.

«Det er noe du vil si. Noe om henne. Bare si det. Det gjør ikke noe om du er glad i henne.»

Han leter i øynene til Sirea, men finner ingenting. Til slutt braser det ut av ham:

«Hva med oss tre? Hun vil være med meg. Jeg vil så nødig skuffe. Kan vi være sammen alle tre. Du vil sikkert like henne. Helt sikkert. Hun er veldig snill. Alltid blid. Nesten alltid i alle fall.»

Han ser bekymret på henne, men hun bare smiler bredt.

«Åå! Det! Det gjør ikke noe. Nei, det gjør ikke noe. Det går. Du behøver ikke bekymre deg. Det går bra. Vi kan være sammen.»

Hun griper plutselig hånden hans og drar ham med seg tilbake mot bålet. Han er lykkelig over at øynene hennes fortsatt ikke viser tegn på sinne eller sjalusi.

Senere på kvelden forteller han Karo om samtalen. Det er riktig at hun får vite.

Under jubel og tromming med stokker blir Male ført fram av moren sin. Han har en reim med store belgkapsler hengende rundt halsen, og i pannen har moren brukt rester fra bålet til å tegne stammens symbol: En oval sirkel og inni sirkelen én lang strek med to korte streker i hver ende. Merket som alltid har stått for Bujudalen. Hun sier kort at Male nå mener å være et voksent medlem og ønsker å bevise det for stammen og for Alles Mor.

Kjøttet er ryddet til side. Ny ved gjør bålet fornøyd. Månen er der, og menneskene. Stammen er ikke bare samlet, de er sammen. Males mor trekker seg tilbake. Male står alene igjen i en stor åpning mellom alle de andre og flammene. Både månen og øynene stirrer mot skrittet hans.

Trommingen tiltar. Rude har en hul knokkel som han har laget tre hull i. Ved å blåse i enden klarer han på en merkelig måte å trylle fram lyder, nesten som vinden som uler mellom trærne, bare at lydene Rude lager varierer mer enn vinden. Kaje har prøvd, men får ikke fram like fine lyder som faren.

Male smiler bredt, men øynene virker usikre. Det er tydelig at han gjerne vil, men at oppgaven likevel kommer brått på. Han har aldri før vært midtpunktet. Øynene søker mot de som sitter nærmest. Til slutt lukker han øynene og lar hånden gli ned mot skrittet. Stammen jubler oppmuntrende når han begynner å leke med pikken. Så lar de stillheten råde. Også trommingen opphører slik at knitringen fra bålet får overta.

Ingenting skjer.

Kaje innbiller seg plutselig at han hører noen ukjente lyder fra skogen, men når han prøver å stille ørene i riktig retning, er lydene borte. Han ser at andre også stirrer oppmerksomt mot skogen, men selv trærne står helt stille. Plutselig vet han hva han må gjøre med Sirea, men det får vente til neste dag.

Så er lydene der igjen. Det virker som om de kommer fra toppen av steinrøysen – den veien han av og til tar for å nå kollen uten å bli hørt eller sett. Høres ut som en stein som velter. Er det et dyr? Dyr velter ikke steiner.

Han husker godt hvordan det er å stå slik alene ved bålet. Egentlig hadde han vært voksen lenge før han torde å stå fram. Få gutter klarer det uten hjelp – han gjorde det ikke. Nå dytter han borti Doro. Doro blir regnet som stammens ekspert. Hun har hjulpet mange av de yngre mennene, deriblant ham. Hun liker oppgaven. Flere ganger, også etter at han ble voksen, har hun kommet bort til Kaje og tatt tak. Ryktet sier at hun kommer til å forsvinne med en mann fra slettelandet. Det er synd, men slik er det bare – noen kvinner forsvinner, noen kommer.

Doro går opp til Male og begynner å massere. Samtidig tar hun tak i hånden hans og presser den mot et av brystene. Det hjelper.

Et par andre kvinner begynner å danse. De danser langsomt og mykt, hoftene beveger seg i sirkler og brystene vugger fra side til side. Noen slår takten. Mennesker og menneskelyder er atter i ferd med å overta kontrollen over omgivelsene.

Så går Reko opp.

Kroppen hennes er fastere og spinklere enn de eldre kvinnene. Også bevegelsene er mindre myke, hoftene mer støter enn vugger. Hun er som en litt hard og umoden frukt. Istedenfor å vende seg mot Male, har hun fronten og øynene rettet mot Kaje. Både øynene og kroppen sier at hun vil ham noe.

Han føler seg beklemt. Igjen et dårlig valg av tidspunkt.

Male synes å ha glemt flokken av stirrende mennesker. For sikkerhets skyld kniper han øynene igjen og griper hardt om brystene til Doro. De er store, med brede brystvorter som stivner når han fingrer med dem. Hun kniser og oppfører seg som om hun blir kilt. Reko fortsetter å sende tunge blikk mot Kaje.

Brått snur Male seg mot bålet. Det freser lett når spruten treffer de ytterste glørne. Bålet har fått sitt, månen smiler og alle jubler. Doro gliser like bredt som Male. Folk stimler sammen og vil ta på ham for å gratulere.

«Male har nå rettigheter som mann. La oss feire det», erklærer moren.

Stemmen når ikke igjennom levenet, men det spiller ingen rolle, alle vet hva hun sa.

Når folk er mette, blir det sang. Etter som de glir dypere inn i kvelden, forsvinner ordene. Folk synger med de lydene de selv føler for, og i stadig større grad med sin egen melodi. Stort sett klarer de å finne fram til lyder som passer sammen, men noen ganger høres det mer ut som en samling forskremte aper.

Kaje føler et sterkt sug for å delta og tygger ivrig på latterbladene. Han må søke inn mot kjernen av fellesskapet i stammen, føle smilene og gleden bølge rundt ham igjen. Han oppdager plutselig at Sirea sitter sammen med Reko. Han hører ikke hva de sier, men merker at begge bruker like mye armer som munn.

Latteren er smittsom. Slik latter er blant Kajes tidligste barndomsminner. Det å våkne i en månenatt med latterutbrudd som stiger mot fjerne stjerner; for så å krype mot bålet, legge seg i fanget til moren eller Karo og suge til seg den rare stemningen. Noe stort og godt som vokser sammen med flammene. Faren er glad i latterbladene og rister for mye til å ha et behagelig fang. Selv synes han bladene smaker beskt, og virker lodne i munnen, men han verdsetter deres bidrag. Han liker smilene og blikkene som hopper fram og tilbake rundt bålet. Kaje merker at menneskene rundt bålet langsomt forsvinner. Det vil si, de er der, men de forsvinner som enkeltindivider. De blir en del av omgivelsene, i likhet med de mørke skyggene av trær som han skimter mot himmelen. Verden består bare av natt, bål, sang og bevegelse. Rytmen er hjerteslagene til Alles Mor. Han reiser seg for å danse med de andre. Hun styrer kroppen på en måte han ikke kan stoppe. Beina og armene lystrer bare Alles Mor, og hun sørger for at bevegelsene blir villere og villere. Han tråkker på en skarp kvist, men øyeblikket av smerte er glemt før neste fot treffer bakken.

Han er der. Hos henne.

Gradvis glir stemningen over i natt. Månen og stjernene smiler søvnig. De fleste velger å la natten bestemme, bare noen få danser og ler fortsatt. Plutselig begynner Male å skrik-le. Latteren går over i hyl, og han småløper i en liten sirkel foran de halvdøde glørne. Med ett skjærer han ut av sirkelen og tråkker rett inn i bålet, der han begynner å øse gnister og glør over seg.

Kaje merker vagt hva som foregår. Kroppen klarer ikke rive seg løs fra dansen, men noe inne i ham skjønner at Male trenger hjelp og gjør at han styrer mot bålet. Før han når fram er Lele og en annen av de eldre der. De drar gutten vekk og heller vann over ham.

Den svette kroppen til Male er livløs. Han synker sammen på bakken tilsynelatende uten pust. Lydene og bevegelsene som preget bålplassen har stoppet. Karo kommer til og masserer gutten. Til slutt lar hun ham ligge. Brystet hever og senker seg rolig nå, men ansiktet er tomt og øynene lukket. Sammen med Males far løfter Lele ham opp og vekk fra bålet.

Det er det siste Kaje får med seg.

45.

Sirea setter seg opp i halvsøvne. Kroppen er våt av svette. Natten ligger tett rundt henne – helt blottet for månelys. Det kommer vage lyder fra skogen, og fra skråningen opp mot kollen høres rasling i blader og kvister. Var det lydene som vekket henne? Storeflekk. Når kommer de? Det tar tid før hun blir klar over hvor hun befinner seg.

Raslingen er borte nå, bare det fjerne elvebruset og noen svake pustelyder henger igjen. Lydene hun hørte først var ikke spesielle, så de har neppe dradd henne ut av søvnen. Om natten kommer ofte dyrene og snoker der menneskene bor. Nei, hun våknet av at kroppen ville skrike. Heldigvis har hun god trening i å holde igjen, livet har lært henne kunsten å ligge stille – selv i søvne.

Hun husker drømmen. Noen ganger klarer hun å leve med i drømmene sine og selv styre hvor de tar henne. Det har gitt mange fine opplevelser, men denne drømmen var ikke slik, det var en uønsket drøm. Den endte med et røre av lidende ansikter og blod; og i bakgrunnen små, bleke barnekropper uten lyder. Enda en gang var det minnene som tok tak i henne, nå blandet de seg med menneskene i stammen til Kaje. Hun kryper sammen på bakken. Det er best å vente på lyset, vente til det er akkurat nok lys til å smyge seg vekk. Blir hun værende, kan drømmen bli levende.

Hun husker latterbrølene fra kvelden før. Var det de som styrte tankene mot hyl og jammer? Det hjelper å presse overkroppen ned mot knærne og gjøre seg så liten som mulig. Så kniper hun øynene sammen og konsentrerer seg om å lytte. Natten er for mørk for fugler, og selv sirissene sover. Et stykke unna begynner en mann å snorke. Lyden er ikke påtrengende, men den overdøver pustelydene.

Hjertet har roet seg, men uroen sitter fortsatt i armer og bein. Kan det likevel ha vært lyder fra skogen? Hun vet de kan komme om natten, og hun vet hvor voldsomme de er, så hun fortsetter å lytte.

Oppmerksomheten nekter å forlate skogen, selv om det lille hun hører virker velkjent og riktig.

Det første som trer fram, er konturene av trær. Så begynner hun å ane skikkelser, de ligger strødd rundt den åpne sletten i rare stillinger. Først ser hun bare de nærmeste, etter hvert også mennesker som ligger lengre unna. Synet gir et ubehagelig sug, det minner om leiren til foreldrene etter at Storeflekk og hans folk hadde herjet. Lukten her er heldigvis en annen. Stanken av spilt menneskeblod er helt spesiell, en lukt man aldri glemmer; her henger det fortsatt en vag eim av bålrøyk og stekt antilope. Også lydene er annerledes. Nå er det flere som deltar i samspilt morgensnorking.

Så kommer det et skrik.

Kroppen hennes stivner. Hun presser den ned mot bakken selv om hun vet at det er umulig å gjemme seg i det nedtråkkete gresset. Noen fugler våkner av skriket, hun mer hører enn ser skyggene som flakser over himmelen. I retning fjellene – Kaje sin retning. Oppe i trærne begynner apene å røre på seg, den spesielle knirkingen i greiner og raslingen av løv er ikke til å ta feil av. Apene vet akkurat når det er lys nok til å se etter matrester, men for tidlig for menneskene til å jage dem vekk.

Skriket kom fra et spedbarn. Moren plukker opp barnet og legger det mot brystet. Det eneste som henger igjen, er så vidt hørbare ammelyder. Det store tomrommet brer seg igjen over leiren.

Det er lenge siden sist gang marerittet tok tak, men det var ikke bare latterhylene. Disse menneskene aner ikke hvor nær døden de befinner seg. De er ikke menneskedrepere og vet ikke hva det vil si når én stamme går inn for å ta eller drive vekk en annen. Hun husker de sjokkerte ansiktene da hun kom med spydsåret i låret, og hun fornemmer hvordan hendelsen med Bo har skapt et arr som ikke forsvinner. Et arr som er mer påtakelig enn noe sår av våpen. Hos Storeflekk er folk vant til slikt, og nå har de dessuten et enda farligere våpen. Hvis det er sant det Yamyam fortalte, kan de drepe nesten uten å lage sår.

Hun grøsser. Hva vil skje?

Hodet begynner igjen å plage henne med bilder. Hun ser for seg lemlestede kropper der ansiktene tilhører folk i Karos stamme. Hun ser

Reko med et spyd gjennom magen, og Karo med blodige hull der øyene skulle vært. Hun må anstrenge seg for å unngå at også Kaje inngår i tankenes beskrivelser. Slik blir det når menn bare hører på seg selv. Morgenen er kjølig.

Solstrålene fjerner etter hvert skyggene av trær og tanker. Først nå merker hun at Kaje begynner å røre på seg. Han kryper bort til henne og smiler bredt.

Hun må ha sovnet. Det er for sent å stikke av.

«Nei, fly til månen. Lenge siden jeg sov under solen. Du kunne vekket meg. Har du sovet godt?»

«Ja», svarer Sirea og smiler tilbake.

Med godt sollys og Kaje våken klarer hun å skyve vekk minnene. Erindringene *må* bort. Drept er drept. De døde kommer aldri igjen. Hun kan ikke engang håpe at foreldrene befinner seg i de dødes fjell som Kaje har fortalt om; men det spiller liten rolle, for å komme dit må man være snill. Nei, drept er drept. Hun må tenke på dagene som kommer, hva som kan skje, og hvordan hun skal klare seg.

Det rare med Kaje er at han ikke dytter seg på henne. De fleste mennene hjemme viser tydelig interesse, så hvorfor bruker ikke Kaje pikken? Hun leker litt med den og ganske snart stikker den rett opp, men det er alt. Rart. Hun er ganske sikker på å ha forstått følelsene i ansiktet, likevel bare reiser han seg og går over til bålplassen.

Det er noe med sol på blå himmel som gjør livet lettere. Sirea setter seg i utkanten av leiren. Kaje kommer tilbake med rester fra gårsdagens måltid og vil ha henne til å spise. Hun er ikke sulten, men tar litt for ikke å skuffe. For Sirea blir dagen bedre og bedre – helt til Karo kommer gående.

Sirea aner fare allerede før kvinnen når fram. Det er noe med ansiktet, og måten hun tar skrittene. Hun liker Karo, likevel er hun den personen det er vanskeligst å snakke med. Særlig nå. Det aner henne at Karo ser mer enn de andre, at blikket hennes hører tanker. Hadde bare stammen vært dominert av en mann – som Storeflekk. Menn takler hun, de tror det de liker å tro. Flere ganger har hun lurt på hvor mye Karo skjønner.

Karo virker vennlig, men bestemt. Allerede før spørsmålet kommer, er det noe undersøkende i øynene hennes.

«Sirea, hvordan fikk du arrene på rumpa?»

Hun stivner til. Hun prøver å tenke klart, men tankene nekter å hjelpe henne. Til slutt svarer hun ærlig, men med en stemme hun knapt kjenner igjen.

«Det er tilhørighetsmerke. Jeg tilhører Storeflekk og stammen der han holder til.»

Lenge blir det stille.

«Kaje. Sirea sier hun tilhører en annen. Visste du det?»

Det er noe stivt og skarpt i måten hun snakker. Kaje ser flere ganger fra den ene til den andre før han sier noe. Usikkerheten preger stemmen.

«Ja, det … Hun gjør kanskje, men det er ikke … Hun tilhører Storeflekk, men han er ikke god.»

Det blir stille lenge.

«Og nå er du her», sier Karo, uvant rådvill. «Storeflekk. Hva vet han? Vet han hvor du er?»

«Han vet ...», begynner Sirea og biter seg i leppen. «Ja han vet. Han vet jeg dro til åsene.»

«Er han ond?» spør Karo.

Sirea vet at hun må svare.

«Kanskje. Ja. Hans folk drepte mine foreldre, men han tok seg av meg. Han kunne spist meg. Han er ikke bare ond.»

«Men du tilhører ham?»

«Ja. På en måte, på en måte ikke.»

Det blir en pause. Karo vrir hodet til siden før hun fortsetter.

«Jeg skjønner ikke.»

«Det er ikke som her. Vår verden er ikke som deres. Vi er annerledes.»

Igjen blir det stille. Til slutt sier Karo langsomt og ettertrykkelig:

«Ja, men jeg må vite. Vite hvor du står. Hva du vil. Jeg må vite hva som skjer.»

Sirea føler endelig at hun er i ferd med å få kontroll, slik at tankene igjen ligger foran stemmen.

«Ja, det er det. Det er vanskelig. Jeg vet ikke.»

«Du er her. Hva synes han om det?»

Stemmen til Karo er mer enn vanlig bestemt når hun føyer til:
«Du gjør best i å svare. Svare ærlig.»

«Jeg vet ikke», svarer hun oppriktig. «Han kan bli sint. -- Kanskje er han veldig sint.»

Samtalen blir avbrutt ved at faren til Male kommer løpende bort. «Karo! Karo. Du må komme. *Male vil ikke våkne.*»

Sirea legger seg på bakken med ryggen opp og lukker øynene.

Karo tar et siste sint blikk på Kaje. Han virker brydd, men ikke videre bekymret. Søren ta den gutten, tenker hun, han har alltid levd som om problemer fordunster like lett som solen tørker opp etter regnet. Hun kan ikke huske noen gang å ha vært så irritert på Kaje. Det slår henne at hun har visst lenge, hun har bare fortrengt det. Kajes store svakhet er at han ikke ser det folk ikke sier. Han har Alles Mor i seg, han ser dalen, dyrene og plantene – kanskje klarere enn noen. Og de andre liker ham. Særlig jentene. Selv dyrene foretrekker ham. Han kommer stadig med nye tanker, og stiller spørsmål ingen andre ville funnet på, men det er ikke nok. Han ser ikke ansikter. I ansiktene til kvinner.

Egentlig er det hennes feil. Det er *hun* som ikke har sett *ham*.

Mennesket er den vanskeligste skapningen i dalen. Alle andre er forutsigbare, de oppfører seg stort sett slik de pleier. Mennesker skjuler hva de har i tankene, og de finner på de mest utrolige dumheter. En antilope gjør små feil. Feil som kanskje koster den livet, men den oppfører seg aldri opplagt idiotisk. I menneskene bor det så mye. Å lese de opplagte følelsene er lett – om noen er trist eller sint eller sliten. Kaje er trolig like mottakelig for slike signaler, men å skue dypere, forstå skjulte krefter; og, ikke minst, å forutsi hva det er som styrer en person. Det krever et dypere blikk. Kvinner er spesielt flinke til å begrave ansiktet. Det krever spesielle evner for å se hvilken retning følelsene deres peker.

Karo sukker for seg selv. Ingen av de yngre mennene har det i seg, og når hun tenker seg om, står det vel ikke så mye bedre til med de eldre mennene. Jo, Lele viser av og til en overraskende evne til å se.

Kanskje Kaje lærer?

Trolig er det lettere å få med seg Bo.

Ja, ja, det blir for framtiden. Nå er det *hun* som må tenke, og Sirea krever alt hun har av evner, for en slik situasjon har hun aldri opplevd. Også Gido bærer på et ansvar, men Gido er mor, så det blir *hun* som må finne svar.

Karo minnes historien om Gebete. Stammen hans holdt til lengst nede mot slettene. En gang hadde det kommet en fremmed stamme og slått seg ned i nærheten. Det begynte med små sammenstøt når folk ville høste fra de samme frukttrærne, eller jakte på de samme antilope flokkene. Etter hvert ble folk sinte og oppfarende. Det var like før de begynte å drepe hverandre. Men én dag kom de fremmede bort til Gebete og sa: «Vi skjønner. Vi bor for nærme. La oss være over regntiden, etterpå drar vi videre. Gjør dere det, skal vi lære dere noe.» De fremmede holdt det de lovet. De lærte Gebete å bruke bast fra et spesielt tre til å lage rep, og de lærte dem å bruke kjuker, ikke bare bark, til å lage knusk. Fremmede er farlige, men fremmede er også nyttige.

Så hva med Sirea?

Hun ser en mulighet, én ting de bør prøve, men det får vente. Male trenger hjelp, dessuten må et så alvorlig problem behandles flere ganger av tankene. Kanskje hun bør rådføre seg med Lele, han finner av og til muligheter hun ikke ser. Men Lele ...? Jo, dessverre, også Lele har latt seg besette av den fremmede kvinnen.

Det er første gang Male har forsynt seg av latterbladene for de er forbeholdt voksne. Karo vet at noen forsvinner i en dyp søvn det er vanskelig å komme ut av, men alle blir etter hvert seg selv. Hun ser på ham og beføler ham med fingrene, men bestemmer seg for å la gutten ligge. Pusten er jevn, hjertet slår, huden har riktig farge; og så vidt hun kan kjenne, har ingen av musklene stivnet i krampe. Riktignok merker hun små rykninger under huden på den venstre leggen. De burde ikke vært der, men pikken står rett opp, og det er et godt tegn – et tegn på at han drømmer. Hvis han ikke våkner av seg selv innen kvelden, skal hun sørge for å vekke ham.

Hun forteller foreldrene at han vil være seg selv igjen før natten kommer. De virker lettet. Så spaserer hun videre samtidig som hun går tilbake til de urovekkende tankene: Hva med Kaje og Sirea?

Kanskje Kaje ikke er så håpløs likevel. Han er forelsket, og alle vet at fornuften forsvinner som flyktende gaseller når man er forelsket. Selv sterke kvinner blir som barn, og menn blir som babyer. Hun har sett det mange ganger. Kanskje har Kaje dypere forståelse for mennesker enn hun tror, det er bare at innsikten er utenfor rekkevidde akkurat nå. Heldigvis går forelskelse alltid over, men det tar tid.

Har de tid?

Nei, det er neppe tid nok til å vente på at Kaje blir mann igjen, men det er tid nok til å tenke seg om. *Hun* må tenke. Og hun må sørge for å følge nøye med, men så lenge det ikke oppstår problemer, kan det ikke haste. Kanskje hun bør kontakte den fremmede stammen og høre hva de mener? Jo, hun må prøve å få kontakt.

Hun føler seg med ett veldig sliten. Istedenfor å gå tilbake til Kaje og Sirea, slik hun hadde tenkt, slår hun inn på stien som går ned til den nærmeste badekulpen.

46.

Firfinger er i ferd med å lage nytt feste til spydspissen når han ser Storeflekk nærme seg. Han reiser seg, men blir stående stille og vente.

«Firfinger, ta her.»

Storeflekk byr fram en stor begerfrukt.

Det er bare én sky som forstyrrer den blå himmelen, og den ligger behagelig foran solen. Firfinger nøler litt før han strekker fram hånden og tar imot. De fleste i leiren holder på å samle seg rundt ett stort bål.

«Du er stammens største kunnskap.»

Han er først taus, så møter han ansiktet til Storeflekk og smiler fornøyd.

«Mitt hode er ditt.»

«Firfinger, vi trenger deg», fortsetter Storeflekk med en stemme som antyder at ordene er bestemt for lenge siden – og sagt mange ganger.

202

«Du har erfaring. Kanskje har andre mer armer, men du har mer hode. Vi trenger deg.»

Så legger han begge hendene på skuldrene hans, og de to lar pannene møtes. En stund siden sist, tenker Firfinger.

Begge står stille med hendene på skulderen til den andre og hvert sitt kraftkrevende smil. Så sterk har ikke Firfinger følt seg siden problemene med Grønnøye. Han sier ikke noe før han skjønner at den andre har gjort seg ferdig.

«Alle skal gå sammen?»

«Jeg vil … Alle skal ha det godt. Jeg vil vi står som én.»

«Det blir kamp?»

Storeflekk ser vekk og hoster opp litt vennlig latter før han sier: «Nei, det behøver ikke. De kan dra. Bare dra. Nei, ingenting behøver å skje, men vi trenger en dal.»

Firfinger er usikker. Han har lyst til å si: 'Det blir ikke bra.' Men, nei – hans ord teller ikke. Ikke nå. Slike utsagn tilhører ikke de nærmeste dagene. Etter en pause sier han isteden:

«Ja, Storeflekk. Der du går, går jeg.»

«Det er viktig. De sier det kommer mye regn. Mer enn andre steder. Enten må vi ut på slettelandet, eller vi må finne en dal og et sted med ly. Sirea har valgt en dal.»

«Det må skje», svarer Firfinger stille.

«Firfinger. Vi er samlet. Vi trenger deg.»

«Jeg vil ha en ny kvinne. Brushode kan få Grønnøye. Vi tar dalen, men jeg vil ha en kvinne. Gjerne hun som var her. Hun som forsvant.»

Det tar litt tid for Storeflekk å svare.

«Firfinger. Du skal få. For meg skal du få.»

«Gi meg tankene dine på det.»

Igjen lar de pannene møtes.

«Godt», sier Firfinger og snur seg vekk. Han regner ikke med at løftet fra Storeflekk betyr mye, men det med en ny kvinne er heller ikke viktig. Derimot trenger han å vite hvor han står hos Storeflekk.

Storeflekk griper tak i skulderen hans.

«Én ting. Vi trenger *alle*.»

«Ja, ja.»

«Det gjelder deg og ... Du og Brushode må stå sammen. Gi meg pannen.»

Firfinger ser Storeflekk i øynene. Plutselig har begge harde og bestemte blikk. Utsagnet er helt overflødig, kravet er så opplagt – hvis det ligger an til kamp mot fremmede, står de samlet. Slik er det bare. Alt annet skyves til side. Det er i tiden etterpå at mann står mot mann igjen. Slik har det alltid vært. Derfor må det ligge noe mer i Storeflekks ord. Løftet han ber om er en selvfølge, likevel ber han om det.

«Godt», sier han og vender seg for å gå, men Storeflekk holder ham fortsatt i skulderen.

«Når alle er mette, vil jeg ... Vi skal holde på med stein. Vi trenger deg til å vise. Lære de unge.»

Firfinger løfter hodet i en bekreftelse. Så snur han seg igjen, men stopper brått.

«Storeflekk. Brushode vil ta deg. Han ønsker å gå foran. Så sies det. Jeg har det fra de unge. Du må passe deg.»

Storeflekk rynker pannen.

«Jeg takler Brushode.»

«Pass deg! Han tar alt. Jeg følger deg, ikke ham. Husk faren din.»

Så går Firfinger.

«Takk. Takk for rådet», roper den andre etter ham.

Storeflekk tenker at det er en bløff. Firfinger er gammel nok til å bløffe godt, men for gammel til å ha tyngde. Skuldrene og ryggen henger, øynene prøver å *vise* styrke, istedenfor å *være* sterke. Mannen går mot solnedgangen. Samtidig er det litt uventet, fyren har lite å fare med, likevel merket han en overraskende vilje. Hva tror han at han er?

Det er best å la ordene ligge. Hvis fyren lager problemer etter at dalen er deres, er det verst for ham. Alle vet at de må å stå sammen. Firfinger er fortsatt nyttig, men han må tilpasse seg. Det gjelder alle. Enten finner man sin plass, eller man havner der ingenting betyr noe.

Til slutt bestemmer han seg for å gå ned til bålplassen og hente Bredrumpe. Hun holder på å forberede mat, men det er nok av andre kvinner. Akkurat nå savner han Sirea, men Bredrumpe er lettere å styre, og det er lettere å få henne til å engasjere seg i hans nytelse. Han legger seg på ryggen og lar henne massere.

Det har vært en viktig dag, og bortsett fra det med Sirea, går alt bra. Mennene er enige. Han har pratet med alle – ingen står utenfor. Ikke nå. Alle er med. Han føler hvordan fellesskapet sprer seg utover leiren og at stammen med ett fungerer bedre. Det hjalp å prate med folk, hode mot hode. Slikt er viktig, så fra nå av skal han gjøre det ofte. Først da vet han at de hører hans ord.

Opplegget blir avbrutt av Brushode.

«De er gærne!»

«Hva?»

«Folket der ... i dalen. De er sprø. Elefantøre har akkurat kommet tilbake. Han sier de satt oppe og lo og danset halve natten.»

Storeflekk ser lenge på den andre, men sier ingenting. Brushode fortsetter.

«De er idioter. Vi kunne gått inn og klubbet alle uten at de hadde sett opp.»

Storeflekk ligger fortsatt på bakken med hendene under hodet. Han tenker at Brushodet aldri var god på nyanser. Selvsagt er det lett å drepe den gjengen, men er det slik de bør gjøre det? Kanskje skal folket få en sjanse til å dra et annet sted. På den annen side er det viktig å opparbeide respekt i de andre dalene. Og kampen skal striden bidra til å bringe mennene nærmere hverandre. Å ta dalen er uansett ikke noe problem, for de er overlegne i antall og drapsvilje. Spørsmålet er hvordan?

Hvorfor er det bare *han* som ser langt? Han svarer lett:

«Ja, ja. Vi tar dalen.»

Brushodet tar en pause før han snakker videre med enda ivrigere stemme.

«Det blir lett. Dalen er vår. Det er bare å spasere inn. Folket der eier ikke pikk.»

Storeflekk legger hodet tilbake mot bakken og grynter.

Mennene er i ferd med å samle seg, de sitter i små klynger rundt en haug steiner. Noen av de eldre guttene er også med. Firfinger er blant de siste som dukker opp. Han ser seg nøye rundt før han setter seg.

Ingenting varmer hender og sinn så godt som en god omgang med stein. I løpet av dagen har de funnet en del råmateriale, men den er av varierende kvalitet. Oppgaven består i å omforme de beste emnene til redskap, først og fremst økser, men også skrapere. Det er lenge siden noen har funnet svartstein, så de har dessverre ikke noe som egner seg til spydspisser. Øksene brukes mest til å kappe stokker og til å knuse større bein for å få ut margen, men noen lar også øksene bli med på jakt. Hvis de er mange nok til å omringe et dyr, kan et velrettet slag mot hodet være mer effektivt enn stikk med spyd.

Øksene brukes dessuten i kamp mot mennesker. Spyd er regnet som farligere våpen, for de kan såre, og til og med drepe, på avstand, men de kan bare hives én gang. Og motstanderne kan hive dem tilbake. I nærkamp er spydet vanskeligere å manøvrere enn en klubbe, og det er større fare for at motstanderen klarer å gripe tak i det.

Firfinger vet at han er en av stammens beste steinmakere, men den vonde fingeren gjør at han heller går rundt og hjelper de yngre. Gutten han sitter sammen med er enda ikke voksen og dessuten liten og sped.

«Du holder steinen feil. Slik du slår, blir det steinknusing. Ikke forming. Se her.»

Han griper både emnet og slagsteinen. Emnet holder han med den siden som skal bli skarp kant opp. Bunnen hviler mot et sted der underlaget er passe hardt. Lar man emnet hvile mot en stein, mister man kontrollen, er bakken for myk, klarer man ikke å slå av flak.

«Slå med snert. Slik.»

Han gjør bevegelsene langsomt, men riktig. Den runde slagsteinen treffer øverst på emnet, men idet den treffer, beveger han den litt til siden. Gutten får steinene tilbake, og denne gangen går det. Et flak blir revet av kanten.

«Bra! La steinene styre hverandre. Du bare hjelper dem. Det er for oss å slå, men steinene må ha det i seg. De må *ville* bli til det du skaper. Og du må *ville* hjelpe dem.»

Brushode sitter ved siden av Storeflekk og bruker masse krefter på et emne som er altfor stort. Fyren prøver å drepe steinen, tenker Firfinger.

Neste gang Brushode slår kaster Storeflekk seg bakover samtidig som han skriker i smerte og tar seg til øynene. Firfinger skjønner med en gang hva som har skjedd: En splint fra Brushodes slag!

«Idiot», skriker Storeflekk. «Du dreper flere med steinhugging enn med steinslag. Du slår som en gorilla.»

Brushode blir først sittende og måpe. Så sier han spakt.

«Du sitter for nærme.»

Storeflekk roper på Bredrumpe. Hun kommer over og begynner å undersøke øyet.

«Det er ikke noe der», sier hun.

«Ikke? Jeg ser ikke ordentlig. Det ene øyet er i tåke.»

«Kanskje, men det er ikke noe å se.»

«Ikke noe å se! Klart jeg vil se. Jeg *må* se! Øyet er ikke som det skal, den fordømte steinen. Det er ...»

Bredrumpe avbryter med en mild stemme.

«Vent litt. Jeg skal gjøre noe.»

Hun går og henter noen blader som hun legger over øyet og fester med en reim rundt hodet.

«Det blir bra», sier hun. «Hold det lukket. I morgen er det bra.»

Storeflekk mumler en takk. Brushode har flyttet et stykke unna og sitter med ryggen mot Storeflekk. Firfinger smiler fornøyd.

Utover kvelden kommer det et kjølig drag i luften. Storeflekk har sagt at de skal samles rundt ett bål, nå vil alle sitte nærmest. Trengselen fører til knuffing. En ung jente er uheldig og blir dyttet slik at hun faller mot flammene og brenner seg. Storeflekk merker at hendelsen forstyrrer roen, men ikke så mye.

Dette klarer de! Det er en god stamme. En sterk stamme.

Fortsatt går han med et blad over øyet selv om det ikke gjør vondt lenger. Han innbiller seg at andre synes han ser dum og ufarlig ut med et tildekket øye, men tør ikke fjerne bladet. Det er viktigere at øyet er i orden før solen kommer. Det er da det gjelder.

Litt senere på kvelden trekker han seg tilbake fra bålet for å tenke. Dalen krever at noen ser langt nok. De må regne med motstand, Brushode mangler evnen til å vurdere. Bør han gi månefolket en sjanse til å være fornuftige? Sirea har antydet at mennene lytter til en kvinne! Hvis det er sant, burde oppgaven være lett. Kvinner lager ikke motstand. På den annen side er det alltid best å slå til uventet. Folk blir mer fornuftige etter at de er banket opp. Det holder å drepe noen menn. De som vil kan kanskje få bli? Sirea har neppe rukket å gripe all kunnskapen.

Han er i ferd med å sovne. Så ser han for seg en annen mulighet. Den bygger på at Sirea er der. De går rett inn i leiren og beskylder dem for å ha røvet henne. Det gir en unnskyldning for å stille med mange bevæpnede menn, og det gir en grunn til å være sinte og truende. De vet ikke at han har sendt henne. Folk vil ikke engang gjøre seg klar til kamp.

Neste skritt krever et signal. På et gitt tegn overrumpler de mennene. Hvor mange hadde hun sagt? Var de ikke minst to mot en? Og hans menn er kamptrente, godt forberedt og kjent med situasjonen. Det vil være lett, så lett at det knapt krever at noen blir såret. Han bare gir dem valget mellom å forsvinne eller dø.

Eller skal de drepe dem? Svaret må ligge der før de går inn.

Har de noe valg? Lar han dem gå, kommer de bare tilbake, kanskje sammen med folk fra andre stammer. På det avtalte signalet må de kaste seg over mennene og drepe, så kan de dele de kvinnene som velger å leve. Jo, å drepe er nødvendig. Dessverre. Stammene rundt her tåler ikke drap. Ved å drepe alle voksne menn, og kanskje la noen barn slippe unna for å fortelle, er de garantert respekt. Nabostammene vil ikke tørre å angripe. Dessuten, med alle mennene døde er det ingen grunn til å gå imot dem. Døde menn trenger ingen dal, og det gjør heller ikke nabostammene, de har jo hver sin.

Slik må det bli.

Folk får det godt. De skjønner at hans ord er verd å lytte til. Det blir nye kvinner til de som er lojale, og nye kvinner er alltid populært. Han skal vurdere hva Firfinger fortjener; med to dårlige hender er han ikke mye til kriger, men han engasjerte seg i opplæringen av de yngre mennene. Noe er han fortsatt god for.

Uansett, før solen går ned neste dag er dalen deres.

Han sovner, men i drømme gjenopplever han morgenen da han våknet ved farens døde hode. Likevel sover han godt. Som regel sover han lett, men av en eller annen grunn sover han alltid tungt når hodet er ferdig med en viktig avgjørelse.

Yamyam blir sittende utover natten sammen med de yngre mennene. De vet omtrent hva Storeflekk har i sinne, og tankene på hva som kommer gjør at de trekker seg enda nærmere glørne. Luften utenfor bålet virker mørkere og kaldere enn vanlig. En slik natt blir bålplassen liten, som en stjerne på den store himmelen; likevel et sted man nødig reiser seg fra.

Alt annet sover. Yamyam misunner barna som ikke vet hva som skal skje. Som regel sitter han i utkanten av gruppen, men nå er han plutselig ved siden av Elefantøre. Elefantøre er den som gir flest ord, og om de gjør noe sammen, så sprer det seg gjerne fra ham. Han er steinen som lager ringer i vannet. Yamyam håper at det som sprer seg fra Elefantøre, en dag når ut til en annerledes stamme som de to er en del av.

Elefantøre har et lurt, men vennlig smil som blir delt ut til dem han føler seg trygg på. For resten av stammen virker ansiktet lukket. Gruppens respekt har han oppnådd ikke bare ved å si fornuftige ting, men også fordi han viser interesse og tar hensyn til andres ord og ansikter. Både ørene og øynene hans tar imot.

Den natten prater de om jakt, og om hvordan de forskjellige dyrene oppfører seg. De prater ikke om dalen. Alle vet at slikt ligger utenfor deres kontroll. De er ikke mange nok til å snu stammens spyd, så de må følge dit den peker. Jakt er et tema de aldri blir lei av. Ordene flyr fram og tilbake raskere enn normalt.

Neste morgen er vinden merkbar, den er kald, og den kommer mot dem. Det blåser fra fjellene.

De drar ut samlet, men ikke før solen har vist at den er med. En lang linje menn med Storeflekk og Brushode i spissen. Trass i våpnene er det lett å se at de ikke er noe jaktlag; hodene bryr seg ikke om omgivelsene, men stirrer rett fram som for å se over til neste dag og inn i tiden deretter.

47.

Kaje snur seg i undring når han ser Karo forsvinne nedover dalen. Hun som alltid er blid, nå virker hun sint. Det er ikke *så* uvanlig at en kvinne forlater en mann til fordel for en annen, og Karo har selv sagt at de unge mennene bør finne seg en kvinne utenfor stammen. Sirea har det ikke godt hos den andre stammen, hun vil heller være hos ham. Slik er det. Det er ikke noe galt, så hvorfor ble Karo irritert? Aldri før har han følt for noen kvinne slik han gjør nå, de andre burde unna ham samværet med Sirea.

Det er også en annen ting som gjør ham forvirret. Det var noe mer, noe annet Karo ville si, før faren til Male kom og avbrøt dem. Hva var det?

Kvelden før så han hva som måtte til. Han vet hvor svarene ligger. Det er på tide.

Terrenget går bratt oppover. Noen steder er det mosegrodd steinur, andre steder må de presse seg gjennom tette klynger av busker. Her er ingen ordentlig sti, bare vage tråkk. I ett område står bartrærne så tett at de må krype dels under dels over de nederste greinene. Skjegglaven som pynter opp trærne, kjæler mot ansiktene og fører eimen av skog enda dypere inn i kroppen.

For Kaje er skjegglaven noe av det fineste i skogen. Det virker som om den er der for å gjøre skogen snillere. Den er mykere og behageligere enn greinene den henger fra og morsom å leke med. På tilbakevegen skal han plukke med seg lav og kongler slik at han kan lage små figurer til lille Boro. Noen ganger leker han sammen med henne, og da finner hun på rare navn til skapningene, navn som ingen har hørt om. Det fineste med leken er å se gleden sprelle i ansiktet hennes.

Sirea vet ikke hvor de skal. Kaje har bare sagt at det er noe han må vise henne, noe de trenger å oppleve sammen. Det passer Sirea godt å slite, og hun liker spenningen ved ikke å vite. Begge deler gjør det lettere å skyve vekk andre tanker. Jo mer svette, jo bedre.

Etter å ha forsert noen store steiner, snur Kaje seg mot henne og foreslår en pause. De setter seg på en helle med utsikt over dalen. Langt der nede ligger leiren. Livet virker normalt. Noen barn løper fram og tilbake, enkelte rop og latterutbrudd når så vidt opp til dem, men lydene er uvirkelige. De kommer liksom ikke fra leiren, men henger i luften som om stemmene er i stand til å fly.

De aner noen mennesker som går over en åpen slette et godt stykke nedenfor leiren. Herfra ser de ut som små maur, men i motsetning til maurene går de fort og bestemt rett fram.

Over dem stiger Soppfjellet, men før toppen er det et loddrett stup, mye høyere enn de høyeste trærne.

«Skal vi på toppen?»

Nakken til Sirea er bent helt tilbake.

Kaje svarer lurt:

«Hvis jeg sier ja, blir du med?»

Hun har aldri vært redd for natur, verken for klatring i stupbratte skråninger eller for sultne rovdyr – ikke engang for slanger. Alle hun kjenner er redd for slanger, i hvert fall for de slangene som har i seg kunsten å drepe mennesker. Hun er ikke redd – ikke så lenge slangene er redde.

«Ja», svarer hun uten å nøle. «Hvis du kan, da kan jeg.»

«Nei, fly til månen.»

«Nei, heller fjellet. Heller fjellet enn månen.»

Han snur seg mot henne med et forbauset uttrykk i ansiktet. Så bare ler han.

Hun antar det er mulig å nå toppen, men fra der de nå befinner seg, blokkerer stupet adkomsten. Så lurer hun på om Kaje merker tankene hun bærer på. Han gir ikke inntrykk av å se, men øynene hans stråler uansett. Uansett hva som foregår. Kanskje skjønner han mer enn han viser.

«De andre gjør nyttige ting, burde ikke vi hjulpet dem», sier hun for å styre hodet i en bedre retning.

Han ser forundret på henne.

«Hvorfor det?»

«Hos Storeflekk er det straff for å lure seg unna.»

Han ler.

«Lure seg unna! Vi lurer ikke. Nei, nei. Ved alle forfedre, vi gjør det vi har lyst til. Ai. Alle hjelper til. Det er fint å lete etter mat sammen. Gå på jakt sammen. Ordne i leiren. Hva annet er det i livet.»

«*Alle* hjelper til? Like mye?»

«Nei ...»

Han tenker seg om før han fortsetter.

«Ai, alle gjør det de passer til. Det de har lyst til. Det hender vi snakker med noen, men det er ikke noe problem. Lele vet hvor vi skal.»

«Hvor?»

Han smiler til henne.

«Snart. Ikke langt.»

De fortsetter gjennom en grov ur som strekker seg i hele stupets lengde. Fjellveggen nærmer seg langsomt.

Til slutt er de forbi alle de frigjorte steinene slik at hendene får beføle selve berget. Der det sildrer vann, er veggen dekket av tykk, svart mose. Andre steder går det merkelige, våte striper i rødbrunt. Kaje fører an langs foten av stupet. Hun liker det bastante ved fjellveggen; her er noe som består, noe verken lyn eller flom kan rikke ved. Alt annet, dyr, planter, steiner og mennesker, har noe flyktig og uberegnelig over seg. De har i seg å være foranderlige. Fast fjell består. Tankene blir avbrutt.

«Vi er framme.»

Han tar hånden hennes. Det kommer noe høytidelige over ham.

Selve åpningen er stor nok til at de kan gå oppreist. Så blir det trangt. Berget senker seg og dytter dem ned på alle fire. Foran er det bare et svart hull. Sirea blir gjerne med, det er som å krype ut av livet og over i noe nytt. Hun sjekker ansiktet hans før mørket tar det, men øynene røper ikke hva hun som kommer. Kanskje *vet* han alt, alt om planene til Storeflekk. Har han tenkt å drepe henne? Tanken gjør henne likegyldig – ikke redd.

Dagslyset forsvinner samtidig som hulen griper om kroppen.

Med ett er det noe som flakser i luften. De hører raske slag fra mange vinger, men ingen advarende fugleskrik. Bare usynlige vinger som kommer mot dem med stor fart for så å bøye av. Det henger lave klikkelyder i luften.

Sirea strekker begge armene foran ansiktet og retter opp kroppen.

«Au ... Fordømt!»

Hun faller ned på alle fire igjen. Hånden går til der hodet støtte mot taket.

«Forsiktig! Det er bare flaggermus. Det er deres hule.»

«Flaggermus? Flaggermus er farlige. De biter.»

«Ai, ai, men bare av og til. Og bare litt. Det er bare tenner, de spiser ikke. Vær rolig. Ikke gjør brå bevegelser. Da biter de ikke.»

«Du sa hulen er deres. De vil ikke ha oss her.»

Han nøler.

«Hulen tilhører Alles Mor. Alt tilhører henne. Hun er i flaggermusene og hun er i oss. Begge er vi her fordi hun er her. Flaggermus spiser ikke mennesker og mennesker spiser ikke flaggermus. Vi er venner.»

Etter å ha krøpet noen mannslengder innover åpner det hele seg opp. Sirea aner at de befinner seg i et stort rom, kanskje stort nok til å huse en hel stamme. Kaje trekker henne ned slik at de blir sittende med ryggen mot en forhøyning i berget. Tunnelen de kom gjennom står som en lysende halvmåne til høyre. Nysgjerrig anstrenger hun øynene til det ytterste for å utforske omgivelsene.

Selv etter at de har vent seg til mørket, er det umulig å se om det fortsetter ganger videre innover. Fremdeles aner de en og annen flaggermus som farer gjennom luften, men dyrene virker ikke lenger hissige. Det er svalt, nesten kjølig i hulen. På den støvete bakken er det mange spor. Antakelig av mennesker. Utenfor visker vind og vær før eller siden vekk alle tegn på liv, her inne står selvsagt alt stille. Livet stopper opp. Her beveger ikke solen seg, her forandrer ikke dagene seg.

Ved fjellveggen rett foran der de sitter, oppdager hun plutselig noe merkelig. Det rykker i kroppen. For første gang på turen blir hun ordentlig skremt, for hun aner konturen av noe stort og menneskelignende. Før hun rekker å si noe, hører hun stemmen til Kaje. Den er uvant alvorlig. Langsom og alvorlig.

«Du ønsket å bli kjent med hun som passer på dalen.»

Lyden er rar. Det høres ut som om fjellveggene selv meddeler seg med Kaje sin stemme.

«Jeg tror det er riktig. Alles Mor hjelper oss. Hjelper oss å finne svar, så vi vet hva vi bør gjøre. Hjelper oss å se dagene som kommer.»

«Jeg forstår», sier hun nølende. Like usikker på hvor mye *hun* forstår som på hvor mye *han* forstår. «Jeg vil gjerne møte Alles Mor. Jeg vil gjerne ... Hva er det som ...»

Hun oppdager at rommet gir en helt spesiell klang også til hennes stemme.

«Kan jeg synge?»

Kaje svarer oppglødd.

«Ja. Vær så snill. Alles Mor liker det.»

Sirea nyter hvordan omgivelsene er med på å forme stemmen. Det er som om hele hulen deltar; tonene er overalt, de fyller rommet og danser i mørket rundt dem. Hun velger sanger fra forfedrenes stamme. Det er de hun liker best, for de tilhører bare henne. Hun har båret de med seg hele veien fra da foreldrene ble drept. Kaje sitter tett inntil og er helt stille, det virker som om han liker sangen. Etter en stund begynner hun å bli hes.

«Liker du sangen?»

Hun får ikke noe svar. Isteden drar han henne inntil seg. Sammen ruller de rundt så støvet virvler. Bakken er kald, men det gjør ikke noe for de finner varme nok i hverandre. For første gang har de samleie.

Sirea oppdager at det er sider ved et samleie som hun ikke har visst om. Det handler ikke bare om å bli pirret og sanse en opphisselse spre seg fra skrittet og opp gjennom kroppen, og med Kaje handler det heller ikke om å delta for å oppnå noe. Hele kroppen hennes ønsker å være med; og han gjør det ikke bare for å ta, hun merker at han virkelig ønsker å gi.

Kjærligheten som strømmer fra Kaje gir nytelse nok. Hun kjenner hvordan kroppen hans trekker henne nærmere enn hun har vært noe annet menneske. Nærmere enn hun har villet være noe annet menneske. Med Kaje har samleiet i seg noe som vokser og vokser, og som fortsetter å være der selv etter at kroppene har sluttet å bevege seg. En merkelig følelse som gjør henne vill, nesten sanseløs, men samtidig rolig og fornøyd. Når han spruter ut sine frø, er de med på det begge to.

Lenge etterpå ligger de stille. Han sørger for at hun ligger øverst. Langsomt kommer omgivelsene tilbake. Det er som om livet starter på nytt.

Kaje vil at øyeblikket skal vare – så lenge som mulig. Øynene er lukket. Det er en god følelse å ikke ha energi til å bevege seg. Tankene går til Doro, og det hun har lært ham, likevel var det helt annerledes med henne. Dessuten, for å unngå å lage barn har han aldri kommet inne i Doro, med Sirea ønsker han å skape noe.

Han merker at munnen hennes søker seg fram til hans, men det er bare så vidt leppene berører. Det er nesten bebreidelse i stemmen.

«Hvorfor ikke før?»

Han smiler.

«Jeg vet ikke. Det kom over meg. Nå. Først nå. Før så ... Doro har sagt at både mann og kvinne må være klare, ellers er det ikke bra. Nå føltes det riktig. Jeg tror Alles Mor styrer det.»

Sirea sier ingenting. Fortsatt virker hun tankefull, og litt fjern, men nå er hun med ham. Lenge ligger de der med kroppene presset mot hverandre.

«Du sa jeg skulle møte Alles Mor», sier hun til slutt. «Er det slik man får kontakt med henne?»

Kaje ler.

«Nei.»

«Men det var noe nytt. Noe jeg aldri har følt. Noe veldig godt. Hvis det er det som er Alles Mor ... hvis ... da skjønner jeg at det er noe stort. Da har jeg lært», sier hun ivrig.

Kaje tenker seg om.

«Jo, kanskje. Ai, Alles Mor er der. Hun er med oss når vi er sammen. Selvsagt er hun det. Selvsagt er hun med på å skape nytt liv. Du har rett, det er jo akkurat det. Det vi føler. Jeg har bare ikke tenkt ... Ikke akkurat slik. Det *var* Alles Mor som bandt oss sammen.»

De ligger stille en stund før Kaje fortsetter.

«Det er også en annen måte å møte henne.»

Han setter seg opp og løfter samtidig Sirea slik at hun blir sittende ved siden av ham.

Det er da hun gjør feilen.

For å strekke på kroppen stikker hun hendene raskt opp i luften. Det er nok. De hører så vidt susingen av noe som beveger seg, men ser ikke dyret. Først når han kjenner smerten, skjønner Kaje hva som har skjedd. Han skriker ikke, men skvetter framover. Så lar han venstrehånden beføle den armen han hadde lagt over skulderen til Sirea. Fingrene kommer tilbake med blod.

«Bet den deg?»

«Ja. Jeg tror vi forstyrret.»

«Jeg beklager. Det var meg. Jeg rakk opp armene.»

«Ai, ai, det gjør ikke noe.»

«Gjør det vondt.»

«Nei ... Bare litt.»

Han klarer ikke fjerne seg helt fra bekymringene. Karo har sagt at menneskene må passe seg for flaggermus, ikke la seg bite, for da kan det gå ille. Han vet at noen gir flaggermus skylden for det som skjedde med stammen til Karos mann. Sirea ser spørrende på ham.

«Hva er det?»

«Det er ikke smerten. Det er det å bli bitt.»

«Hva mener du?»

«Man bør ikke bli bitt.»

«Hvorfor? Er de giftige?»

«Nei, jeg tror ikke ... Det er ...»

Han stopper.

«Hva er det?»

Fortsatt nøler han med å si noe.

«Si meg hva?»

«Det er ... Å bli bitt av en flaggermus det ... Det er et dårlig tegn.»

«Dårlig tegn?»

«Ai. Mange tror det betyr noe vondt. At noe farlig kommer. At sykdom og død rammer. Ikke bare den som blir bitt, men hele stammen. Noen er mer redd for flaggermus enn for giftslangen.»

«Og du? Hva tror du?»

«Jeg vet ikke.»

«Jeg beklager.»

Kaje tenker at stemmen virker mer beklagende enn det er grunn til. Det *er* et dårlig tegn, men det var ikke hennes feil. Dessuten er det ikke alltid de dårlige tegnene betyr noe.

«Det gjør ingenting. Ved alle forfedre, det er ikke deg. Det går sikkert bra. Alles Mor passer på.»

Hun sier ikke noe, men han merker at ansiktet er vendt bort.

Lenge sitter de tause. Kaje fører flere ganger hånden opp for å massere den ømme overarmen. Til slutt bestemmer han seg for å gjøre noe med tomheten som har kommet inn i hulen.

«Du vil bli kjent med Alles Mor.»

«Ja.»

«Bra. Det er viktig.»

«Jeg vil gjerne. Kan du hjelpe meg?»

«Ja. Vi skal. Men du må ville. Ville det sterkt. Kun da når du fram.»

«Jeg vil.»

Før han fortsetter tenker han seg om. Så trekker han henne inn mot seg.

«Det er mange måter å komme til henne på. Når du stopper i skogen og kjenner bladene, og alle måtene å være grønn på, og hører blomstene synge med fuglene. Alt. Planter og dyr, sommerfugler og maur, plutselig er de en del av deg. Det er som de hilser. Som om de ønsker ditt selskap. Da er det henne. Da har du funnet fram til fellesskapet med alt som lever. Det er alt det dreier seg om. Fellesskapet. Alles Mor er til stede når skogen står samlet for da er hun hel.»

Han merker at hun stirrer spørrende. Det er ikke mulig å finne ord som beskriver verdens mor, det er noe man opplever, likevel fortsetter han.

«Hvis ikke du føler. Hvis du ikke klarer å kjenne det som er inne i deg, da kan du spise av månesoppen. Den hvite soppen. Men det er farlig. Hun kommer veldig nær. En gang kom en kvinne aldri tilbake. Vi måtte begrave henne. Hun spiste soppen og ble værende hos Alles Mor.»

«Jeg vil gjerne prøve», sier Sirea stille.

Kaje nøler.

«Du kan. Men la meg være hos deg.»

Han er ikke ferdig.

«Alles Mor er inne i deg også. Jeg er sikker, for hun er i alt levende. Hun ...»

«Hvordan er det mulig? Kan hun være inne i oss? Hun er jo i månen, og i fjellene.»

Han vet ikke selv hva det er han prøver å få fram, ordene strekker ikke til. Noe Karo har sagt kommer tilbake: 'Språket er der for å dele med mennesker. Alles Mor krever ikke språk, hun er ikke en vi snakker med, hun er en vi føler med.' Hvordan skal han få Sirea til å forstå? «Hun *er* der ikke selv. Likevel er noe av henne overalt. Omtrent som når vi ser hverandre i øynene. Det er som å være inne i hverandre, selv om vi bare er til stede sammen. Forstår du?»

Hun legger hodet på skulderen hans.

«Ja. Jeg tror jeg gjør. Jeg tror jeg forstår. Noe. Kanskje ikke alt.»

«Det er vanskelig. Jeg ... Jeg vet ikke om jeg klarer.»

«Jo. Du er flink.»

Stemmen virker usikker når hun fortsetter.

«Jeg skjønner mye. Du må gi meg tid. -- Så hun er i meg også?»

«Ja, selvsagt. Hun er i alle. Det er det hulen er for. Å finne den store mor i seg selv.»

«Men du har ... Du har sagt man må være snill.»

Kaje ser på henne, men ansiktet vender vekk.

«Jo, kanskje. Du *er* snill.»

Sirea sitter stille. Øynene er lukket.

Tanken på foreldrene vekker noe i Sirea. Hvor ofte har hun ikke ønsket å få kontakt med moren og faren. Er det virkelig mulig?

Et eller annet ved hulen sier henne at det *er* mulig. Stedet bærer på noe som en gang har vært, og som aldri har forsvunnet. Muligheten til å få kontakt med foreldrene gir et pust av glede, men det gjelder sikkert bare forfedre som selv har kontakt med Alles Mor? Kanskje Kaje vet.

«Hvordan får man kontakt?»

«Du må sitte stille og lukke øynene. Så tar du ...»

«Vent litt», hun klarer ikke å dy seg. Det rare hun så da øynene først vente seg til lyset, er der fortsatt. Lent mot veggen står en lang, nesten hvit, skikkelse.

«Det der!» Hun peker. «Hva er det?»

På toppen av en tykk, hvit stamme balanserer et tungt, nesten rundt steinhode. Oppå det er det atter en stein, men den øverste er mindre, den er litt avlang og står på høykant. Trestammen er snudd opp ned slik at steinene hviler på det som en gang var en rot, og rundt den øverste steinen henger det en reim med knokler og klør. Det er de som gjør skikkelsen skremmende, men mest fordi Storeflekks menn går med slikt. Midt på den øverste steinen er det en svart vannrett strek med korte, loddrette streker i hver ende og en avlang sirkel rundt, antakelig tegnet ved hjelp av en halvbrent pinne fra bålet. Samme merke som på pannen til Male. Da hun oppdaget figuren trodde hun et øyeblikk at det sto noe levende der. Etter hvert ante hun *hva* det var, men skjønte ikke hvorfor.

Kaje smiler.

«Ai, det er Moro. Hun er ikke farlig. Vi har gitt Alles Mor en skikkelse for lettere å føle samværet. Det er bare en gammel trestamme. De to steinene var det far som bar opp. Helt fra elven. Den lille steinen øverst er det andre hodet. Også vi har to hoder, ett for mennesker, og ett for Alles Mor. Far mente at Moro trengte to hoder.»

Hun smiler for seg selv. Nå står den bare der, den kommer ikke lenger mot henne.

Kaje gjør stemmen rolig og manende slik Karos var når hun innvidde ham i hulens hemmeligheter. Karo har sagt at alt han lærer, må han passe på å bringe videre – for en dag vil hun være borte. Så vil også han være borte. Sirea er den første han selv prøver å føre fram for Alles Mor.

«Du må lukke øynene. Så lar du hele kroppen hvile. Armer og bein er slappe som på et sovende menneske.»

Han ser på henne.

«Ikke la noe i kroppen være stramt. Bare ryggen, den må holde på hodet. La roen spre seg fra tærne og fra fingrene – helt til hjertet og til hodet. Pust rolig. Du har bare pust, alt annet hviler.»

Han venter litt.

«Når hele kroppen hviler, og pust er alt du merker … Først da.»

Igjen tar han en pause mens han observerer kroppen hennes. Sirea sitter helt stille med lukkede øyne.

«Vis med hodet når du er klar.»

Ansiktet hennes gjør en så vidt synlig bevegelse opp og ned. Kaje fortsetter sakte med dempet stemme.

«Pusten er jevn og rolig. Helt jevn. Føl den. Så tar du ... Ta hele deg. La tanker som kommer og lyder du hører forsvinne. Kanskje ser du figurerer. La de ligge. Gjør hodet tomt. Helt tomt. Ingenting betyr noe. Det eneste i deg er Alles Mor.»

Igjen lar han tiden gå. Hun er så nydelig der hun sitter ved siden av ham med lukkede øyne og et nesten sovende uttrykk i ansiktet. Han får lyst til å presse kroppen hennes inntil seg enda en gang, men vil ikke forstyrre.

«Merk pusten. Den går jevnt ut og jevnt inn. Nesen er veien. Inn og ut. Rolig. Alt annet som dukker opp skyver du varsomt vekk. Kommer det tanker, så la de forsvinne som kvister i elven. La hele deg være til stede i hodet. I pusten. Bare der. Når alt er borte, og du flyter i en god følelse, som i en rolig elv, først da ... Du merker Alles Mor. Først da ...»

Stemmen hans dør langsomt bort. Det kommer ingen andre lyder. Hulen er taus. Verden eksisterer ikke.

Lenge sitter de slik. Gradvis skjer det noe inne i henne. Jo, hun merker det nå. Alt utenfor hodet er vekk, likevel er hun ikke lenger alene i seg selv. Det er noe stort og godt inne i henne. En opplevelse helt forskjellig fra alt hun tidligere har opplevd. En indre ro som bare lever når alt er tomt. Det fins ikke dager og derfor heller ikke bekymringer. Livet har sluknet som et forlatt bål. Det er godt. Ingenting betyr noe.

Hun vil være her – ikke dra tilbake til leiren. Der vet hun hva som venter.

48.

Det er hvitt. Helt hvitt både under ham, over ham og rundt ham. Kaje aner ikke hvor han er – eller hvor alle de andre er. Han går. Nei, han går ikke, han løper. Det gjelder noe veldig viktig, og han må fram. Fort! Han kjenner stokken i venstrehånden. Den ligger alltid der, alltid parat. Han har en rask hånd. Uten en god stokk måtte han snudd, han vet jo ikke hva han møter. Kanskje fins det leoparder, kanskje dyr han aldri før har truffet. Han må skynde seg. Det haster.

Hva er det som haster?

Det går oppover og oppover, stadig høyere, men beina bærer ham som om de er vinger. De bryr seg ikke om kroppen de bærer på, de driver videre – opp og fram. Han flyr. Han er over skyene.

Beina støter mot noe. Noe mykt. Det flytter seg når føttene begynner å søke. Det forsvinner. Nei, der er det igjen; det er noe levende, antakelig et dyr. Dyret rører seg. Det gnir seg mot ham. Hva er det? Er han framme? Er det Alles Mor? Noe stort og viktig er i ferd med å skje.

Kaje spretter opp.

Forvirret dreier han hodet rundt. Omgivelsene er grå, men ikke hvite – bare en vanlig morgentåke. Tåken er gjennomsiktig og beveger seg, kanskje det heller er lave skyer. Trærne stirrer ned på ham med slørete blikk. På bakken er gresset dekket av bitte små dråper. Jo, alt er grått, men ikke hvitt; og ved siden av ham ligger Sirea. Hun ser på ham med et mildt smil. Han smiler tilbake.

«Unnskyld. Vekket jeg deg?»

«Ja», ler hun, «du sparket vilt. Drømte du?»

«Å?»

Slutten av drømmen står klart fram. Han vet at det er en type drøm som betyr noe, ikke minst fordi det var så tydelig at noe ble krevet av ham. Dessuten ble drømmen med over til våken tilstand, også det er et tegn på at drømmen betyr noe. Problemet er bare at han vet ikke hva. Han tror han vet hvor han var på vei, men ikke hvorfor.

«Jeg var ... Nei, jeg bare drømte.»

De går sammen bort til bålplassen og setter seg.

Det er ingen morgen som alle andre, men Kaje klarer ikke fange annerledesheten. Noe er galt, dagen er ikke som den skal være! Mange morgener starter med tåke. Og lyset er hos dem, selv om solen ikke viser seg fram. Det virker som om den ikke har lyst til å være med dem denne dagen. Luften er for kald. Både leiren og skogen er mer lavmælt enn vanlig.

Men hva er galt?

Det lille som kommer av morgenstøy lyder slik det skal: En porsjon småprat og latter, ispedd barnegråt, men bare beskjedne hikst – ingen varig og vond gråt. Reko sitter like bortenfor og skuler over mot ham samtidig som hun tygger på en skinnrem for å gjøre den myk. Mule og Male holder på å spisse spydene sine. Uvant å se Mule oppe så tidlig, men Kaje vet at han legger vekt på å trene opp broren i jakt.

Kaje snur seg brått og oppdager øynene til Bo. Han smiler tilbake. Endelig synes Bo å slappe av, selv om sårene på beina fortsatt ikke har forsvunnet. Hun smiler i alle fall, og hun trekker seg ikke unna når han legger hånden på skulderen hennes.

Han plukker opp restene av noen ribbein og gir til Sirea. Det er nok kjøtt igjen til en god start på dagen, men stammen trenger mer mat. På tide han drar på jakt. Kanskje han skal få med Sirea og dra ut sammen med Mule og Male? Kanskje er det lettere for Male å lære av ham.

Luften er så kjølig. Verden er kaldere enn den skal være, menneskene fjernere. Det er noe som ikke stemmer.

Folk samler seg etter hvert rundt bålplassen for å plukke rester fra gårsdagens mat. Rude og Lele kommer hånd i hånd og setter seg ved siden av ham. Karo kommer med små barn hengende etter seg som en hale. De drar i hår og bein så hun nesten ikke får beveget seg.

Kaje stirrer opp mot trærne rundt åsen. Det er et lett sus i tretoppene. Trærne vaier, men det er ikke noe uhyggelig og stormfullt over aktiviteten, bare en vag, vinkende bevegelse. Noen nesten brune blader seiler gjennom luften. Det er aldri tvil om at de vil nå bakken. Likevel ...

Nå ser han det!

De flyr feil vei. Både skyene og bladene.

Vinden har snudd!

Det betyr alltid noe. Vinden snur ikke uten grunn, og nå blåser det fra fjellene. Ned mot dem – fra forfedrene og ned mot dem. Det er noe de vil si, noe de vil advare mot. Regntiden ligger foran dem, og da skal vinden gå *mot* fjellene.

«Vinden har snudd», sier han med ansiktet vendt mot himmelen.

Ordene bryter småpraten. Folk snur seg. Ingen sier noe før Lele reiser seg og tar ordet.

«Kaje har rett. Vinden har snudd.»

«Hva tror du det betyr?» sier Kaje henvendt til Karo. Han merker at stemmen høres underlig ut. De andre bare stirrer mot trærne.

Lele går bort til bålplassen slik at han står midt i flokken av mennesker. Han dreier hodet rundt og bruker øynene til å fange oppmerksomheten til alle som sitter i nærheten.

«Vi skal dra», sier han bestemt. «Vi flytter. Dra til en regntidshule.»

«Greit, vi får snakke om det i kveld», sier Karo.

Med ansiktet vendt vekselvis mot Karo og de andre sier han i et helt uvant tonefall – langsomt og bestemt.

«Nei, vi drar nå. Vi rydder og drar. Nå med en gang. Vi vil til Bodahulen.»

«Hva?» sier Karo overrasket.

Før han sier mer, lar han blikket vandre atter en gang rundt bålplassen. Det ender mot Kaje og Sirea.

«Noen har latt meg forstå.»

Karo ser spørrende på ham. Til slutt bikker hun hodet langsomt opp.

«Ja, vi drar.»

Mule spretter opp som for å si noe, men det kommer ingenting. Det er noe med stemmen til Lele som gjør det galt å legge til flere ord.

Det er stille rundt bålplassen. Helt stille. Enda et blad seiler mot dem og lander ved siden av det lille bålet noen har dradd i gang fra gårsdagens glør. Kaje strekker ut hånden for å plukke det opp, men ombestemmer seg. Bladet kan få bli der det landet. Alles Mor må styre Bujudalen uten innblanding av mennesker.

Ingen protesterer. Ingen sier noe. Kaje stusser, når de skal til regntidshulene, er det alltid noen som sier: 'Nei, det er for tidlig', eller: 'Kan vi ikke være her litt til', og: 'Jeg vil heller til en annen hule'. Nå godtar alle det Lele sa. Alternativene som pleier å blomstre, fins plutselig ikke. Selv Mule holder kjeft.

Kaje retter blikket mot Sirea, men ansiktet hennes er lukket som på en død kvinne.

En liten gruppe blir sendt i forveien for å ordne mat, som de andre kan spise på veien, og for å gjøre hulen klar. Kaje og Sirea blir igjen for å følge de yngste og de eldste. Det de har av utstyr som er verd å ta med, blir buntet sammen eller lagt i sekker.

Rent fysisk er det lett å flytte. De gjør det jo med jevne mellomrom, så folk vet hva som må gjøres; og selv for barna er det ikke noe problem å gjøre unna turen til Bodahulen på én dag. Det som tar tid, er å få med seg hodet. Man klarer ikke rive seg løs fra en leir sånn med en gang, og særlig ikke fra et så populært tilholdssted som Bujutokollen. Det tar tid.

Når Kaje og Sirea kommer inn i grotten sammen med den siste delen av stammen, brenner det allerede et bål ved inngangen. Himmelen ligger rosa foran dem, men det varme, gylne skjæret av dagens siste sollys har akkurat forsvunnet. Tåkeskyene er drevet vekk, nå henger den nesten fulle månen over slettelandet, omgitt av en lysende ring. Den diffuse ringen gjør at folk stirrer ekstra lenge på månen. Enda et tegn. Enda noe Alles Mor meddeler dem.

Kaje merker det med en gang han ser de andre. Noen sitter ved bålet og holder på med mat, andre ordner sengeplasser lengre inn i hulen. Det er stort sett de samme som legger seg ytterst, og de samme som kryper helt inn hver gang de flytter til en regntidshule. Likevel er det alltid noe nytt i det å flytte. Det markerer noe. Om ikke annet så betyr det slutten på en sesong.

Stemningen blir annerledes – folk forandrer seg. Idet de kryper inn under det sotete berget, skjer det noe med ansiktene. Praten blir mer dempet, og tempoet lavere. Som om livet tar en hvilepause etter en bratt oppstigning. Samtidig kommer de tettere innpå hverandre. Det spesielle de har sammen, vokser inne i hulen – som om de tar på hverandre selv når ingen berører noen. Denne kvelden er det også noe annet. Regntid er greit nok, i alle fall så lenge regnet ikke er der, likevel aner han en utilpasshet.

Engstelsen har ikke smittet over på barna. De flyr rundt og utforsker det nye stedet, så foreldrene må rope lenge for å få alle tilbake før mørket overtar skogen. Han minnes hvor spennende han selv syntes det var å starte ny leir, men av en eller annen grunn har han mistet interessen. Kanskje ikke så rart, det er ikke lenger noe nytt ved noen av leirplassene de bruker. De burde finne helt nye steder. Det slår ham plutselig at det er en god ide, hele stammen kan dra ut på vandring og utforske områder langt borte. Lære å leve på nytt.

Kaje setter seg på den rødbrune, sandete jorden, midt i den enorme åpningen. Det er så uvant å ikke ha noe grønt under seg at han raskt griper ett av de store bladene som er samlet inn. Lenge bare stirrer han hit og dit i et forsøk på å få den rette følelsene av tilhørighet. Han ser på den åpne sletten som skråner ned mot de mørke silhuettene av trær. Dalen er smalere her oppe. Elven er skjult av skog. Over trærne på den andre siden ligger en bratt dalside som ender i en ujevn rygg. På toppen av ryggen stikker det opp noen bartrær, herfra minner de om tornene på en gå-langsomt-busk. Innerst, i retning fjellene, er det to bratte, men pent avrundede nuter som dominerer.

Det er noe skremmende ved måten nutene markerer seg mot kveldshimmelen. Kaje vender blikket tilbake til de nære ting.

På huleveggen aner han fortsatt tegninger fra tidligere opphold. Barna bruker pinner fra bålet til å tegne på de nedre delene av fjellet. De eldre tegner på motsatt måte, de bruker steiner til å risse lyse streker i det sot belagte taket, mens de passer på at barna får beholde sin del av huleveggen. Av og til henter de vann i elven og vasker bort sot for å gjøre det lettere for barna å tegne.

Noen enkle streker er gitt av Mules hånd. De viser ham selv med en pikk som stikker rett opp – altfor langt opp – tegnet i stolthet over å være mann. Selv har han laget en sjiraff: lange bein og lang hals under et lite hode. Han har bare sett sjiraffer én gang i sitt liv, nede på slettelandet, og det gjorde et sterkt inntrykk. Den lange halsen tar han som et tegn på at de har spesielt god kontakt med Alles Mor.

Like ved siden av er det en utydelig tegning, men han vet den forestiller en gorilla. Det er flere regntider siden han laget den. Folk respekterer gorillaene. De og menneskene lever side om side i skogen, dalen tilhører begge og som regel går det greit. Noen gorillaer går det an å bli venn med – bare man er tålmodig. Lele har lært ham å oppføre seg riktig i nærvær av gorillaer og å prate med dem. Tegningen viser en stående gorilla med den enorme kjeften gapende mot verden. Han er ikke fornøyd, i morgen skal han få med seg Bo og gjøre tegningen bedre. Bo er mye flinkere.

På én måte står gorillaene over mennesket. De er sterkere og modigere. De voksne hannene har dessuten den ekstra kulen bak på hodet som de bruker til å kommunisere med dalens mor – noe menneskene mangler. Det er bra. Bra at gorillaene har gode egenskaper. Hvis menneskene hadde vært best i alt, ville det bare ført til hovmod og innbilskhet. Menneskene ville tenkt at de står over og bestemmer over livet i dalen. Alles Mor ønsker ikke en slik dal, så det er best at hver art har sterke og svake sider.

Mule burde prøve å leve med gorillaene.

Gradvis vil de lyse strekene på huleveggen bli dekket av ny sot. Samtidig vil sotstrekene slites vekk av nye barnehender og av fuktigheten som sitter i fjellet. Det er bra. Det gir mulighet til å glede seg over nye tegninger uten at noen blir lei seg. Ai, slik er det; alt menneskene lager kommer og går, bare det Alles Mor skaper består.

Igjen ser han på de andre. Synet plager ham. Her i hulen skal de stå enda nærmere hverandre. Det er viktig, for ellers blir det lett splid. Men folk har fjernet seg fra sine egne ansikter. De slapper ikke av.

Han tar et raskt blikk mot der han har lagt soveskinnene for seg og Sirea. Jo, hun sitter der.

Så snur han seg brått en gang til. Nei, hun sitter der ikke. Det er Reko! Reko har lagt sitt skinn rett ved siden av der han ordnet til for Sirea, nå fletter hun håret. Vel, alle får velge den soveplassen de ønsker. Likevel. Han aner problemer uten helt å klare å sette fingeren på det. Sirea har virket annerledes etter turen der de besøkte Alles Mor i hulen.

49.

Sent samme dag kommer Storeflekk og alle hans menn til Bujutokollen. Det er så altfor tydelig at de er på rett sted til feil tid. Storeflekk stusser. Leiren gir klar beskjed om at folk nylig har flyttet; vegetasjonen er fortsatt nedtrampet, bålrestene riktignok kalde, men ferske. De forlot leiren samme dag! Hvorfor dra? Og hvorfor akkurat nå?

«De har dradd oppover dalen», sier Firfinger henvendt til Storeflekk.

«Er du sikker?»

«Ja, ja, sporene sier alt. De har dradd oppover. Antakelig et sted med bedre ly.»

«Kanskje tenker de at regnet kommer.»

«Ja, kanskje», sier Firfinger langsomt.

«Vi trenger en hule.»

«Ja, vi også. Uansett. Vi må ha en hule. Vi bør lete etter en hule.»

Storeflekk virker irritert.

«*De* har et sted. Det holder å finne *dem*.»

Firfinger nøler. Det ender med at han ikke klarer å holde ordene tilbake, men stemmen er bare så vidt hørbar.

«Det blir ikke bra.»

Stemmen til Storeflekk er hørbar.

«Hold kjeft! Klart det blir bra. Still tærne i riktig retning. Det *blir* bra. *Alle* er med.»

Firfinger sier ikke noe, men øynene holder seg langt unna Storeflekk. De stirrer mot slettelandet. Heller ikke ørene følger med når Storeflekk fortsetter.

«Vi tar denne dalen. Folket må vekk, uansett hvor de er. *De* får finne noe annet. Her er vårt.»

«Gi meg øynene dine», føyer han til irritert.

Det tar tid før Firfinger snur seg. Øynene vender slapt mot ansiktet til Storeflekk.

«Ja, vi kan jo prøve. Men ... Men kanskje er det lettere å finne en annen hule. Er det regntid, blir det bråk. Det blir vanskeligere. De gir seg ikke. Og vi vet ikke hvor de er.»

Storeflekk ser nedlatende på den gamle mannen.

«Tull. Klart vi finner dem. De er en stamme. De har barn. De vet ikke engang at vi kommer. Bare å følge sporene til vi ser eller hører dem.»

Firfinger trasser blikket hans.

«Kanskje det ikke blir bra. De sier regnet varer lenge her. Mange, mange dager. Vi kunne finne en annen hule, et annet sted. Vente til regnet er over.»

«Er du feig så dra», spytter Storeflekk ut. «Hold deg hos kvinnene. Vi tar dalen! De har sikkert den beste hulen.»

Firfinger gir seg ikke.

«Kanskje drar de frivillig. Kanskje har de lyst til å komme nye steder. Vi kan fortelle om andre åser, men ikke nå. Nå vil de ikke. Hvis vi ...»

«Tull. Er du her, eller er du ikke her?»

Storeflekk griper skuldrene hans. Firfinger retter seg opp i ryggen og lar pannen møte Storeflekk sin, men snur seg raskt og tusler vekk.

Pokkers olding, tenker Storeflekk. Endelig er mennene samlet om noe, endelig er det noe som fungerer, og så kommer det skrukkeskinnet. Hva er det, tåler ikke fyren regn? De har en oppgave. Her er ikke plass for firfirsler som stikker mot nærmeste bergsprekk bare noen vifter med hånden.

Og pokker ta Sirea. Nå som månefolket har brutt leir, burde hun kommet dem i møte. Hun burde ha funnet ut det som betyr noe. Mye ville vært enklere med hennes kunnskap. Så slår det ham at hun kanskje har forlatt månefolket og befinner seg på vei til slettelandet. I så fall ser de henne når de drar for å hente kvinner og barn.

Storeflekk setter seg ned. Han prøver å tenke, men irritasjonen gjør at tankene ikke går dit de skal. Alt hodet byr på er 'dra og drep dem'. Det er ingen fornuft i Firfingers barneprat. De er fortsatt minst to menn mot en, de er godt forberedt og har i seg evnen til å drepe mennesker. Nei, Firfinger er bare gammel, men han må passe på at Firfinger ikke ødelegger. Han må sørge for at alle går med felles skritt – ingen må bryte ut. Og det er for pokker ingen andre som tenker. Firfinger er klok, så beina hans blir sikkert med.

Han plukker opp en halvbrent pinne fra bålet og begynner å tegne streker i ansiktet og på brystet.

50.

Det er for lengst mørkt. De fleste sover. Her inne i hulen samler pustelydene seg til en eneste stor sovelyd.

Kaje sitter sammen med Lele og Karo rundt et sparsommelig bål. De sitter stille og stirrer enten mot ildstedet eller ut mot natten. Kun unntaksvis blir det sagt noe, og selv ikke da ser de på hverandre.

Glørne er rødere her oppe. Flammene mindre ivrige. Veden er ikke like god.

Kaje aner at verden åpner seg foran dem, og lukker seg bak, selv om det er like svart i begge retninger. Ikke mørkeblått, bare svart. Som sot. Han tenker at hulen er som livet. Det som ligger bak er lukket og ferdig, ingenting man kan gjøre noe med, mens foran fins det en verden av muligheter – de klarer bare ikke å se dem. Det farlige tilhører alltid framtiden. Det ligger der ute, utenfor hulen og utenfor fellesskapet.

Kanskje er det like svart i begge retninger, men lydene er ikke de samme. Bak dem svever den store sovelyden: snorkende ånde fra noen voksne menn, han kan gjette hvem; mer hoppende pust fra enkelte av barna; lange, hviskende drag fra kvinner. Foran dem er det stille, bortsett fra sporadisk rasling fra skogen bortenfor og noen ul fra fjerne fugler.

Hva!

Kaje hører plutselig en rasling som så avgjort ikke er fjern. Like utenfor.

Han griper et spyd og spretter opp. Deretter tar han noen skritt i retning mørket, men ser selvsagt ingenting. Også de andre sitter stive og følger med.

Han lar føttene føle seg fram. Det neste han hører er sint hvesing. En leopard! Hendene finner fram til en håndfull grus. Lyden av et dyr som løper vekk kommer samtidig med kastet.

Det er ingen uvanlig hendelse. Leoparden ville neppe våget å gå helt opp til bålet, den var nok bare nysgjerrig. Kanskje brukte den selv hulen mens menneskene var borte, kanskje mente leoparden å ha like mye rett til hulen som dem. Hvem eier hulen?

Han merker at episoden vekker uro hos både Karo og Lele. Den nervøsiteten han av og til ser i øynene til antiloper ligger nå hos dem. Deretter merker han en tilsvarende følelse hos seg selv. En uro som fra å være fortrengt langt inne i kroppen nå rører på seg og vil fram.

Vinden har stoppet. Verden venter.

Hvorfor viser gorillaen aldri frykt?

Hvem har rett til å bruke hulen? Hvis Alles Mor er i alle, så har vel også alle like mye rett – både deres stamme, leoparden og de fremmede. Kanskje Alles Mor har noe enda finere for dem et annet sted. Nettene er kalde, og det er dårlig med god ved her oppe.

Kaje vet han burde lagt seg, men får det ikke til.

«Bo sover med Mule», sier han plutselig. De trenger noe å prate om, noe som fjerner ubehagelige tanker.

Det er stille en stund før Karo svarer:

«De vil det. Jeg tror det er godt. Jeg tror de får det godt. Du savner Bo?»

«Ai», sier han stille.

«Du har Sirea. Dere kan jo ligge sammen alle fire. Hvis dere vil. Mule og Bo trenger hverandre.»

«Reko la seg der. Kanskje vi skal dra. Alle sammen.»

«Og du klager», bryter Lele inn spøkefullt. «Hvor mange kvinner har du plass til på skinnfellen?»

«Det er ikke så lett», svarer han spakt.

Nå ler begge de to andre. Endelig.

«Men jeg savner Bo. Det er hun ... Det er ... Jeg vet ikke.»

«Så dyng dere sammen. Det er godt. Godt å være mange. Godt å ligge tett», foreslår Lele

«Ja», svarer han. «Men det er ikke så lett. Hva vi føler er så forskjellig. Jeg tror ikke Mule vil. Kanskje ikke Bo heller. Og Reko og Sirea ... Jeg ser ikke tankene deres.»

Karo høres alvorlig ut:

«Jeg kan prate med dem. Hvis du vil.»

«Nei, nei, jeg gjør det. Ai, jeg må gjøre det.»

«Kaje», bryter Lele inn. «Jeg og Rude vil ligge sammen. Dere barn har andre å sove med, vi trenger hverandre. Moren din har Boro. Rude vil gjerne ligge hos meg. Er det greit?»

«Ja da Lele.»

Kontakten mellom de to har alltid vært spesielt sterk, likevel føles det som noe nytt. Situasjonen virker rar og uvant for Kaje, særlig fordi Lele gjør det usagte om til ord. Ordene gjør at familien blir partert som en død antilope. Litt går hit, og litt går dit, noe blir spist og noe ligger igjen. Man skal være forsiktig med ord.

Egentlig er det ikke så galt. Kanskje er det godt, både det med Lele og faren og det med Bo og Mule. Det *er* godt, men det er ikke noe å prate om. Når forhold omskapes til ord, blir forandringene så tydelige. Så dominerende. Det er som om noen prøver å fortelle månen hvor den skal fly. Nei, månen, og alt annet, må få leve i fred. Det er enkelte ting man ikke trenger å si, verden går likevel den veien Alles Mor peker ut.

Lenge klarer de seg uten ord, sovelydene sier nok. Det er Lele som til slutt bryter inn. Allerede før ordene kommer, hører Kaje på pusten, hvis det da ikke er noe han leser i ansiktet, at det kommer tunge ord.

«Sirea tilhører de fremmede.»

Kvelden hadde vært god, trass i engstelsen, nå kjenner han smerten.

«Vi vet», sier Karo

«Hun sier de vil ha dalen. Hun sa vi må vekk.»

Karo ser på Kaje:

«Hva!? Hva har hun sagt? Vi må vekk?»

For en gangs skyld nekter Kaje å møte ansiktet hennes. Han bøyer seg dypt mot glørne og begynner å rote med en pinne. Det spraker og spretter gnister ut i natten, men de dør med det samme. Ingen vil stige mot månen. Dessuten er det ingen måne over dem, bare et tykt tak av stein.

«Hun sier de dreper», fortsetter Lele. «Hun sier de dreper mennesker like lett som de spidder en antilope.»

Kaje vil ikke høre, men han kan ikke gå. Han *må* sitte der, og det *må* komme. Forvirringen og fortvilelsen til Karo trer enda tydeligere fram. Stemmen treffer ham midt i ansiktet.

«Hva mener du!?»

Lele er ikke ferdig.

«Hun er redd de vil drepe. Drepe oss. For dalen. De vil ha dalen.»

«Det er *vår* dal. Dalen har alltid vært vår. Forfedrene kan bevitne det. De har alltid bodd her. *Ingen* kan ta den!»

«Karo! Jeg vet. Jeg vet. Det *er* vår dal, men de er mange. Og de dreper. Vi dreper ikke mennesker. Du vet det. De vet det. Vi er ikke menneskedrepere! De kan ta oss. Det er lett for dem.»

«Har Sirea sagt alt det?»

«Ja ... Nei. Omtrent. Hun mener vi bør dra.»

«Nei. Nei! Det er *vår* dal. Det fins ingen steder å dra.»

«Ja, Karo, det er vår dal.»

«Så hva gjør vi?»

Lele ser vekselvis på Karo og Kaje, men sier ingenting. Kaje tenker at det fins ikke noe svar, i alle fall ikke et svar som er godt nok. Han har ikke noe å tilby. Framtiden blir uansett slik Alles Mor vil ha det.

Til slutt blir presset mot ham likevel for stort. Det krever alt han har igjen av krefter å få ordene ut.

«Jeg drar gjerne. Mot nye steder. Sammen med dere.»

De andre ser forbløffet på ham.

Karo merker at raseriet hennes retter seg mot Kaje, men er det fordi han står henne så nær? Det er ikke *hans* skyld, og heller ikke er det noe *han* kan gjøre fra eller til. Kaje er forelsket, og ingenting stopper forelskelse. Stammer har blitt borte før, slike beretninger inngår i flere av fortellingene. Alt den store mor kan gjøre, er å hjelpe dem å hjelpe seg selv. Fortellingene er der jo for å si at av og til blir mennesker drept av mennesker, av og til forsvinner et helt folk, slik er det bare. Fortellingene er der for å forberede dem. Men hvorfor? Og hvorfor akkurat hennes stamme?

Hun minnes fortellingen om Kolossen og hans folk. Han levde for mange, mange forfedre siden, og flere av de historiene hun liker å gi barna gjelder denne kjempen av en mann. Likevel ... Til slutt, helt til slutt, ble han til ingenting. Og det fordi han gjorde én eneste feil. Også hun har gjort en feil.

Lele avbryter.

«Karo. Vi skal prate med Sirea. Vi to sammen.»

«Hva? Ja, ja, i morgen. Vi må høre henne.»

«Karo. Kanskje nå.»

«Nei, i natt ... Det er sovetid. Det hjelper ikke.»

De kom til Kolossen fra nabodalen. Det kom mange menn og beskyldte en av hans kvinner for å stjele. Kvinnen skulle ha tatt den ene av nabostammens to ildsteiner. Den beste av de to. Kolossen var for lengst gammel, han sa: 'Ingen av mine kvinner stjeler.' De fremmede gikk bort til kvinnens sekk og tømte den. Der fant de ildsteinen. Så stakk de en stokk i magen på Kolossen og sa: 'Den som lyver er vond. Den som beskytter urett, fortjener straff.' Skaden så ikke alvorlig ut, likevel ble såret opphovnet og stygt, og hele magen ble syk, veldig syk. Høvdingen klarte til slutt ikke løfte kroppen, og de så på ham at det gjorde fryktelig vondt. Han døde før såret grodde. Stammen sørget, men de hadde lært noe.

Kanskje den store mor vil ha dem til seg, til forfedrene i fjellene. Hvis hun forlater dalen, blir det dit.

Tankene blir igjen avbrutt av Lele.

«Karo, du må være hos oss. Vi trenger deg. Du må ikke gi opp.»

«Hva har vi gjort feil? Hva skal vi gjøre?» svarer hun. Hun merker at det nesten ikke er kraft igjen i stemmen.

«Hva skal vi gjøre?» gjentar hun enda lavere.

Det tar lang tid før Lele sier noe.

«Vi kan håpe. Kanskje tar Sirea feil, men vi må sende noen nedover dalen for å passe på. Vi må vite hva som skjer. Og så må vi beskytte hulen. Vi må bære inn mat og ved. Vi må legge en mur av steiner ved åpningen. Hente kastesteiner fra uren. De fremmede har farlige spyd, vi trenger beskyttelse mot angrep.»

«Tror du de finner oss?» sier Karo, uten egentlig å være i tvil om svaret.

«Dalen er stor, men ikke *så* stor. Et menneske kan gjemme seg, ikke en stamme. I alle fall ikke her.»

«Lele. Vi skulle alle hørt på deg. Alt skulle vært dine ord.»

Lele stirrer lenge på henne før han sier noe:

«En gang trodde jeg kanskje det. Jeg tok feil. Det er vår stamme, men dine ord har betydd mest. De har gitt noe jeg ikke har. Det er derfor folk lytter, og, og ... Vi trenger *deg*, nå mer enn noensinne. Karo, jeg gjør hva jeg kan, men ... vi trenger *dine* ord.»

Hun merker at tårene slører blikket mens hun hvisker.

«Jeg er ikke så sterk lenger.»

Lele ser på bålet før han sier noe:

«Vi har levd lenge. Vi må tenke på barna.»

«Ja, Lele, du har alltid rett. Vi må tenke på barna.»

Han snur seg mot huleåpningen og stirrer, som for å holde problemene unna ved hjelp av øynene. Mule kommer inn i hulen fra det svarte. Han har trolig bare vært ute for å gjøre fra seg. Også Mule setter seg ved restene av bålet. Karo ser på Lele.

«Han må få vite.»

Lele nøler så lenge med å svare at Karo bøyer seg fram for å få kontakt med ansiktet.

«Jeg vet, jeg vet. Slik er det, alle må vite. Men ... De vil dømme. Du vet hva som skjer? Det faller på deg. Enda mer legges på deg. Jeg kan ikke.»

Karos stemme er så vidt hørbar.

«Ja, slik er det. Alle må få vite. Alle må få være med. Vi har alltid samlet alles ord. Det gjelder ... Hva skal skje med henne? Alltid har ...»

Mule avbryter forvirret:

«Hva er det? Hva skjer? Hva må vi vite?»

Lele snur seg og stirrer lenge på Karo. Så vender han seg mot Kaje. Gutten har gradvis beveget seg vekk fra bålet, nå sitter han med ansiktet dypt mellom beina der den støvete bakken er eneste selskap. Det virker som om han ikke følger med, men Lele vet at han hører.

Til slutt henvender han seg til Mule.

«Sirea sier stammen hennes kommer for å drepe. Hun tilhører en mann. De vil ha dalen.»

Lenge blir Mule bare sittende og måpe. Karo kjenner det uttrykket. Så kommer han i gang:

«Hun har … Hun har …»

«Bruk nattstemme. Folk sover. Det hjelper ikke å vekke alle», avbryter Lele.

Formaningen gjør bare et lite utslag på lydstyrken.

«Men hun har forrådt oss. Vi ga henne alt. Nå sier hun vi må dra eller dø! Det er hun som må dø. Jeg visste det. De tok Bo. De har drept flere fra slettefolket. De er av det onde. De …»

Igjen avbryter Lele.

«Det er nok. I morgen. Vi skal ta det opp i morgen. Alle må høre, alle må tenke.»

Mule snur seg mot Karo og holder på å si noe. Hun bare løfter hodet for å vise at hun støtter det Lele sa. Isteden er det Kaje som sier noe, men stemmen er svak og grumsete.

«Hun er ikke ond.»

Det blir stille. Lenge er det helt stille. Karo tenker på elven. Deres elv. Til slutt sier Lele.

«Det er sent. Vi trenger å sove. Kaje, Mule, dere også. Det er best å sove det over.»

Karo reiser seg og legger hånden på skulderen til Kaje. Han vender seg mot henne. Bålet skinner i de våte kinnene hans.

Kaje vet hvor Sirea ligger. Han er takknemlig for at hun ikke har flyttet seg vekk fra Reko, nå trenger han alle som er glad i ham. Glørne gir nesten ikke noe lys, så han føler seg fram samtidig som han passer nøye på å ikke dulte borti noen av de sovende skikkelsene. Først når han legger seg ned, tett inntil henne, ser han det hvite i øynene.

«Du sover ikke», hvisker han.

51.

Regnet kommer med morgenlyset. Et vått og kjølig regn, med store dråper som faller på skrå ned og lander med små plask. Ikke et plutselig pøsregn, men et jevnt sig. Et regn som vet hva det vil, og som har mye å tømme ut, men god tid. Et bedrøvelig regn som gjør omgivelsene glansløse som eldet hud.

Storeflekks menn er våte.

De følger stien innover dalen. Bakken er leirete og glatt. Vannet er det eneste som lever. Noen steder renner det mot dem i sporet, andre steder krysser de små bekkene stien.

Kulden er det Storeflekk misliker, og frykter, mest. Bein og armer blir stive og kroppen treg. Dessuten mister folk kraften i tankene. Sånt passer dårlig nå, så for å beholde mykheten driver han mennene fram. Pokker ta om Lele skal få rett, det er best å ha alt unnagjort i løpet av dagen. Det ligger noe i øynene rundt ham som sier at oppgaven ikke bør ta for lang tid.

Regnet visker etter hvert ut de enkelte fotsporene, men selve stien er tydelig; og om en hel stamme plutselig forlater stien, så ser de det på vegetasjonen.

Regnet fortsetter.

Firfinger har funnet seg en plass midt i følget, han tenker at det er tryggere der enn forrest eller bakerst. De kjenner ikke denne stammen.

Dalen blir gradvis smalere og mer kronglete. Det er som om åssidene presser seg mot dem, samtidig som trærne hever hodene stadig høyere og mer nedlatende over dem. Aller øverst aner de av og til små trær som stikker opp i silhuett mot det grå, men mesteparten av tiden ligger åsryggene skjult av skyer.

Firfinger føler at vannet prøver å skylle dem tilbake. Det vil ha dem med til slettelandet. Selv trærne synes å vite at de ikke hører til her, særlig bartrærne skuler olmt ned mot dem. Han liker seg dårlig, men det fins ingen valg, ingen har talt imot. Trolig tør de ikke. Dermed blir det å fortsette. La ting skje. La alt bli overstått.

En lang grein full av torner sitter plutselig i brystet hans. Den griper ham som klørne fra et sint dyr. Pokker! Han fulgte ikke godt nok med. Det gjør vondt! Uten å tenke slår han mot greinen samtidig som han river overkroppen løs. Resultatet blir flere blodig riss i huden samt en sviende og irriterende smerte. Pokkers kratt!

«Nå. Du har funnet noe å slåss med? Noe som er passe farlig?»

Det er Brushode. Ingen andre klarer å legge så mye hån i stemmen, og ingen andre sier noe så dumt. Firfinger svarer ikke, fjerner bare smerten fra ansiktet og går videre. Hvorfor i all verden går den bavianen plutselig rett bak ham? Brushode pleier å henge på Storeflekk som et barn.

Det er ingen tvil om at mange mennesker har gått opp dalen før dem. Tråkket snor seg fram og tilbake rundt steiner, noen ganger over lange, smale åsrygger, andre steder følger det elven. Innimellom blir det så trangt at det bare så vidt er plass til to føtter ved siden av hverandre, andre steder flyter stien utover sumpete sletter der sporene står igjen som utallige, mørke groper.

Gjørmen i myrområdene er dyp, så dyp at en uheldig plassert fot lett kan ende med gjørme til langt opp på låret. Etter hvert lærer Firfinger å vurdere hvor foten bør plasseres. Han finner fram til tuer og råtne stokker som bærer kroppen og unngår dermed de mest bunnløse områdene. Likevel, uansett hvor man tråkker så suger myren kreftene ut av beina.

Hva pokker skal de med denne dalen, slettelandet er mye bedre. Dalen er noe dritt, noe ordentlig dritt, livet på slettene er langt mer behagelig. De har aldri tidligere vært så langt innover mot fjellene, og han vurderer å påpeke for Storeflekk at det ikke svarer til forventningene. Men nei, det hjelper ikke. Storeflekk hører ikke på andre enn seg selv. Han snur ikke om så hele dalen renner over.

Det skjer like etter at de har passert et større myrområde. Igjen trenger skogen seg mot dem. Gjørmen har svertet de fleste til knærne, og regnet har ikke rukket å vaske føttene rene. Igjen er det de glatte steinene og røttene som prøver å holde dem tilbake.

Plutselig stuper Firfinger. Han rekker å få venstrehånden framfor seg, men skulderen støter mot en stein. Skriket skyldes likevel den dårlige fingeren, den treffer skjevt mot bakken, noe som fyller kroppen med en dyp smerte. Han skriker så hele opptoget stanser. En stund er det bare hans jammer, så bryter Storeflekks stemme igjennom.

«Hold kjeft!»

Firfinger enser ikke annet enn smertene.

«Hold kjeft! Vil du hele skogen skal høre oss? Du skriker verre enn et gjennombanket spedbarn.»

Han retter blikket mot stemmen, men snur seg raskt vekk. Like mye for å unngå det sinte ansiktet som for å se bakover og finne ut hva han snublet i.

Det er ingenting der. Ingen røtter. Bortsett fra steinene han falt mot, var det ingenting å snuble i. Ingenting.

Bak steinene står Brushode med et bredt glis, men der var ingenting å snuble i! Plutselig skjønner han.

«Det var Brushode. Han spente bein på meg. Det forvokste rasshølet!»

«*Jeg!?* Fyren er for gammel til å holde beina under seg. Nå gir han *meg* skylden!»

Firfinger stagger lysten til å forsøke seg der og da. Det nytter likevel ikke. Hans tid skal komme. Han rekker å nyte tanken et kort øyeblikk før tvilen siger inn.

52.

Det er Lele som vekker stammen i grålysningen. Selv utenfor hulen er lyset så spakt at det nesten forsvinner når de blåser liv i bålet. De mer hører enn ser regnet som startet før morgenen kom.

Det er også Lele som fører ordet når alle er samlet:

«Sirea sier stammen hennes kommer for å ta dalen. Hun sier de kanskje vil drepe.»

Han tar en pause, men ingen sier noe.

«De er mange. De er sterke. Vi må bestemme oss. Skal vi dra? Skal vi gi opp dalen? Alle må få legge ord til saken. Det gjelder oss alle.»

Mule tar ordet, men stemmen er ikke så høyrøstet og bestemt som den pleier å være.

«Sirea sier hun tilhører en av de fremmede. Hun er ikke av oss, hun er med dem. Vi må bestemme hva vi gjør med henne. Hun er med de som vil drepe.»

«Andre ting er viktigere», fortsetter Lele. «Kanskje kommer de i dag. Kanskje neste dag. Vi må skynde oss.»

«Mule har rett», hører han noen si idet han tar en pause. Lele velger å lukke det øret og fortsetter.

«Hvis vi velger å bli … Vi må samle så mye vi kan av mat og våpen. Kastesteiner og stikkestokker. Alle må ha flere. Og vi må flytte stein foran åpningen. Det haster. Alle må delta, og alle må gjøre ting så fort de kan.»

«Hva med Sirea?»

Det er Mule igjen. Selvsagt. Han klarer aldri å vente med tankene sine.

Lele merker seg at flere av ansiktene viser at de følger Mules tanker. Han minnes noe Karo pleier å si, at bare menneskene … Hun må ha sett ordene i tankene hans og overtar.

«Hør! Ikke se etter hevn. Bare menneskene ønsker hevn. Dyrene ber ikke om hevn. Selv gorillaen, som er sterkere enn noe menneske, slår aldri uten grunn. Aldri for hevn, bare for forsvar. Hevn bringer oss ikke nærmere Alles Mor. Hevn gir oss ikke dalen.»

Lele er glad for at det er hun som sier det, utsagnet hadde ikke fungert like godt i hans munn. Hennes ord lever på en annen måte. Han merker at stemmen hennes svinner mot slutten, så han overtar.

«Sirea skal bli diskutert. Alle skal si sin mening. Nå må vi forberede oss. Det haster. Dessuten, Karo har rett. Vi må gjøre det som drar oss opp.»

Han merker at Kaje gråter uten lyd. Ved siden av sitter Sirea, ansiktet hennes er merkelig tomt.

Regnet fortsetter. Her oppe er regnet kaldt, så normalt ville de holdt seg mest mulig under huletaket, og heller dradd ut når regnet var brukt opp. Selv i regntiden kommer det alltid perioder med opphold. Regnet gjør arbeidet tyngre, men på en måte er regnet også en fordel. De har tross alt en hule, og et bål; de fremmede fryser om de prøver å ta seg opp dalen i slikt vær. Antakelig venter de.

Sent på dagen tar Lele en pause for å spise. Han er ikke sulten, men han vet at hvis han ikke spiser, vil han før eller siden tenke feil. Det er altfor mye som ligger på ham nå, det er ikke bare å vite hva de må ordne, han må gi folk de riktige ordene. Mule kommer bort og avbryter.

«Lele», sier han formelt.

«Ja Mule, jeg lytter.»

«Jeg har snakket med flere. Det er ikke hevn. Sirea er farlig. Vi vet ikke hvor hun står. Hun tilhører de andre. Vi dreper henne ikke for hevn. Vi dreper for våre egne liv.»

«Hun kom til meg og sa ifra. Du må huske at hun hjalp oss. Kanskje reddet oss. Hun behøvde ikke.»

Lele er overrasket over hvor lenge Mule tenker seg om før han svarer.

«Ja, men vi vet ikke. Kanskje liker hun Kaje. Ingen liker å dø. Hadde vi dradd … Vi har bestemt oss for å bli. Hun mente vi burde dra. Hun sier at vi blir drept. Hun kan gå tilbake til dem og leve. Kanskje ...»

Lele ser ned. Han vet godt at Mule har et poeng. Faren ved å ha Sirea hos dem dukket også opp i hans hode, men han nektet å gjøre den muligheten om til ord. Han misliker ofte Mules syn på ting, men akkurat nå har gutten klare tanker. Riktignok føler han at de kan stole på Sirea, men han er usikker på sin egen dømmekraft. Dessverre er han usikker på mange andre ting også. Kanskje har han gått for lenge uten mat.

Før han rekker å si noe, kommer en av de yngre guttene løpende inn: «De kommer! De kommer nå!»

Gutten er våt, håret ligger klistret mot huden og det drypper fra tjafsene. Samtidig er han varm, dampen fra ryggen stiger opp i det blasse lyset fra den gråstemte skogen utenfor. De hadde sendt ham nedover dalen for å holde utkikk. Han må ha løpt som om hele livet lå i beina for å nå tilbake til hulen. Ordene kommer pesende, men det er det fordreide ansiktet som fanger oppmerksomheten.

Karo har akkurat kommet inn i hulen med en vending røtter. For henne er gutten et skremmende syn. Selv i silhuett mot åpningen ser hun redselen, en dyp og ustoppelig frykt. De unge er ikke klar for fjellene. Hun innser plutselig at det er helt galt at *hun* er klar. Hun må ikke være klar, for de unge fortjener en sjanse til å føre dalen videre.

«De er mange. Flere enn oss. Mange, mange», fortsetter gutten etter noen dype åndedrag.

Hun får lyst til å gi opp, bare si til de fremmede: Vi kan ikke slåss. Vi kan ikke stoppe dere, så gjør hva dere må. Men det går ikke. Folk har lyttet til henne. Altfor lenge. Det at hun er rede, gir henne ingen rett til ... Hun orker ikke tenke tanken ut.

Flere blir trukket inn i hulen av ropene, og som vanlig snur de seg mot henne. Karo ser seg rundt. Så sier hun stille:

«Ja. De kommer.»

Ingen sier noe. Hun fortsetter:

«Hva skal vi gjøre?»

Ingen sier noe.

Så reiser Lele seg:

«Vi bør bli her. Høre hva de vil. Vi er forberedt. Jeg tror vi kan holde dem unna. De kan ikke bare løpe rett på oss.»

«Vi kan sende bort barna med noen voksne», foreslår Rude.

«Nei», svarer Lele. «Jeg tror det er best å bli her. At alle blir her. Vi må holde sammen, for vi er sterkest samlet. Det er det. Det er akkurat det.»

Det siste blir sagt med et tonefall Karo ikke husker å ha hørt før. Lele fortsetter. Venstrearmen går opp og ned i takt med ordene.

«Kanskje fins det en vei, men først, først må vi se hva vi står opp mot. Vi må vite hva de er, og hva de vil.»

Karo henvender seg til alle:

«De som ønsker det må få dra. Vi har venner i andre daler. Vi har venner på slettene. De som vil, tar med barna og går. Men vi ... Jeg har ikke i meg livet på slettene. Og de andre dalene er ikke våre.»

Ingen sier noe, alle bare ser på henne.

«Hvem vil dra?» spør Lele. Stemmen røper at han vet svaret.

Svaret kommer. Det er enda klarere, enda stillere, enn Karo hadde ventet.

Dagen har vært travel. Travlere enn noen dag Karo kan huske. De fleste har vært så opptatt av å ordne med mat, ved og forsvar at de mer uhyggelige tankene ikke har festet seg. Nå kommer døden plutselig gående mot dem. Stille lukker ansiktene seg – en etter en. For Karo er det fryktelig vondt å se. De er alle en del av henne. Å se gløden forsvinne fra øynene, og å se fortvilelsen vokse fram som et monster, er mye verre enn å få et spyd gjennom kroppen. Hun går ned til huleåpningen og stirrer mot regndråpene. De demper smerten, hun har levd gjennom så mange regntider at hun liker regn. Det er sikkert omvendt for de fremmede – likevel kommer de.

Folk løper inn og ut med forsyninger og kasteskyts. Utenfor skjuler skyene og regnet verden. Selv merker hun at hun gjemmer seg bak et ansikt som nekter å vise hva det føler. Er det mulig at Alles Mor kan gjøre noe mer? Hun har allerede hjulpet dem: Hun startet regnet, og hun har gitt dem tegn. Latt vinden snu. Trolig har hun gjort alt som står i hennes makt.

Men ...

Kanskje holder de inntrengerne ute, men hva så? De kan ikke alltid være på vakt. De kan ikke bare være i hulen, noen må ut. Og før eller siden, hvis de fremmede virkelig går inn for å drepe dem. Det eneste de kan vinne er veien til døden. Lele har rett, de må holde sammen, noe annet gjør bare veien mer smertefull.

Noen har kommet over en sverm termitter og klart å fange den i en skinnfell. Slike svermer er en delikatesse som av en eller annen grunn bare tilhører regntiden. Etter å ha fanget termittene blir de drept ved å lukke skinnet og slå på det med en stein. Barna elsker termitter, det er bare å plukke av vingene og knase de små kroppene i seg; men termittene er også en matkilde som kan holde seg lenge hvis de lar insektene tørke for senere å bli tatt fram på spesielt regntunge kvelder. Karo tenker at barna bør få spise av dem nå, så hun henter skinnet og åpner det.

Synet av de små, delvis knuste kroppene som ligger strødd utover, overrumpler blikket hennes. Hun lukker raskt øynene – og deretter skinnet. Isteden finner hun fram et bambusrør med trebukk larver. Hun smaker på en. Og en til. Selv synes hun larvene smaker bedre enn termittene, men de gir ikke den knasingen som barna liker så godt.

Bare et par av barna setter pris på larvene. De andre spiser ingenting.

Lele drar selv ut for å speide.

Han kommer tilbake ikke lenge etterpå. Stemmen er lav:

«De kommer.»

«Er de mange?» spør Mule.

«Flere enn vi er menn.»

Han ser seg rundt. Frykten i ansiktene har på en måte stivnet. Det slår ham at den er i ferd med å falle av. Det han nå ser, i alle fall det han tror ligger der, er et ønske om å leve, og å forsvare seg etter evne. Stammen står klar. Dagen har modnet dem, både med tanke på å slåss og å dø. Han vender seg mot Kaje. Gutten virker med ett mye eldre. Alvoret har fordrevet det sprudlende smilet i øynene. På en måte er det bra, men likevel gjør synet Lele trist. Kaje er ikke bare voksen, han er gammel. Lele vet at uansett hvor Sirea står, så vil Kaje alltid stå fast med stammen.

53.

Storeflekk stirrer mot hulen. Hele gruppen står samlet i en tett klynge rundt ham. De fleste bak ham. De står der skogen slutter, ved kanten av den åpne sletten som skråner oppover mot hulen. Fortsatt renner det fra himmelen.

Fordømt!

Det er bare så altfor tydelig: Den er befestet. Det er lagt opp stein, spisse stokker peker ut fra steinene, og bak muren stikker det opp hoder og spyd. Stadig flere hoder, både små og store. Hulen er befestet, og det er gjort nylig, og det er gjort mot dem!

Hvorfor pokker!?

Disse menneskene vet noe!

Han ser ikke Sirea noe sted. Hun er nok tilbake på slettene.

Kanskje har de speidere som fanger opp om noen kommer.

Øynene går over til å granske omgivelsene. Hulen er forbasket god. Fra der de står og fram til åpningen er det minst ett steinkast med åpent terreng, for det meste steinrøys uegnet til å løpe. Stedet er en mellomting mellom hule og overhengende berghammer, åpningen er bred og mer enn to mannshøyder fra gulv til tak. Det virker som om trær og busker er fjernet over tid, antakelig for å få utsyn, kanskje også vern mot rovdyr. Over åpningen strekker berget seg langt mot himmelen. Riktignok er det ikke glatt fjell, men en blanding av naken stein, mose og gress, ispedd busker og små trær. Buskene og trærne er spredd ut som om noen har hevet dem mot veggen, og fått de til å henge fast der de tilfeldigvis havnet; men berget er bratt. For bratt og glatt til å bevege seg i.

Jo, det er en god hule.

Mennene hans vil ikke like å vente i regnet på å sulte dem ut. De må inn å ta dem, selv om det kanskje kommer til å koste mer enn folk liker. De bare må. Han snur seg mot følget sitt.

«Disse folkene ... De er ingenting mot dere. De lytter til kvinner. Mennene har knapt kraft til å løfte pikken. Vi graver dem ned i steinrøysen.»

Folk stirrer ut i luften, men sier ingenting. Selv ikke Brushode møter blikket hans. Vel, vel, det er i det minste ingen som protesterer.

«Tenk på kvinnene vi tar», fortsetter han. «Alt skal bli vårt. Vi skal dele.»

Nå er det noen som sier: «Ja, ja» og «vi skal» eller «vi vil», men Storeflekk synes ikke stemmene har den rette gløden. Det spiller kanskje ikke så stor rolle, hans menn er så overlegne at de dreper den gjengen i hulen uansett.

Han snur seg mot hulen, tar noen skritt innover den åpne sletten, og roper:

«Vi kommer for å overta dalen.»

Ingen i hulen sier noe. Storeflekk gjentar:

«Vi trenger denne dalen, og vi er mange.»

Fortsatt ingen svar. Han bestemmer seg for å forandre strategi: «Dere har røvet en av mine kvinner. Jeg vil at alle menn kommer ut. De som adlyder, får gå. Ellers dør dere. Kom uten stokker.»

Karo hører stemmen. Alle hører stemmen. Det er uklart hva fyren sier, men ganske tydelig hva han vil. Hennes første innskytelse er å redde barna. Hun vender seg mot Lele.

«Skal vi gi oss. Dra herfra. Heller leve et annet sted.»

Lele tenker lenge før han drar hodet til siden:

«Nei. Jeg tror ikke det fins ... Ikke nå. Den muligheten. Stien er gjengrodd. Han ... Vi kan ikke ta sjansen, for de tør ikke la oss leve. Lever vi, kan vi plage dem. Er det dalen de vil ha, må de drepe oss. De vet det ... eller tror det. Derfor ba han mennene komme uten våpen.»

«Kanskje skulle vi dradd før de kom», sier hun stille.

«Ja, kanskje. De hadde kanskje latt oss forsvinne.»

Så hører de talspersonen skrike av full kraft samtidig som han slår seg på brystet:

«Forsvinn, eller bli drept!»

Flere av mennene der ute begynner å slå stokkene sine mot hverandre. Noen utstøter kraftige hyl.

«Vi er sterkere enn dere. Vi kommer og tar det som er vårt», roper han, men stemmen når bare så vidt fram gjennom alt bråket.

Karo krøker seg ned. Jorden er støvete her under berget. Når barna leker, virvler det rundt føttene deres. Støvet sitter i skinnfellene og gjør at de stadig må skylle dem i elven. Støvet legger seg også i maten. Men slik har det alltid vært, slik har de alltid levd. Støvet som så ofte plager og irriterer henne, nå er det plutselig noe kjært; det tilhører den verden som er deres. Dessuten er det ingen barn som leker.

Hvorfor skal de absolutt ha hennes dal, kan de ikke finne en annen? Hun har alltid syntes at deres dal er den fineste av alle dalene som kommer fra Månefjellene, men inntrengerne kan umulig vite det uten å ha levd her. Noen av de mindre dalene er til og med uten mennesker. Igjen merker hun et sinne, både mot de fremmede og mot Lele som ikke ville at noen skulle dra, men mest mot seg selv fordi hun ikke så langt nok.

Lele ser på henne, men henvender seg til Rude som er kjent for å ha en kraftig stemme:

«Kan du si ifra.»

Han løfter hodet så vidt som svar og går bort til steinmuren. Bråket fra de fremmede stilner når de ser ham:

«Denne dalen er vår. Alltid. Den har alltid tilhørt oss. Vi tar oss av den. Alles Mor passer på oss.»

De siste ordene har ikke samme tyngde. Karo skjønner at de er ment på folk i hulen – ikke de utenfor. De fremmede sier ingenting. De begynner å gå forsiktig oppover mot hulen, men de er stille. Ingen flere ville hyl, og intet kraftfullt angrep. Det virker som om ingen har lyst til å gå foran. Karo merker det. De beveger seg som om de skulle angripe en intetanende bøffelflokk, men stammen hennes er ikke intetanende, og har ingen steder å stikke av, så hvorfor stormer de ikke fram med skrik?

Med spydene stikkende foran seg kommer de langsomt gående, spredd utover den åpne sletten. Mange menn. Noen har gnidd seg inn med søle i ansiktet og på overkroppen, eller kanskje de bare har falt i myrene og blitt tilgriset? Sammen med mudderet som henger igjen langt oppover beina, gir det inntrykk av ekstrem urenslighet. Regnet har gjort skitten stripete, men ikke klart å fjerne den. Hun tenker at slike menn har man ikke lyst til å dele mat med, langt mindre slåss med; det første hennes folk gjorde da de nådde hulen var å bade i elven.

Lele og de andre mennene har funnet sine plasser bak muren. Ingen sier noe. Bak står kvinner og ungdom med steiner. De befinner seg høyt nok oppe til å kaste over hodene på mennene. Flere stikkestokker ligger parat. Bare enkelte, villfarne regndråper når fram til der de krøker seg sammen, men utenfor hulen er verden våt og vond. Angriperne er nærme nok til øyekontakt. Det slår Lele at de fleste virker overraskende lite selvsikre; tatt i betraktning at de er overlegne i antall menn og har vært med på sånt før.

Noen kroppslengder unna stopper de fremmede. Nærme nok til at han aner tankene: Hvor farlig er det å storme fram? Hvor raskt kan de klatre over de glatte steinene og stokkene som Karos stamme har spredd utover fra muren? Hvor farlige er folkene bak muren? Er de gode til å stikke?

Lele merker plutselig lyden av regndråper som slår mot bakken. Motstanderne er klare, likevel nøler de. Flere av ansiktene virker ganske likegyldige. Han merker seg to spesielt kraftige skikkelser som holder sammen i bakgrunnen, fyren som snakket for stammen og en til. Begge har et uvanlig tett og langt skjegg. De stiller seg ikke foran.

Bo derimot befinner seg med ett foran. Hun klatrer halvveis opp på steinene og roper samtidig som hun veiver med den venstre armen. I andre hånden holder hun en stein.

«Det er dem. De som tok meg. La de få bære det de er!»

Den kraftigste av mennene dukker uten besvær når steinen suser mot ham. En av de andre sender et spyd tilbake. Slyngkjeppen gir det voldsom kraft. Det flyr gjennom luften uten å dirre. Spydet er rettet mot Rude. Han hadde vendt seg mot Bo og fulgte ikke med. Heldigvis er kroppen hans i bevegelse. Spissen treffer ikke der den skal, men skrenser ryggen og etterlater en blodig stripe.

Først Mule, så mange av de andre, både kvinner, barn og voksne menn, svarer med steiner. En stund regner det med kasteskyts. Så mange at angriperne ikke klarer å oppdage alle i tide, flere blir rammet. De ser det gjør vondt. En mann blir truffet i hodet og vakler tilbake mot skogen. Andre nøler.

Rude skriker:

«Bo! Kom deg ned. Gå bak!»

Lele rekker å se henne krøke seg ned bak muren og tenker at hun burde komme seg innover i hulen, så kommer ropet.

«*Ta dem!*»

De skitne kroppene beveger seg, først noen, snart alle. Spydene ligger høyt i hendene, som for å kaste, men bare én mann kaster. Et menneske skriker. Hvor? Hvem? Lele gir opp å undersøke, all oppmerksomhet er rettet mot fienden. Inn mot muren får de problemer med å ta seg fram, først steinrøysen, så steinene og stokkene som er stablet opp, gjør at de trår varsomt. Dermed når de ikke muren samtidig.

Månefolket møter dem med stikk og stein. De første får mange sår og trekker seg. Nye menn kommer, nå litt forsiktigere og med steinspissene på spydene viftende i luften foran seg.

Plutselig hopper to menn opp på muren. Begge har kastet spydene sine. De griper Bo og drar henne ut.

Hun skriker.

Rude skriker enda høyere: «*Slipp henne*», men han står for langt unna. Det er da Brade springer opp. Det er helt uvant å se Brade forflytte seg så målbevisst og raskt. Riktignok vakler han og holder på å falle på de øverste steinene, men beina er likevel fulle av besluttsomhet. Han klarer å sette en stikkestokk inn i den gapende kjeften på den nærmeste mannen. Fyren slipper taket, vakler bakover og faller overende, men den andre holder fortsatt fast i armen til Bo. Brade nøler ikke. Han flyr på med bare nevene og slår vilt foran seg. Også den andre mannen slipper taket for å slå tilbake.

Et øyeblikk beveger alle de fire nevene seg så raskt at det er umulig å følge dem med øynene. Bo halvt ruller, halvt dras tilbake bak muren, og synker sammen på bakken mens brystkassen hever og senker seg i kjappe rykk. Så kommer en av de to gorillalignende typene opp foran Brade og kjører spydet sitt inn i magen hans. De kan se spissen butte mot ribbeina høyt oppe på ryggen. Han synker sammen. Det eneste som rører seg er blodet. Ganske snart renner det også fra munnen.

Brades innsats virker helt forrykt, men det er nettopp det som gjør den så viktig. Den fanger oppmerksomheten til inntrengerne, dermed blir flere truffet av stikk og stein. Det blir for mye for dem. De mister det de hadde av glød. Karo merker det på øynene deres, det er ikke slik de hadde sett for seg at angrepet skulle utvikle seg. Mange blør. Hun ser hvordan blodet er dradd utover huden der de har berørt sårene med hendene, og hvordan det renner nedover kroppen sammen med store dråper vann. Skuffelse og smerte henger tungt i haken på de yngre mennene.

Flere vender ryggen mot hulen – ganske snart alle. Når muligheten for retrett først ligger der, får de plutselig hastverk. De løper. Talsmannen blir stående et øyeblikk å se på mennene sine. Nølingen koster ham en stein mot skulderen. Det holder, også han trekker seg tilbake. Det første stykket baklengs.

Ved skogkanten stopper han. Der, på den trygge siden av den åpne sletten, er det flere som snur seg og stirrer mot hulen. De sier ingenting, men selv på den avstanden er det ingen tvil om at ansiktene er fulle av sinne – og overraskelse. Til slutt forsvinner de mellom trærne.

Lukten av blod henger igjen. Brade ligger på bakken sammen med to inntrengere. Den ene kom helt opp på muren og virker passe død, den andre, fyren Brade stakk, ligger et stykke nede i skråningen, og synes å leve. Han har flere blodige sår, men brystet hever og senker seg rykkvis.

Rude klatrer over muren. Han pirker borti den nesten livløse skikkelsen med stokken. Så løfter han stokken og kjører den med stor kraft ned i gropen under haken. Det rykker i mannen, mens blodet fosser. Den ene armen løfter seg, men faller tilbake. Så slutter brystkassen å bevege seg.

Deretter tar Rude tak under armene på Brade. Kroppen er for stor og tung til at han klarer å løfte den helt opp fra bakken, men han får dradd ham med seg. Et øyeblikk står han stille og balanserer på steinene øverst på muren, tilsynelatende rådløs, så tråkker han forsiktig inn i hulen. Lele kommer til og tar tak i beina. Sammen får de lagt kroppen pent ned et sted der det ligger en aning av myk jord.

Rude har et forpint uttrykk i ansiktet. Med alt blodet klint utover kroppen ser han dødelig såret ut, men mesteparten kommer fra andres sår.

Karo vil gå bort og hjelpe, men klarer det ikke. Rude ser det og sier: «Han er død.»

Karo blir stående og stirre på den livløse, tilklinte kroppen. Det eneste hun klarer å tenke på er begravelsen. De må ta seg spesielt av ritualet for å sikre at han blir tatt godt imot av forfedrene. Det er viktig at de forstår at Brade tilhørte stammen like mye som alle andre. Uansett hva han tidligere har gjort, nå fortjener han det.

En riktig begravelse krever at de må få ham ut til den lokale grav-steinrøysen. Og så trenger de blomster, helst like mange typer som det er fingre på en hånd, og flest røde for det er dødens farge. Hvordan skal de klare det? Inntrengerne kan ligge på lur der ute og ta alle som forsøker seg. Nei, de har ikke noe valg, han må få en begravelse.

Rart. Kampen var over på et øyeblikk, likevel føler hun det som før og etter en regntid. Før og etter et helt liv. Den verden som fantes forut for angrepet, eksisterer ikke lenger.

Rude og Lele går ut og trekker de døde fremmede ned i skråningen. Langt nok unna til at deres folk slipper å se på kadavrene, men slik at de fremmede må passere dem for å nå fram til hulen. De blodige kroppene, begge med stygge sår, blir lent mot noen steiner. Ansiktene vender mot skogkanten som om de sitter der for å passe på.

Flere samler seg rundt Brades døde kropp. Folk er tause. Øynene går hit og dit uten å finne det de ønsker å se. Ingen sier noe. Andre ligger på bakken med stikkskader som de får hjelp til å stelle med.

Karo tenker at hun bør finne de riktige ordene, men hva?

Tankene går til døden. Noen ganger kommer den på riktig tidspunkt, andre ganger er det bare så galt, så helt galt. Brade har gjort noe stort, og selv funnet sin død, Bo slapp unna. Fortsatt er det stille, men folk begynner å skotte bort mot henne. Til slutt klarer hun ikke blikkene lenger.

«Det er to former for død. Den med mening og den uten mening. Noen ganger er det riktig. Andre ganger burde ikke døden kommet.»

Hun merker at stemmen ikke bærer. Det er på tide å la Lele eller Rude ta oppgaven med å forme felles ord. Hun anstrenger seg for å gi folk det de trenger.

«Brade var ung, men han gjorde noe stort. Han reddet Bo. Kanskje hele stammen. Han fortjener å møte forfedrene. Det hviler på oss. Vi må vise kroppen hans respekt.»

Noe av det vonde slipper taket i ansiktene rundt henne. Var det hennes ord? Kanskje er det viktigere *at* hun sier noe, enn *hva* hun sier.

Noen setter seg ned, andre trekker innover i hulen. Bevegelsene er langsomme, og blikkene peker mot støvet. Karo henvender seg til Lele.

«Hva tror du? Gir de opp?»

Han ser lenge på henne før han svarer. Det smilet som pleier å ligge like under overflaten er langt borte.

«Jeg tror ... Jeg tror ... For dem er veien tilbake enda lengre. Dessuten er de sinte. Vi har drept, og vi har såret. Jeg så det i ansiktene. Først ville de ikke, men så tok vreden tak. Vrede varer lenge og den gir kraft til å drepe.»

«Så hva gjør vi?»

«Vi kan holde hulen. Vi må ha bål om natten. Noen må sitte ute og lytte uten å se på flammene. De må være alles øyne og øre. Vi kan holde hulen. I morgen. Dagen etter. Og så ... Kanskje mange dager har vi det bedre. De har regnet. Men så ... Så er det vi som lider. For de har skogen, og de har elven. Vi kan ikke møte dem i skogen. Gradvis blir vi svakere.»

«Ja, men vi slo dem. Vi er sterke.»

«Nei, Karo. Her er vi sterke. Her i hulen. Bak muren. I skogen er vi som jordrotter på åpen mark.»

Bo blander seg inn:

«Lele, du vet, hulen har to utganger.»

Han ser trist på henne:

«Ja, jeg vet, men vi har bare én dal.»

«Vi kan snike oss ut, gjemme oss et annet sted. Dra til Bigahulen. Den er lengre unna og bedre skjult.»

«Ja, vi kan, men før eller siden. Hvis de vil, så finner de oss. Bigahulen er vanskelig å forsvare.»

«Kanskje gir de opp!»

«Ja, kanskje», sier Karo. «Hvis ... Hvis Alles Mor ... Hvis.»

Lele trekker hodet til siden. Rude overtar ettertenksomt:

«Nei. Jeg tror ikke det. De vil ikke tape, og de tør ikke la oss leve. Ikke etter dette. Den muligheten er ikke lenger her. Kanskje, en gang etter regntiden. Hvis vi lever.»

«Lytt til Rude», sier Lele stille.

Karo tenker at igjen er det henne som må finne noe som peker framover.

«Da drar vi til slettene. Sniker oss ut om morgenen når lyset først kommer.»

Lele ser på Rude før han svarer.

«Karo, Karo. Vi har barn. De tar oss igjen lenge før Bujutokollen. I dalen er vi sjanseløse.»

«Så sender vi noen etter hjelp. Tales stamme. Vi har alltid byttet kvinner.»

«Kanskje *vil* de, men kan de? De er som oss, de dreper antiloper. Og hvis de drar, hvem passer deres barn? Dessuten, å hente hjelp tar flere dager. Dette er *vår* skjebne. Vi kan ikke dytte den på nabostammene.»

Karo gir opp å finne de riktige ordene. De fins ikke. Alle retninger er i ferd med å visne.

«Lele, fortell meg hvorfor. De er mennesker som oss. Hvorfor dreper de? Hvorfor er de slemme? De kunne kommet som venner. Vi kunne delt dalen. Her er plass til to stammer. Ingen dal er verd døde mennesker.»

Lele virker overrasket over spørsmålene og må tenke seg om for å finne et svar.

«Noen sier gorillaen er størst. Jeg tror mennesket. Vi er størst i dalen. Det er noe annet i oss. Noe gorillaene, ja selv sjiraffen og elefanten mangler. Men det store kommer ikke alltid fram. Bare når Alles Mor er med oss – og vi med henne. Går det galt. Det er det, når noe går galt, når noe ikke er som det skal, da ... Da er vi verst. Da er vi den dårligste skapningen. Da er sjakalen stor og maurene kloke. Mennesker som mangler det gode, blir til løpske bøfler. De tenker ikke. De bare vil. Dette folket. De der ute. De mangler det gode.»

Karo kniper leppene sammen og stirrer ut av huleåpningen.

«Så må vi gi dem det.»

Stemmen er lav. Det virker ikke som om Lele oppfatter hva hun sier, men det gjør ikke noe – ordene er ikke ment for ham.

Karo snur seg og går innover. Kroppen føles tung. Hun har behov for å sette seg ned et sted for seg selv. Få tilbake sitt eget hode. Ikke at hun regner med at det hjelper. Hun har alt som trengs av ord for gode tider, men Lele har de beste ordene nå. Dette har blitt for stort. Folk trenger noe hun ikke har. Derfor må andre prate. Inne i hulen blir hun plutselig var to par øyne som stirrer på henne. Kaje og Sirea sitter sammen på bakken som et aldrende ektepar. Kaje ser blek ut, men Sirea virker ganske uberørt. Han har et sår i siden som han presser et stykke skinn mot.

Hennes første innskytelse er å gå forbi, men Kajes stemme presser seg igjennom.

«Karo, hva skal jeg gjøre?»

Så med en stemme som bare så vidt høres:

«Det ligger på meg. Jeg må finne svar. Jeg må til ...»

Hun ser irritert på dem, snur seg for å overhøre ham og gå videre, men ombestemmer seg.

«Kaje. Sirea. Jeg trenger svar like mye som dere. Spør heller Lele.»

Så setter hun seg likevel ned. Hun merker at øynene hun vender mot Kaje ikke er vennlige.

«Hva kan dere si? Sirea, du kjenner dem. Det er ditt folk.»

Hun tar en pause og fortsetter enda mer forbitret:

«Hva er *ditt* svar? Hva kan vi gjøre?»

Sirea har ansiktet vendt til siden, men svarer rolig.

«Jeg tror dere bør vekk. De gir ikke opp. Og de er farligere. Enda farligere. De har noe som gjør det lett å drepe. Vi bør dra. Hvis vi kan.»

«Vi?»

Sirea svarer ikke. Karo trekker hodet oppgitt til siden.

Så dreier den unge kvinnen på hodet og ser på henne. Øynene er røde og våte.

«Egentlig er dere sterkest. Dere vet det ikke og heller ikke de vet. For dere står sammen.»

«Det er ditt folk. De vil drepe oss», skyter Karo inn.

«Ja, men dere er sterkere.»

Det er da Mule kommer bort til dem og sier høyt:

«Karo, Sirea tilhører dem. Hun bør ikke være her. Vi kjenner ikke hennes følelser.»

Det blir stille.

«Karo, du hørte hva jeg sa. Mitt ord må bli hørt. Vi må tenke på stammen.»

«Ja, Mule, du har rett, men ... Det er ikke så enkelt», begynner hun stille. «Kaje har fått vårt ord. Han har bedt om å prøve henne.»

Flere andre kommer bort og samler seg rundt Kaje og Sirea. Karo ser fra det ene ansiktet til det andre, men øynene har noe rart og fremmed i seg. Hun klarer ikke å se hva de mener, den eneste åpenbare følelsen er frykt.

Lenge er det ingen som sier noe. Så bryter stemmen til Mule enda engang igjennom.

«Vi kan ikke la henne slippe. Hun vet for mye. Hun må dø.»

Karo merker at Kaje forgjeves prøver å dra til seg Mules øyne, men Mule ser bare på henne. Til slutt sier Kaje med en desperat stemme:

«Hun er snill. Det er ikke hennes skyld.»

Blikkene fra de andre sier noe annet.

«Mule, hvis folk står bak din mening. Folks mening må gjelde», sier Karo før hun brått reiser seg og går.

54.

Natten blir lang for vaktene. Ingen angriper, men de aner gjenskinnet av et bål i skogen. Noen ganger hører de lyder som antyder at det befinner seg mennesker i skogkanten. Inntrengerne har ikke gitt opp. Når lyset kommer, ser de en mann som sitter lent mot et tre i passe avstand fra huleåpningen. Nei, de har ikke gitt opp.

Karo våkner tidlig, men aner forandringen nærmest før hun åpner øynene. Skyene har forduftet. Luften er fortsatt kjøligere enn vanlig, men det er ingen tvil om at solen kommer. Hva betyr det? Regnet gjorde livet miserabelt for inntrengerne, så hvorfor kommer solen nå?

Det er noe rart med Alles Mor. Hvorfor må de lide så fælt? Hvorfor hjelper hun dem ikke med det hun rår over? Hun kunne i det minste sørget for masse regn. Hun kunne laget en ordentlig storm, så mye vann at de helt mister lysten på dalen. Hvorfor ... Hvorfor hjelper hun dem ikke?

Kanskje ...

Jo, de har jo det. De har tatt til seg en kvinne som tilhører en mann fra en annen stamme. Sånt er galt. I det minste burde de ha forhørt seg hos denne mannen. Sirea har ikke engang beklaget seg, og hun har ikke gitt noen grunn. Man har alltid kontakt med familien og stammen før man tar til seg en kvinne. Kaje vet det. Han *burde* vite det. Er det derfor Alles Mor ikke hjelper dem? Hun får prate med Kaje og Sirea. Nei, med Kaje, hun minnes løftet hun ga Mule kvelden før.

Kanskje ... Mule kan ha rett! *Hun har ikke tenkt å skifte mann.*

Tanken treffer Karo som en stein. Sirea søkte til *deres* dal, og det er *deres* dal de vil ha. Dessuten, særlig de siste dagene har hun sett bort, øynene har manglet viljen til å møte hennes. Hun skjuler noe! Hun må prate med Kaje. Nå med en gang.

Dagen har begynt. Det nye lyset trenger seg stadig lengre inn i hulen, men folk sitter ubevegelige som busker. De bare sitter der og stirrer mot skogen som gradvis gjør seg selv tydelig. Idet hun reiser seg, kommer Lele og Mule bort. Den eldre mannen legger hånden varsomt på skulderen hennes slik at alle tre setter seg. Lele fører ordet.

«Vi har tenkt. Kanskje har vi en vei å gå. Vi sniker oss ut, akkurat idet lyset kommer. Vi bruker den lille åpningen. Så ... Ja, i morgen. Vi krysser elven. Holder oss godt unna leiren deres. Så lager vi spor nedover dalen. Et stykke ned stien. Barna og de eldre går bare til elven og tråkker i den oppover. Også de som går nedover stien, følger elven tilbake. Så går alle til Bigahulen. Inntrengerne tror vi har dradd til slettelandet. De følger etter nedover. -- Etter regntiden ser vi hva som skjer. Kanskje gir de opp. Kanskje de ikke vil ha dalen likevel. Regntiden er tung.»

Karo ser forvirret fra den ene til den andre. Mule bryter inn:

«Barn og kvinner kan være i Bigahulen. Vi menn drar og plager dem. Vi ligger på lur i skogen der de har leir og dreper. En etter en. Hevner Brade. Knuser hodene deres om natten. Lar blodet sprute.»

Begge sender stolte blikk mot henne.

Hun tenker at det ikke går. Disse folkene er dobbelt så mange, de er sinte og, fra hva Sirea har fortalt, er de flinke til å drepe. Med unntak av Mule er det ingen hos dem som virkelig ønsker å drepe. Hennes stamme er ikke slik, så det kan ikke gå.

«Fint», sier hun kort. «Jeg må finne Kaje.»

De to reiser seg sammen med henne, men blir stående å se måpende etter skikkelsen som forsvinner innover i hulen.

Med mindre man kryper inn i en av de trange sprekkene i fjellet, så er det ingen steder å gjemme seg. Likevel, ingen Kaje. Det tar henne bare en rask runde å bekrefte at både Kaje og Sirea er borte. Hvor er de!? Ved deres forfedre, de må holde sammen, være hos hverandre, om noen gang, så nå.

Med ett blir Karo veldig bekymret. Hun må samle stammen!

Lele blir bedt om å sjekke om flere er savnet.

Det er bare de to. *De har stukket av!* Av alle, hvorfor Kaje?

En kvinne begynner å gråte høylytt.

Ingen har sett verken Kaje eller Sirea den morgenen. Heller ikke vaktene. De må ha sneket seg ut den andre inngangen; hvis de fremmede får vite om den, er alle muligheter borte!

Ingen har lyst til å si noe, selv Mule holder munn; men øynene hans er sinte, og de peker mot henne. Han behøver ikke si noe, for hun vet godt hva han tenker: De hadde sjansen kvelden før, Kaje og Sirea visste hva som ventet.

Samtidig vet hun at Kaje aldri ville stukket av. Noen av de andre kanskje, men aldri Kaje. Så godt kjenner hun ham.

Kvinner gjør riktignok blind. Hun har sett det før, kvinner kan få selv den mest klarsynte mann til å miste synet. I så fall har Mule rett, og hun tok feil. Det har aldri skjedd. Det kan ikke skje!

55.

Storeflekk trekker pusten dypt før han igjen lener seg tilbake og lukker øynene. Han har funnet sin plass på en liten forhøyning i utkanten av den åpne sletten. Alt tar tid, men til slutt. Til slutt vinner de helt sikkert, for ingen slår dem! Og solen er med dem, den har kommet for å varme kroppene og tørke det våte håret.

Igjen åpner han øynene og ser utover mennene. Flere har fortsatt blodrester på kroppen, selv om de har vasket seg i elven og surret skinnremser rundt sårene. Elven er i alle fall deres. Folkene i hulen skal bli veldig tørste.

Han burde skjønt. Presser du en kudu inn mot en fjellvegg, kan selv den være farlig. Disse menneskene vet hva de slåss for. Det er på tide å bruke hodet, finne fram til riktig taktikk. Hans menn er sterkere, det gjelder bare å få dem ut av det fordømte hullet. Få dem drept! Hadde det ikke vært for at hulen var så fin, skulle han latt likene ligge og råtne der inne.

De trenger vakter. Både dag og natt. To av hans menn er drept, og flere er stygt skadet, kanskje får de det for seg å angripe. Uansett vil noen før eller siden forsøke å snike seg ut for å hente vann, for å løpe etter hjelp, eller kanskje for å prøve seg med ett eller annet knep. De skal være klare. Alle som setter foten utenfor hulen, skal dø. De klarer seg ikke lenge uten vann. Hvis det ikke er vann i hulen? Uansett, før eller siden må de ut. De trenger mat. Og før eller siden blir de mindre aktsomme. Da skal han slå til. Når de minst venter det, når de glemmer å se, når ingen ligger bak steinene og følger med. Kanskje om natten når de helst vil sove. De yngre kvinnene skal bli deres. Barna skal stekes langsomt på glørne. De har nok barn, så ingen grunn til å spare selv pikebarna. Når de vender tilbake, er ingen i tvil om hvem som vant. Månefolket skal få lide, ikke bare dø!

De hadde plassert de livløse kroppene til Elefantøre og Sotstrek nede i skråningen. Trolig i et forsøk på å skremme dem, men hans folk lar seg ikke skremme av døde kropper. Han har sett gribber og rovfugler på himmelen. De store fuglene henger fortsatt høyt over trærne, men det er tydelig at de vet hva som venter. Fuglene kommer alltid først. Før hyenene. Det er fuglene som viser vei. Når mørket er der, og menneskene ikke bryr seg, har de fest. Etterpå ser kroppene enda mer groteske ut.

Elefantøre er død, kanskje er det like bra, fyren hadde ambisjoner. Stammen trenger ikke slikt. Også Sotstrek døde, men han var eldre og ikke så nyttig. Nei, de beste er igjen. Vel, Firfinger kan de også unnvære; bare fordi han har vært med så lenge, mener han å ha spesielle rettigheter. Nei, rettigheter blir delt ut etter innsats nå, ikke den gang. Hvis noen fortjener å få noe, er det heller sønnen Yamyam. Han er beskjeden, men var likevel i første rekke når de sloss. Han hadde god oversikt fra der han selv befant seg. Firfinger holdt seg i bakgrunnen.

Han lar blikket gli over de andre. Med unntak av vaktene har alle slått seg ned ved bålplassen. Noen ligger, noen sitter, noen spiser på en halvstekt apeskrott. De sitter sammen. De søker hverandre, og de støtter hverandre. Det er ikke så rart at stemningen virker nedtrykt; folk er slitne, og de har sår som gjør vondt, men de er sammen. Blikkene viser ikke lenger motvilje, endelig går både skrittene og ordene i riktig retning. Selv Brushode og Firfinger holder om samme spyd. Nei, ingenting knekker dem, mer pikk fins ikke noe sted. Atter lukker han øynene og legger overkroppen ned i gresset. Det er mykt, grønt og fuktig. Trærne som omkranser den lille åpningen er mektige, og de støtter ham. Skogen ønsker at den sterkeste stammen rår over dalen.

Brushode kommer og setter seg tett inntil ham. De to lar pannene møtes. Han har stått vakt ved hulen mesteparten av natten og langt utover morgenen. Storeflekk kan se at han er trøtt, likevel virker han oppglødd:
«Jeg har vært ved hulen.»
Storeflekk legger hånden rundt skulderen hans.
«Rart. I morges var det plutselig ingen bak steinene. Alle dro innover i hulen. De idiotene passet ikke på. Vi kunne angrepet.»
Storeflekk smiler først bredt, så blir han usikker.
«Kan de ha stukket av? Kan det være en annen utgang?»
«Nei, de var i hulen, men de er dumme. De passer ikke godt på.»
«Bra. Vi kan gjøre oss klare. Når de er uoppmerksomme, sniker vi oss inn. Kommer vi over steinene, har de ingen sjanse.»
Samtidig tenker han at de sikkert passer på selv om vaktene snur ryggen til. De har nok av øyne som ser, og de forventer angrep. De to lar pannene møtes en gang til før Brushode går for å spise og sove. Ideen om at hulen kanskje har to utganger kommer tilbake. Det er viktig. Han må sende noen ut for å lete.

56.

Igjen er alles øyne rettet mot henne. Karo liker det ikke, og hun liker ikke det hun må si.
«Kaje og Sirea har forsvunnet. Vi må …»

Hun stopper midt i setningen med blikket rettet stivt innover i hulen. Også de andre snur seg. En eller annen sier «*Der er hun!*» Det *er* Sirea. Alene. De ser henne krype ut av hullet som leder mot hulens andre åpning. Hun er skitten, og om mulig enda mer blottet for følelser i ansiktet – bortsett fra øynene som er blodsprengte. Før hun dukket opp, hadde det vært stille, men først nå blir stillheten i hulen påtrengende. Fjerne lyder fra skogen trenger inn i halvmørket – noen aper skriker til hverandre, en kvist brekker. Av en eller annen grunn vender Karo seg mot Mule. Hun ser ansiktet gå fra dyp harme til like dyp forbauselse, og han holder om stokken på en måte som sier at han har tenkt å bruke den.

Solen har beveget seg. Lyset trenger nå et godt stykke inn i hulen, som for å fortelle dem at verden utenfor er mye finere. Den lange skyggen av et digert bartre når nesten fram til plassen der de står. Bak trærne er det noe som rører på seg, men selv Male, som skulle stått vakt, har vendt blikket innover.

Lenge er det stille. Alle stirrer på Sirea. Den spinkle kroppen har stoppet noen kroppslengder unna. Til slutt bryter Karo tausheten; styrken og beslutsomheten som hun så lenge har savnet, er tilbake i stemmen hennes.

«Sirea. Hvor står du? Hva vil dere?»

Sirea lar blikket gå fra den ene til den andre i den sammentrengte gruppen. Ingen tvil om at det ligger anklagelse i ansiktene, men hun merker også hvor dypt de misliker situasjonen. Nei, de er ikke krigere, hun ser det på dem. Selv står hun selvsagt alene. Det fins ingen ord som egner seg. Ikke nå. Dessuten har hun alltid stått alene. Alltid før ...

Rart. De er som én, og de er sterke, sterkere enn de selv vet, hun har sett hvordan de slo tilbake Storeflekks menn. Likevel er de ikke krigere. De liker å sitte rundt bålet å småprate om livets mange detaljer. De engasjerer seg i preparering av skinn, i urter, hva som er modent og hva som er godt, men en ørefik er alt som skal til for å slå stammen ut av balanse. De prater om drømmene sine, og om hva solen vil vise dem neste dag. Hun har sett det før, slike mennesker er villige til å dø for å slippe å drepe. Kaje har sagt at døden ikke bekymrer, så er det så farlig om Storeflekk overtar?

Blikkene som peker mot henne, minner om at hun ikke er en av dem. Ingen tvil om det.

Hun tar seg til skulderen. Fingrene kommer tilbake med blod. To røde streker har piplet fram like ved hverandre på høyre side. Hun ser Mule stå med spydet klar til kast. Det har bare trespiss, men dreper om det treffer riktig. Ubevisst tar hun et skritt tilbake før hun svarer.

«Jeg er her. De dreper dere. Bare for å få dalen.»

Karo vet det, så hvorfor spørre? Hun merker at selv om mange virker fortvilet, så er stemmen til Karo rolig når den fortsetter.

«Har vi noen sjanse?»

«Jeg vet ikke», svarer hun ærlig. Det er i det minste et fornuftig spørsmål, men svaret ligger i *dem*. Ikke i henne. Det ligger i hva de skaper i egne hoder. Atter en gang tar hun et skritt tilbake som om hun angrer på at hun gikk så nærme. Skrittene leder mot sprekken i fjellet. Gruppen står stille, men blikkene blir enda hardere.

«Kanskje, men da ...» fortsetter hun.

Mule kaster, men avstanden er stor nok til at hun spretter unna. Det eneste som går tilbake til gruppen, er lyden av tre som spretter mot fjell. Hun tenker at det er dumt å ødelegge spyd – nå som de trenger dem som mest. De andre er fornuftige nok til å spare stokkene sine; hvis de ønsker å drepe henne, er det jo bare å gå bort å stikke der man skal stikke. Hun vet at tanken er til stede hos flere.

«*Stopp!*» kommer det fra Karo. Sirea lurer på om ordet er myntet på henne eller Mule.

«Hvor er Kaje?»

Er virkelig Karo den eneste som evner å se. Den eneste med de riktige ordene? Hun beundrer kvinnen for hennes innsikt, men er det nok til å redde stammen?

«Han har dratt.»

«*Dratt?*»

Stemmen til Karo blir anstrengt.

«Ja.»

«Hvor?»

Igjen er det flere som tar noen skritt mot henne.

Så de tror hun har tenkt å stikke av, men det er jo bare dumt; hvis hun ønsket å stikke av, hadde hun ikke kommet tilbake. Øynene til Karo viser at i alle fall hun skjønner. Sirea setter seg like godt ned for å markere at hun ikke har tenkt å løpe. Ingen grunn til å skape unødig uro. Det rødbrune støvet virvler opp og glir som en liten tåkesky over mot de andre. To av mennene har hevet spydene.

«Han ville hjelpe», fortsetter hun. Stemmen blir svak og utydelig. Heldigvis har hun ikke lenger noe å skjule – ei heller noe å tape.

«Han vil til fjellene. Oppsøke det hvite. Finne hjelp. Og ..., og finne svar. Finne den store mor, og alle de døde. Han sier de hjelper dere. Jeg vet ikke, men Kaje *tror*. Han tror hjelpen fins. Bare han kommer dit månen er.»

«*Hva?*»

«Han mener det. Det er ... Han vil hjelpe. Han føler tyngden av det som skjer. Han sier alt ligger på ham. Det er ikke sant. Det er … Det er …»

«*Til fjellene!?*»

Det er moren til Kaje. Hun siger ned på bakken og begynner å gråte. Sirea ser på henne med et tomt blikk.

«Kaje tok på seg alt det vonde, men det …»

Karo tar et skritt mot Sirea.

«Sirea, Sirea. Jeg skulle ... Han … Jeg skulle fortalt mer. Det er ikke fjellene.»

Sirea fortsetter stille.

«Ikke spark mot Kaje. Det er ikke hans skyld.»

Hun ser en av mennene vende hodet mot Lele og hviske noe, men Lele forblir taus. Øynene hans er blanke, tårer har laget spor i støvet på kinnet. Blikket hans glir over mot Mule. Hun gjetter at Lele har blitt bedt om noe han ikke har i seg. Hun aner hva det er.

«Sirea», fortsetter Karo. «Det fins ikke hjelp i fjellene. Alles Mor er der, men Kaje finner ikke hjelp. Aller Mor er overalt. Vi trenger ... Det er her vi trenger ham. Her. Det hvite er ikke et sted. Det hvite er hva hun gir oss. Noe vi strever mot, men ikke drar til. Ikke før døden. Kun da. Flere har forsøkt, men ingen ... ingen har kommet tilbake. Ingen! Det er ikke noe sted. Det *er* bare de døde. Vi trenger Kaje *her*, fjellene tar ham til seg. Ingen som drar dit, slipper unna.»

Sirea reiser seg og stemmen hennes er plutselig ikke spak lenger. For første gang siden hun kom, lar hun alt nå fram til overflaten.

«Kaje har alltid villet ... Alltid sett mot fjellene. Helt siden jeg traff ham, har han snakket om det hvite. Om å dra dit. Nå måtte han. Han følte han måtte dra for deres skyld. For å hjelpe *dere*. Ikke for meg. For *dere!*»

Det skremmer henne, det at hun mister kontrollen og viser seg fram. Det må ikke skje igjen.

Hun ser først nøye på Karo og så over på de andre. Ingen sier noe. De klarer tilsynelatende å beholde kontrollen, mens hun mistet den! Slik har det aldri vært før. Hun anstrenger seg for å snakke rolig når hun igjen henvender seg til Karo.

«Hvorfor fortalte du ham ikke? Han mente det var hans skyld. Han tok på seg alt som er galt. Alt som er vondt. Han tror virkelig at månen hjelper! Jeg klarte ikke stoppe ham. Har *du gitt ham tankene?*»

Hun lukker øynene idet hun innser at kontrollen atter engang forsvant.

Sirea er til stede hos dem nå, og anklagen svir. Karo merker det. Hun burde forstått. Sett langt nok. Hvis hun hadde tenkt, burde hun forutsett at Kaje kunne finne på å dra mot fjellene. Hun minnes de gamle ordene: Som å jakte antiloper på månen.

Alle vet det er håpløst. Nå er det Kaje. Selvsagt er det ham. Han er den som hopper på de mest umulige oppgavene. Det er typisk. Og det ligger på henne å svare Sirea.

«Kaje har alltid rettet blikket mot fjellene. For ham var de noe stort, noe som ga livet innhold. Jeg vet ikke. Kanskje ville jeg ikke ødelegge. Fjellene ga ham noe. Det hvite er så annerledes, ingen vet hvordan. For ham var det noe helt spesielt. Noe godt. Hos ham lå det enda sterkere, men ... Det er farlig. Det tilhører ikke oss. Det ..., det ...»

Hun ønsker å snakke videre, men klarer det ikke. Ordene forsvinner. Til slutt får hun likevel fram det hun mente å si.

«Jeg ville ... Jeg syntes det var fint. At han hadde noe å rette livet mot. Noe som forer flammene i hodet. Det er fint å ha noe stort foran deg. Og det er viktig. Noe som vokser mens du lever, men som du aldri når. For Kaje var det fjellene.»

De siste ordene kommer sammen med tårene. Fortsatt står eller sitter de fleste i stammen i en ring rundt henne. Hvorfor må hun alltid være midtpunktet, uansett hvor hun går? Hvorfor akkurat henne, Mule ber jo om det hele tiden. De fleste ansiktene virker tomme, men hos enkelte merker hun sinne.

Sirea hadde reist seg, men synker sammen på bakken igjen. Støvet ligger tykt på beina hennes, de må være fuktige av svette. Hun tar en håndfull støv, ser på det, og hiver det så mot kroppen.

«Han har dratt. Han dro for å finne hjelp, han følte det var hans skyld. Det er ikke sant. -- Det er min skyld.»

Det siste blir nærmest hvisket.

«Når dro han?» spør Karo.

«Før det ble lyst.»

Synd at Kaje er så rask. Han kommer til å løpe og gå så fort som mulig, ingen i stammen tar ham igjen. Dessuten har de knapt noen å avse, de kan vente nye angrep når som helst. Kanskje skal de alle dø. Kanskje skal de alle til det hvite, men de må dra sammen. Kaje har valgt en ensom vei. Hvorfor? Av alle, og hvorfor alene? Døden er et langt skritt, han burde vært sammen med dem. Fellesskapet er det fineste de har.

Det eneste de har.

Det slår Karo at det er noe som ikke stemmer.

«Sirea. Hvorfor ble du ikke med?»

«Jeg …»

Karo venter, men det kommer ikke mer. Stemmen hennes blir mer bestemt:

«Hvorfor?»

«Jeg ville.»

«Hva mener du?»

«Jeg ba ham om å være med», sier hun spakt. «Flere ganger.»

«Og …?»

«Han ønsket ikke. Han ba meg dra hit. Han ville jeg skulle hjelpe. Hjelpe dere. Kaje … Kaje mente dere trengte meg mer enn ham.»

Bare de nærmeste hører de siste ordene. Det renner tårer nedover kinnet hennes, men underlig nok så gråter ikke resten av ansiktet.

Plutselig har ingen noe mer å si. Igjen legger støvet og stillheten seg i hulen. For Karo føles det som om stillheten varer evig. Så oppdager hun merkene på skulderen til Sirea.

«Du er bitt!»

«Ja. Bare en flaggermus.»

«Du forstyrret den!»

«Den bare var der. Helt plutselig. På veien tilbake.»

Karo venter litt, så sier hun med alvorlig stemme.

«Det er et dårlig tegn. Det er farlig. Jeg hadde en gang en mann, han ... Man skal ikke forstyrre flaggermusen. De har mer ... Flaggermus har en styrke du ikke aner. Ikke før den er der. De lever i en annen verden. De har makt, og de liker det ikke når mennesker trenger seg på.»

Sirea ser forvirret på henne.

«Det gjør ikke vondt. Bare litt. Også Kaje ble blitt. I hulen. Da vi var i hulen med Moro.»

Mule bryter inn:

«Ble han bitt?! Han burde sagt ifra. Det er viktig. Alle må vite sånt.»

Ingen andre sier noe.

57.

Solen er over halvveis mot fjellene, men det har ikke kommet noe nytt angrep. Lele har satt seg et sted der han ser mesteparten av skogkanten utenfor den steinete skråningen, men blikket hans blir stadig dradd mot den fremmede kvinnen. Fortsatt sitter hun på samme stedet og med det samme fjerne uttrykket. Det er noe rart, noe overnaturlig over stillheten i ansiktet. Det er som om hele verden får plass bak de øynene. Selv når følelsene når fram til overflaten, er det en bakenforliggende ro og styrke som aldri forsvinner. Det virker som om problemene bare så vidt trenger inn i henne før den indre kraften stopper dem. Omtrent som å kaste spyd mot en trestamme, i beste fall kommer du gjennom barken, men aldri inn til kjernen.

Mule kommer bort og setter seg. Stemmen er lav og forsiktig.

«Lele. Er du enig? Sirea. Du vet hva vi må?»

Han svarer ikke. Bare stirrer ut av hulen. Der ute ligger både frihet og død. Hvis det kommer masse regn, gir inntrengerne kanskje opp. Søren, de vet ikke om den andre utgangen, de vet ikke at hans folk kan skaffe mat, ved og våpen ved å gå den veien. Derfor tror de at det bare er å vente. At hans folk snart blir drevet ut i skogen. Derfor gir de seg ikke. I alle fall ikke med det første, uansett vær.

«Det bør være Karo», fortsetter Mule. «Hun har ordene. Hun slapp henne inn.»

Fremdeles svarer han ikke, men halvt ubevisst kommer det en liten bevegelse med hodet. Idet han snur seg, ser han Mules rygg forsvinne innover i hulen. Han bærer på mye, tenker han, kanskje enda mer enn meg, men børen blir så lett skjev.

Mule når fram til Karo. De blir stående å snakke sammen. Han gir henne stikkestokken sin. Hun vender kroppen vekk, men han blir stående. Hun tar et skritt, men han flytter seg slik at han havner foran. De fleste har snudd seg mot skogen, men Lele klarer ikke fjerne blikket. På en merkelig måte unngår han å fange opp hva som blir sagt, men han klarer ikke å lukke øynene. Han ser at Karo motvillig holder om stokken. Hun holder den feil vei, med spissen pekende bakover. Mule tar tak og snur den for henne.

Karo virker helt slapp og stirrer stivt ut i luften.

Jeg er den som har kommet henne nærmest, tenker Lele. Ved siden av Kaje selvsagt. Karo vet det. Heldigvis vet hun det, hun vet jeg ikke kan overta. Lele klarer endelig å rive blikket løs og snur seg mot huleåpningen. Hvorfor skjer det ikke noe? Hvorfor angriper de ikke? Akkurat nå hadde det passet godt om de angrep.

Karo har ikke noe forsvar mot det stive blikket Mule sender henne. Etterpå bruker han øynene til å peke anklagende mot Sirea. Han snakker intenst, men likevel lavt nok til at stemmen ikke når alle i hulen.

«*Du* må ta ansvar!»

Karo tenker seg om lenge før hun sier noe.

«Mule. Hun hjalp oss. Hun sa ifra om at de kom. Hun er ikke ond.»

«Kanskje ikke, men hun tilhører dem. Vi vet ikke hva hun gjør. Ikke neste gang. Alle andre er her. Du vet de følger fellesskapet.»

Hvorfor var den fyren alltid så sikker? Hun visste at han ikke evnet å se spesielt langt, likevel gir han sin egen stemme inntrykk av å ha alle svarene. Det er farlig når noen tror de har alle svarene, når de tror de ser alt, mens blikket hviler mot egne hender.

«Mule, hun kom hit for Kaje. Jeg har sett det.»

«Kanskje, men nå er Kaje borte. Hvorfor skulle hun være med oss? De vil drepe *oss*, ikke henne. Hun kan leve. Hvis hun hjelper dem, får hun leve.»

«Hun har ikke stukket av.»

Igjen har Mule svaret:

«Hva vet du? Hun sa Kaje dro før det ble lyst, selv kom hun tilbake lenge etterpå. Hun kan ha vært hos dem. Om ikke nå så kanskje i morgen. Hun kan fortelle dem alt. Den andre utgangen. Hva vi tenker. Hun fører oss til døden. Kaje er borte. Det er ingenting her for henne.»

Det siste blir sagt med trykk. Karo vet at ordene er fornuftige. Hadde han bare argumentert med sinne eller sjalusi. Hun tror på sin egen fornemmelse, men det hjelper ikke så lenge Mules ord blir stående. Kanskje ser han likevel lengre enn henne? Det har han aldri gjort før. Likevel. Kanskje er det hennes blikk som er sløret. Som hos Lele. Lele ser den Sirea han *vil* se. Hun må tenke på alle, nå mer enn noen gang før.

«Mule, Mule, hun kom tilbake. Hun visste vi ville drepe henne. Likevel kom hun. Hvorfor? Hvis hun er med dem, hvorfor stakk hun ikke av. Det hadde vært lett.»

«Da hun kom, var tankene med Kaje. Hva har hun her når han er hos det hvite? Dessuten, hun kjenner oss. Hun tror ikke vi dreper. De tror vi er en samling sveklinger. Vi skal vise dem. Vi *kan* drepe!»

Endelig, tenker Karo. Endelig kom følelsene fram, og for en gangs skyld liker hun følelsesutbruddet bedre enn den kalde fornuften.

«Men hvorfor meg?» spør hun, selv om hun aner at svaret slår tilbake.

Mule ser stivt på henne.

«Det er dine ord. Det du en gang sa. -- At menn aldri dreper en kvinne. *Du* sa det, og *folk* lyttet. Nå ligger ordene i dine hender. Dessuten, du lot det skje.»

«Vi får gå og prate med henne», sier hun til slutt. Mules ord, og hva hun en gang sa, passer ikke her og nå. Mule henter de ordene som liker seg i eget hode og i øyeblikket. Ikke ordene som virkelig peker langt. Men heller ikke hun finner de rette ordene. Ikke nå. *Hun har ikke noe svar!*

«Sirea. Mannen din visste at du dro til oss?» spør hun.

Først svarer hun ikke. Hun ser helt fjern ut. De fleste andre kommer gående – som trukket mot et bål – selv om mange ser ut som om de ikke ønsker å være der. Folk blir stående i en sirkel rundt Karo og Sirea.

«Sirea! Hører du!?»

Hun ser opp.

«Ja, han visste.»

«Ville han du skulle dra hit?»

Nå ser hun på henne. Ansiktet virker dødt og likegyldig, stemmen er nesten ikke til å høre.

«Ja, han sendte meg.»

Karo aner at flere tar et skritt tilbake. Selv *må* hun bli stående. Mule ser stivt på henne.

«La det skje.»

Karo prøver enda engang å få henne til å vise ansikt.

«Sirea, hvor går dine følelser?»

Et øyeblikk reagerer hun med å stirre hardt på Karo, samtidig som det beveger seg noe i ansiktet, så lukker hun seg igjen for omverdenen. Munnen forblir lukket, og øynene stirrer forbi Karo, mot noe langt utenfor hulen.

Karo sier ikke mer, men hun klarer ikke riste av seg det siste blikket Sirea sendte. Blikket sa at hun burde vite. Hun merker at flere av de andre, både menn og kvinner, gir tegn på at de er enige med Mule. Selv snur hun seg bort. Dette er ikke for henne. Kanskje kan hun ikke stoppe Mule i å få viljen sin, men hvorfor må det legges på henne? Hvorfor kan ikke moren til Kaje overta? Og hvorfor sitter Lele et helt annet sted og stirrer i samme retning som Sirea?

Hun vet egentlig godt hvorfor Lele ikke vil eller kan stå fram. Hvorfor han ikke klarer å involvere seg i dommen.

Lenge blir det stille. Folk trekker seg unna og setter seg ned. Stirrer mot lyset utenfor hulen. Lengter etter skogen og solskinnet. De vil så gjerne tilbake til det grønne, likevel er det ingen som tar ansvaret med å holde øye med skogkanten. Til slutt vender Karo seg igjen mot Sirea. Hun har ikke noe valg. Mule har altfor sterke ord, og det er ingen hun kan skyve oppgaven over på. Ingen! Hun kan ikke hive vekk tilliten fra de andre. La den respekten et langt liv har gitt, forsvinne som en utslitt skinnfell. Dessuten, alle vet at skyld og skjebne ikke alltid henger sammen. Hun blir nødt til å fullbyrde den dommen Mule, og stammen, har kommet fram til – selv om hun aldri før har stukket så mye som en jordrotte. Hun vet i det minste hvor hun skal stikke. Hva som gir minst smerte.

58.

'Det er min feil. Det er min feil.'

Munnen hans former ordene gang på gang. Han klarer ikke glemme, og han klarer ikke løpe fra det, så han bare fortsetter. Så fort som beina klarer. Kaje minnes drømmen et par netter tidligere, der han befant seg i det hvite. Nå er det virkelighet, og han vet hvorfor han drømte. Han skjønner hvorfor drømmen kom akkurat da, og hvorfor den nå leder ham. Det må gå! Ansvaret han bærer er mye større enn alt annet i livet. Karo ønsker at alle skal tenke slik – ta ansvar. Han må tenke mer på stammen og mindre på seg selv; og hvis noen i stammen klarer å ta seg fram til forfedrene, og finne hjelp, så er det ham. Det bare *må* gå.

Hvor langt kan det være?

Han kan ikke regne med å være framme samme dag. Fortsatt er det vegetasjon så høyt han kan se på begge sider av dalen. Han skjønner plutselig hvorfor terrenget likevel virker åpnere. Trærne her er lavere, og det er ikke så mange av dem. Til gjengjeld henger skjegglavet enda tettere fra greinene. Det virker som om trærne har dradd på skinnfeller for å beskytte seg mot kulden.

Solen er hos ham. Trass i regntiden. Oppgaven ville vært langt vanskeligere uten sol. Alles Mor hjelper ham.

Det fins ingen sti. Selv om det er forholdsvis lett å trenge igjennom vegetasjonen, er det enklest å enten gå nede i elven eller følge elvebredden. Sumpområdene som strekker seg oppover dalsiden er løse og dype. Så lenge regntiden ikke er ordentlig i gang, er elven snill og føyelig.

Han er i en fremmed verden. Her er knapt tegn til dyr, verken fugler eller firbeinte. Merkelig. Det hvite er noe de har sammen med dyrene, Alles Mor er jo for alle, skulle tro mange dyr ble dradd mot det hvite på samme måte som ham.

Det er så stille. En god dag med mye sol, men lavmælt og kjølig som natten. Likevel føler han at det *er* noe i naturen rundt ham; noe rart, levende, som ikke er plante og ikke dyr. Det stirrer på ham fra gresset og skjuler seg bak hengende lav. Det er noe der som prøver å oppmuntre. Gi ham styrke.

Kaje kommer over en bakkekant og møter en ny slette. Ved enden av sletten stiger terrenget brått. Endelig. Over sletten går det greit, men så må han klyve. Noen steder gir tørre bergknauser feste for hender og føtter, andre steder drar han seg opp etter busker og kratt. Elven er ikke lenger føyelig, men viser sin kraft i mange små fosser. Bråket den lager stjeler hva annet som måtte være av lyder.

I det han kommer over den øverste kanten, blir det brått veldig flatt. Elven roer seg. Han tar en pause for å suge inn det nye landskapet. Et sted helt uberørt av menneskeøyne. Her viser elven smidighet istedenfor styrke, den lager regelmessige svinger over en hvit sandbunn omkranset av et innbydende grønt gressteppe. Gresset er dekorert med små, bortgjemte blomster. Utenfor sletten vokser det vennlige busker. En nydelig, liten verden ulikt alt annet.

Ved enden av gressletten, står en stor stein. En tann av en stein plassert midt ute i elven som om den har forsøkt å stoppe vannet.

Og over det ...

Bak steinen er det ikke lenger noen elv, vannet står plutselig helt stille. Det brer seg utover i begge retninger. Dette er ingen kulp, men en enorm mengde med flatt vann. Noe slikt har han aldri sett eller hørt om. Han aner planter langt borte på motsatt side av vannmassene, men han ser ingen elv som går videre.

Så det er her elven fødes! Så mye vann. Jo, han har hørt om noe lignende i en av legendene fra Karos munn. Den gangen han fortsatt var barn. Det handlet om et sted der vannet sperret terrenget. Legenden gjaldt en mann han ikke husker navnet på. Mannen kranglet med regnets opphav og påsto at det ikke hadde mer makt enn en gresshoppe, og at selv den nyfødte sønnen hans var mektigere enn regnet. Da lot regnets skaper det falle så mye regn at dalen ble fylt. Men mannen bare lo, han trakk opp i åsene og lagde en ny leir. Da stoppet regnet å komme. Det stoppet så lenge at alt tørket ut, gresset ble gult og smuldret opp, bakken fikk stygge sår og alle dyrene forsvant. Da døde både mannen og barnet hans. Siden har ingen utfordret regnets skaper, og menneskene lærte å respektere himmelen.

Igjen løfter han blikket. Og der ..., langt bak steinen. Høyt over vannet. Øynene lukker seg samtidig som munnen glir opp. Det var ikke slik han hadde forestilt seg det. Virkeligheten er så uendelig mye større.

Til slutt går han langsomt over gresset i retning steinen.

59.

Karo står helt stille. Spydet hun aldri bruker, og som ikke engang er hennes, henger løst over fire fingre. Hun oppdager at stokken igjen har havnet i feil retning og snur den slik at tuppen peker framover. Spissen har rester av blod, men det mørke belegget sier ingenting om smerten når den kvasse enden presser seg inn i noe som lever. Hun har ikke lyst til å stikke. Hun er ikke engang sint, bare fortvilet.

Fingrene nekter å ta et fast grep. De vil helst åpne seg og la stokken falle mot bakken, men heller ikke det løser problemet. Hun lar øynene bevege seg rundt til de andre. Hvorfor er det ingen som møter blikket?

270

Hvor ble det av alle ansiktene som stråler mot henne? Noen burde si noe, enten stoppe henne eller støtte henne. Nå er det *hun* som trenger *dem*. Øynene deres …, enten kommer ikke blikkene ut fra ansiktene, eller de forsvinner ut av huleåpningen. Selv Mule har snudd seg vekk.

Fins det andre muligheter?

Nei, hun har ikke noe valg. Hun må gjøre det. Stammen har bestemt og oppgaven har falt på henne. Livet er en gave Alles Mor deler ut, noen får mye, andre bare litt; men det er heldigvis Alles Mor som bestemmer – ikke henne.

Rart det må skje nå, for dagen virker så god. Lyset får hele skogen til å smile et inderlig, grønt smil. Der ute. Smilet er forbeholdt livet utenfor. Det burde vært skyer med masse regn. Ja, hadde det bare regnet og vært isende kaldt, så alt levende krøp sammen – da ville ett liv vært lite verd. Karo stirrer på det rødbrune belegget foran på stokken. Restene av blod er tydelige bare nær spissen, høyere oppe er det den vanlige gråbrune fargen av gammelt tre. Fargen stokkene får etter mange regntider.

Det slår henne at øynene ikke lenger fungerer som en del av *henne*. De ser, men de sender ikke bildene de fanger opp videre helt inn til tankene. Hun skjønner plutselig at tankene ikke ønsker det øynene byr på.

Kaje burde vært her hos dem. Er det derfor hun har gått med på å drepe? Nei, det må ikke være slik. Kanskje bærer denne kvinnen på mye vondt, og mye skyld; men nei, Kajes skjebne er det ikke riktig å plassere i hennes sekk. Det er så lett, lett å peke ut én person, og legge alt ansvar for alt galt hos den ene. Ved å lesse det vonde på ett hode, blir børen så mye lettere for alle andre – og det er lettest å legge det på en som er fremmed.

Det må ikke være derfor.

Hevn? Hevn for Brede? Og for sårene de går med, og frykten som har stjålet livsgleden? Hun har sett det i mange av øynene, men de må ikke la seg drive av hevn. Hvis Sirea skal dø, må det være fordi å drepe henne er det eneste riktige.

Det sitter noen barn innerst i hulen, der inne hvor bakken er mindre støvete, men selv de vender seg vekk. På en måte har det gått for langt, denne kvinnen er ikke lenger en fremmed, hun er en av dem.

Karo fokuserer på spydet. Det som forlanges av henne, er noe helt annet enn det Rude gjorde når han kjørte stokken i den halvdøde angriperen. Langsomt griper fingrene hardere om stokken, så hardt at knokene blir hvite.

Hun går mot den fremmede. Hun vil ikke tenke på henne som Sirea, en kvinne hun kjenner, men som en fremmed. Mule sitter ved siden av og presser den vevre skikkelsen mot bakken, men armene som holder skuldrene mot den rødbrune jorden synes helt overflødige. Det er ingenting som spreller eller spenner imot, og kroppen sier ikke nei. Selv det ellers så virvlende støvet ligger stille rundt henne. Helt stille.

Sirea har fått lydene fra skogen til å forsvinne. Hun virker så underlig fredelig og klar. Hvorfor er hun ikke redd? Det er som om hun bærer all verdens ondskap på sine smale skuldre, som om hun vil at den skal spiddes mot bakken for aldri igjen å reise seg.

Øynene hennes er ikke mørkebrune som vanlige øyne, de har det rare grønne i seg. De har også i seg noe overmenneskelig som får Karo til å tenke på Alles Mor.

Så innser hun plutselig at det er de eneste øynene i hulen som tør møte blikket hennes. *Og de sier ja.*

De skulle skreket: *NEI!*

Hun må treffe riktig på første stikket. Og treffe hardt nok. Rude sier at det beste er inn i øynene, men det klarer hun ikke. Det er ikke mulig å sikte mot et øye som ser på en med fornuft og medfølelse. Alternativet er halsgropen. Da blir det masse blod, hvis hun treffer riktig på første forsøk, men det går fort, og kvinnen slipper å lide. Veien til døden blir kort. Det slår henne at Sirea er klar til å ta smertene, og at det er hun selv som ikke orker å se lidelse.

Mule vender hodet og ser avventende på Karo, men selv hans øyne er vasne. Blikket er likevel nok til å bringe henne videre, til å fullføre det hun har påtatt seg. Hun løfter stokken så spissen blir stående en halv mannslengde over halsen til Sirea. Så griper hun om den med begge hendene og sikter seg inn mot halsgropen. Om et øyeblikk er det over, hun må bare passe på å treffe.

60.

Kaje vasser ut i retning fjellene til vannet når magen. Å vike unna blir veldig langt. Bunnen gir etter. Under føttene er det myk gjørme som suger beina til seg og samtidig virvler opp langs leggene. Dessuten er vannet kaldt – forbasket kaldt.

Han trekker seg tilbake mot den digre steinen. Det slår ham at den er satt der for å passe på, en vakt som styrer hvem som får lov til å komme forbi. Kanskje er det galt det han prøver på. Langsomt går han helt inntil og lar hendene hvile mot steinen. Den er over dobbelt så høy som ham selv. Like ubevegelig og stille som alle andre store steiner. Sidene er bratte, men neppe umulige.

Toppen er dekket av mose og er dessuten tilholdssted for to bitte små trær. Han setter seg mellom de to spede plantene med ansiktet vendt mot det store vannet. Så konsentrerer han seg om å få kontakt med Alles Mor.

Lenge er det bare pusten som beveger seg.

Det går ikke. Han klarer ikke stoppe tankene, Alles Mor kommer ikke til ham, hodet er for opptatt av andre ting, og øynene vil ikke være lukket, de vil undersøke alt det ukjente. Vannet er enda blåere enn himmelen, den er som en himmel med krusete hår. Kanskje er den så enorm fordi den er badekulp for alle forfedrene? De døde er likevel kalde, så de bryr seg sikkert ikke om at vannet er kaldt.

Bak alt vannet.

Det er mulig å bøye av og følge kanten rundt til høyre.

Bak vannet, men ikke så langt bortenfor, ligger den *store* sperren. Det er den han har hørt om, men aldri selv sett. Fra kollene nede i dalen ser man fjellene, men ikke den digre veggen av stup og stein som blokkerer adkomsten. Verden stiger nesten rett opp; høyt opp, helt til det blå.

Aller øverst lyser det mot ham. Det hvite. Og ut av det hvite stikker det hoder, store svarte hoder med langt, hvitt skjegg. Ett av hodene rører på seg. Det leker med noen skydotter. Jo da, han aner bevegelse; det bakerste, litt ulne hodet glir langsomt mot venstre. Det må være enormt stort. Og rundt er det helt hvitt. Helt hvitt. Det er dit han må.

Så kommer det flere skyer. Det er som om forfedrene plutselig finner ut at de ikke lenger vil vise seg fram. Kanskje de ikke liker at noen ser på dem. Kanskje de ikke ønsker besøk?

Skuet som møter ham fra toppen av steinen er det fineste han har opplevd, men det hjelper ikke. Å sitte her og stirre mot fjellene løser ingen problemer. Han klatrer ned og begynner å gå.

Veggen som stiger opp på bak vannet er bratt, likevel aner han muligheter. Noen litt slakere skråninger, noen skar som byr seg fram, og noen steinrøyser som det må være mulig å forsere. Det hvite ligger ikke helt utenfor menneskenes rekkevidde.

Veien langs vannet er kronglete med mye opp og ned. Nærmest vannet er det sand som nekter å bære føttene, i skråningen høyere opp veksler det mellom sinte knauser og små sletter med surklende mudder. Riktignok stikker det opp tuer med stivt gress som prøver å unnslippe gjørmen. Der det er mulig, hopper han fra tue til tue, men der tuene ikke vil, synker han ned i dyp, brun gjørme. Én gang helt til skrittet. Det var så vidt han kom seg løs.

Til slutt står han ved foten av selve fjellene. Et kaldt gufs kommer mot ham. Heldigvis bar han med seg flere skinn i en bunt på ryggen; ett av dem surrer han rundt livet, et annet har to hull som han trer armene igjennom slik at det dekker ryggen med pelsen inn. Føttene fryser, men foreløpig får det bare være.

Den første stigningen går greit.

Beskjedne tuer av lavt gress og noen ørsmå blomster ser opp fra bakken, ellers er det bare stein. Han merker at plantene er redde. De tør ikke strekke seg mot himmelen. Selv de modige lobeliaene har nesten gitt opp her i skråningen, men han ser fortsatt hvordan de hever seg over alt annet nede rundt det store vannet. Der nede er de høyeste mer enn dobbelt så høye som ham; solide stammer dekket av brune, stive flak. Fra toppen av stammene henger det lange grønne blader. Der han nå befinner seg er det bare noen få forskremte lobeliaer som gjemmer seg i kløftene og klorer seg fast rundt ubetydelige bekkefar. Her rager han høyere enn alt liv. Det gir en underlig følelse. Selv på slettene er det trær.

Han passerer en steinhylle som er dekket av myk, gul mose.

Det er en annen lukt her oppe. En frisk duft av fremmede planter, men samtidig en lukt preget av ensomhet og engstelse. Likevel er det først og fremst åpenheten som gjør verden så annerledes. Sett herfra virker selv slettelandet innesluttet. Her er det bare ham, ingen andre, i en tom og ubeskyttet verden.

Det slår ham plutselig at lukten ikke kommer fra planter. Det bor noe annet her oppe, og den eimen er det noe kjent med. *Det er noen her!*

61.

Karo har bestemt seg. Hun vurderer å lukke øynene, men da kan hun bomme. Selvsagt ønsker hun å bomme, men det løser ingenting, og det ligger på henne. Som alltid. Hun gir musklene den kraften de trenger.

Det er da hun hører en tynn stemme hviske fra tåken av stillhet.

«Hun må få ...»

Også andre snur seg mot stemmen.

«Hun må få leve», gjentar stemmen litt høyere.

Det er Reko!? Reko ser først Mule inn i øynene, deretter Karo.

«Sirea er ikke slem. Hun lever i kjærlighet, og hun er av det gode. Hun må få leve. Hun skal leve», gjentar hun atter en gang. Så begynner hun å gråte, snur seg og forsvinner med ansiktet i hendene.

Karo ser det nå. Sirea har Alles Mor i seg, og hun er villig til å dø. Kanskje kom hun på ordre fra de fremmede, men hun var hos dem av kjærlighet til Kaje. Hun og Reko deler den samme kjærligheten. De kan stole på henne. *Hun er jo rede til å dø.* Hvorfor skulle hun forråde dem når hun er villig til å gi fra seg alt!? Mule tar feil, hun kommer ikke til å stikke av for å redde sitt eget skinn, for den veien har mistet mening. Livet har fjernet sin betydning! Hun er jo klar for døden!

Langsomt senker hun stokken.

Så trekker hun seg tilbake, snur og går til soveskinnet som ligger i utkanten av hulen, der de andre helst ikke vil ligge. Hun tar med seg Mule sitt spyd og nå er grepet fast.

Rart, tenker hun, hvordan én spinkel stemme kan ... Et par ord fra en person som ellers ikke dytter. Det er nok. Kanskje nok til å avgjøre veien framover for hele stammen? Rart hvordan kjærligheten kan dra et menneske så langt. Hat og misunnelse er som regel enkelt å forutsi, og det er lett å gjette hva de fører med seg; men hvis noen gjør noe virkelig overraskende, da er det av kjærlighet. Hun minnes at hun for lenge siden satt seg som mål å få fram slike følelser mellom alle i stammen. Moren lærte henne at det fins tre typer kjærlighet: Den som snur alt, men bare lever et par regntider; den som går videre, men krever at man er sammen; og den som aldri forsvinner, selv når man er alene. Hva har Reko, og hva har Sirea? Jo, de ...

Lyder fra skogen utenfor avbryter tankene. Det kommer noe mot dem fra skogen! Alle snur seg. De fleste kryper sammen i redsel, men det er ikke et menneske. *Det er en villhund!* Hvorfor? Villhundene angriper aldri voksne mennesker – i alle fall ikke der flere er sammen. Dessuten hører de til på slettelandet, ikke her langt oppe i åsene.

Hunden går rett bort til Sirea og begynner å slikke henne i ansiktet. Hun virker nesten like overrasket som de andre.

«Moff!»

Karo trodde ikke det fantes noe igjen i verden som kunne overraske henne, men synet av Sirea og villhunden får henne likevel til å måpe. Den kvinnen har virkelig mye i seg. Likevel, først nå aner hun en smule glede i ansiktet. Det var villhunden, ikke det at Reko reddet livet hennes, som skulle til for å gi henne livsglød.

Lenge sitter Karo og ser på de to, så retter hun seg opp og lar blikket gli ut av hulen. Månen har kommet og er synlig bak de øverste greinene på trærne. Skogen er uten tegn til liv, og det er fortsatt en stund før månen er alene om å bestemme. Så vidt hun kan se, sitter det ingen ved muren for å passe på, akkurat det kunne godt mennene sørget for. Hun får prate med Lele. I morgen.

Gradvis overtar måneskinnet. Månen kryper opp over trærne, den er nesten full og stirrer på henne fra et sted langt utenfor huleåpningen.

Fortsatt ikke noe regn. De trenger regn, masse regn. Trærne på den andre siden av sletten stikker seg fram som sinte, svarte krigere. Det matte lyset sender fargeløse skygger som peker anklagende mot hulen. Et tre som har brukket en stor grein, beklager seg over livets urettferdighet. Verden er så annerledes i måneskinn.

Trær, ja selv blomstene, viser fram andre sider av seg selv; på samme måte som hun av og til oppdager nye sider ved mennesker hun trodde hun kjente. Kvelden har allerede gitt henne flere slike opplevelser. Som regel liker hun å finne noe nytt – både i naturen og i menneskene. Ofte ligger hun våken med vilje for å lære å kjenne skogen slik den er under månens innflytelse, men nå er det noe skremmende i de svarte skyggene.

Så kommer ansiktet til Sirea tilbake – der hun ligger på bakken under en stokk som er klar til å drepe. Om hun selv må dø, skal hun gå veien med samme ro som den unge kvinnen. Sirea har gitt henne styrke til å møte døden.

62.

Hodet begynner å dunke. En ekkel smerte som ikke lar seg skyve vekk, han blir nødt til å ta det med ro.

Han setter seg ned på hyllen der han befinner seg. En romslig hylle, et sted der terrenget ikke er like sint og bratt. Det er sent. Han spiser noen medbrakte røtter og tar etterpå imot vann fra en ørliten bekk. Så lener han ryggen mot fjellveggen. Den spesielle lukten er der fortsatt.

Hvorfor vil ikke forfedrene ha besøk? De er jo i fjellene for å hjelpe, og nå trenger stammen hjelp – mer enn noen gang før. Forfedrene bare *må* hjelpe dem, hvis ikke kommer alle til å dø. Sirea har sagt at de fremmede dreper. Og at de har noe som gjør at de kan drepe med bare ett stikk. De dreper og spiser mennesker. Det blir ikke en gang noen igjen til å gi de døde en begravelse, så forfedrene er nødt til å gjøre noe.

Hvis han ikke finner hjelp, hva da? Han innser plutselig at det er helt nødvendig for i det hele tatt å kunne vende hjem. Det å dra fra de andre i en slik situasjon kan kun forsvares ved å gjøre noe veldig viktig. Det må ikke ... Det *kan* ikke være bare hans eget ønske om å besøke fjellene. Det *må* være noe mer. *Han kan ikke vende tomhendt tilbake.*

Lukten er plutselig sterkere, og han er enda sikrere på at han kjenner den. Et levende vesen, men ikke hva som helst. Ikke hvem som helst.

Brått retter han seg opp. Det ... Det lukter jo som ...

Så hører han et eller annet flytte på seg bak to store steiner. Han hører på knasingen i grus og sand at det er noe tungt som beveger seg rolig. Kan det være ...?

Ja, det er! *Det er ham.* Han kommer fram fra bak steinene. Bare noen få mannslengder unna. Han reiser seg i hele sine høyde, og preger omgivelsene med all sin kraft og myndighet. Det kommer ingen lyder, munnen er ikke engang åpen, bare de store, mørke øyne som peker mot Kaje. Hånden holder om den avrevne toppen av en lobelia. Den brukne planten ynker seg. Øynene er vaktsomme, og de peker mot Kaje uten å vike for noe.

Så det er *han* som passer på fjellet!

63.

Karo setter seg ved siden av Sirea. Det er morgen, men solen er igjen borte bak lave, mørke skyer. Kanskje er de sendt for å skape regn. Sirea har skåret av mesteparten av håret. Akkurat som Bo. Dessuten har hun klint inn restene, samt ansiktet og store deler av kroppen, med sot fra bålet så det er nesten umulig å kjenne henne igjen. Det er hun som først sier noe.

«Hva gjør dere nå?»

«Vi må gjøre som planlagt. Holde ut i dag. Før lyset kommer i morgen drar vi. Vi lager spor nedover ...»

Rude avbryter:

«Karo!»

Hun snur seg og møter hans intense øyne, men han sier ingenting. Etter en liten pause fortsetter hun.

«Vi lager spor ned, så følger vi elven. Opp til Biga ...»

«*Karo!* Ikke mer.»

Det begynner å demre for Karo hvorfor han avbryter, samtidig skjønner hun at det er for sent. Rude går bort til henne, drar henne opp på beina, og fører henne ut til muren.

«Hun bør ikke høre.»

«Jeg skjønner», svarer Karo spakt.

«Vi kan ikke vite ... Vi vet ikke hvor ... hvor hun står. Kaje bandt henne til oss. Selv det vet vi ikke. Uansett. Nå vet vi ikke.»

«Jeg skjønner», gjentar hun, «men *jeg* vet, *jeg* vet hvor hun står. Du må ...»

Hun presser leppene sammen. Det er noe med blikket til Rude, måten han stirrer ut mot det blå. Det er noe ved ham som Karo ikke kjenner igjen. Det slår henne plutselig at også han er klar for det hvite.

«DE KOMMER!»

Ropet er så kraftig at alt annet stopper opp.

Før første trefning fryktet Lele spydene deres mest, men bare noen få ble kastet. De forårsaket sår, men ingen alvorlig skade; nå skjønner han hvorfor spydene ikke er så farlige. Noen av mennene har nylagde stikkestokker, men de er klønet tilvirket, likevel må de ha jobbet hele dagen og halve natten. Ved sist trefning mistet de ikke bare to menn, de mistet også fire spyd! Hans folk har overtatt spydene. De tør neppe kaste flere.

Det peker riktig vei, de fremmede blir svakere, mens de selv blir sterkere.

De har avtalt å holde seg bak muren, kaste stein, og samle stikkestokkene mot de som prøver å ta seg inn. Han har bedt folk stikke i øynene hvis de tror de kan treffe, i mageregionen hvis det er vanskelig å sikte, eller mot pikken hvis anledningen byr seg. Det siste var Bo sin ide, men Lele innser at tanken er fornuftig. Ingenting får en mann til å miste lysten på kamp så effektivt som et velrettet stikk der.

Mule mente de burde stikke mot halsen, samme som de gjør for å drepe dyr. Lele er usikker, mennesket har kort hals, og det er fort gjort å bomme. Dessuten, selv om man treffer halsen, må man trolig stikke flere ganger for å finne blodet. Som barn husker han at faren en gang sa at skal man drepe et menneske, bør man stikke i øynene. Ifølge faren var øynene der hvor alt som betyr noe sitter, så får du stokken gjennom øyet, blir alt borte.

Også inntrengerne har tydeligvis tenkt. De virker mer organisert, de skriker sinte rop i takt, og de har streker av sot både på kropp og ansikt. De fremmede slår seg mot brystet slik gorillaene gjør når de er sinte; men i motsetning til menneskene på slettene, så er ikke månefolket redd for gorillaer.

Angrepet er bedre koordinert, de nøler mindre, og mange når fram omtrent samtidig. Lele er overrasket over hvor godt folk forsvarer seg. De fremmede har vekket noe han ikke visste fantes. Når de først må, så stikker de der de bør stikke, og de lar seg ikke skremme av rop og tilklinte kropper. Her gjelder det å stå eller falle, stikke eller blir stukket. Inntrengerne synes å ha glemt det.

Det er den siste tanken han rekker å tenke.

Stadig flere blødende sår dukker opp – både hos Bujustammen og de fremmede. All oppmerksomhet er rettet mot å unngå fiendens spyd og få inn velrettede stikk med egen stokk. Et øyeblikks uoppmerksomhet er nok. Innimellom er det noen som krøker seg innover i hulen med sår de ikke orker å bære. Noen reiser seg igjen etter en stund og trekker tilbake mot muren der kampen raser.

Flere av de fremmede er forbi steinene.

Karo står et godt stykke inne i hulen, høyt nok til å se over de som kjemper. Ved siden av henne ligger det to sårede gutter. Foran henne står kvinner og barn og kaster steiner, og foran det igjen et virvar av menn med stokker. Nei, ikke bare menn, flere av kvinnene har grepet stokker eller klubber og deltar sammen med mennene. Sirea og Reko slåss side om side. Hun legger merke til at Mule har tatt spydet over i venstrehånden til fordel for klubben som han slår vilt med. Inntrykkene er i ferd med å ta overhånd. Skrikene og de smertefulle stønnene.

Det som foregår der nede er det mest grusomme hun noensinne har bevitnet. Hvorfor? Hvorfor må menneskene være slik? Alt blodet, all smerten. Det er ikke verd det.

Igjen blir hun minnet på at folk lytter til henne. Hun har fortsatt et spesielt ansvar, ordene hennes har makt til å stoppe idiotien. Jo, hun må gjøre det. Hun må stå fram og si at de gir seg. Det er hennes oppgave. Hun må redde dem som er igjen.

Hun bestemmer seg, tar et par skritt fram og strekker armene i været for å få oppmerksomhet. Da kommer Sirea løpende. Hun har et stygt sår i magen, men tar tak i overarmen hennes.

«Nei. Det må være slik. Du har ingen valg. La det skje.»

Karo ser overrasket på henne, men sier ingenting.

«Du kan ikke stoppe dem. Du kan bare ødelegge. For ditt folk. Kampen må gå.»

«Men ... Alt blodet ... Smertene.»

Sirea virker som vanlig rolig, men stemmen har en intensitet som røper følelser.

«Dere jager dem, eller dere blir drept. Det fins ikke annet. Ikke her. Ikke nå.»

Karo har summet seg etter overraskelsen over at Sirea grep inn.

«Jo, Sirea. *Vi har en annen vei.* Vi har døden og månefjellene. Vi kan dra. Dit månen drar. De når oss ikke der.»

Hun stirrer intenst på den gamle kvinnen:

«Er du sikker? Er du helt sikker på at alle vil dit? De unge?»

«Jeg ...», begynner Karo, men sier ikke mer. Hun innser at Sirea har rett, de unge må få prøve å finne veien mot livet. Hun vrir seg ut av taket til Sirea, går noen skritt unna og setter seg. Idet hun bøyer hodet og lukker øynene, ser hun Sirea snu og haste tilbake til kampen. Blodet fra såret når helt ned til foten og gjør hele høyrebeinet rødt.

En merkelig stillhet brer seg over hulen. Fortsatt sitter hun med øynene igjen. Fornemmelsen av noen som kommer gående mot henne, fanger oppmerksomheten. Bak er det stønn og andre lyder, men de intense skrikene er borte. Hun åpner øynene idet Lele setter seg ned. Han har et blødende sår i venstre skulder og et annet høyt oppe på låret, men de ser ikke ut til å plage ham. Ansiktet er alvorlig, likevel er stemmen mild.

«Du lukket øynene.»

«Ja, beklager, jeg klarte ikke. Jeg ville stoppe. Stoppe alt. Jeg ville til fjellene. Jeg ... Jeg ville ikke vite.»

«Jeg skjønner.»

«Har vi vunnet?»

«Nei, ingen vinner. De trakk seg tilbake, men ingen vinner. Alle taper.»

«Hvorfor?»

«Det ... De ... To menn ligger igjen. Angrepet var kraftig, likevel var de forsiktige. Jeg tror ikke de gir seg, men de er forsiktige. De har respekt for våre stokker.»

«De kommer igjen?»

«Ja, de gir ikke opp. Jeg så det. Særlig ikke de to med det store skjegget. De har tapt for mye, derfor gir de ikke opp.»

Den ene fremmede skikkelsen lever. Han ligger på innsiden av steinene. Fyren løfter en hånd og kommer med noen uforståelige lyder. De ser Rude stille seg med stokken rett over ham. En stund står han slik og ser ned på mannen. Fyren prøver å si noe, men blodet i munnen gir bare gurglelyder. Ansiktet til Rude virker anstrengt likegyldig. Så kjører han stokken hardt inn i det høyre øyet. Det kommer ikke flere tegn på liv, leppene henger slapt rundt et åpent, blodfylt gap.

Det slår Karo at også hennes folk har blitt menneskedrepere. Tanken får kroppen til å knyte seg.

«Karo. Reis deg opp. Vi trenger deg», sier Lele.

Hulen er preget av blod og smerte. En eldre kvinne ligger livløs, og Male har det vondt. Han vrir seg i støvet med et stygt stikksår i brystet og klarer ikke feste blikket. Det kommer rare lyder ut av munnen. Pusten er ujevn. Så vidt hun kan se, er alle andre i stand til å bevege seg. Mennene har minst ett sår hver, men de fleste synes å befinne seg et stykke unna døden. Karo starter med Male, men innen hun rekker å gjøre noe har brystkassen sluttet å bevege seg. Ansiktet ligger vendt fra henne. Støvet foran munnen klarer ikke suge til seg alt blodet. Hun bøyer seg over ham og stryker forsiktig over brystet. Ingen tegn til liv.

Langt borte i en annen verden, et sted innerst i hulen, skriker et barn. Solen har kommet tilbake og skinner spottende utenfor hulen.

Lele trekker seg inn i en mørk krok og lukker øynene. Inntrengerne vil neppe bruke samme fremgangsmåte en gang til. Han ser det for seg, de kommer til å ligge der ute i skogen og vente. Helt til stammen må ut. Vel, de skal få vente. De skal få føle både regn og kulde så tett på kroppen at de aldri glemmer.

Mule kommer bort til ham etter å ha sittet hos broren. Selv håret virker blekere enn vanlig, men det er antakelig bare støvet.

«Beklager. Jeg vet. Han var *mann*. En stor mann og en god mann», sier Lele.

Mule setter seg ned ved siden av. Lele har aldri sett ham så fortvilet, og stemmen er grøtete og rar.

«De drepte ham. Han sto ved siden av meg. Jeg så de stakk. Jeg stakk tilbake, men jeg kunne ikke stoppe spydet. Det var ikke mulig. Jeg kunne ikke stoppe. Det hadde steinspiss.»

Lele legger armen rundt skulderen hans.

64.

Firfinger sitter sammen med Yamyam og steller et sår i sønnens mage. Det er dypt, men heldigvis forårsaket av en trespiss. Steinspissene gir mye styggere sår, det er derfor de er egnet til å drepe. Sønnens ansikt er preget mer av irritasjon enn av smerte. Stemmen er likevel utydelig og rykkete.

«Så du hva de hadde gjort? Elefantøre bare lå der. Fortsatt. Fra forrige gang. Gang. Gribbene hadde spist øynene. Innvollene. Alt var dradd ut. Vi må. Må få ham ned. Få ham ned. Ikke bare ligge. Ikke gribbebeite. Beite. Hvem stakk? Så du hvem som stakk?»

«Ja. Det var to menn. En ung og en gammel. Jeg kjenner dem igjen.»

«Si til Storeflekk at jeg vil drepe. De burde ikke stukket. Ikke stukket. Ikke ham.»

«Ja da, vi skal ta dem.»

Gutten vender seg mot faren og senker stemmen:

«Vi må bruke giften.»

Firfinger tenker seg om.

«Vi kan. Hvis vi må. Da har vi gjort det. Vi trenger ... De andre skal ikke vite.»

«Jo. Vi kan. Vi kan ta på våre spydspisser. Uten å si noe. Våre spydspisser. Neste gang vi angriper.»

«Ja ..., kanskje. -- Jeg tror ikke vi angriper. Ikke med det første. Jeg tror Storeflekk vil la de sulte og tørste.»

Sønnen virker oppgitt.

«Da skjer det ingenting. Det kan ta dager. Dager. På tide å kaste stein etter hunden. Etter hunden.»

Firfinger ser oppgitt ut i luften. Hvorfor pokker må sønnen alltid gjenta ting.

«Storeflekk har ordene. Folk lytter.»

«Ja. Ja vel.»

Storeflekk kommer bort til dem:

«Yamyam, du slåss som en løve. Du er en stor mann.»

Yamyam drar munnen over i et smil. Storeflekk fortsetter.

«De har mange sår. Jeg tror ikke de orker mer. Hva synes dere vi skal gjøre?»

«Vi skal ta dem. Ta dem», svarer Yamyam ivrig.

Firfinger er mer rolig.

«Vi har også sår. De har hulen, men vi har elven og skogen. Vi bør vente og se. Sultne menn slåss dårlig.»

«Vi skal alle tenke over hva som er best. Hvordan vi tar dem», sier Storeflekk.

Etter en liten pause fortsetter han.

«Så dere om Sirea var i hulen?»

De to svarer benektende.

En rar tanke former seg i Storeflekks hode. Nei, antakelig har hun dradd til slettene, for hun har ingenting å gjøre i hulen. Riktignok var det hektisk, og man unngikk å se på fiender som individer, men han ville oppdaget henne. Hun kan umulig ha ...

Han har gått runden fra mann til mann for å oppmuntre og for å forsikre at alle fortsatt vender hodene samme vei. I så måte har stammen aldri vært mer samlet, men det med Sirea plager ham. Kanskje månefolket har drept henne.

Tanken gjør vondt. De var klar til kamp før han kom, så de må ha oppdaget hans folk og skjønt hvorfor Sirea valgte deres stamme. Han ville drept uten å nøle. De har mer pikk enn han først trodde. Muligheten gir en ekkel følelse i magen. Om hun da ikke har klart å stikke av slik at hun nå er tilbake i leiren. Sirea er heldigvis smart, hun vet når å bli og når å løpe. Hun har sikkert kommet seg unna.

65.

«Hvorfor?»
«Jeg vet ikke. Kanskje ...»
Sirea ser igjen spørrende på Karo.
«Ja?»
«Nei, jeg vet ikke.»
«Si noe. Si noe annet. Vær så snill. Hos Storeflekk hadde det vært en selvfølge.»
Karo er akkurat ferdig med å forbinde såret hennes med det siste de har av sårurter. Stemmen til den unge kvinnen er nærmest hviskende, men viser likevel styrke. Karo stirrer lenge på henne før hun sier noe.
«Jo, jeg vet.»
«Så fortell. Det er viktig.»
Karo begynner forsiktig.
«For lenge siden. Lenge før ...»
Hun tenker seg om. Sirea kjenner jo ikke stammens historier, så hun må fortelle på en annen måte. Etter hvert som hun kommer i gang, blir tankene klarere. Det føles som om Sirea allerede *har* svaret, Karo trenger bare å fore henne med ord.

«Det var en gammel kvinne som hadde stor innflytelse i stammen. Så gammel at håret var helt hvitt, ikke bare litt grått som mitt, men hvitt som i fjellene. Som dit Kaje dro. Hun sa: Jeg er hvit. De øverste fjellene er hvite. Jeg vil dra dit, for der er det godt. Men det er noe dere må forstå. Før jeg drar. Det er en noe jeg vil dere skal bære på. Hun dro til fjellene og kom aldri igjen, men først lærte hun oss noe. Hun ba folk legge merke til dyrene. De gjør hva de må, men aldri er de slemme. Menneskene, sa hun, de er annerledes. De kan være snille, og de kan være slemme.»

Karo tar en pause.

«Forstår du?»

Sirea ser opp. Øynene har fått tilbake noe av glansen.

«Ja. Jeg tror.»

Karo fortsetter.

«Den gamle sa: Slik er det fordi det skal være noen som hjelper verden. Noen som passer på. Men kan du hjelpe, kan du også ødelegge. For dem som har nok i seg er alt mulig. Vi mennesker er gitt mulighetene. -- Skjønner du?»

Sirea løfter hodet, men ansiktet viser at hun ikke er sikker.

«Vi er gitt kraften. Vi kan føre verden den ene eller den andre veien.»

Karo stopper opp og ser på Sirea.

«Dette er vanskelig?»

«Kanskje skjønner jeg. Fortsett. Vær så snill. Si mer.»

Karo er glad for anledningen til å fortelle. Det bringer tankene vekk. Hun kan ikke drepe, men hun kan ord. Og ord er det viktigste, det er bare de som skaper mennesker.

«Alles mor ... En gang ... Hun ville gi menneskene noe. En stor gave. Men menneskene så ikke. De skjønte ikke. De ville ikke. Hun tenkte at da må de lære. Lære å lete etter det som har verdi. Så hun bestemte seg for å gjemme gaven. Men hvor? Menneskene var overalt, i elven, i åsene, på slettene. De søkte i alle kroker av verden. Så skjønte hun hvor. Hun gjemte gaven der menneskene ikke tenker på å lete. Hun gjemte den dypt inne i hodet deres. Der har den alltid ligget. Folk finner den bare ikke, men den er der. Det er der vi må lete.»

Sirea ser tankefull ut, men Karo tror hun ser ordene. Stemmen er lettere og ivrigere når hun fortsetter.

«Det hviler på oss mennesker å gjøre verden god. Det er vanskelig. Vi må løse to oppgaver. Kun da. Vi må jage det onde, og vi må finne det gode. Det Alles Mor gjemte i oss.. Vi har i oss både det onde og det gode, kunsten er å vite hvor. Vite når man skal jage, når man skal jakte. Jakte på det gode. Det er ikke lett.»

«Jeg tror jeg forstår. Kanskje jeg vet. Hvordan … Hva som skal til.»

Nå er det Karo som blir usikker, men Sirea sier ikke mer så hun fortsetter selv.

«Da jeg kom mot deg med spydet … Jeg tenkte først: Du har noe av det onde. Så tenkte jeg: Nei, *du har funnet det gode*. Jeg ombestemte meg mange ganger, men det var ikke deg. Du ville ikke svike oss. Du har holdt deg til kjærlighet. Du kunne forlatt oss og røpet alt, men du ble, og … mest av alt. Du var klar til å dø. Du valgte å dø for det gode.»

Sirea flytter seg helt inn til Karo, legger armene rundt henne og presser hodet mot skulderen hennes. Det renner stille tårer fra øynene.

«Så det var derfor. Jeg var klar. Storeflekk ville ikke nølt. Han ser ikke det gode. Han vet ikke at det fins. Dere har så mye mer enn ham.»

Etter en pause fortsetter hun med en hviskende stemme som har problem med å få ordene ut.

«Jeg kunne ikke dra. Jeg måtte vente. Vente på Kaje. Hvis han ikke kommer … Hvis ikke … Da spiller det ingen rolle.»

Karo stryker henne over ryggen.

«Jeg vet. Jeg vet. Jeg så det. Og fordi Reko så det. Mest derfor.»

Lenge sitter de stille med kroppene presset mot hverandre. Det er Sirea som til slutt retter seg opp og bryter stillheten. Stemmen er sterkere nå:

«Storeflekk er annerledes. Jeg kjenner ham og hans folk, og jeg vil hjelpe. Jeg skal prøve. Gjøre som du sier.»

Karo lener seg tilbake for å lese i øynene.

«Barn, selv ikke Alles Mor klarer alt, men hvis du hjelper oss. Hvis du bare prøver. -- Da handlet jeg riktig.»

De siste ordene er bare en stille mumling.

Sirea smiler forsiktig.

«Kanskje kan jeg noe Alles Mor ikke kan.»

66.

Den samme kvelden har nådd fram til Kaje. Han har øynene festet mot det vesenet som langsomt kommer mot ham. Blikket det sender virker bestemt, likevel synes dyret usikker på hva det bør gjøre. Det hadde først reist seg på to, som for å angripe, eller vise styrke, men nå er armene tilbake på bakken. De små, svarte knokene gir støtte til hele den enorme overkroppen. Er det virkelig *ham*? *Den tause?* Først var Kaje sikker, men nå begynner han å stusse.

Jo, det må være ham. Det lyse, sølvgrå området på høyre side av ryggen har blitt større, men de litt skjeve skuldrene, den spesielt brede nesen, overleppen som synes å peke oppover, og ikke minst øynene, de godlynte og kloke øynene. Jo, det må være ham. Men har han kjent igjen Kaje?

Og er han alene?

Kaje vender seg rundt så han får sett i alle retninger, men tørr ikke reise seg. Det er farlig å reise seg. Ingen tegn til andre dyr, i alle fall ikke området øynene når fram til. Godara var alene også sist gang han møtte ham, men Kaje vet at før det hadde gorillaen kone og barn. Han er ikke farlig hvis det bare er ham.

Hvorfor fjellene? Ønsker det aldrende dyret å komme seg vekk fra noe? Eller kanskje Godara er på vei mot forfedrene – slik som ham.

Hangorillaer er aldri redde, men de angriper heller ikke med mindre de forsvarer en familie. Alt annet, fra jordrotter til antiloper, ja selv elefanten og bøffelen, blir redde hvis menneskene virker tilstrekkelig truende. Hangorillaene lar aldri blikket vike, men dreper når de føler det er nødvendig. De er knapt nysgjerrige for de vet det meste som er verd å vite. Det er nesten som om gorillaene har enda større rett til dalen enn menneskene – selv om det må være langt færre av dem.

Kjenner Godara ham igjen? Selvsagt gjør han det, de har jo møtt hverandre flere ganger.

Det slår plutselig Kaje at gorillaen forstår hvorfor han er på vei mot fjellene, forstår at han ikke klarte å være med på å se stammen dø. Det var jo hans skyld.

Kanskje er Godara den hjelp Alles Mor vil han skal finne?

Kaje legger seg flat på bakken.

Langsomt tar Godara et par skritt mot ham. Den holder tennene skjult for ikke å skremme, og istedenfor å brøle lager den lave ynkelyder og ser på ham med de svarte øynene. Det er ingen tvil om at dyret kjenner ham igjen, både lydene og måten den beveger seg mot ham viser det. Likevel ser Kaje ned heller enn å holde blikket, og han svarer med de samme lydene.

Så strekker han forsiktig fram en hånd.

Godara reagerer ikke på hånden, men øynene dens er fortsatt på ham. Kaje mumler slik dyrene gjør for å behage – en lav, brummende lyd. Godara stirrer enda mer intenst på ham før den tar de siste skrittene helt fram. Luften er full av gorillalukt. Overarmene er nesten like tykke som kroppen til Kaje. De står plantet rett ved siden av ham.

Han har sett en gorilla rive armen av en gutt med samme letthet som når den plukker blader fra en kvist. Gutten kom imellom en hann og et barn, og da hannen kom mot ham ... Han burde lagt seg ned! Isteden truet han med stokken. Det er dumt, du truer ikke en gorilla. Armen fikk Kaje slengt mot seg. Han glemmer aldri synet av sin egen blodflekkete mage, armen som ble liggende foran beina, og gutten som seg sammen for aldri igjen å reise seg. Godara finner neppe på noe sånt, likevel gjør Kaje kroppen liten og vender baken mot dyret. Det er lenge siden de har vært så nær hverandre. Pelshårene stritter ikke, de hviler rolig mot den usynlige huden. Med jevne mellomrom kommer det damp ut av neseborene.

Godara er som ham, den er ensom og ønsker selskap. Igjen brummer han godlynt og dyret svarer. Godara har kanskje ikke ord, men han har tanker.

Langsomt rekker Kaje fram hånden enda en gang. Godara ser den.

Først tapper gorillaen på hånden med fingrene, så tar den forsiktig tak. De fire hovedfingrene krummer seg rundt mens den lille tommelen holder seg beskjedent i bakgrunnen. Huden er svart, den virker mye tykkere enn hans egen hud, men er likevel myk. Godara fører hånden til Kaje opp mot nesen og snuser. Så retter den igjen blikket mot øynene hans, og denne gangen møter Kaje blikket. Det er noe i øynene som minner om Sirea, noe dypt og uforståelig, og de forsøker å berolige ham. Dyret prøver å si at døden ikke betyr så mye, at elven fortsetter å ta vannet fra fjellene og føre det ned til slettene, og at livet i dalen går videre – uansett hva som skjer.

Godara legger seg ned ved siden av ham. Kaje ser det nå, også den har hatt det vondt. Også Godara trenger trøst. Han får lyst til å krype helt inntil og klappe den på brystet og på hodet, klemme seg inn mot den pelsdekkede kroppen, men han tør ikke. Hvorfor er det alltid noe som holder ham tilbake?

Så tør han likevel. Slik han torde den gangen for lenge siden i hulen med Sirea, men med Godara holder det å stryke pelsen.

67.

Mule ser ned mot føttene samtidig som han fingrer med pikken. Han er forbitret. Irritert fordi de andre ikke lytter. Selv når Karo ryster skuldrene hans, nekter han å se opp.

«Det måtte bli sånn. Hun er med oss.»

«Nei, nei, du skulle drept. Du sviktet. Nei, gi meg et tre.»

«Mule, du vet å drepe, men ...»

«Ikke kvinner?!» bryter Mule inn.

«Mule, *jeg* kan mennesker. Jeg ser det gode. Jeg vet hvor det er. Og jeg ser det onde.»

Karo tar en pause, men Mule gir seg ikke.

«Var det Reko? Du hørte på henne! Hun skjønner ikke. Du må ikke høre på henne.»

«Nei, det var ikke Reko. Eller kanskje var det, det spiller ingen rolle. Jeg vet jeg gjorde riktig. Kanskje var det ... Det var ...»

Han lar stemmen øke i styrke i det han avbryter.

«Men *det er hennes feil*. De drepte Male. Han er død. Hun førte dem hit. Du skulle stukket. Jeg så hvordan hun skulle ligge, livløs og grå, med blod i munnen – som en nystukket kudu. Og som Brade og Male. Du sviktet. Du skulle stukket. Det gjelder oss alle.»

Karo stirrer tilbake. Langsomt fører hun hendene til hodet hans.

«Mule. Mule. Jeg gjorde hva Alles Mor mente jeg skulle gjøre. Det er vondt å drepe. Dessuten, så du ikke? Hun slåss for oss. Hun slåss med Reko. Begge slåss som menn.»

«Hva? Gjorde hun?»

«Ja, Mule. Du så ikke. Du var for ivrig.»

«Men stakk hun? Stakk hun noen ordentlig?»

Karo nøler.

«Ja, det … det gjorde hun. Det må hun ha gjort. Hun har i alle fall et stygt sår.»

«Du er ikke sikker.»

«Mule, hun er med oss. Hun er for oss. Hun sier hun kan hjelpe.»

«*Hva?*»

«Hun skal gå til de fremmede.»

Mule tar seg sammen og demper stemmen.

«*Hva?* Hun vil avsløre oss. Hun vil fortelle om den andre åpningen, om planene våre. Du må ikke la henne dra!»

«Jeg vet ikke … Jeg tror ikke … Hun vil ikke forråde oss.»

«Men du vet ikke. Du er ikke sikker.»

«Nei, Mule, kanskje ikke. Men jeg er sikker på at det er lite annet. Vi trenger et håp. De er fortsatt flere enn oss, sterkere enn oss, og de gir seg ikke. Vi tåler ikke flere døde.»

Mule er fortsatt sur og mutt.

«Hvis hun drar ... Jeg skal være med.»

«Det går ikke.»

«Hvorfor ikke.»

Karo nøler.

«Jeg spurte henne. Jeg tilbød henne hjelp. Flere kunne være med, men hun sa hun må dra alene.»

Det er nok. Karo går for langt, hun har mistet fotfestet, hun lar en fremmed inntrenger styre stammen!

«Men Karo! Hva har vi da? Hun forråder oss. Vi gir henne våre liv. Du legger våre liv i hennes hode.»

«Nei Mule. De som vil, kan snike seg vekk. Jeg vet ikke om det er riktig, men jeg vet hva hun har i seg. Hvis hun vil vekk, kunne hun gjort det. For lenge siden.»

En stund stirrer han stivt på henne. Hun er kvinne så han kan ikke slå, men han vil spytte for å vise hva han mener. Heller ikke det går – respekten for de eldre sitter tungt. Han kan ikke gå imot henne, i alle fall ikke nå midt i en strid. Skal han dra? Så får de se hvordan de klarer seg uten ham. *Han* satte stokken i minst to av de fire som stammen har drept. Skal han gjøre som den kujonen Kaje?

Nei, det Kaje gjorde var for idiotisk. Den eneste hjelpen de kan håpe å finne ligger i dem selv. De må tore å slåss, og de må være like nådeløse som motstanderne. Verken forfedrene eller Alles Mor kan redde dem – like lite som Sirea. Så minnes han noe Lele sa, etter at han hadde gjort det klart for de andre hva han mente om Kajes forsvinning, og at alle må dra fram den styrken de har i seg. De fleste syntes enige med ham, men Lele hadde sagt: 'Uten forfedre og uten Alles Mor ville vi ikke funnet noe som helst i oss selv.'

Han får en ny ide: Han kan snike seg ut bakveien og angripe de fremmede. Ta de når de er alene. Drepe dem en etter en.

Han tar med seg ideen til Lele. Lele sier han har tenkt samme tanke selv, men at hvis de gjør det, vil de fremmede forstå at de har en annen utgang. De har hele tiden vakter foran den store åpningen. Oppdager de den andre inngangen, blir situasjonen håpløs. Derfor ber han Mule vente. Lele har mer tro på en annen mulighet:

«Vi kan håpe. Vi trenger regn. Mye, kaldt regn.»

Det renner litt vann fra berget i en krok innerst i hulen. Karo ser et av barna komme tilbake derfra med en full kalebass. Det er nødvendig å åle seg langs bakken for å komme dit, og å fylle en beholder krever tålmodighet, men de unge guttene og jentene tar gjerne turen. Fortsatt har de mat. Trenger de mer, så er det mulig å snike seg ut av hulen og hente, men det er farlig. Hvis de fremmede oppdager noen i skogen, dreper de. Likevel, stammen kan stå imot. Lenge kan de stå imot.

Eller kan de? Innerst i den åpne hulen ligger skinnfellene tett, en eneste stor soveplass der folk sover og sitter dag og natt. Folk er stille. Ansiktene viser så altfor tydelig hva som er i ferd med å skje. Engstelsen sitter dypt i øynene, og Karo hører det på stemmene når noen retter opp ryggen fordi et eller annet må gjøres om til ord. Det virker som om livet allerede er halvveis borte. Kanskje klarer de seg noen dager til, kanskje mange dager, kanskje ikke; men det blir ikke sult eller tørst som knekker dem.

Etter et par dager i en regntidshule oppstår det alltid en ram lukt, omtrent som et gorillarede der dyrene akkurat har stått opp. Nå er det i tillegg en ekstra stank av urin og avføring. Normalt ville de gått ut i skogen for å gjøre fra seg, men Karo har bestemt at de ikke skal gå lengre enn noen mannslengder fra steinmuren. Det er ikke bare for å unngå å bli tatt, avføringen, som etter hvert ligger tett mellom steinene og stokkene, er med på å gjøre oppløpet mot hulen vanskeligere. Også det er et slags våpen. Hun vet at folk nøler med å tråkke i skitt, derfor har hun bedt alle om å spre sin avføring på egnete steder. Det er hennes form for våpen.

Igjen blir det kveld.

Karo ligger på soveskinnet og tenker at det umulig kan bli deres siste natt i dalen. Den tilhører jo hennes folk. Hun tvinger fram samme tanke om igjen og om igjen – helt til hun sovner.

De to som står vakt ved åpningen anstrenger seg for å ane bevegelser. Vegetasjonen og bakken er fortsatt fuktig, noe som gjør det lett å forflytte seg lydløst; men fienden har bålet i øynene. Flammene ødelegger nattsynet. Selv holder de øynene langt unna det som brenner, men retter desto oftere ansiktene mot himmelen.

68.

Solen har for lengst forsvunnet i fjellene, bare svake rester av lys ligger igjen. Fra hyllen ser de ned på det store vannet. Det ligger der som et blankt, skinnende felt som stikker seg fram på bekostning av alt annet. På den andre siden starter dalen. En ujevn revne som peker mot det fjerne slettelandet. Der, et eller annet sted langt nede, langt utenfor synsvidde, er de andre.

Hva er det han har funnet på?

Stakk han av eller dro han etter hjelp? Var det bare det gamle ønsket om å oppsøke fjellene som drev ham? Klart han gjerne vil møte månen, men fjellene må ha noe å gi. Hva om han vender tilbake og finner alle de andre døde! Kanskje kommer han aldri tilbake, livet går bare én vei, har Karo sagt, det følger månen fra de myke og glatte slettene til de knudrete og skrukkete fjellene. Slutten er hvit og tom.

Skyene er borte. I det fjerne har den mørkeblå himmelen et rødlig skjær, men det er som om natten nøler med å komme, som om natten vil at de to skal ligge våkne lenge før de sammen finner roen i en flyktig natt.

Det er Godara som til slutt reiser seg. Den dytter unna noen steiner og plukker noen ynkelige blader av den avrevne lobeliaen. Bladene legger den i en sirkel der den har fjernet steinene, det eneste stedet der bakken byr på skrinn, sandete jord. Bladene gir bare et symbolsk sengeleie, det er langt fra nok til å dekke bakken. Plassen kunne vært så vidt stor nok til begge, men gorillaen tar seg til rette. Kaje ligger på det kalde, harde berget.

Kan han få Godara til å slåss for dem?

69.

Tidlig neste morgen følger Karo Sirea mot den hemmelige åpningen. Den merkelige villhunden blir også med. For Karo er det spesielle forholdet mellom Sirea og hunden enda et tegn på at hun er av det gode. Selv prøver hun ofte å få kontakt med dyr, men det er sjelden de er så tillitsfulle at de kommer helt bort til henne. Kaje hadde den evnen. Han fikk dyr til å slappe av.

Det er ingen antydning til lys i tunnelen. Karo har laget en fakkel. De bruker av og til fakler når de legger seg sent. Lyset gjør veggene synlige. Den slukner før de er framme. De gjenværende glørne blender øynene mer enn de viser vei, så de må føle seg fram med hendene. Det er ikke noe problem, begge har gått der før. Til slutt når de den smale sprekken der berget ikke er tett. Den siste delen går bratt opp, de aner det mørkeblå gjennom åpningen.

Sirea stopper utenfor. De sier ingenting, men før Sirea forsvinner klemmer de hverandre lenge.

Karo har gitt henne en skinnremse som holder restene av hår inn mot hodet. Hun har børstet vekk mesteparten av sotet, så den rare rødfargen er igjen synlig. Ansiktet virker større uten alt håret som omkranset det – samtidig mer åpent og nakent. Sirea har bedt om å få en av Kajes stikkestokker.

Noen stjerner er synlige. Man aner at månen er med dem, men den ligger skjult bak trærne og er i ferd med å nå fram til fjellene. Det er et godt tegn at månen er på sitt største, tenker Karo. Kaje ville likt det.

Karo setter seg ned utenfor den smale åpningen. I den retningen Sirea forsvinner, står trærne som svarte krigere. De øverste knudrete greinene griper ondskapsfullt mot himmelen.

Noen har revet til side buskene som skjuler hullet i fjellet, og Bo har sagt at hun har sett spor som leder til og fra hulen. Det er farlig. Hun må legge buskene tilbake og gjøre sporene usynlige. Hun bestemmer seg like godt for å sitte der og vente på lyset for å ordne det.

Under trærne er skogen svart, like svart som inne i hulen, så det er for tidlig å nærme seg leiren. I mørket er det umulig å bevege seg stille, og Sirea vil helt fram før de ser henne. Det blir en lang pause fylt med plagsomme funderinger og en brysom samvittighet. Hun har lært at den eneste måten å slippe vekk fra uønskete tanker er å tenke intenst på noe annet, så hun prøver å mane fram bilder av mennesker hun har truffet. Hun konsentrerer seg om å huske flest mulig særtrekk. Det å huske mennesker, og hva de står for, er viktig. Hun bruker mye tid på å hente fram navn og ansikter fra hukommelsen. Helst skal hvert individ forbindes med så mange kjennetegn og hendelser som mulig.

Flere ansikter dukker opp, men det blir til at ett bilde dominerer: Kaje som flyter i elven slik hun så ham første gangen. Han hadde en ro og en lykke i ansiktet som fikk det sprudlende vannet til å virke dødt, men ifølge Karo er han nå blant de døde i fjellene. Er han virkelig det? Det er noe ved bildet som sier at han lever. I tankene er han levende, hun nekter å tro at han er borte for alltid. Men hva hadde de sammen? Var det virkelig en plass for henne i hans hode?

Et kraftig skrik bryter gjennom skogen; som når et barn slår seg – eller blir slått så hardt at det virkelig gjør vondt. Var det ...? Nei, det kunne ikke være. Trolig bare en øreape. Et lite dyr med enorme øyne og ører. Øreaper er med på å lage lyder i natten, men man ser dem nesten aldri.

Skriket vekker henne. På tide å gå.

Gresstråene rundt beina er så vidt synlige. Det betyr at de første tegnene på en ny dag er i ferd med å krype inn i skogen. Da haster det, men hun må bevege seg uten en lyd. I første omgang skal hun rundt knausene slik at hun kommer i nærheten av den store åpningen foran hulen. Derfra må hun gjette retningen.

Jo, det er et menneske. Det er en vakt Storeflekk har plassert i skogkanten. Ganske nærme. Hun må ha beveget seg stille, for hun oppdaget ham uten at han viser tegn på å ha merket henne. Likevel blir det vanskelig å snike seg forbi. Buskene står for tett.

Plutselig ombestemmer hun seg. Langsomt kryper hun fram til hun befinner seg mellom vakten og hulen. Så reiser hun seg. Han skvetter til. Det var det hun trodde, det var ham. Et spyd peker plutselig mot henne, og han åpner munnen for å rope – eller kanskje bare si noe. Hun stopper og hvisker.

«Det er meg. Sirea.»

«Hva!?»

«Det er meg. Storeflekks kvinne. Sirea.»

Så går hun varsomt mot ham. Det lange skrittet er tatt. Hun fortsetter enda mer hviskende.

«Jeg stakk av. De holdt meg fanget. Vi må være stille. De må ikke høre at jeg har forsvunnet. Du må vise meg hvor Storeflekk ligger. Jeg må til ham. Fort.»

Han ser rart på henne og mumler noe om at har fått beskjed om å stå på vakt.

Hun går tett opp mot den unge mannen, så tett at brystvortene berører kroppen. Venstrehånden hviler mykt mot skulderen hans mens hun hvisker inn i øret.

«Jeg vet. Jeg vet, men jeg må finne Storeflekk. Det er enda viktigere, det er noe han må vite. Vis meg hvor og dra rett tilbake. Det haster.»

Det er tydelig at han tenker. Hun vet at han er blant de som bruker en del tid på det, han er ung og tar alvor på alvor. Hun lar ham tenke med et lett press av brystene mot magen.

«Ja vel. Ja, det er deg. Ja, jeg skal vise.»

Det kommer stadig mer lys. Snart er natten over. Sammen går de stille gjennom skogen. Bållukten siver inn i nesen lenge før hun aner den vage ulmingen av glør midt i en lysning omgitt av solide trær. På motsatt side er det en liten kolle, som en mannshøy vorte på skogens mage. Han peker mot den.

«Der. På haugen der borte. På toppen.»

«Fint. Takk skal du ha. Skynd deg tilbake», hvisker hun.

Det ligger flere mørke skikkelser på sletten foran vorten. Det er enkelte som er troendes til å stikke med en gang hvis de ser henne, uten å spørre hvorfor hun er tilbake. Særlig de som hun selv stakk i det siste angrepet, og som kan ha skjønt at hun slåss med Karos stamme selv om hun var kamuflert. Forsiktig beveger hun seg rundt ved å følge overgangen der den lille sletten viker for skogen. Moff holder seg i nærheten, men drar også ut på sletten. Hvis noen hører lyder, er det mer sannsynlig at de oppdager villhunden enn henne.

Storeflekk har valgt seg en god og trygg soveplass. Hun vet at han som regel sover godt, men at han også våkner lett. Hun minnes noe han har sagt: 'Jeg sov når far døde. Jeg skal ikke sove ved min død.'

Sirea bestemmer seg for skråningen på baksiden, der det ligger mosedekkede steiner. Moff følger ikke med opp. Hun har sett det før, den er redd for Storeflekk. Fortsatt er det bare snorkelyder å høre fra sletten. Hun må rundt noen busker på toppen, så står hun der.

Skikkelsen er ikke til å ta feil av. Som vanlig ligger han på ryggen. Mesteparten av tiden er pustelydene jevne og bare så vidt hørbare, men av og til slår han til med støt som minner om elefanter. Like bortenfor ligger Brushode. Som ventet. De holder sammen. Storeflekks hånd rører ved kroppen hans. Det slår henne at det er et dypere bånd mellom dem – ikke bare et spørsmål om gjensidig beskyttelse.

Brushode sover med det tunge spydet ved sin side. En diger stokk med en solid steinspiss. Han har alltid stokken med seg. Et motstykke til den lille pikken hadde Elefantøre en gang sagt. Hun smiler for seg selv, først etterpå forsto hun hvor hardt hun rammet da hun kom med den spiddete jordrotten og uttalte seg om hva pikken til Brushode passet til. Den er virkelig mye mindre enn Storeflekk sin.

Det er da hun hører lyden. Noen rører seg. Hun stivner.

Der, nedenfor kollen, men ikke mange mannslengdene unna, har en mann satt seg opp. Nå er han i ferd med å reise seg, *og han stirrer i retning henne*. Søren, hun er for sent ute. Dagen har begynt. Hodet hennes mister med ett all handlekraft. Kroppen vipper mellom å løpe eller bare sige sammen.

70.

Den samme morgenen fortsetter Kaje med det første lyset. Videre oppover. Godara har allerede forsvunnet, bare bladene ligger igjen. Han stikker noen av dem inn under pannebåndet på siden av hodet.

Han har sovet urolig, og nå mistrives hodet enda mer enn kvelden før. Ved alle forfedre, det dunker og beklager seg. Det forlanger at alle bevegelser gjøres langsomt. Beina lystrer hodet, selv om de helst vil komme fort av gårde. Han vet godt at det haster, men det hjelper ikke, skrittene *må* være langsomme. Mat er ikke viktig, men han stopper for å drikke der en ørliten bekk slipper seg nedover bratthenget.

Av og til dukker det opp tanker, men mesteparten av tiden er det eneste som opptar ham hvor det er best å gå for å komme videre. Alt annet er bare plagsomt.

I løpet av natten har det lagt seg en tåke som gjør det vanskelig å finne riktig vei. Antakelig befinner han seg nå omtrent midt oppe i den veggen som reiste seg bak det store vannet. Der nede mente han å ane en rute han kunne følge helt til det hvite, men nå vet han ikke lenger hvor den går. Dessuten, her oppe virker terrenget annerledes. Alt er mye større, og det er brattere enn han hadde regnet med.

Etter hvert blir det enda vanskeligere å ta seg fram. Fjellene byr på stadig nye stup og klipper i et forsøk på å stoppe ham. Flere ganger må han gå ned igjen for å finne alternative veier. Han forbanner den sure tåken, kan det være at den er der for å advare ham og få ham til å snu?

To ganger forsøker han å forsere en høy klippe uten å klare det. Begge gangene er det bare så vidt han kommer seg ned uten å falle. Han vurderer å gi opp. Igjen kommer det over ham at det han prøver på er galt.

Til slutt bestemmer han seg for å la det være opp til Alles Mor. Han vil klatre så langt det går, så får hun bestemme om han faller ned eller kommer opp. I håp om å finne et best mulig utgangspunkt, drar han enda lengre ut til venstre. Der dukker det opp en kløft som det går an å klyve i. I alle fall så langt øyet ser.

Kløften blir gradvis smalere og brattere. Til slutt må han lirke seg oppover ved å spenne beina mot den ene siden og ryggen mot den andre. Tåken skjuler heldigvis hvor et fall ender.

Kløften svikter ham ikke, den skjærer igjennom helt til toppen av klippen. Jo, Verdens Mor er med ham, hun vil ha ham videre. Der oppe legger han seg ned på en blankskurt berghammer. Pusten jobber på spreng, men likevel får han ikke nok luft. Lenge ligger han uten å orke noe, men til slutt setter han seg opp. Tåkeskyene har begynt å gå i oppløsning. Enkelte steder dukker det fram blå himmel, og innimellom aner han også landskapet nedenfor stupene. En kort stund ser han det store vannet. Herfra er det vannet som virker hvitt.

Så lukker det grå seg tett rundt ham igjen. Han minnes en lek fra da han var barn, de holdt hverandre for øynene og skulle gjette hvem det var. Som regel klarte han å ta de andre på lukten, men de andre klarte ikke å gjette ham. Han hadde oppdaget at det går an å gni inn hendene med planter som gjør duften av Kaje om til noe annet. Leker forfedrene med ham?

Hodet er bedre, men magen har begynt å klage. Kanskje vil den ha mat likevel. Han tar fram de siste røttene, men det føles som å tygge på kvister.

Nesten ingen planter vil bo her oppe. Noen få blyge busker med blålige blader har slitt seg opp før ham, sammen med blekgule blomster som har slått seg ned i små sprekker. Nederst i sprekkene vokser det mose. Det henger noe halvdødt over stedet. Dette er ingen verden for mennesker, kanskje forfedrene ikke har det så godt likevel?

Han har ikke nådd fram til det hvite. Ikke ennå. Det hvite er selvsagt helt annerledes, mye renere og finere enn de svarte knausene som nå omgir ham.

Kaje fortsetter. Den indre drivkraften er ikke tømt. Terrenget stiger ikke lenger så fort, men det er langt fra flatt. Flere steder må han bruke armene for å komme over små berghammere. Kroppen er kald og treg. Det føles virkelig som om han nærmer seg de døde. Neste natt? Kommer han til å være hos dem? For alltid?

Hadde han ikke sett det hvite mange ganger før, og helt tydelig fra det store vannet, ville han aldri trodd det fantes. Det virker helt usannsynlig å finne noe slikt her oppe. Det hvite passer bare ikke inn i denne rotete ødemarken av hard, svart stein. Til og med de små buskene og blomstene har gitt opp, de vil ikke ha mer med knausene å gjøre. Han befinner seg i en verden helt uten liv! Det må bety noe. Noen kalde gufs kommer mot ham. Han merker hvordan kulden så vidt gir opp der skinnfellene dekker kroppen.

Enda en kant, og plutselig ser han det. En enorm hvit tunge brer seg ut og peker dit han står. *Han har nådd fram!*

Men er det virkelig hvitt?

Jo, det *er* hvitt, det er det hvite han har stirret på så mange ganger, men det er ikke så rent og klart som det burde vært. Noen steder er tungen ganske så skitten, andre steder ser han et tydelig blåskjær. Han oppdager at selv tåken som ligger over det hvite har et blåskjær; så det er her de møtes, det blå og det hvite. Men hvor hviler månen, hvor bor forfedrene, og hvor finner han hjelp?

Det siste stykket inn er nesten flatt. Nå føles det som om det hvite kommer mot ham. Så, endelig, han strekker fram hånden, like usikker og nysgjerrig som mot gorillaen.

Den første reaksjonen er skuffelse. Ikke bare virker det hvite like dødt som steinene, men det er kaldt, forferdelig kaldt; mye kaldere enn kroppen til døde mennesker. Dessuten er det skittent, ikke rent og skinnende slik han har drømt om.

Rart. Blomstene blir enda penere når du kommer så nær at øynene får tak i detaljene. Mennesker blir hyggeligere og snillere når forholdet får utvikle seg, og dalen er det fineste stedet i verden fordi han kjenner hvert tre. Men det hvite? Det hvite var best på avstand. Det rene og gode gled unna når han kom nær nok til å berøre. «Best på avstand» sier han halvhøyt til seg selv. Er det virkelig dette han søker?

Han setter seg ned. Brått er han ikke lenger bare sliten, han er utmattet. Skuffelser har han opplevd før, men aldri har noen skuffelse vært så tung å bære som denne. Jo, det hvite har i det minste døden i seg. Om det er mindre hvitt enn det burde være, så er det desto mer dødt. Her fins ingenting levende.

Igjen skraper han opp litt med hendene. Det er kaldere enn vannet i elven selv etter en regntid. Mye kaldere enn noe vann, hendene fryser når han holder på det. Så oppdager han noe rart. *Det hvite blir til vann i hendene.* Med ett står det klart for ham at det er her oppe spiren til elvene fins. Alle de små bekkene han har passert ... Det må være forfedrene som tar det hvite i hendene og gjør det om til vann, regnet er bare med på å jage elvene nedover mot slettelandet.

Igjen synker han sammen på steinene. Mye av drivkraften er vekk. Dunkingen i hodet har kommet tilbake for fult, magen mistrives, og det hvite er en skuffelse. Skal han fortsette?

Har han noe valg? Han dro for å finne hjelp. Gir han opp nå, betyr det at turen bare var et forsøk på å komme vekk. Han roper så høyt han kan:

«Vi trenger hjelp. Dere må hjelpe. Jeg vet dere er her.»

Langt borte er det noen som svarer, men han hører ikke hva de sier. Det eneste han oppfatter er et «Er her.»

Så blir det igjen stille. Han lytter intenst. Først nå oppdager han hvor stille det er rundt det hvite. I dalen er det alltid lyder, men her kan han så vidt fange opp én eneste bakgrunnslyd, vann som sildrer et eller annet sted. Først klarer han ikke bestemme retningen, så skjønner han at lyden kommer fra under det hvite. Han gjentar ropene, og igjen hører han et vagt svar, men ikke mer. Ingen tar imot ham. Ingen vil prate med ham. De vil ikke ha ham her!

71.

Mannen som hevet overkroppen, reiser seg ikke videre opp. Det kommer ikke flere lyder. Sirea ser at det er en av de eldre mennene. Han stirrer mot henne, og det er altfor lyst til å unngå å se henne. Hvorfor roper han ikke?

Hvem er det? Hun er først usikker, men så ser hun: *Firfinger!* Jo, det må være ham. Det er fortsatt ingen andre som beveger seg. Ikke de to som ligger foran henne, og heller ingen andre nede på sletten. Ingen vekkende lyder. Det er enda litt lysere oppe på kollen, så han kan vanskelig unngå å kjenne henne igjen. Har Firfinger sett at hun slåss for

Karo? Noe av besluttsomheten siger på plass i hodet igjen; hun aner flere muligheter, men det haster. Det får heller gå som det vil med henne. Mon tro hvor Kaje er nå.

Kanskje ... Tankene går plutselig slik de skal. Det riktige utfallet av det hun har satt i gang står klart for henne. Hun legger fra seg stokken hun har med og plukker opp det kraftige og særegne spydet til Brushode. De to mennene som ligger på bakken foran føttene hennes sover fortsatt med hele seg.

Nede på sletten ser hun hodet til Firfinger langsomt og lydløst sige tilbake mot bakken, men øynene er fortsatt rettet mot henne. Nå er hun plutselig sikker. Han *må* ha sett at hun tok stokken til Brushode, er det mulig at også han ser langt nok? Firfinger er blant de få som ser. Hun tar seg ikke tid til flere tanker.

Så står hun der. Rett over ansiktet til Storeflekk. De dyptsittende øynene er lukket. Eller er det en liten gløtt på det venstre øyelokket? Hun vet at han noen ganger sover med det ene øyet halvt åpent, og han er i stand til å ligge som om han sover med alle sansene i beredskap. Igjen nøler hun.

Han var en far for henne. Så var han en mann. En stund var han begge deler. I mesteparten av hennes liv har han vært tyngden av menneskelige omgivelser. Det rare er at han på en måte var ingenting. Han har stått henne nærmere enn noe annet menneske siden foreldrene ble drept, men hun skjøv ham med vilje vekk fra følelsene. Plutselig kommer det for henne, hun aner noe av det rare i forholdet. Det bunner i en blanding av motvilje og ønske om nærhet; likevel, fortsatt skjønner hun ikke ...

Hodet rører på seg samtidig som Storeflekk tar et ekstra dypt åndedrag.

Hun leter etter et bilde fra den fjerneste fortid, et bilde hun har fortrengt så lenge at tankene protesterer når hun vil ha det fram. Hun må anstrenge seg for å synliggjøre det som skjedde den gangen. Så ser hun det for seg: En kvinne, hennes egen mor, ligger igjen på bakken, blodig rød som et delvis partert slakt. To menn kommer og bærer moren bort. Selv vil hun løpe etter, men Storeflekk holder henne fast. Hun hører også lyden av sine egne skrik. Den eneste ordentlige gråten hun kan minnes å ha hatt.

Likevel ...

Denne mannen har vært grusom og han har vært snill. Kan hun dele ham i to, gjøre som Karo sier, drepe det onde og beholde det gode? Hun sier til seg selv at siden som vender mot henne er ond, den andre er god. Dermed løfter hun spydet.

Hun lar det peke mot det onde øyet.

Så rører han på seg igjen. Tankene går til Kaje.

72.

Det hvite er ikke bare kaldt, det er glatt, og det gjør vondt mot fotsålene. Etter et første mislykket forsøk er Kaje tilbake på steinene. Der skjærer han opp sekken og lager to poser han kan snurpe rundt føttene slik at antilopehårene peker utover og bakover. Så prøver han igjen. Nå går det bedre. Ved hjelp av stokken og posene får han rimelig godt feste, likevel sklir han og faller flere ganger. En gang er kroppen plutselig på vei nedover, men ved hjelp av stokken klarer han å henge seg fast i det hvite. Overflaten er løs.

Et eller annet sted her oppe ... Det bare *må* være noe som kan redde stammen. Hva med de store hodene han så fra den andre siden av vannet? Antakelig er det der månen hører til. Månen og forfedrene.

Tåken ligger igjen ved foten av det hvite, den har gitt opp å stoppe ham. Himmelen forandret seg gradvis fra tettpakket hvit, til lyseblå, og nå til intenst blå. Han er over skyene! De ligger bak ham og under ham som en enorm skinnfell. Sett ovenfra er skyene som et ugjennomtrengelig dekke. Et skille mellom ham og alt levende. Han befinner seg alene i de dødes verden. Det er verre enn å være død.

Store steiner ligger strødd utover det hvite. Kanskje de døde leker med å kaste stein etter blink. På begge sider, bak der steinene ligger, reiser det seg stupbratte fjellvegger. Rett foran ham derimot fins det intet hinder mellom det hvite og det blå, det er ingen tvil om hvor han må gå.

Fortsatt gjør det vondt i hodet.

Han legger merke til at høyere oppe blir det hvite renere. Der er det virkelig hvitt, ikke blåhvitt og gråhvitt ispedd svarte steiner. Noen steder går det riktignok striper på tvers av skråningen, striper der overflaten har sunket ned og der det blåhvite kommer fram. Han må opp dit og undersøke.

Det er ikke bare føttene som fryser, men han har vært kald mange ganger før. Det går alltid over. Å fryse er ikke farlig, bare noe man må tåle, en følelse man må stenge ute. Heldigvis er solen med ham; den gir selskap, og han merker at den prøver å varme. Det er ikke lenger så bratt. Dessuten synker føttene ned i det hvite slik at det er lett å få feste. Han snur seg. Fotavtrykkene er tydeligere enn bøffelspor i fuktig leire. Alle kan se hvor han går.

Nei forresten, ingen. Ingen ser hvor han går. Om bare Sirea kunne sett ham.

73.

Avgjørelsen kommer brått. Hele tyngden til den spinkle kroppen er med. Spydet går inn. Hun merker at det trenger gjennom noe sprøtt bak øyet, og hun merker at det butter mot skallen bak. Det måtte bli slik. Hun kunne ikke forvente å trenge tvers igjennom. Blodet tyter ut selv om skaftet holder igjen. Åpnet og lukket han øynene idet hun stakk? I alle fall kommer det noen gurglende stønn, og hånden på motsatt side henger plutselig i luften før den slår mot bakken. Eller falt den mot bakken? Uansett, det er nok til at Brushode rører på seg. Beina til Storeflekk gjør noen kraftige rykk.

Hun hadde ikke regnet med å klare begge.

Hendene slipper spydet og griper Kaje sin stokk. Den må bli med henne. Det uskadde øyet til Storeflekk glir langsomt opp, men blikket sier ingenting. Brushode drar føttene inn mot kroppen, og den ene hånden beveger seg i retning munnen. Hun må vekk! Fort! Hun river øynene løs fra de to skikkelsene og kommer seg ned fra høyden i tre lange bykst. Det siste hun ser er skaftet som velter. Spydet drar med seg hodet. Det virker som om Storeflekk snur seg mot henne der hun flykter. Heldigvis er det ryggen til Brushode som vender den veien.

Nå hører hun flere mennesker som beveger seg på sletten. Noen sier noe høyt. Plutselig er det mange som lever. Hun løper. Men hun vet ikke hvor. Noe helt nytt har grepet hodet hennes, virkeligheten er ikke lenger slik den en gang var.

74.

Den sperren som skyene har lagt ut mellom ham og den virkelige verden er ikke fullstendig. I det fjerne, antakelig over slettelandet, er skyene borte. Der ligger det et uklart, grågult landskap med et skjær av blått. Lengst borte aner han de gråblå åsene på den andre siden av slettelandet. Bortenfor dem fins det ingenting. Land og himmel smelter sammen. Rart, horisonten klarer ikke å skille de to fra hverandre.

Det hvite landskapet gått fra å være en bred tunge til en stor, bølgende slette. De rare hodene han så fra det store vannet, er ikke hoder, men enorme berghammere. Skjegget er lange tapper av hvitt og blåhvitt. Nå står det klart for ham hvor han skal: Til det største og høyeste hodet.

Et stykke unna passerer noen skydotter. De må ha revet seg løs fra skylaget lengre nede og flyr langsomt over terrenget som morgentrette marabustorker. Han sliter seg oppover en slak skråning, så stopper han opp og blir stående stille. Enda en gang snur han seg og ser på de små skyene. Jo, de kommer bakfra! Skyene kommer opp fra dalen, opp fra slettelandet. *Vinden har igjen snudd!* Betyr det at noe har skjedd? Kan det bety ...?

Tankene er i veien. Han må høyere opp.

Beina har ikke lyst, men han tvinger dem til å skritte videre. Korte, trege skritt. Så hvile. Så noen skritt. Så hvile. Igjen er det hvite bratt og umedgjørlig, så han dreier mot høyre. Der, ikke så veldig langt unna, ligger det mektigste av steinhodene. På siden som vender mot dalen er det stup på stup, men dreier han rundt mot venstre, får han en lang hvit skråning. Det begynner å haste. Han må helt opp, først da kan han regne med å finne svar – så langt har han ikke funnet noe som helst. Han må opp så høyt at øynene når over alt annet. Da *må* han finne tilholdsstedet til forfedrene og månen.

Samtidig vil han så gjerne tilbake. Tilbake til de levende. Til Sirea og alle de andre.

Om ikke forfedrene kan, så vil sikkert månen hjelpe dem. Det må bety noe hvis han klarer å nå den. Det *må* bety noe. Selv de fremmede kan ikke slåss mot månen. Månen har alltid vært der for dem, hver natt når ikke skyene kommer i veien. Høyt over Bujudalen. Månen hjelper. Månen ...

Fotfestet blir borte.

Han sklir. Nei, det er ikke som å skli, det går mye fortere.

Så mister han kontakten med det hvite. Her er ingenting føttene kan bremse mot. Han svever. Endelig flyr han.

Så forsvinner alt.

75.

«Han er drept», sier Firfinger.

«Ja, han er død», er det flere som gjentar. Ansiktene er undrende og samtidig usikre.

«Dette spydet drepte ham», fortsetter Firfinger.

Han har trukket stokken ut av Storeflekks hode. Steinspissen og den nedre delen av skaftet bærer rester av blod og hjernemasse. De andre står spørrende og ser på. «Se! Dere ser. Spydet tilhører Brushode. Han har drept Storeflekk. Han har drept en av *oss*!»

Det blir helt stille. Firfinger vet godt at om Storeflekk ikke alltid var populær, så er det enda færre som liker Brushode.

«Brushode drepte ham. Vi skulle stå sammen, og vi trengte ham. Brushode hjalp våre fiender!» fortsetter Firfinger.

Det er som om noe langsomt våkner i Brushode. Så langt har han ikke klart å rive seg løs fra sjokket over å se den døde kroppen. Det første han så da han satte seg opp var sitt eget spyd sittende fast i øyet til Storeflekk! *Sånt kan ikke skje!* Først lukket han øynene og la seg ned igjen for å kunne våkne om igjen uten dette marerittet, men det hjalp ikke. Blodet som hadde rent utover fjeset forsvant ikke. Og det *var* hans spyd! Kunne han gjort noe slikt i søvne? En gang hadde noen sett ham spasere rundt uten å være våken.

Langsomt går det opp for ham hvor Firfinger vil.

«Firfinger lyver! Det er tull! *Han* har drept Storeflekk. Han gir meg skylden. Han vil føre sine ord fram. Han er … Han er en utbrukt skinnfell.»

«Hvem sitt spyd er dette?»

Firfinger holder det fram.

Ingen behøver å svare så han fortsetter.

«Hvem lå ved siden av Storeflekk, og hvem prøver å dytte til side andre?»

Ansiktene rundt ham er enten spørrende eller måpende.

«Flere av oss våknet da Storeflekk ble drept. Hvem satt ved siden av? Hvem la seg fort ned for å late som han sov når vi så på ham?»

Han ser seg rundt. Ingen tør ta parti. Prisen for å velge feil er mye større enn gevinsten ved å velge riktig. Firfinger sliter for å skjule engstelsen. Sønnen står der. Firfinger stirrer hardt på ham helt til sønnen motvillig tar et par skritt fram.

«Storeflekk er død, og min far har ikke drept ham. Vi trenger kloke ord. Firfinger vet. Vi må tenke på ...»

«Det er nok», bryter Brushode inn, endelig synes han å være til stede. «Vi trenger ikke ord, vi trenger styrke. Dere trenger meg. Gamle skinnfeller er det nok av.»

«Brushode er dum. Det som skulle vært i hodet er i armene. Det som skulle vært i pikken er i tærne. Han ... Han ...»

Firfinger stopper opp. Nå når han virkelig trenger de rette ordene, nekter de å komme.

«Det er lett. La oss kjempe. La oss se om Firfingers hode er bedre enn mine armer. Den mannen», han peker på Firfinger, «er en ..., en foreldet jordrotte.»

En eller annen roper: «Ja! La de slåss.»

Firfinger synes det høres mer ut som et ønske om underholdning, enn støtte til ideen om å finne en person som egner seg til å overta det Storeflekk sto for.

Yamyam blir stående med åpen munn. Hvorfor ser ikke folk mot morgendagen, tenker han. De trenger kloke tanker. Ikke veivende armer. Brushodes ord er til bare for Brushode, alle vet det. Det er så opplagt. Dessuten, Brushode var ikke den som først nådde inn i hulen til Månefolket. Kanskje er han sterk, men han er feig. Han sender stammens menn mot spydene, men skjermer egen kropp. Elefantøre har alltid hatt de beste tankene, men han ga livet sitt for stammen. Han tok ansvar.

Stemmen til Brushode bryter gjennom.

«Firfinger. Hent ditt spyd eller dra. Dra vekk!»

Yamyam ser seg rundt. Ansiktene lyser opp i barnslig forventning. Idiotisk! Han ser det nå; de liker blod, særlig når det renner på andres kropper. Så merker han farens blikk. Øynene er alvorlige, men samtidig tankefulle. Yamyam forstår. Langsomt snur faren seg og går tilbake til egen soveplass for å hente et spyd.

Lyset har kommet, dagen har begynt. Det ligger skyer som dekker det blå, men skyene er hvite. Utenfor den lille lysningen er det en fredelig morgen med alle de riktige morgenlydene.

Brushode tørker Storeflekks blod av mot det duggvåte gresset. Han ser at Firfinger rådfører seg med sønnen Yamyam, men bryr seg ikke. Hvis Yamyam prøver seg på noe under kampen, vil andre gripe inn. Det skal være mann mot mann, såpass kan han stole på folk. De tar parti mot noe som er opplagt galt. Dessuten klarer han å håndtere begge to samtidig, sønnen er uerfaren og ikke spesielt sterk.

Det tar tid før Firfinger vender tilbake. Brushodet ser at han sitter og fikler med spydet sitt. Han lurer på om fyren vil prøve å stikke av. I så fall drar han etter. Sjansen er nå. Klart han burde vært våken nok til å hindre noen i å drepe Storeflekk, men han ville aldri, aldri stikke selv. Sovende eller våken. De sto hverandre altfor nær. Folk vet. Folk burde vite. Å bruke hans stokk, og gi ham skylden var et skittent triks. Det var Firfinger som snek seg opp på kollen – han ser det i øynene på gamlingen. Fyren skal ikke få dø av det første stikket.

Rart at Firfinger stakk Storeflekk og ikke ham?

Firfinger går langsomt tilbake mot flokken av menn. Han møter øynene til Brushode, men holder seg på flere mannslengders avstand. De står lenge og ser på hverandre.

Firfinger står helt stille med armene slapt langs siden og spydet løst i fingrene. Brushode derimot tripper rundt med et solid tak i spydet, armen er hevet selv om alle vet at han ikke vil ta sjansen på å kaste og bomme. Så går han langsomt mot Firfinger.

Den eldre mannen virker konsentrert, men avslappet. Ansiktet er vendt nedover, men øynene følger motstanderen. Det ser nesten ut som om han har gitt opp, som om han gjør seg klar til å dø. Langt bak er det en som roper.

«Brushode, la ham gå.»

Ropet virker ikke. Brushode tar et par skritt til før han stopper. Så enda et skritt. Beina er krøket for angrep. Spydet er i en mer egnet stilling nå, begge hendene holder det i hoftehøyde med spissen pekende på skrå oppover. Det er lettere å trenge inn i magen enn i brystkassen eller hodet.

Fortsatt står den gamle helt stille med slappe muskler. Brushode blir usikker.

Igjen lyder et: «La ham gå!». Brushode snur seg halvt mot stemmen. Han er forvirret, men tar ett kort skritt til mot Firfinger. Nå er han nærme nok til å kaste seg fram og stikke, likevel gjør Firfinger ingen tegn til å ville forsvare seg. Er fyren klar til å dø? Istedenfor å løfte spydet, løfter han hodet, stirrer mot skogen og mumler rare lyder.

Også Brushode retter opp kroppen samtidig som han slapper av på grepet. Han ønsker å tenke seg om. Firfinger står stille. Igjen er det noen som roper en kommentar, og denne gangen får det Brushodet til å snu seg og be fyren holde kjeft.

Det er da det skjer.

Plutselig spretter Firfinger fram og stikker Brushode i siden. Spissen trenger ikke så langt inn, likevel lar han stokken bli sittende i såret med andre enden hvilende mot bakken. Han løper bort til Yamyam og griper hans spyd.

Brushode står igjen med et vantro uttrykk i øynene, som om en jordrotte hadde hoppet opp og bitt ham. Først bare stirrer han på spydet, så tar han tak og rykker det ut. Mørkerødt blod renner mot det kraftige venstrelåret, men såret er ufarlig. Ansiktet viser en skremmende blanding av raseri og smerte.

«Kryp! Elendige rotte! Kom å slåss!»

Igjen beveger han seg mot Firfinger, men denne gangen raskere og med bestemte skritt. Firfinger hopper til siden. Det ser ut som en lek der Firfinger løper i sikksakk og hopper unna når han må. Trass i den kjølige morgenluften er begge våte av svette.

«Kom her din feiging. Stikk hvis du har noe å stikke med.»

Firfinger sier ingenting.

Så skjer det noe. Brushode stopper opp og tar seg til brystet med den ledige hånden. Et øyeblikk er uttrykket i ansiktet preget av overraskelse og smerte, så gjør han seg klar til et nytt angrep.

Før han rekker det, er Firfinger der og stikker. Igjen får han spissen inn på siden av magen, men denne gangen på høyresiden. Igjen lar han spydet stå i såret, løper vekk og henter et nytt spyd hos Yamyam. Brushode snur seg mot ham, men smertene er tydelige og øynene virker ukonsentrerte. Folk ser forvirret på hverandre, den slags småsår burde ikke stoppe en mann. I alle fall ikke ham.

Han rykker spydet ut, men denne gangen hiver han det mot Firfinger. Det er lett å hoppe unna.

En stund står han stille. Så synker han ned på knærne.

Nå er det Firfingers tur til å si noe. Stemmen er lavmælt og litt hoppende.

«Og du ... Du sier mann. Du, du fanger ikke en gang en rotte. Du tåler ikke stikk. Et risp. Du ..., du eier ikke pikk.»

Brushode hører tilsynelatende ikke hva som blir sagt, men strever med å reise seg. Til slutt er han på beina, står litt og vakler, og siger så ned på knærne igjen. Det er tydelig at kroppen ikke adlyder. Han synker enda lengre ned. Snart ligger hele kroppen på bakken og gisper.

Firfinger beveger seg langsomt bort til ham. Selvsikkerheten i stemmen virker overdreven.

«Du kom til oss som dritt. Nå dør du. Du skal ... Du skal dø. Dø som en dritt. Kanskje har du armer. Øynene ... Øynene har alltid vært tomme.»

Brushode ligger halvt på siden med beina rett ut. Gjennom smertetåken sender øynene et siste uforstående blikk mot lyset. Så gjør Firfinger det ene øyet om til en blodpøl. Kroppen stivner. Det er noe hardt og krampaktig over den døende kroppen. Selv i døden virker han overrasket.

Et sted inne i buskene, rett utenfor lysningen, er det noe som rører på seg for så å smyge stille vekk.

76.

Dagen er over halvveis. Solen har ikke kommet, men skyene er hvite og snille.

De har mat. De har vann. De er tørre. Karo tenker at nettopp derfor blir savnet av frihet, sammen med usikkerheten og frykten, så tung å bære. Hun merker at folk bare snakker når det er noe som må bli sagt.

«Der!»

Det er Reko som peker mot skogen. Hun sitter på huk ved huleåpningen og speider utover. Slik har hun sittet hele dagen, uten å ville ha noe å spise. Det bustete håret skjuler nesten de slitne, mørkebrune øynene. Hun fortsetter lavmælt.

«Det er henne.»

Folk snur seg. Karo ser Sirea komme gående over sletten med ansiktet vendt mot bakken. Skrittene er langsomme, men ikke nølende. Villhunden går foran som for å hjelpe henne å finne veien.

«Hvorfor har ikke vaktpostene tatt henne?» fortsetter Reko like stille.

Ingen svarer.

Karo snur seg mot Reko, men klarer ikke lese ansiktet.

Sirea kommer helt inn i hulen, men sier ingenting. De fleste trekker seg tilbake etter som hun nærmer seg. Ansiktet virker tomt og dødt. Reko reiser seg først og går mot henne, men stopper et par skritt unna. Sirea nøler. Så går hun bort og klemmer Reko hardt inn mot kroppen sin.

Karo merker hvor anspent hun selv er – ikke myk og avslappet som de to unge kvinnene.

«Ombestemte du deg?» sier hun.

Sirea snur seg mot henne.

«Jeg fant Storeflekk. To av de andre slåss. Firfinger vant.»

«Hva?»

Sirea ser seg rundt før hun fortsetter.

«Jeg tror de drar. Jeg tror ikke de plager dere.»

«Hva? Hva har skjedd?»

Sirea møter først blikket hennes, men ser ned uten å si noe. Det slår Karo at øynene er blitt som Kaje sine, de er glade og triste på samme tid. Det blir stille. Til slutt retter Sirea seg opp og tar ordet.

«Storeflekks stamme er ikke som her. De bærer på mye av det onde. Karo lærte meg å jage det.»

Hun tar en pause. Folk ser spørrende på henne. Det er så stille at de kan høre dryppene som lander på bakken ved huleåpningen – etterslep fra gammelt regn. Skinnremsen sitter fortsatt rundt pannen, men nå tar hun den av, og gir den tilbake til Karo. Karo blir stående med reimen hengende i en utstrakt hånd.

«Dere er én. Samtidig er dere mange. Dør en mann er det som å få revet av en finger. Uansett hvem. Stammen klarer seg. Kroppen er nesten like god. Storeflekk derimot ... De smuldrer opp som en jordklump. Det er som å miste et hode ikke en finger. De mistet begge hodene som vil drepe. Det onde forsvant.»

Karo oppfatter at noe har skjedd, men skjønner fortsatt ikke hva. Sirea tar en pause. Når hun fortsetter, har stemmen en ny glød.

«Dere er her for hverandre.»

Ingen sier noe. Ingen beveger seg. De fleste ser på henne med spørrende eller skeptiske øyne. Det er Mule som til slutt bryter tausheten og sier vantro.

«Du gjorde hva?»

«Det som var riktig», svarer hun stille. Hun vender ansiktet mot bakken som en løgner, men tonefallet vitner om sannhet. «Det som måtte til. Jeg jagde det onde.»

Karo er på vei bort for å omfavne henne når Rude bryter inn.

«Der. Se! Det kommer en mann.»

Oppover mot dem går en mann helt alene. En eldre, senete mann. *Uten spyd!*

«Det er Firfinger», sier Sirea stille.

Den første han ser på er henne. Hun møter blikket og sier.

«Det blir som du vil?»

«Kanskje», svarer han. «Jeg vet ikke. Det spiller ingen rolle. Jeg tror nok det.»

«Hva er det han sier», kommer det fra Mule.

«Han fører ordet. Han fører ordet for de fremmede.»

Firfinger henvender seg igjen til Sirea.

«Fortell dem at vi drar. Vi vil ha fred. De ser oss ikke igjen.»

Sirea oversetter, Firfinger fortsetter, henvendt til henne.

«Jeg er gammel. Alle følger sitt eget hode. Jeg vet ikke hvor, men folk vil vekk. Her er for mye død. Du får ... Alt ble som du ... Brushode er ... Det kunne blitt Brushode. Hvordan ... Du kunne ikke vite?»

Karo ser seg rundt. De fleste ansiktene er fortsatt måpende. Så finner hun øynene til Lele, han virker tankefull, men ikke måpende. Innerst i hulen hører de et barn som gråter. Sirea viser ikke tegn på å svare. Firfinger snur seg isteden mot Lele.

«Hvem taler for stammen?»

Sirea oversetter, men Lele har forstått. Før han rekker å si noe fortsetter Firfinger, henvendt til alle sammen.

«Jeg beklager. Jeg ville det ikke. Jeg prøvde å stoppe.»

Så snur han seg for å gå. Idet han passerer huleåpningen, ombestemmer han seg.

«Sirea. Hvordan visste du? Det kunne blitt Brushode som stod igjen. Han ville ikke snudd. Jeg tror ...»

Sirea ser lenge på ham. Til slutt bestemmer hun seg.

«Yamyam snakket til meg. Han fortalte ... Han sa ifra om giften.»

Firfinger stirrer overrasket på henne. Hun fortsetter.

«Yamyam er fornuftig. Det var klokt av ham. Dessuten ... Dere brukte ikke gift i første angrepet. Det var det jeg var mest redd for. Så heller ikke andre gang. Jeg gjettet hvorfor.»

Firfinger blir stående og måpe. Så tar han seg sammen.

«Sirea! Hvordan ... Hvordan ser du så langt?»

«Du og Brushode har alltid villet drepe hverandre. Jeg traff Yamyam i skogen. Han var ærlig. Jeg var ærlig. Han sa at du ikke ville krige.»

Det ser ut som om Firfinger har tenkt å si noe, men i stedet går han fram til Sirea og lener seg fram slik at pannene møtes. Karo aner forbauselse og beundring i ansiktet hans. Brått snur han seg og går. Sirea sine ord blir hengende igjen.

Karo legger merke til at ansiktet til den fremmede vender ned. Fyren gir ikke inntrykk av å være en person folk lytter til, han virker for utslitt og utrygg. Hun tror hun har forstått det som ble sagt, men er ikke sikker; og hvis hun har forstått riktig, er hun ikke sikker på om det virkelig er sant. Men det er bra! Hun ønsker en slik virkelighet.

Hun slipper å spørre. Mule bryter stillheten:

«Hva sa han?»

Sirea svarer først ikke, bare stirrer langt etter mannen som forsvinner inn i skogen. Til slutt mumler hun.

«De har fått en ny talsperson. Kanskje ingen. Han beklaget at de kom hit. Kanskje har de lært. I alle fall ... De ønsker ikke mer død.»

«De drar», avslutter hun.

Igjen blir det stille.

Mule hisser seg opp:

«De lurer oss. De lurer oss.»

Sirea retter blikket mot Karo, men sier ingenting.

77.

Kroppen ligger stille. Det tar tid før bevisstheten kommer tilbake. Samtidig kommer også smerten. Kaje åpner forsiktig det ene øyet. Så gnir han det hvite vekk fra det andre. Først har han ingen erindring om hvor han er eller hvorfor. Det han ser gir ingen mening, rundt ham er det rare vegger i hvitt og blåhvitt. Vegger som buer seg inn og ut i rolige flater. De er mye lysere og renere enn fjell, men likevel ikke vennligsinnede. De mangler noe. Han befinner seg nede i et dypt søkk, men her er ingen planter. Stedet er blottet for liv. Han befinner seg på et sted som er helt ulikt alt annet i verden. Den første fornuftige tanken er at han har havnet på månen.

Langsomt begynner minnene å komme tilbake. Han dro til det hvite for å finne forfedrene og hente hjelp. Og hva har han funnet? Nå husker han den underlige lyseblå fargen han så da han først klatret opp på det hvite området, der det hvite var hardt som stein. Det er den samme fargen som er her, men akkurat der han ligger er det en haug med det myke hvite. Over ham er det en blå åpning. Himmelen. Den er som den skal være, men under ham ligger det en sprekk som forsvinner rundt noen hjørner både til høyre og venstre. Den mangler bunn!

Han fortsetter å se seg rundt. Rett under ham blir det raskt trangt, men litt lengre borte vier sprekken seg ut. Der ser han dypet, og aller nederst stikker det fram noe svart. Det må være der nede. Det svarte han skimter aller nederst. Det er der de døde bor. Alt han behøver å gjøre er å la seg skli utfor kanten av hyllen, så er han hos dem.

Hodet har gjort vondt lenge, men nå overtar smertene i venstrefoten. Han prøver å reise seg, men foten nekter å være med. Stikkestokken ligger ved siden av ham. Ved hjelp av den klarer han å komme seg opp, men smertene har overtatt hodet.

Han roper så høyt han kan: «Karo!»

Ingen svar. Lyden får en merkelig kvalitet. Gjenklangen minner om hulen han var i sammen med Sirea, men her er etterklangen om mulig enda mer syngende.

«Sirea!»

Fortsatt ingen svar.

«Mor! Far! Reko!»

De er ikke her. Det er et godt tegn. Så roper han navnet til de døde besteforeldrene. De han fortsatt husker ansiktene til. Heller ikke de svarer.

Han tar et skritt, men mister balansen og faller forover. Hodet havner på kanten av sprekken, men det tykke laget med løst, hvitt pulver gjør at han ikke sklir videre. Et øyeblikk stirrer han ned mot dypet, lenge nok til å merke at det kaller på ham og drar i kroppen. Så reiser han seg møysommelig opp.

På motsatte side av sprekken ruver det en kant høyt over ham. Her danner det hvite et lite overheng, men ett sted har noe av det hvite rast ut. Han innser at det var han som lagde det sporet. Rart. Han husker han trodde han fløy, men det var bare et fall. Han burde vært død, likevel lever han. Eller … hvordan er det egentlig å være død?

Han snur seg i andre retningen. Fra hyllen går det en bratt, hvit skråning tilbake mot overflaten. Lenge blir han stående å stirre mot kløften. Hva er best, skal han ned eller opp? Ned for å finne forfedrene, eller opp mot himmelen? Til slutt beveger han på seg – uten å skjønne hva som fikk ham til å ta en avgjørelse.

Ved hjelp av stokken klarer han å stavre seg opp til der landskapet åpner seg. Det hjelper ikke å vite hvor forfedrene holder til hvis man ikke får kontakt, så han *må* fortsette. Solen er ikke lenger varm, og han merker at armer og bein har liten lyst til å bevege seg. Særlig den vonde foten. Dessuten er han søvnig og frarøvet nesten alle krefter.

Den rare nuten han hadde bestemt seg for å bestige ligger der fortsatt. Ganske nærme. Foten tåler at han belaster den nå, men det gjør vondt, selv om stokken avlaster tyngden av kroppen. Om han bare når fram!

Ved å gå rundt og følge oversiden av sprekken finner han igjen de sporene han tråkket opp en gang for lenge siden. De er fortsatt like tydelige. Det er bratt og glatt, så han skjønner hvorfor han skled; nå er han mer forsiktig og bruker stokken til å sikre hvert skritt. Noen ganger trenger han også stokken til å hakke spor for føttene.

Sprekken han havnet i var ikke månen, men et eller annet sted må den holde til når den er ferdig med turen over himmelen. Finner han månen, får han sikkert også kontakt med forfedrene – og hjelp. Månen er alt han har igjen.

Så er han over det hvite. Her på nært hold er ikke berget bare svart, det har sjatteringer av brunt. Noen steder er det dessuten tynne, hvite striper lagt inn i de fastlåste steinene. Strekene følger overflaten oppover som ledetråder, men alt er dødt. Et merkelig fjell, blottet for liv, ingen grasstrå, ingen mose, ikke så mye som et insekt å se. Det er noe uhyggelig over å være et sted der det ikke fins tegn til liv. Her er ikke engang tegn på død.

Kroppen adlyder bare delvis, og smertene i hodet og foten gjør det vanskelig å følge med. Det er hit han alltid har ønsket å dra, men det er ikke et godt sted. Dalen er mye finere. Der er det passe varmt, og man kan sitte og prate rundt bålet.

Plutselig er han forferdelig alene. Det gjør at han glemmer smertene. Rare forestillinger dukker opp – omtrent som når han spiste soppen Karo ga ham. Det må bety at Alles Mor er nær. I så fall behøver han ikke tenke, for hun hjelper ham.

Det hvite er ikke lenger noe stort og viktig. Det er ikke rent, og selv der det er helt hvitt, er den mystiske tiltrekningen borte. Han savner de andre, og han vil ha dem slik de er: Mules hissighet og Rekos fnisende umodenhet. Aller mest savner han Sirea, selv om hennes nærvær dro med seg Storeflekks folk. Menneskene er viktige, mye viktigere enn alt annet. Han minnes at Karo har sagt noe slikt, men den gang forsto han ikke. Den gangen ville han ikke forstå, nå kjenner han det i hele seg.

Til slutt står han på toppen. Han siger sammen på den øverste berghammeren.

78.

Fortsatt er det ingen som tør gå ut av hulen, folk sitter om mulig enda mer urørlige enn før. Sirea sitter med hodet bøyd forover og skjult mellom beina, Reko holder armen rundt henne. Solen utenfor beveger seg langsomt mot fjellene. Mot Kaje tenker Karo.

Utenfor hulen skjer det ingenting.

Reko reiser seg og kommer over til Karo. Hun legger seg i fanget hennes og gråter stille. Karo stryker henne automatisk over håret samtidig som hun ser seg rundt.

Det er da hun oppdager det. Ansiktene rundt henne.

Forskjellen er først ikke så stor, men langsomt vokser noe fram. Der det før var dødt og trist, er det født nytt liv. Smilene og gleden i øynene er i ferd med å gjenoppstå. Kan det være sant? Er problemene deres virkelig over. Har Alles Mor likevel grepet inn?

Nei, det var ikke Alles Mor!

Hun flytter Reko forsiktig til siden, reiser seg og går over til Sirea.

«Sirea. Tror du virkelig ...?»

Sirea svarer ikke. Hun sitter helt stille. Villhunden ligger ved siden av og hun holder en hånd bak hundens øre.

«Sirea?»

Nå retter hun seg opp. Igjen slår det Karo hvor vanskelig det er å finne fram til følelsene i ansiktet, selv nå når hun gråter.

«De drar», sier hun bare, men Karo merker at hun ikke har kontroll over stemmen. Likevel ønsker hun å høre henne si mer, hun vil så gjerne nå inn til følelsene.

«Er du sikker?»

«Ja. De drar. Firfinger vil ikke slåss. Han var ... Han ...»

Igjen senker hun ansiktet mellom armer og knær. Nå ikke bare renner det fra øynene, den spede kroppen rister i gråt. Karo tar armene rundt henne og drar kroppen mot sin – slik hun alltid gjør.

Mule skyter inn:

«Det kan være et knep. Vi må stå klar til kamp.»

Han stirrer stivt på Sirea, men hun viser ingen tegn på å svare.

«Karo. Vi må sende noen ut. Jeg kan dra.»

Hun løfter hodet og svarer.

«Ja, fint.»

Det tar ikke lang tid før Mule er tilbake. Karo sitter fortsatt sammen med Sirea. Mules stemme er preget av overraskelse.

«De drar.»

«Pratet du med dem?»

Mule forteller at han snek seg helt fram til leiren uten å bli sett. Begge de to kraftige mennene med alt skjegget var døde. De lå ved siden av hverandre, og begge var stukket gjennom øyet. Men enda viktigere, det var bare noen få igjen, og han så flere som forsvant nedover dalen.

Karo lar blikket vandre rundt – som om hun undersøker tankene til hver enkelt. Så snur hun seg mot Lele.

«Lele. Jeg er gammel. Min munn er i ferd med å gå tom. Vi trenger nye ord. Du bærer på mye.»

Lele tenker lenge før han sier noe.

«Nei. Karo, også jeg er gammel. Men kanskje ... Jeg er for gammel. Mule har mange ord.»

Mule ser ut som om han har falt ned fra en tretopp. Forvirret klør han seg i hodet med den ledige hånden før han begynner å snu spydet fram og tilbake. Når han endelig snakker, er stemmen uvant spak. Han snur seg mot Sirea.

«Var det virkelig du som ...?»

Sirea svarer ikke, men løfter hodet opp som tegn på at det stemmer. Mule ser ut som om han vil spørre mer, men blir bare stående å stirre mot henne. Nå er øynene hans ikke bare forvirrete, men fulle av beundring. Til slutt snur han seg mot Lele.

«Jeg! Nei. Nei, gi meg et tre! Mine ord gikk feil, bare Karo så det gode, bare hun lyttet. Nei, jeg så feil vei, jeg ville bare slåss. Vi kunne dødd.»

Karo ser seg oppgitt rundt. Noen i bakgrunnen sier: «Karo. Vi lytter til deg. Dine ord er alltid gode.»

«Jeg ville gi opp, jeg ville la oss dø», svarer hun spakt.

Så får hun plutselig et innfall. Hun vender seg mot Sirea.

«Hva med deg? Du reddet oss.»

Nå retter hun ikke bare opp ryggen, hun reiser seg slik at alle får se de røde og våte kinnene.

«Karo. Du lærte meg. Hva jeg gjorde kom fra deg. Bare du vet hvor. Hvor å finne det gode. Folk lytter. Hele dalen lytter til deg.»

Karo er tankefull, men hun begynner å finne tilbake til seg selv.

«Ai, ai», sukker hun. «For Kajes skyld. Vi har vunnet, og vi har tapt.»

Ansiktene rundt henne stråler plutselig av glede. Selv er hun utslitt – og trist.

79.

Det går en stund før han igjen åpner øynene. Har han sovet? Kroppen kommer opp i sittende stilling selv om den helst vil ligge.

Rundt ser han flere knauser som stikker ut av det hvite, de minner ikke lenger om hoder. Han sitter på den høyeste. *Han har nådd toppen!* Det gir en slags tilfredsstillelse, men den er flyktig. Fortvilelsen tar tak og presser seg forbi både fryd og smerte: Han dro ikke for å finne et fjell, han dro for å finne hjelp. Tomhendt har han ingen vei tilbake.

Selv den sterkeste av alle, den tause, hadde ingenting å bidra med. Ikke så mye som et oppmuntrende smil.

Fortsatt henger det blå høyt over ham, men det har begynt å mørkne. Opp til det blå kommer han aldri; Karo har rett, luften er for fugler. De knudrete klippene er like døde og intetsigende som steinene nede i dalen. Han vil legge seg ned sammen med Sirea. Om han bare kunne trekke kroppen hennes inn mot sin – én gang til.

Nedover mot slettelandet ligger det spredte skyer. Basert på velkjente koller langt der nede mener han å kjenne igjen deres dal. Det er der han burde vært. Sammen med de andre. Man kan godt gå en hel dag uten å utrette noe, uten å ha med seg noe hjem til leiren, som regel har de likevel nok mat. Men det er helt galt å bare dra. Å forlate de andre i nød er utilgivelig. Riktignok *hadde* han en hensikt, men den har forsvunnet, for her er ingen hjelp. Her er ingenting. Alt er dødt, og likevel finner han ingen døde. Han har drømt om å komme hit så lenge han kan huske, men her er ingenting. Det skulle vært så mye, så mye mer. Karo hadde rett, verden er der stammen befinner seg. Livsmotet er i ferd med å renne ut sammen med de siste kreftene. De døde er ikke her, hvordan skal han da komme til dem? Her er ingen som kan sende ham dit. En dyp fortvilelse siger inn og overtar for smertene: *Han skal dø her alene. Han vil alltid forbli i kulden. Hans dumhet har bragt den aller verste skjebnen.*

Kaje snur seg en siste gang mot den nye verden som har dukket opp. Også på den andre siden av fjellene er det daler, mange daler. De nærmeste, smale ryggene med svarte, stupbratte sider går over i roligere åser. Åsene, og det som ligger bak, er tungt av grønt – bare grønt så langt øyet når. En ny og kolossal verden, men uten gulbrune sletter. Langt, langt borte hviler en rosa himmel over en fjern og urørlig skog. En enorm skog som solen holder på å gjøre seg ferdig med. Det er som om skogen gløder av varme og vennlighet. En skog som er til for alt som lever.

Så natten har tenkt å komme.

Sirea er et eller annet sted i nærheten. Han roper på henne, men får ikke noe svar. Han må finne henne.

Fjellene er bitende kalde. Det er ikke sikkert forfedrene trives. Antakelig har de levende det best.

Hva med solen? Den forsvant ikke i fjellene. Den gikk forbi og er i ferd med å fjerne seg bak den uendelige skogen. Den samme solen tilhører også en verden på andre siden av fjellene!

Igjen snur han ansiktet mot sin dal. Deres dal.

Da ser han den. Den kommer mot ham slik den liker seg best: trill rund. Foreløpig er den blek, men han vet at den snart vil skinne. Månen er på vei til fjellene, og om en stund vil den være hos ham.

Nei, plutselig skjønner han det. Det føles som svaret på alt han har lurt på. Månen kommer ikke hit! *Også den svever over fjellene.* Den er til stede for skogene bortenfor. Det betyr ... Han har funnet noe. *Han har funnet hjelp!*

Endelig er det noe å glede seg over. *Det er dette Alles Mor ville vise ham.* Det fins andre daler, andre steder å dra. Blir de drevet vekk, kan de finne et nytt sted å leve på andre siden av fjellene. Han speider etter tegn på røyk, men ser ingen. Kommer de seg dit, kan de leve som før. Kanskje han likevel redder stammen, det er tross alt bedre å flytte til en ny dal enn å dø. Nå *har* han noe å ta med tilbake.

Trass i håpløsheten, smertene og kulden aner han en begeistring. Han har nådd fram dit han ville, og han har oppdaget noe ingen andre vet. Noe viktig. Han ser det rundt seg, og han kjenner det i hele kroppen. Nå er også Sirea her. Han vet at hun står der, på steinene like bortenfor, men beina hennes når ikke ned til bakken, og hun rører ikke på seg. Heller ikke svarer hun når han roper, men han kan i det minste se henne, og han føler øynene hennes. Det er godt.

Han prøver å reise seg, men verken foten eller resten av kroppen har lyst. Kreftene er borte. Ankelen liker ikke at han står på den, så hvordan skal han komme seg tilbake? De andre må få beskjed. De må få vite at det fins andre daler som er enda grønnere. Daler som er fulle av liv, men uten slemme mennesker.

Mulighetene ligger ikke i å nå fram der månen *er*, men å følge dit den *drar*.